KNAUR

JUSTINE
PUST

WO DIE *Sterne* UNS SEHEN

ROMAN

KNAUR

Besuche uns im Internet:
www.droemer-knaur.de
Hat dir dieses Buch gefallen? Lesetipps und vieles mehr rund um unsere romantischen Lieblingsbücher findest du auf Instagram: @knaurromance

MIX
Papier | Fördert gute Waldnutzung
FSC® C083411

Originalausgabe Februar 2024

Ein Imprint der Verlagsgruppe
Droemer Knaur GmbH & Co. KG, München

Dieses Werk wurde vermittelt durch die Literarische Agentur Thomas Schlück GmbH, 30161 Hannover.
Redaktion: Catherine Beck
Covergestaltung: KRISTIN PANG
Coverabbildung: VerisStudio / Shutterstock.com
Abbildung im Innenteil: surachet khamsuk / Shutterstock.com, nereia / Shutterstock.com
Satz und Layout: Adobe InDesign im Verlag
Druck und Bindung: CPI books GmbH, Leck
ISBN 978-3-426-52989-8

4 5 3

Bei manchen Menschen lösen bestimmte Themen ungewollte Reaktionen aus. Deshalb findet ihr am Ende des Buches eine Liste mit sensiblen Inhalten.

Dieses Buch ist für dich.
Und für alle 9215 Menschen,
die ihren Stern nicht finden konnten.

Und für Christin.
Wir kämpfen für uns allein, aber Rücken an Rücken.

Playlist

Wenn du mich lässt – LEA
Spiegelbild – Mayberg
Eine gute Nachricht – Danger Dan
Besonders – Wilhelmine
Irgendwas dazwischen – Philipp Dittberner
99 Probleme – Madeline Juno
Mut – Kaffkiez
Angst – Lotte
Irgendwann glücklich – Haller
Sad = sexy – Esther Graf
10/10 – Jona
Auf die Party – Badmómzjay, Domiziana
1000 Sterne – 1986zig, Ayliva
Neben mir – Nina Chuba
Kein Happy End – Paula Hartmann feat. Casper
Das muss Liebe sein – Pantha
Der letzte Song – Kummer

Teil I

Ich glaub, wir fühlen schon wieder aneinander vorbei …

Elias

Kapitel 1

ELIAS

Wenn man die Schwerkraft überwindet, fühlt es sich an, als würde man himmelwärts fallen. Und ich weiß nicht, ob ich gerade falle oder fliege.

Eben noch hat die Geschwindigkeit mein Adrenalin nach oben getrieben und mich in einen Rausch versetzt – jetzt nehme ich alles wie in Zeitlupe wahr. Mein Körper schwebt durch die Luft. Ich lasse den Motorradlenker los, strecke die Arme aus, als wären sie Flügel – als könnte ich mit ihnen steuern, wohin ich fliege.

Plötzlich blendet mich etwas, sorgt dafür, dass ich die Augen zusammenkneife und mich von der Lichtquelle wegdrehe. Statt der Straße vor mir wende ich mich dem Himmel über mir zu. In dem dunklen Blau schimmern die Sterne wie ein Netz aus Kristallen. Der Anblick dieser einmaligen Schönheit trifft mich so unerwartet wie der heftige Aufprall.

Nach Luft schnappend, versuche ich im nächsten Moment zu verstehen, was gerade passiert ist. Warum ich nicht mehr fliege und warum die Schwerkraft mich plötzlich zu erdrücken scheint. In meinen Ohren rauscht es, nur wie aus weiter Ferne kann ich Stimmen hören. Rufe, die wie mein Name klingen.

Doch ich kann nichts sagen. Kann mich nicht bewegen.

Schmerz scheint jede Faser meines Bewusstseins zu durchdringen. Das Visier meines Motorradhelms ist zersprungen, aber ich kann sie noch immer zwischen den Rissen funkeln sehen. Die Sterne. Immer noch schön, die kleinen und großen Punkte. Nur die Dunkelheit um sie herum, die scheint plötzlich dichter zu werden. Als würde sie versuchen, das Licht zu verschlucken.

Etwas schiebt sich in mein Blickfeld. Diez. Er berührt mich. Blut. Da ist Blut an seinen Händen. Mein Blut.

Alles beginnt vor meinen Augen zu verschwimmen. Ich bin da, gerade noch so, aber ich kann spüren, wie das Leben aus mir herausfließt. Und ich kann nichts tun. Mich nicht bewegen. Nur nach oben blicken zum nachtschwarzen Firmament und zu den funkelnden Lichtern.

Orientierungslos zucken meine Augen umher, versuchen, sich an den Sternbildern festzuhalten, die mir so vertraut sind und mir zugleich das Gefühl geben, nur ein kleiner, machtloser Mensch zu sein.

Ich will nicht sterben. Ich will nicht, dass es vorbei ist.

Und dann ist der Schmerz plötzlich fort. Mein Herzschlag wird langsamer, leiser in meinen Ohren. Es gibt nur noch mich und die Nacht, und ich fühle mich, als sei ich ein Teil dieser Weite. Ein Teil des Universums, das ebenso verglühen wird wie die einsame Sternschnuppe, die den Himmel streift.

Mein Vater hat mir als Kind immer gesagt, dass man sich etwas wünschen darf, wenn man eine Sternschnuppe sieht. Ich habe nur noch einen Wunsch, während die Welt um mich herum aufhört, sich zu drehen. Mein Mund öffnet sich wieder, versucht, die Worte zu formen, die sich so tief in meine Seele brennen:

Bitte lass mich nicht sterben. Ich will leben.

Und dann fliege ich wieder.

Kapitel 2

Zwei Jahre später

WILLA

Mit geschlossenen Augen stehe ich in der Sonne und genieße die Wärme, die sich in meinem Körper ausbreitet. Nach einem weiteren langen Tag voller Unikursen und meiner Arbeit im hiesigen Gemeindezentrum ist dieser Moment wie ein tröstendes Pflaster.

Blinzelnd öffne ich die Augen wieder, bin aber noch nicht bereit, ins Haus zu gehen, sondern blicke mit zusammengekniffenen Augen in den Himmel. Irgendwo dort sind die Sterne. Verborgen hinter dem strahlenden Blau.

Seufzend krame ich in meiner Umhängetasche nach meinem Schlüssel und öffne die Tür.

An den meisten Tagen bin ich dankbar dafür, in einer Dreier-WG mitten in Bockenheim gelandet zu sein, noch dazu in einem der frisch sanierten Altbaublocks. Eine Wohnung mit Doppeltüren, Parkettboden und sogar einem winzigen Balkon – das ist in Frankfurt als Studentin so etwas wie ein Sechser im Lotto. Nur befindet sich unsere Wohnung im obersten Stock, was bedeutet, dass es meine schmerzenden Füße erst mal bis dorthin schaffen müssen, ehe ich erschöpft aufs Sofa fallen darf.

Im Treppenhaus ziehe ich mich Stufe um Stufe am Geländer hoch und nehme mir fest vor, mich morgen nicht wieder dazu hinreißen zu lassen, Überstunden im Gemeindezentrum zu machen – auch wenn ich weiß, dass ich mir das regelmäßig vornehme, meinen Vorsatz jedoch immer wieder über Bord werfe.

Gerade habe ich den ersten Schritt in unsere Wohnung gesetzt, als jemand in mich hineinläuft.

»Oh, Entschuldigung.«

Perplex starre ich den jungen Mann an, der sich lässig das rote Haar nach hinten streicht und mich entwaffnend angrinst. »Schon okay«, sagt der Fremde und dreht sich zu meiner Mitbewohnerin Martha um, die hinter ihm im Flur steht. »Wir sehen uns.«

Sie erwidert nichts, sondern hebt einfach die Hand zum Abschied. Dann fällt die Tür hinter ihm ins Schloss.

»Wer war das denn?«, will ich anstelle einer Begrüßung wissen.

»Ach, nur Jordan«, sagt Martha, als sei nicht gerade ein gut aussehender Kerl an mir vorbeigelaufen.

Ich lasse meine Tasche neben die Garderobe fallen und schlüpfe aus meiner Jacke. »Nur Jordan?«

Martha zuckt mit den Schultern. Ihr langes schwarzes Haar hat sie zu einem unordentlichen Dutt zusammengebunden, aus dem Dutzende kleine Strähnen heraushängen. Ihr übergroßes Shirt ist ihr über die Schulter gerutscht und enthüllt eine der Tätowierungen, die sich über ihren gesamten Körper ziehen. »Wir haben nur gelernt«, behauptet sie, doch die Art, wie sie es betont, sorgt dafür, dass ich die Augenbrauen zusammenziehe.

»Nur gelernt?«

»Als Medizinstudentin habe ich keine Zeit, nebenher Sex mit meinen Kommilitonen zu haben«, erklärt sie mit einer ausladenden Handbewegung, wahrscheinlich, um zu signalisieren, dass sie nicht länger über Jordan reden möchte.

Mit einem kleinen Grinsen schüttle ich den Kopf. »Das lass ich gerade noch mal so durchgehen.«

Mit langen Schritten folge ich meiner Mitbewohnerin in die Küche. Dutzende Medizinbücher liegen verteilt auf dem Tisch herum, ergänzt durch Notizkarten in bunten Farben. Manchmal frage ich mich, wie Martha es schafft, unter all dem Druck noch zu funktionieren und gleichzeitig die Nächte damit zu verbringen, Cookies und Muffins für die WG zu backen.

Ihre dunklen Augen liegen auf mir, als ich mir einen Eistee aus dem Kühlschrank nehme und die Flasche in wenigen Zügen leere. Bis eben war mir gar nicht klar, wie groß mein Durst ist. Mal wieder. Zum Glück spart sich Martha jeglichen Kommentar. Stattdessen schnappt sie sich ihre kurze Lederjacke und sieht mich an.

»Ich wollte gerade meinen täglichen Spaziergang machen, bevor auch das letzte Sonnenlicht verschwunden ist«, meint sie. »Willst du mitkommen?«

Nachdenklich fahre ich mir durchs Gesicht. Davon abgesehen, dass meine Füße nach wie vor schmerzen, müsste ich eigentlich noch einiges von meiner To-do-Liste abarbeiten. »Ich weiß nicht.«

Martha mustert mich. Obwohl wir uns in vielen Dingen sehr ähnlich sind, könnten wir doch unterschiedlicher nicht sein. Mein hellblondes Haar ist das genaue Gegenteil von ihrem schwarzen. Während meine Haut schon verbrennt, wenn die Sonne sich kurz zeigt, schafft sie es, trotz ihrer Nachtaktivität immer auszusehen, als sei sie gerade erst vom Strandurlaub zurück.

»Ach komm schon, wir hatten in den letzten Wochen so wenig Zeit, einfach mal zu quatschen«, sagt sie und schiebt ihre Unterlippe vor.

Ich gebe mich geschlagen. »Okay, ich bring nur schnell meine Sachen weg.«

»Super.«

In meinem Zimmer werfe ich meine Tasche auf das Bett. Hinter meinen Schläfen drückt es, als würden sich Kopfschmerzen ankündigen. Obwohl mein Bett absolut verführerisch aussieht, versuche ich den Drang zu ignorieren, mir jetzt einfach die Decke über den Kopf zu ziehen und den Tag für beendet zu erklären.

Als ich zurück in den Flur komme, drückt Martha mir einen To-go-Becher mit Kamillentee in die Hand. »Wie war's an der Uni?«, erkundigt sie sich, während wir die Treppen, die ich mich gerade erst hochgekämpft habe, wieder nach unten laufen.

»Eher ernüchternd«, antworte ich und puste über meinen Tee.

»Die Arbeit im Gemeindezentrum mag ich deutlich lieber. Diese Extra-Blockseminare haben mir den Sommer ziemlich vermiest. Ich weiß nicht, was ich mir dabei gedacht habe.«

»Dass die Sommerkurse immerhin noch Plätze haben und du so nicht noch ein Semester dranhängen musst?«

»Guter Punkt.«

Martha hält mir die Tür auf und setzt sich die dunkle Sonnenbrille auf die Nase. »Aber jetzt ist es überstanden, oder? Heute ging dein letzter Kurs zu Ende?«

Der Gedanke lässt mich kurz stocken, aber ich zwinge mich zu einem Lächeln. »Masterarbeit, ich komme«, sage ich und klinge dabei zuversichtlicher, als ich mich fühle.

»Na ja, erst mal ist die vorlesungsfreie Zeit dran, damit ihr die Reste des Sommers genießen könnt. Etwas, um das ich dich beneide, denn offenbar sind die Menschen im Medizinstudium nicht wirklich mitbedacht worden.«

Wir schlendern durch die Reihen der Wohnblöcke, die von der langsam untergehenden Sonne in ein warmes Licht getaucht werden. Die Spiegelungen in den Fenstern wirken fast golden. Mein Blick richtet sich wieder zum Himmel. Der Mond zeigt bereits sein blasses Gesicht, als wollte er die Sonne daran erinnern, dass es Zeit ist, den Platz für ihn und die Sterne zu räumen.

»Hast du schon mit deiner Chefin gesprochen?«, reißt mich Marthas Stimme aus meinen Gedanken.

Ich weiß, welches Thema jetzt folgt, und versuche mir nicht anmerken zu lassen, wie unangenehm es mir ist. »Nein, noch nicht. Aber wegen des BAföGs kann ich meine Arbeitszeiten ohnehin nicht verlängern, also ist das schon in Ordnung.«

Ganz so einfach lässt sich meine Freundin allerdings nicht überzeugen. »Aber du arbeitest doch momentan mehr Stunden, als man dir bezahlt?«

Dagegen kann ich schlecht argumentieren. Seit ich im Gemeindezentrum tätig bin, dreht sich der Großteil meines Lebens nur noch um meine Aufgaben dort. Es ist nicht so, dass mich jemand dazu zwingen würde. Für mich ist die Soziale Arbeit mehr als nur ein Job oder ein Studium. »Ja, aber ich liebe es«, versuche ich auszuweichen.

»Willa?«

»Ja?«

Martha bleibt stehen. Ich kann ihre Augen hinter der Sonnenbrille kaum erkennen, bin mir aber sicher, dass sie mich wieder mustert. »Ich bekomme dich kaum noch zu Gesicht«, meint sie ernst. Es ist kein Vorwurf, mehr eine Feststellung.

»Tut mir leid, es wird jetzt ruhiger. Die Kurse sind vorbei, meine Klausuren auch …«

Dieses Argument scheint sie zu beruhigen. Sie hakt sich bei mir unter und lächelt. »Gut, denn so langsam fehlen mir unsere Bücherabende.«

»Du willst mich doch nur wieder mit blutigen Thrillern quälen«, stöhne ich auf. Ich habe jetzt noch Albträume davon, was mir auf dem Heimweg alles passieren könnte.

»Von mir aus darfst du mich auch mit deinem Kitsch erschlagen, solange ich in den nächsten Wochen mal wieder was anderes als Medizinbücher in der Hand halte«, antwortet sie, und auch wenn ihr Lächeln noch immer dafür sorgt, dass sie fast unbeschwert klingt, kann ich zwischen den Zeilen hören, dass ich nicht die Einzige bin, die mit ihrem Studium struggelt.

»So schlimm?«

»Frag mich das nach der Klausur morgen noch mal.«

»Okay.«

Schweigend laufen wir weiter und lassen uns einfach treiben. Frankfurt zeigt sich in Bockenheim von einer seiner schönsten Seiten und übt auf mich noch immer die gleiche Faszination aus, die ich bei meinem Umzug hierher gespürt habe. Es ist immer etwas los, alles scheint ständig im Wandel zu sein.

Wir schlendern durch Einkaufsstraßen, vorbei an kleinen Cafés, Kneipen und dem Titania-Theater. In den großen Fenstern, die durch das blaue Metall unterbrochen werden, sehe ich unsere

Spiegelung. Es sieht aus, als würden wir hierhergehören – mitten in das Leben rund um die Bockenheimer Warte.

Und doch merke ich, wie die Zweifel tief in mir wieder lauter werden. Je mehr die Sonne verschwindet und die schützende Wärme mit sich nimmt, desto mehr spüre ich wieder all die Dinge, die ich lieber zur Seite schieben und vergessen würde. All die Dinge, für die mir die Worte fehlen und die ich doch in die Welt hinausschreien will.

Martha entgeht nicht, dass ich mich verkrampfe. Sie drückt sich dichter an mich. »Ist alles okay?«

Drei so einfache Worte. Eine Floskel, die wir jeden Tag so oft hören, dass die eigentliche Bedeutung völlig verloren gegangen ist. Vielleicht habe ich diese Frage mittlerweile selbst so oft gestellt, ohne eine ehrliche Reaktion zu erwarten, dass es mir schwerfällt, sie überhaupt noch zu beantworten. Sogar mir selbst.

»Es ist alles okay«, sage ich sofort und schaffe es irgendwie, mein Lächeln aufrechtzuerhalten. Der Abend ist schön, ich bin genau da, wo ich immer hinwollte – und ich bin nicht allein.

Was für ein Recht habe ich schon, mir die Sterne zu wünschen, wenn die Sonne gerade scheint?

Nachdem Martha und ich wieder das Treppenhaus erklommen haben, bleibt sie irritiert vor unserer Wohnungstür stehen. Ich brauche einen Moment, um zu begreifen, warum sie innehält.

Die Tür steht ein Stückchen offen.

»Hast du nicht abgeschlossen?«, will sie wissen.

»Doch, ich glaube schon.«

Wir sehen einander an, und ich kann spüren, wie mein Puls sich beschleunigt. Ich schlucke meine Angst, so gut ich kann, hinunter und bin dankbar, dass es Martha ist, die unsere Tür aufstößt und wie in einem Film ruft: »Hallo?«

»Verdammt, wo seid ihr denn gewesen?«, hören wir eine vertraute Stimme und atmen erleichtert auf.

»Ada?«

Der pastelllila Schopf unserer Freundin taucht im Flur auf. »Ich hoffe, ihr habt Durst mitgebracht, Ladys«, ruft sie und lässt im wahrsten Sinne des Wortes die Korken knallen. Die Sektflasche in ihrer Hand schäumt über und hinterlässt Flecken auf dem Boden, noch ehe eine von uns es verhindern kann.

»Gibt's 'nen Grund zu feiern?«, will Martha lachend wissen.

Adas blaue Augen blicken zwischen uns hin und her, als sie nickt und das Strahlen in ihrem Gesicht noch etwas heller wird. »Mein Vater wird morgen früh aus dem Krankenhaus entlassen.«

»Oh, Ada, das freut mich«, stoße ich aus und schließe sie in die Arme, um sie fest an mich zu drücken. Auch Martha fällt in die Umarmung ein.

»Mich auch!«

Sachte schiebt Ada uns von sich und deutet auf den Küchentisch. »Also schnappt euch ein Glas, und dann nichts wie aufs Sofa. Ich hab uns einen Film rausgesucht.«

Kapitel 3

WILLA

»Das ist nicht dein Ernst, Mirko!«, schnaube ich und stemme die Hände in die Hüften, während ich ihn anfunkle.

Mein Kollege sieht sich im Veranstaltungsraum um und zuckt mit den Schultern, als wollte er sagen, dass all das nicht mehr sein Problem ist. »Ich muss jetzt wirklich los.«

»Du kannst nicht einfach abhauen und mich mit all der Arbeit allein lassen«, hebe ich erneut zum Einspruch an. Früher dachte ich immer, in der Sozialen Arbeit seien alle Menschen eben das: sozial. Aber offensichtlich war das eine falsche Annahme.

»Tut mir leid, Willa«, behauptet er, was ihn aber nicht davon abhält, seinen Rucksack über die Schulter zu werfen und sich in Richtung Ausgang zu begeben.

Ich will mich ihm in den Weg stellen.

Will weiter diskutieren.

Will irgendwas tun.

Aber ich schaffe es nicht. Stattdessen spüre ich, wie ich einknicke. »Dann nimm wenigstens den Müll mit raus!«, rufe ich ihm hinterher, aber es ist schon zu spät. Mirko ist bereits durch die Tür verschwunden und lässt mich hängen.

Ich bin es eigentlich gewohnt, Überstunden zu machen. Normalerweise macht es mir auch nichts aus, die Letzte im Zentrum zu sein – im Gegenteil –, so habe ich immerhin etwas Ruhe, nachdem es den ganzen Tag in den Gängen gesummt hat wie in einem Bienenstock.

Aber heute fühlt es sich anders an. Härter.

Vielleicht liegt es daran, dass ich gerade meine erste Vorstandssitzung erlebt habe. Mir fällt es immer noch schwer zu überblicken, wie unser Verein aufgebaut ist und die unterschiedlichen Aufgaben verteilt sind. Nach all dem Input schwirrt mir der Kopf.

Und vielleicht bereue ich gerade, dass ich mich als Unterstützung zum Aufräumen gemeldet habe, denn so habe ich mir das nicht vorgestellt. Dass ich allein die Tische und Stühle an ihren Platz räumen, den Müll rausbringen und das Geschirr in die Küche schleppen muss, war nicht Teil des Deals. Mirko wäre dafür eingeteilt gewesen.

Manchmal wünschte ich, dass ich mehr wie meine Freundinnen wäre. Weder Ada noch Martha würden das mit sich machen lassen. Sie hätten Mirko die Stirn geboten und dafür gesorgt, dass er seinen Job genauso erledigt, wie es abgesprochen war.

Genervt puste ich mir eine Strähne aus dem Gesicht, als ich die Küche betrete, und werfe den Spülmaschinentab etwas zu fest in die dafür vorgesehene Öffnung. Es wird wirklich Zeit für meinen Feierabend. Mein Magen knurrt, und ich zittere, ohne dass ich sagen kann, ob es an der Wut, der Erschöpfung oder dem Druck in meinem Inneren liegt.

Typen wie Mirko sind einer der Gründe, weshalb ich keine Lust auf Männer oder Beziehungen habe. Sie spucken große Töne, machen Versprechungen und lassen einen dann sitzen – oder noch Schlimmeres.

Schluckend lehne ich mich gegen die Küchenwand. Nur für eine Minute die Augen schließen, damit ich den Rest des Abends noch irgendwie überstehe … Mit einer Hand fummle ich die Kopfhörer aus meiner Hosentasche, stecke sie mir in die Ohren und drehe die Musik auf. Dann mache ich weiter.

Eine halbe Stunde später kontrolliere ich noch einmal, ob alle Fenster in den Büros geschlossen sind, und will gerade meine Jacke holen, als mir ein Fluch entfährt: »Verdammt, Mirko, konntest du nicht mal das Licht ausmachen?« Die Glasfenster der großen Schwingtür zur Sporthalle leuchten mir auf dem Flur entgegen wie Augen. Die Sportgruppen sollten seit Stunden weg sein.

Obwohl ich schon halb am Ausgang bin, lasse ich meine große

Umhängetasche auf den Boden gleiten. Eilig laufe ich zur Halle und schiebe die Tür auf.

Als ich in ein fremdes Gesicht blicke, das mich ebenso perplex ansieht, bleibt mir vor Schreck der Mund offen stehen.

Und für einen Moment ist es, als hätte jemand mein Leben auf Zeitlupe gestellt. Die Musik aus meinen Kopfhörern dröhnt in meinen Ohren, während ich in braune Augen starre. Mein Blick wandert über die Gesichtszüge meines Gegenübers. Das markante Kinn reckt sich nach vorne, und das künstliche Licht zeichnet einen Schimmer auf die stoppeligen Wangen.

Blinzelnd weiche ich zurück. »Was zum Teufel machst du hier?«, platzt es aus mir heraus.

Der Fremde sieht mich noch immer an. Seine dunklen Haare hängen ihm in die Stirn, was sich auch dann nicht ändert, als er sie lässig nach hinten schiebt. Widerspenstig fallen sie sofort wieder zurück an ihren Platz. Sein Grinsen kommt mir wie eine Herausforderung vor. Seine Lippen bewegen sich, formen Worte, die nicht bis zu mir durchdringen und trotzdem etwas in mir auslösen, das ich nicht verstehe.

Ich ziehe einen meiner Kopfhörer aus den Ohren. Mir ist bewusst, dass ich heftig reagiert habe. Meine Wut ist eigentlich gegen Mirko gerichtet und nicht gegen den Fremden.

Aber etwas an seinen Augen hat mich eiskalt erwischt, und mein rasendes Herz macht mir das Denken nicht einfacher.

»Es sollte eigentlich niemand mehr hier sein«, sage ich, während sein Blick noch immer auf mir liegt. Erst jetzt nehme ich eine Bewegung im Augenwinkel wahr und drehe mich zu einem der Basketballkörbe um, die an der Hallenwand angebracht sind. Ein Mädchen ist gerade dabei, Körbe zu werfen.

»Tut mir leid, ich wusste nicht, dass es ein Problem ist, wenn Stella und ich noch trainieren«, meint der Fremde und zieht meine Aufmerksamkeit damit wieder auf sich. Die blauen Chromfelgen vor den Speichen seines Rollstuhls schimmern im künstlichen Licht der Halle.

»Das Zentrum schließt um neunzehn Uhr dreißig«, gebe ich zurück, auch wenn das schlechte Gewissen sich bereits meldet, weil das Mädchen solchen Spaß zu haben scheint.

»Ich weiß«, antwortet er.

Ich verschränke die Arme vor der Brust und funkle ihn an. »Und warum seid ihr dann noch hier?«

»Stella wollte ihren neuen Rollstuhl testen«, gibt er zurück, als sei damit einfach alles erklärt. Und noch immer sitzt dieses verdammte Grinsen in seinem Gesicht. Es zeichnet Grübchen in seine Wangen, und es ärgert mich, dass mir dieses Detail auffällt.

Herausfordernd legt er den Kopf schief. Seine dunklen Brauen heben sich. »Ich habe mit Aygül gesprochen – sie meinte, sie würde Mirko Bescheid geben. Hat er nichts gesagt?«

»Nein.« Schluckend wird mir klar, dass die Geschäftsführerin unseres Vereins erwähnt hat, dass sie mit dem neuen Trainer der Jugendsportgruppen gesprochen hat. Nur hat sie mir dazu keinerlei weitere Infos gegeben – sondern wahrscheinlich Mirko. Ich habe keine Ahnung, wer hier vor mir steht.

Für einen Moment frage ich mich, ob ich gerade belogen werde – aber wer sollte schon lügen, nur um unsere Sporthalle für Rollstuhl-Basketball zu nutzen?

»Das tut mir leid, ich bin davon ausgegangen, dass alle Bescheid wüssten«, erklärt er deutlich sanfter, während sein Blick wieder meinen sucht. Aber ich weiche ihm aus, weil etwas an ihm mir zu nahe geht.

»Ich nehme an, du besitzt noch keinen Schlüssel?«, frage ich und versuche, nicht auf die Reaktionen meines Körpers zu achten. Ein hübsches Gesicht und ein entwaffnendes Lächeln reichen nicht aus, damit ich vergesse, wie ich in dieser Situation gelandet bin.

»Leider nicht«, gesteht er. »Ich verspreche dir, es dauert nicht mehr lange.«

Meine Zähne pressen sich aufeinander. Stella wirft noch immer Körbe und winkt mir zu, als sie mich entdeckt.

Ich kenne sie nur flüchtig. Das Gemeindezentrum ist groß, und es gibt jede Menge Projekte, Gruppen und Ehrenamtliche. Mit den Sportgruppen habe ich in der Regel nichts zu tun, mein Fokus liegt eher auf den Mental-Health-Projekten und den Selbsthilfegruppen.

»Hey!«, ruft sie begeistert. »Ich hab deinen Rekord gebrochen, Elias!«

Er lacht. »Ach ja?«

»Zwölf in Folge«, behauptet sie. »Damit hab ich unser Battle im Freikörbewerfen gewonnen!«

Ihr glücklicher Blick findet meinen, und auch wenn ich noch immer angefressen bin, muss ich lächeln. »Herzlichen Glückwunsch.«

»Da du mich vernichtend geschlagen hast, solltest du dich jetzt umziehen«, meint Elias freundlich, aber bestimmt. »Wir machen Schluss für heute.«

Stella widerspricht nicht, sondern macht sich auf den Weg in die Umkleidekabinen.

»Du bist der neue Trainer«, stelle ich fest.

Elias lacht. »Was hat mich verraten? Das Setting, die Sportklamotten?«

»Und die Tatsache, dass Sportlehrer meist gegen ihre Schülerinnen verlieren«, schieße ich zurück.

Seinem Grinsen tut das allerdings keinen Abbruch. Im Gegenteil, ihm scheint er sogar irgendwie zu gefallen, dieser kleine Schlagabtausch zwischen uns. »Hey, stell ja nicht meine Kompetenzen infrage, ich habe sie natürlich nur aus pädagogisch wertvollen Gründen gewinnen lassen.«

»Natürlich.«

Er reicht mir seine Hand. »Freut mich, dich kennenzulernen. Auch wenn ich mir gewünscht hätte, jemand hätte mich angekündigt. Ich bin Elias. Aber das weißt du ja jetzt schon.«

Für einen Moment sehe ich ihn nur an. Seine weiche Stimme sorgt dafür, dass sich meine Wut etwas auflöst.

»Willa.«

Unsere Hände berühren sich, und Wärme schießt durch meinen Körper, während mein Herz einen Extraschlag macht. Schnell ziehe ich meine Hand wieder zurück. »Ich würde jetzt wirklich gern Feierabend machen und die Halle abschließen«, stelle ich klar.

»Möchtest du deine Nächte etwa nicht hier verbringen?«, stichelt er und verzieht amüsiert den Mund.

»Nicht bei der Gesellschaft.«

»Autsch«, stößt er aus, lacht aber wieder, als würde meine Abwehrhaltung ihn bestens unterhalten. »Du kennst mich keine fünf Minuten, und schon habe ich einen Korb kassiert.«

»Ist ja offenbar nicht der erste heute.«

Dieses Lachen. Es lässt einen Schauder über meinen Körper laufen und sorgt dafür, dass sich sämtliche meiner Muskeln anspannen. Irgendetwas an Elias drückt Knöpfe in meinem Inneren, die ich sonst gut versteckt halte. Das Letzte, was ich heute Abend erwartet habe, ist, auf jemanden wie ihn zu treffen. Nichts scheint ihn zu verunsichern, weder meine anfängliche Wut noch meine reservierte Art. Sämtliche meiner Schutzmechanismen scheinen ihren Dienst zu versagen, wenn ich ihn zu lange anschaue, und ich verstehe nicht, warum. Ich weiß nur, dass mir heiß wird, wenn er mich ansieht.

»Ich warte im Foyer auf euch«, murmle ich und drehe ihm den Rücken zu. Im Gehen wische ich mir die Hände an der zerschlissenen Jeans ab, in dem Versuch, die Erinnerung an seine Wärme abzustreifen. Aber es ist vergeblich. Der Rhythmus meines Herzens ist noch immer durcheinander.

Es dauert nicht lange, bis sich sowohl Stella als auch Elias am Ausgang einfinden. Ich halte ihnen die Tür auf und schließe ab, ehe ich mich dem dunklen Parkplatz zuwende. Ein einsames Auto steht unter dem großen Ahornbaum, dessen Blätter leise im Wind rauschen. Der Spätsommer in Frankfurt ist noch nicht abgeklungen, aber ich kann ihn bereits spüren – den Herbst. Unwillkürlich schlinge ich die Arme fester um meinen Körper, spüre den Stich der Traurigkeit darüber, dass sich die schönste Zeit des Jahres verabschiedet, und blicke wieder in das Gesicht von Elias.

Offenbar hat er etwas gesagt, und ich brauche einen Moment, bis seine Frage vollends in meinen müden Verstand gesickert ist.

»Bist du mit der Bahn hier?«

»Ja.«

Er deutet mit dem Kopf auf seinen Wagen. Stella hat die Tür bereits geöffnet und zieht sich mit den Armen auf den Sitz. »Ich muss Stella ohnehin nach Hause bringen, soll ich dich mitnehmen?«

Die Frage überrascht mich, sodass ich ihn einen Herzschlag lang nur anblinzle. Was an unserem Zusammentreffen hat ihn bitte auf die Idee gebracht, dass ich von ihm nach Hause gebracht werden will?

»Danke, ich verzichte.«

Sein selbstsicheres Grinsen verschwindet zum ersten Mal an diesem Abend. »Das sollte keine blöde Anmache sein, ich dachte nur: Es ist spät, und ich schulde dir was dafür, dass wir länger in der Halle waren.«

»Schon in Ordnung«, wehre ich ab.

Er nickt. »Gute Nacht, Willa. Wir sehen uns.«

Und irgendwas an diesem Satz bringt mein Herz schon wieder zum Stolpern.

Kapitel 4

WILLA

Es gibt Momente im Leben, da spürt man die Risse in der Seele besonders deutlich. Momente, in denen man hineinfällt in die Schluchten voller Zweifel, heimtückischer Gedankenspiralen und der allgegenwärtigen Stimme, die immer wieder flüstert: *Du bist nicht gut genug. Und du wirst es nie sein.*

Und immer wenn die Albträume kommen, sind diese Gedanken wieder viel zu laut. Am liebsten würde ich einfach vergessen. Mein gesamtes Leben vergessen und bis zu dem Punkt vorspulen, an dem ich in Frankfurt angekommen bin. Nur funktioniert das Leben so eben nicht – und Schatten, die mich verschlungen haben, versuchen genau das immer wieder.

Jetzt fehlt mir die Kraft, aus dem Bett zu steigen. Der Schlummeralarm meines Handys setzt zum dritten Mal an, doch ich schalte ihn erneut aus und blicke weiter an die Decke.

»Willa?«, ertönt Marthas Stimme vor meiner Tür, aber sie wartet nicht darauf, dass ich sie hereinrufe. Ihr Kopf erscheint im Türspalt. »Bist du wach?«, will sie wissen, bevor sie näher kommt.

»Ja, entschuldige«, murmle ich und setze mich auf, wobei ich darauf achte, dass meine übergroße Decke alles von mir abschirmt. Es mag albern wirken, besonders, da Martha sie kennt. Die Narben. Die unzähligen Narben auf meinen Armen, von den unzähligen Schnitten, die ich mir selbst zugefügt habe.

»Ich hatte nur die Befürchtung, dass du verschläfst«, erwidert Martha und legt den Kopf schief, während sie mich betrachtet. Das tut sie immer, wenn sie sich sorgt, aber nicht genau weiß, wie sie es sagen soll.

»Mir geht's gut.«

Martha schüttelt den Kopf. »Hör auf zu lügen.«

Das ist das Problem an wirklich guten Freundinnen. Sie erkennen es viel zu oft, wenn man nicht bereit ist, ihnen die Wahrheit zu sagen. Obwohl ich zugeben muss, dass mein Zimmer wahrscheinlich auch nicht den Eindruck vermittelt, dass mit mir alles okay ist. Es ist selbst für meine Verhältnisse extrem unordentlich. »Ich steh jetzt auf«, verspreche ich, auch wenn ich mich nicht danach fühle.

Aufmunternd drückt Martha mir einen Kuss auf die Stirn. »Okay, ich warte mit einem gigantisch großen Kaffee auf dich.«

»Danke.«

»Keine Ursache.«

Sie schließt die Tür hinter sich, und ich schiebe die warme kuschelige Decke widerwillig von meinem Körper. Martha war der erste Mensch, dem ich erzählt habe, was mir passiert ist. Die erste Person, die mich nicht hinterfragt hat. Und irgendwie wurde sie so auch zu dem ersten Menschen in meiner Familie.

Mir ist nicht danach, mein Spiegelbild länger als nötig zu betrachten, also verzichte ich auf Make-up und ziehe mir nur schnell eine dunkle Jeans, mein Lieblingsshirt und einen schlabbrigen grauen Pulli über, ehe ich mir meine Haare zu einem großen Knödel zusammenbinde.

Das muss für heute reichen.

In der letzten Wäsche ist der Pulli ein kleines bisschen eingelaufen, sodass ich an den Ärmeln zupfen muss, um die Anfänge der Narbenlandschaft auf meinen Armen zu verbergen.

Mit meiner großen Umhängetasche trete ich aus meinem Zimmer, nur um im Flur fast über meine andere Mitbewohnerin zu stolpern.

»Ada!«

»Guten Morgen«, gibt sie gähnend zurück. Ada ist ein gutes Stück kleiner als ich, und der Geruch ihres schweren Vanilleparfüms umhüllt sie wie eine Wolke.

»Gut geschlafen?«

Der Ausdruck in ihrem Gesicht wird noch etwas knautschiger. »Es ging. Seid ihr heute Abend da?«, will sie wissen.

Martha und ich sehen uns an. »Klar, wollen wir einen Mädelsabend machen?«, frage ich. Nach meinem ewig langen Tag im Gemeindezentrum gestern wird mir ein Abend mit meinen Freundinnen hoffentlich guttun. Auch wenn ich mich dazu zwingen muss, mir diese kleine Pause zuzugestehen. In der Uni hänge ich hinterher, weil ich einige Abgaben von Hausarbeiten aufgeschoben habe. Und ich kann es mir nicht leisten, meinen BAföG-Anspruch zu verlieren.

»Es gibt da diese neue Buchverfilmung von Stephen King, die wir anschauen könnten«, schlägt sie vor.

Ich verziehe das Gesicht. »Bitte nicht schon wieder was Gruseliges!«

»Okay, wie wäre es mit einem Rewatch von *Shadow and Bone?*«

Martha rümpft die Nase. »Muss das sein?«

»Hey, das ist meine Lieblingsserie«, entgegnen Ada und ich wie aus einem Mund.

Martha rollt mit den dunklen Augen, aber ihre Mundwinkel ziehen sich nach oben. »Erinnert mich besser nicht daran.«

»Die Entscheidung ist gefallen«, sage ich bestimmt. »Ich muss jetzt zur Arbeit, aber ich könnte auf dem Rückweg veganes Eis besorgen.«

»Und Sahne?«

»Klar doch.«

»Vergiss die Streusel nicht«, instruiert mich Martha, während ich den Kaffee mit drei großen Schlucken austrinke.

»Wie könnte ich?«, erwidere ich und drücke ihr die leere Tasse in die Hand, dann greife ich nach meiner Jacke. »Wir sehen uns heute Abend!«

ELIAS

Manchmal kann ich selbst kaum glauben, wie sich mein Leben in den vergangenen zwei Jahren verändert hat. Die Spitze meines Bleistifts fliegt über das Papier, doch die Worte können nicht ausdrücken, was wirklich in mir vorgeht.

Welchen Weg kann ich wählen, wenn ich mich verändern will, aber Angst vor Veränderung habe?

Ich seufze und streiche die Zeilen in meinem Notizbuch gleich wieder durch. In meinem Kopf klangen die Worte anders, irgendwie besser und nicht, als hätte ich mittendrin den roten Faden verloren.

Ich stopfe das Notizbuch in meinen Rucksack, verlasse den Lesesaal der Bibliothek und mache mich auf den Heimweg.

Im Haus meiner Eltern brennt noch Licht, als ich meinen Wagen parke und die Bücher vom Beifahrersitz nehme, die ich mir gerade ausgeliehen habe. Mein Blick wandert zum Himmel.

Hier, etwas abseits der Stadt, sind die Sterne deutlich zu erkennen. Auch heute zeigt sich keine Sternschnuppe, der ich meine Wünsche anvertrauen könnte. Vielleicht, weil ich nur diesen einen hatte und er mir erfüllt wurde.

»Ich bin wieder da«, rufe ich ins Haus und lasse die Tür hinter mir zufallen.

Meine Mutter steckt den Kopf aus der Küche. »Soll ich deine Sportsachen gleich waschen?«

Es fällt mir schwer, nicht sofort die Augen zu verdrehen. »Ist nicht nötig …« Aber der Satz kommt nicht schnell genug aus meinem Mund, sodass meine Mutter bereits dabei ist, meinen Rucksack zu öffnen. Nur liegt ganz oben nicht meine Kleidung, sondern das Notizbuch.

»Oh?« Sie hebt das Buch hoch, als wüsste ich nicht, dass es sich dort befindet. »Du benutzt es noch?«

»Ja, aber das ist genauso privat wie meine dreckige Wäsche«, gebe ich zurück und schnappe mir meinen Rucksack wieder. »Würdest du das also bitte lassen?«

»Entschuldige, ich dachte nur, dass du genug um die Ohren hast«, sagt sie und hebt die Hände, als wollte sie signalisieren, dass wir einen Waffenstillstand haben. »Du bist gerade rechtzeitig zum Abendessen!« Sie schiebt sich das Haar aus dem Gesicht, das von grauen Strähnchen durchzogen wird.

Mein Lächeln ist nicht gespielt, doch es sind diese Momente, die mir den Kontrast zwischen meinem früheren und meinem jetzigen Leben allzu deutlich machen.

Das war das Schlimmste für mich.

Wieder hier zu sein.

Wieder zurückzumüssen.

Ein Stück von der Selbstständigkeit zu verlieren, die vor dem Unfall so selbstverständlich für mich war.

Ich liebe meine Familie. Ich bin dankbar für absolut alles, was sie für mich getan hat, noch tut und wahrscheinlich immer tun wird. Es ist nicht so, dass ich nicht gern mit ihr zusammen bin. Aber mit Mitte zwanzig wieder ins Elternhaus ziehen zu müssen, ist, gelinde gesagt, ein Schlag in die Magengrube. Da hilft es auch nicht, dass ich keine andere Wahl hatte. Eher im Gegenteil.

»Was gibt es zu essen?«

Ich begebe mich in die Küche. Schon allein der Geruch lässt meinen Magen knurren. Bis eben hatte ich keine Ahnung, wie groß mein Hunger eigentlich ist. Diez hat mich ziemlich auf Trab gehalten. Manchmal habe ich das Gefühl, mehr für sein Jurastudium zu tun als für mein eigenes in Sozialer Arbeit. Unsere Lerntreffen enden eigentlich immer damit, dass mir der Kopf vor lauter Paragrafen schwirrt. Auch wenn meine sozialen Batterien ziemlich erschöpft sind, beschließe ich, meiner Mutter Gesellschaft zu leisten. Leise fluchend hantiert sie hinter der Küchentheke. »Rosenkohl-Kartoffel-Gratin!«, höre ich ihre Antwort.

»Dann ist es ja gut, dass ich Diez heute nicht mitgebracht habe.«

Mit einem angestrengten Gesichtsausdruck hebt meine Mutter die übergroße Auflaufform auf den Tisch. Ihr tadelnder Blick streift meinen, und ihre schmalen Lippen verziehen sich zu einem sarkastischen Lächeln. »Diez liebt meine Küche!«

Schmunzelnd sehe ich sie an. »Diez hasst Rosenkohl. Und jetzt tu nicht so, als hättest du gekocht.«

Sie winkt ab und dreht mir wieder den Rücken zu, um die Teller und das Besteck aus dem Schrank zu holen. »Ich hatte die schwerste aller Aufgaben: das Essen nicht anbrennen zu lassen. Dein Vater hat nur das Schneiden, Abschmecken, und was auch immer man sonst noch machen muss, erledigt.«

Ihr Lächeln ist fast so strahlend wie die großen LED-Lampen an der Decke. Aber ich kenne sie einfach zu gut. Eltern versuchen immer, ihren Kindern vorzumachen, dass alles in Ordnung ist. Nur ist eben nicht immer alles in Ordnung.

»Wo ist er?«, frage ich, während meine Mutter mir ein Glas Orangensaft eingießt.

»Hat eine Extraschicht übernommen«, antwortet sie deutlich leiser. Auch das ist inzwischen meine Normalität. Mir ist bewusst, dass ich ziemlich privilegiert aufgewachsen bin. Soweit ich mich erinnere, hatten wir nie finanzielle Probleme. Ich hatte immer alles, was ich brauchte, und meistens bekam ich das, was ich wollte.

Und nun setzt sich das fort. Meine Eltern springen bei allen Dingen ein, die jetzt eben nötig geworden sind, besonders, wenn die Krankenkasse mal wieder einen Zuschuss nicht bewilligt. Ich besitze ein neues Auto, das ich trotz der Tatsache, dass eines meiner Beine nahezu bewegungsunfähig ist, fahren kann. Zwei Rollstühle, einen für den täglichen Gebrauch, einen für den Sport, ohne den ich einfach nicht leben will. Fuck, sie haben das halbe Haus umgebaut, damit ich über ein Schlafzimmer in der unteren Etage inklusive eigenem Badezimmer verfüge.

Und ich bin dankbar.

Sehr sogar.

Aber ich sehe sie auch. Die Spuren, die es hinterlässt. Meinen Vater bekomme ich kaum noch zu Gesicht, er übernimmt jede Schicht, die er kriegen kann, und jobbt sogar am Wochenende. Gleichzeitig kocht er und findet am Sonntag trotzdem immer die Zeit, mit meiner Mutter und mir einen Film anzuschauen.

Vielleicht ist das der Unterschied zwischen der Kindheit und dem Erwachsenendasein. Als Kind sieht man alles durch einen rosa Filter, der die hässlichen Dinge ausblendet und die schönen Sachen erst möglich macht. Ich wünsche mir diesen Filter oft wieder zurück.

»Wie war es heute früh bei der Physiotherapie?«

»Ziemlich gut«, sage ich und meine es auch so.

»Deine Begeisterung ist ja ansteckend.«

»Der neue Physiotherapeut ist nice, aber er bringt mich auch ganz schön an meine Grenzen«, gestehe ich und kratze mich am Kopf.

»Verstehe«, erwidert sie. »Bei mir war es mal wieder mein Chef, der mich an meine Grenzen gebracht hat.«

»Ist er immer noch wütend, dass ihr eine Gewerkschaft gründet?«

»Mehr als das, aber das wird ihm auch nichts nützen. Lass uns nicht davon sprechen, erzähl mir lieber, wie dein erstes Training gestern im Gemeindezentrum war!«

»Klasse«, antworte ich sofort und spüre, wie sich ein Grinsen auf mein Gesicht stiehlt. »Die Kids sind toll.«

»Und die Kollegen?«

Diese Frage lässt unwillkürlich Willas Gesicht vor mir aufblitzen. Sie hatte irgendwas an sich, das ich nicht so ganz in Worte fassen kann.

Obwohl ich sie nur dieses eine Mal gesehen habe, kann ich mich an jeden Millimeter ihres Gesichts erinnern. Ich sehe sie so deutlich vor mir, als würde sie gerade vor mir stehen – und das nicht nur, weil sie mir einen Korb gegeben hat.

»Ich hab noch nicht viele kennengelernt, aber einer der Kolleginnen habe ich gestern wohl den Feierabend versaut«, gestehe ich lachend.

»Was hast du getan?«

»Etwas in der Kommunikation ging schief, und vielleicht habe ich auch ein bisschen die Zeit vergessen.«

Sie lacht auf und schüttelt den Kopf auf diese Art, die Eltern oft an sich haben. »Ja, das klingt nach dir.« Meine Mutter setzt sich zu mir und befüllt unsere Teller. Beim Geruch des zerlaufenen Käses stöhne ich fast vor Verzückung. Genau das brauche ich jetzt. »Deine Großtante Erna hat nächste Woche Geburtstag, willst du mitkommen?«, sagt sie eher beiläufig, als ich gerade den ersten Bissen nehme.

»Ich kann nicht, der Vorbereitungskurs für das nächste Semester geht los.«

Meine Mutter stockt kurz, fast so, als würde sie darüber nachdenken, ob sie mir widersprechen soll. »Soll ich dir beim Lernen helfen?«

Beinahe hätte ich aufgelacht. Aber ich kenne das bereits. »Nein, Ma. Passt schon.«

Seit ich wieder zu Hause wohne, scheint meine Mutter manchmal zu vergessen, dass ich erwachsen bin und mein Studium nicht mit den Hausaufgaben aus der sechsten Klasse zu vergleichen ist.

Meine Ma sieht mich eindringlich an. »Bist du sicher?«

»Wenn ich mich richtig erinnere, war ich es, der all die Krankenkassenanträge für Förderungen ausgefüllt hat«, stichle ich grinsend. »Ich glaube also, dass du mir in Sachen Grundlagen des Rechts und Sozialrechts nicht wirklich helfen kannst.«

Sie muss lachen. »Manchmal vergesse ich, was für ein Besserwisser du bist.«

»Aber recht hab ich doch trotzdem?«

»Musst du das denn so rausposaunen?«, stichelt sie zurück.

Ich strecke ihr die Zunge heraus. »Von wem habe ich das wohl?« Wenn ich darüber nachdenke, bin ich manchmal vielleicht doch noch ein bisschen wie mit zehn …

»Gut, dann werde ich wohl allein bei Tante Erna sitzen und mich schrecklich langweilen.«

»Paps kommt nicht mit?«

Sie schüttelt den Kopf und schiebt sich lieber eines der Rosenkohlröschen in den Mund. Ich kaue noch und bedeute ihr mit den Händen, dass an ihrem Kinn etwas Soße hängt.

»Und was ist mit dem Wochenende darauf?«, fragt sie weiter. »Dein Vater hat frei, wir könnten uns mal wieder einen Film im Kino ansehen.«

»Ich fürchte, auch da muss ich absagen.«

»Und wieso?«

»Ich bin im Gemeindezentrum«, erkläre ich knapp.

Damit habe ich das Thema angeschnitten, das ihr Bauchschmerzen bereitet. »Willst du das wirklich neben dem Studium noch weitermachen?«

Ich kneife die Augen zusammen und sehe sie an. Dieses Gespräch hatten wir in den vergangenen Wochen zu oft. Meine Zwangspause ist vorbei.

Im nächsten Semester steige ich wieder in mein Masterstudium ein. Auch wenn ich im Stoff etwas hinterherhinke und vieles aus dem ersten und zweiten Semester nicht mehr vollends vor Augen habe, komme ich im Großen und Ganzen gut klar. Früher hatte ich auch nicht mehr Zeit zum Lernen oder Hausarbeitenschreiben als jetzt, dazu habe ich zu oft gefeiert und mich zu viel ausprobiert.

Ich wollte schon immer in die Soziale Arbeit. Das Einzige, was sich verändert hat, ist, dass ich jetzt nicht mehr abwarten will, Berufserfahrung zu sammeln, und deswegen ehrenamtlich im Zentrum arbeite. Für einen Augenblick überlege ich, meiner Mutter genau das zu sagen. Doch sie kennt alle meine Beweggründe. Meine Antwort fällt daher nur knapp aus. »Ja.«

Dass ich mich ehrenamtlich engagieren will, fand meine Familie zwar ursprünglich gut, aber nur so lange, bis ihr klar wurde, wie viel Arbeit es bedeutet und dass es weit mehr als nur ein netter Zeitvertreib ist.

Meine Ma legt ihre Gabel zur Seite und reibt sich über die Stirn. »Ich will dich nicht bevormunden, ich will nur sagen …«

»Du machst dir Sorgen, ich versteh schon.«

Sie nickt langsam und lächelt mich halbherzig an. »Und ich geh dir damit auf die Nerven, oder?«

Damit trifft sie ins Schwarze, aber immerhin hält sie mich nicht davon ab, die Teller abzuräumen. »Ja, ziemlich. Aber das ist okay, ich liebe dich trotzdem.«

Ich verstaue das benutzte Geschirr in der Spülmaschine und wende mich ihr wieder zu.

»Und ich dich«, sagt sie und greift nach meiner Hand. »Ich wollte nie eine dieser Mütter werden, die ihrem Kind nichts erlauben.«

»Ich bin ja zum Glück kein Kind mehr.«

Theatralisch verdreht sie die Augen. »Super, danke, mein Sohn. Das hilft mir natürlich sehr.«

Lachend schiebe ich mich an ihr vorbei. »Ich geh in die Badewanne.«

»Brauchst du …«

»Mama!«

Sie bricht ihren Satz ab und sieht mich mit einem schiefen Lächeln an. »Okay. Wenn doch, gib Bescheid. Ich werde mich jetzt vor den Fernseher setzen und wahrscheinlich eingeschlafen sein, bis dein Vater kommt.«

»Alles klar, ich deck dich dann später zu«, gebe ich über die Schulter zurück.

»Gute Nacht.«

»Gute Nacht, Ma.«

Kapitel 5

WILLA

»Vorsicht!«, rufe ich aus und ducke mich vor der Handykamera weg, die gerade von Ada durch den Raum geschwenkt wird.

»Ups, sorry«, sagt sie und legt ihr Telefon zur Seite. »Ich hatte vergessen, dass du das nicht magst.«

»Du weißt genau, dass es nicht daran liegt«, murmle ich etwas zu scharf. Auch wenn es mir manchmal selbst albern erscheint, bekomme ich schon Herzrasen, wenn ich nur daran denke, dass jemand mich irgendwo auf Instagram oder TikTok wiedererkennen könnte. Nein, nicht jemand, eigentlich nur eine Person. Die Person, die für so viele Risse in meiner Seele verantwortlich ist.

Meine Freundinnen sind die einzigen Personen, die von alldem wissen, aber manchmal vergessen auch sie, wie tief die Wunden sind, vor denen ich mich verstecke. Und weil ich meine Rolle so gut spiele, vergesse ich es manchmal selbst. Bis zu diesen scheinbar kleinen Momenten, die mich wieder daran erinnern, dass ich nicht bin wie sie. Und es vielleicht nie sein werde. Alles, was mir bleibt, ist, meine Rolle weiterzuspielen, bis ich wieder vergesse, was in meinem Leben alles schieflief.

Mein schlechtes Gewissen meldet sich, sobald ich eine heiße Schokolade von Ada in die Hand gedrückt bekomme und sie und Martha den Mädelsabend einläuten. Einen zweiten Abend innerhalb von nur einer Woche freizunehmen, passt nicht in meinen Zeitplan. Wobei – wenn ich ehrlich bin, haben mich die dunklen Gedanken und die Erschöpfung zuletzt ohnehin daran gehindert, wirklich etwas von den Dingen abzuhaken, die sich auf meiner schier unendlichen To-do-Liste befinden.

»Ich hab den Hausmeister angerufen«, erkläre ich. »Nächsten Montag repariert er unser Kellerlicht, und wegen der leckenden Heizung will er jemanden vorbeischicken.«

»Wie schaffst du es nur, solche Dinge auch noch zu organisieren?«, will Ada wissen.

»Na ja, irgendwer muss es eben tun«, wehre ich ab und zucke mit den Schultern.

»Ja, aber heute Abend machen wir nichts mehr, was uns daran erinnert, dass wir Erwachsene sind!«, beschließt meine Freundin. Mit diesen Worten startet sie *Shadow and Bone.*

Vielleicht ist es genau das, was mir jetzt hilft. Eine kleine Gnadenfrist, etwas Luft und Ablenkung. Meine Freundinnen um mich herum und heiße Schokolade.

Nur weiß ich, dass ein paar Momente der Leichtigkeit die Schwere nicht vollends stoppen, die sich auf meinen Brustkorb gelegt hat und droht, mich in ein unsichtbares Loch zu saugen. Trotzdem bemühe ich mich zu lächeln, denn egal, wie ich mich gerade fühle: Jetzt geht es um meine Freundinnen. Um uns. Um das, was ich an meinem Leben mag.

»Eine Außenseiterin wird zur Heldin wider Willen – eine ganz klassische Fantasy-Trope«, brummt Martha und verdreht die Augen, während Alina Starkov über unseren Bildschirm flimmert.

Auf unserem kleinen Wohnzimmertisch stapeln sich die unterschiedlichsten Snacks. Von Eis über Chips bis hin zu Popcorn und Käsesoße ist alles da, was das Herz begehren könnte.

»Als ob irgendwer ihretwegen einschaltet«, meint Ada, den Blick fest auf den übergroßen Fernseher gerichtet, der sich vor unserem chaotischen Bücherregal befindet. Mit einer Hand nimmt sie sich Popcorn und tunkt es mit einer Selbstverständlichkeit, die ich nie verstehen werde, in die Käsesoße, ehe sie es zwischen ihren Lippen verschwinden lässt. »Wir sitzen einzig und allein wegen der Krähen hier!«

Dieses Argument scheint Martha allerdings nicht zu überzeugen. »Und trotzdem dreht sich die Hälfte der Serie um sie.«

»Ja, denn ihre Rolle ist wichtig, um das gesamte Universum zu verstehen«, versuche ich zu schlichten.

»Du meinst, sie wird gebraucht, damit wir ihre toxische Beziehung zum Bösewicht romantisieren können?« Martha schnappt sich das vegane Eis und zieht eine Augenbraue nach oben, während Ada sie empört ansieht.

»Hey!«, schnaubt sie. »Grisha-General Kirigan würde dich für so eine Aussage auf die Knie zwingen.«

»Das kann er ja mal versuchen, ich knips einfach das Licht an, und der ach so mächtige Schatten-Dude fällt um.«

Ich muss schallend lachen und halte mir die Hand vor den Mund, als meine Freundinnen mich anstarren. Dann müssen auch sie grinsen.

»Du darfst gar nicht lachen, du stehst ausgerechnet auf Matthias«, erinnert mich Ada unnötigerweise.

Martha steht von ihrem Platz auf und stellt ihr Eis zur Seite. »Der traumatisierte Mann, der durch den Schatten des Kriegs seelisch verwundet ist und zwischen seiner Pflicht und dem letzten Rest eines Gewissens hin- und hergerissen wird, während er mit seiner Gefangenen Nina durch den Schnee stapft und mit aller Kraft versucht, ihre Anziehungskraft zu ignorieren«, gibt sie theatralisch von sich und wirft sich dabei quer über den Sessel, als würde sie gerade in Ohnmacht fallen.

Genau das liebe ich an uns. Während meiner Schulzeit hatte ich nie Freundinnen, mit denen ich mich über Bücher und Serien austauschen konnte. Schon gar nicht über Fantasy- oder Liebesromane. Und auch wenn Martha und Ada nicht unbedingt meinen Lesegeschmack teilen, so geben sie ihm zumindest immer eine Chance. Manchmal sind sie sogar positiv überrascht. Ich liebe es eben einfach, in eine andere Welt abzutauchen, mich in eine der Figuren zu verwandeln und als diese zu verlieben. Für mich bedeuten Bücher Freiheit. Ultimative Freiheit und der ultimative Schutz davor, in der Realität tatsächlich verletzt zu werden.

»Beruhigt es dich, wenn wir schwören, dass wir in der Realität nicht auf unsere fiktionalen Vorlieben zurückgreifen?«, will ich schmunzelnd wissen.

»Das will ich doch hoffen, sonst gehen hier bald schräge, versaute Millionäre ein und aus«, meint Martha.

Ich werde rot. »Das war nur eine Phase«, nuschle ich und kann spüren, wie mir die Hitze ins Gesicht steigt. Es gefällt mir nicht, wie unangenehm es mir ist, dass ich gerne Bücher mit vielen sexy Szenen lese. Eigentlich müsste es mir nicht peinlich sein, schon gar nicht vor den beiden. Ist es aber trotzdem.

»Girl, wir alle haben eine spicy Phase. Meistens zu einer bestimmten Zeit im Monat«, kichert Ada und wackelt anzüglich mit den Augenbrauen, was mein Gesicht nur noch mehr glühen lässt.

»Du bist unmöglich!«

»Ja, ich weiß. Aber deswegen liebt ihr mich.«

Martha zuckt gelassen mit den Schultern. »Ich habe zu viele Unterhaltungen über Tentakel-Pornos geführt, als dass ich bei so einem Thema noch rot werden könnte.«

»Ihr beide verschlingt Unmengen an grausamen Thrillern, aber ich bin schräg, weil ich mir ab und an leichte und schmuddelige Lektüre gönne?«, frage ich halb im Spaß und halb im Ernst.

Ada deutet auf mein vollgestopftes Bücherregal. Ich habe mich geweigert, es nach Farben zu sortieren, und stattdessen die unterschiedlichen Genres unterteilt. Mit Abstand den meisten Platz nehmen die Liebesromane und erotischen Bücher ein. »Nein, du bist schräg, weil du es schmuddelig nennst.«

»Sag doch lieber: versaut«, hilft Martha aus.

Ada grinst in ihre heiße Schokolade. »Dirty.«

»Oder: die beste Masturbationsvorlage!«

Die beiden lachen wieder, weil ich inzwischen wahrscheinlich so tiefrot bin wie unser altes Ledersofa. »Manchmal hasse ich euch beide«, behaupte ich, muss aber trotzdem grinsen.

Ich bin nicht die Einzige mit ungewöhnlichen Lesevorlieben. Ada ist der ungefähr größte Sebastian-Fitzek-Fan, den es gibt. Die signierten Ausgaben seiner Bücher stehen fein säuberlich geordnet in einem extra von ihr angebrachten Regal neben dem Fernseher, als hätte sie einen Altar errichtet. Mein eigener mit sämtlichen Sonderausgaben von Leigh Bardugo ist direkt daneben, was mir das Recht abspricht, darüber zu urteilen.

Nur Martha ist eher praktisch veranlagt, wenn es um ihre Bücher geht. Etwas versöhnlicher kommt sie wieder zu uns auf das Sofa und sieht mich an. »Wir schubsen dich nur gern etwas aus deiner Komfortzone«, meint sie und lehnt den Kopf gegen meine Schulter.

»Stimmt.«

Ada schaltet den Fernseher aus. Es sieht ohnehin niemand mehr von uns hin, und wir können unseren Rewatch vor dem Beginn der neuen Staffel auch noch etwas aufschieben.

»Haben wir schon beschlossen, welches Buch wir diesen Monat lesen wollen?«, wechsle ich das Thema.

Martha überlegt einen Moment. »Ich glaube, Ada ist dran, unseren nächsten Buddyread zu wählen.«

Unsere Freundin schluckt und schiebt sich eine der lila Strähnen hinters Ohr. »Um ehrlich zu sein, hatte ich bisher keine Zeit, mir die Neuerscheinungen genauer anzusehen«, gesteht sie.

»Das ist doch völlig in Ordnung«, sage ich schnell und greife nach Adas Hand. »Wir müssen das nicht jetzt entscheiden.«

»Genau«, stimmt Martha mir zu. »Du hattest mit deinem Vater mehr als genug um die Ohren.«

Ada legt den Kopf schief und scheint für einen Moment darüber nachzudenken, ob sie auf dieses Thema eingehen will oder ob ihr die Kraft dafür noch fehlt. »Ich habe Angst davor, irgendwas zu planen«, gesteht sie deutlich leiser. »Denn auch wenn es ihm gerade wieder besser geht, wissen wir nicht, wie lange diese Phase anhält. Wann er wieder im Krankenhaus landet und der ganze Horror wieder von vorne beginnt.«

»Verständlich«, sagen Martha und ich wie aus einem Mund.

»Mach dir wegen uns keinen Stress.«

Ada lächelt. »Danke, dass ihr heute Abend für mich da seid.«

Ich drücke sie an mich. »Sind wir doch immer.«

»Ja, aber ich bin immer wieder dankbar dafür, dass ihr es mir verzeiht, wenn ich mich tagelang nicht melde und dann wieder angekrochen komme«, murmelt Ada gegen meine Brust, während ich spüre, wie auch Martha uns umarmt.

»Wir sind deine Freundinnen«, sage ich sanft. »So schnell wirst du uns nicht los.«

»Versprochen?«

Weitere Worte sind unnötig. Wir sitzen einfach da und halten uns in den Armen, bereit, uns gegenseitig vor der großen, bösen Welt außerhalb dieser vier Wände zu beschützen. Komme, was wolle.

Kapitel 6

ELIAS

Ich würde mich nicht als unsicheren Typ bezeichnen. Aber gerade habe ich das Gefühl, ich müsste mich jeden Moment übergeben. Das letzte Mal, als mir so zumute war, habe ich mein Mathe-Abi verhauen. Ich fahre mir übers Gesicht, dann schlucke ich meine Angst hinunter und durchbreche die unangenehme Stille, die den Raum erfüllt. »Also ist es keine gute Idee? Ich weiß, bei uns gibt es die Sportgruppen, aber die meisten von ihnen sind für unterschiedliche Altersgruppen von behinderten Menschen ausgelegt. Es gibt keine Sportgruppe, die explizit für alle bestimmt ist. Für Menschen mit und ohne Behinderung.«

»Doch, es ist sogar eine sehr gute Idee«, meint Aygül und blinzelt mich an.

Ich weiß allerdings nicht, ob ich erleichtert sein soll, denn ihr Blick macht mir keine Hoffnungen. Mit verkniffenem Mund lehnt sie sich auf ihrem Bürostuhl zurück, ohne noch einmal die Papiere anzusehen.

»Aber die Kosten dafür können wir über unseren Verein nicht decken.«

»Und was heißt das?«

Aygül überlegt einen Moment. »Dass es ein eigenes Projekt werden müsste«, erklärt sie ruhig. »Mit einer eigenen Finanzierung.«

»Aber wir haben doch schon Inklusionsprojekte?«, frage ich verwirrt.

Die Geschäftsführerin nickt, sieht mich aber noch immer mit ernstem Blick an. »Das stimmt, aber die Rahmenbedingungen sind da genau festgelegt – und das, was dir vorschwebt, ist etwas ganz anderes. Wir können nicht die Finanzierung eines anderen Projektes dafür hernehmen, du bräuchtest dafür eine eigene.«

»Und wie schaffe ich es, ein eigenes Projekt daraus zu machen?«, frage ich etwas leiser, während sich meine schwitzigen Hände verselbstständigen und über meine Beine reiben.

Aygül seufzt tief und schwer. Nicht aus Abfälligkeit, das kann ich ihr ansehen. Es ist vielmehr ein Seufzen aus Resignation. Ich weiß, dass unsere Geschäftsführerin mir gern helfen würde. Nur ihretwegen darf meine Jugendgruppe überhaupt die Sporthalle des Gemeindezentrums nutzen. Und sie hat sich dafür eingesetzt, dass der Eingang endlich barrierefrei gestaltet wird, als ich sie darauf hingewiesen habe. Sie gibt ihr Bestes, so wie alle hier. Nur leider, und das ist das wirklich Schlimme daran, reicht es nicht. Und wird es vielleicht nie. Weil selbst eine Handvoll Menschen, die ihr Bestes geben, eben nicht alle Probleme auf einmal lösen können.

Sie hat noch immer nichts gesagt, sondern betrachtet weiterhin das von mir ausgearbeitete Konzept. Dann schüttelt sie den Kopf, nur um gleich darauf erneut zu nicken. »Du brauchst jemanden, der mit dir einen Finanzplan aufstellt und nach potenziellen Geldern sucht«, erklärt sie, doch ihr Ton vermittelt mir bereits, dass dieser Satz nicht sehr positiv enden wird. »Leider überschreitet es meine Kapazität, deine Idee so aufzubereiten, dass wir sie als Projektantrag durchbringen können.«

Erleichtert atme ich aus. Bisher war mir gar nicht klar, dass ich die Luft überhaupt angehalten habe. »Und wenn ich das mache? Allein?«

Ein sanftes Lächeln erscheint auf Aygüls Gesicht. »Ich will dich nicht vor den Kopf stoßen, Elias«, sagt sie ruhig. »Aber du hast darin bisher keine Erfahrungen. Das bedeutet nicht, dass ich es dir nicht zutraue. Für dein erstes Konzept ist das hier ziemlich gut. Aber du musst nicht mich oder den Vorstand überzeugen. Die Fördertöpfe sind für diese Wahlperiode bereits erschöpft, und es gibt kaum noch Raum für neue Projekte und Ideen. Ich sage nicht, dass es unmöglich wäre. Nur, dass du dabei Hilfe brauchen wirst.«

Meine Hände ballen sich entschlossen zu Fäusten. »Dann suche ich mir jemanden, der mir hilft. Irgendjemand wird doch etwas Zeit für mich übrig haben.« Flehend sehe ich sie an. Ich will das machen, unbedingt. Weil ich denke, dass es etwas verändern könnte. Nicht die Welt, nicht Tausende von Leben – aber es würde ein paar Menschen helfen. Und das ist der Grund, warum ich diesen Job immer machen wollte. Ich wollte Soziale Arbeit studieren, weil ich daran glaube, dass sie etwas verändern kann. Auch wenn es nur für ein einziges Leben gilt.

Aygül denkt einen Moment darüber nach. Ich kann ihrer gerunzelten Stirn ansehen, dass sie bereits eine Antwort hat, aber noch unentschlossen ist, ob sie mir diese auch mitteilen will.

»Aygül?«, frage ich nach ein paar Herzschlägen.

»Ich kann nichts versprechen«, stellt sie klar. »Diese Entscheidung kann ich nicht einfach so über den Kopf einer anderen Person hinweg treffen. Du wirst sie selbst überzeugen müssen.«

»Sie?«

»Willa sucht noch nach einem Thema für ihre Masterarbeit«, überlegt sie laut. »Ihr könntet versuchen, euch zusammenzutun. Der Aufbau eines neuen Projekts könnte sich für ihre Abschlussarbeit eignen, sofern ihre Professorin zustimmt.«

»Willa?« Von all den Namen, die Aygül hätte sagen können, ist es ausgerechnet Willas?

Die Abwehrhaltung, die sie mir gegenüber mehr als deutlich gezeigt hat, habe ich nicht vergessen.

»Ihr kennt euch schon?«, will Aygül überrascht wissen.

Ich zucke so lässig, wie es mir möglich ist, mit den Schultern. »Flüchtig, ich hab sie abends hier getroffen.«

Und seitdem mindestens fünfmal an sie gedacht … Ich habe jedes Wort, das wir gewechselt haben, immer wieder im Geiste abgespielt. Es ist fast, als hätte ich Willa wiedererkannt, obwohl ich weiß, dass ich sie nie zuvor gesehen habe. Möglich, dass sie einfach kein Interesse an mir hat. Ich kann ein Nein akzeptieren. Nur möchte ich gern wissen, wer sie ist. Ganz ohne Hintergedanken. Na ja, zumindest fast.

Aygül hebt eine ihrer perfekt gezupften Augenbrauen. »Gut, dann muss ich euch ja nicht mehr vorstellen.«

Ich schüttle den Kopf. »Wann ist sie wieder hier?« Mein Herz schlägt plötzlich schneller. Aber nicht auf die Art, die einem sagt, dass man sich überanstrengt hat, sondern so, als würde man einen seiner alten Lieblingssongs plötzlich wieder neu entdecken.

Falls Aygül merkt, dass ich innerlich aufgewühlt bin, lässt sie es sich nicht anmerken. »Sie leitet die Selbsthilfegruppe für Menschen mit Depressionen, die in zehn Minuten beginnt. Und sie ist eine unserer Besten.«

»Gut«, meine ich und umkurve die viel zu schmal geschnittene Ecke ihres Büros. Bei dem Schwung, den ich draufhabe, hätte nicht mehr viel gefehlt und ich hätte meine Finger zwischen der Wand und den Reifen meines Rollstuhls eingeklemmt.

»Wo willst du hin?«, ruft Aygül mir hinterher, als ich schon halb aus der Tür bin.

»Ich schau mir mal an, ob Willa so gut ist, wie du sagst.«

WILLA

Das kalte Wasser rinnt meine Kehle hinab, während ich die Schmerztablette hinunterspüle. Sie wird nicht gegen den Schwindel helfen, aber zumindest die Kopfschmerzen etwas erträglicher machen.

Ich hab es heute übertrieben. Das weiß ich. Ich war so in meinem Tunnel, dass ich weder gegessen noch getrunken habe. Mein Fokus war voll und ganz darauf gerichtet, möglichst alles zu schaffen – damit ich nicht wieder mit einem schlechten Gewissen aus dem Gemeindezentrum verschwinde. Es ist kein Wunder, dass mein Körper mich anschreit, dass ich eine Pause brauche. Und ich nehme mir fest vor, eine zu machen, nach der Gruppensitzung. Ich kann sie nicht einfach absagen, schon gar nicht so knapp.

Ich muss noch ein bisschen durchhalten, damit ich mich am Ende des Tages nicht wie eine völlige Versagerin fühle.

Die Tablette beginnt langsam zu wirken, zumindest wird der stechende Schmerz zu einem dumpfen Pochen. Damit ich mir zumindest einreden kann, dass ich etwas gegessen habe und Martha nachher nicht anlügen muss, stecke ich mir ein Stück Apfel in den Mund, ehe ich den Raum für die Selbsthilfegruppe vorbereite.

Es ist nicht wie in den Filmen, obwohl wir einen Stuhlkreis haben. Und Kekse. Aber das hier ist kein dramatischer Film, sondern das echte Leben. Die Stühle sind abgewetzt, einige passen nicht einmal zusammen, und der Raum an sich ist nicht unbedingt der schönste, den wir zu bieten haben. Die Tapeten haben schon bessere Tage gesehen, und die Poster des Info-Telefons für Depression verkünden von allen Seiten die Rufnummer: 0800 3344533.

Ich habe die Nummer so oft gelesen, dass sie sich unwiderruflich in mein Gehirn gebrannt hat. Wahrscheinlich könnte ich sie auch aufsagen, wenn mich jemand mitten in der Nacht weckt.

Kauend und halbwegs zufrieden mit mir selbst teile ich die kleinen Notizblöcke aus, die wir von der Interventionsstelle gegen Gewalt erhalten haben, und lege auf jeden Stuhl auch noch einen passenden Kugelschreiber sowie einen Keks. Es ist nicht viel, aber ich tue mein Bestes, um allen das Gefühl zu geben, dass sie hier willkommen sind. Kleine Aufmerksamkeiten sind gut, um den Eindruck zu vermitteln, dass es wirklich Menschen gibt, die zuhören wollen.

Schwungvoll drehe ich mich um und verschlucke mich fast an dem Stück Apfel. »Hey, brauchst du was?«

Sofort erscheint auf Elias' Gesicht wieder dieses Grinsen, das mir schon bei unserer ersten Begegnung aufgefallen ist. Herausfordernd und vielleicht sogar fast ein bisschen unverschämt. Die schwarzen Haare hängen ihm in die Augen, die mich mit einer solchen Intensität mustern, dass mein Körper darauf reagiert, noch bevor ich mich dagegen wehren kann.

»Ich freue mich auch, dich wiederzusehen«, erwidert er amüsiert und nähert sich mir ohne auch nur den Hauch eines Zögerns.

Mir ist klar, dass ich ihn – schon wieder! – angefahren habe, also bemühe ich mich, mir meine Verunsicherung nicht anmerken zu lassen. »So meinte ich das nicht, aber meine Gruppe ist gleich da.«

Um genau zu sein, werden die Ersten schon in wenigen Minuten hier auftauchen, und ich brauche einen klaren Kopf, wenn ich die Gruppe leiten will. Einen, der bestenfalls nicht durch braune Augen und ein anmaßendes Grinsen verwirrt wird. Nur interessiert Elias das offenbar herzlich wenig.

Er fährt in die Mitte des Stuhlkreises und bleibt demonstrativ vor dem Stuhl stehen, über dem meine Strickjacke und mein Brustbeutel hängen. Dann schiebt er den Stuhl daneben aus dem Kreis, damit er Platz für seinen Rollstuhl hat. »Ja, ich weiß. Darum bin ich hier.«

»Entschuldigung?«

Er sieht mich an. »Ich will mitmachen.«

Das ist keine Frage, sondern eine simple Feststellung, als hätte ich dabei gar nichts mitzureden. »Aber …«

»Es ist doch eine offene Gruppe, oder nicht?«, unterbricht er mich.

Mein Mund steht etwas zu lange offen, als mir klar wird, dass er mich gerade ausgetrickst hat. »Ja, schon, es ist nur …«

»Was?«, hakt er nach und weiß genau, dass ich nun kaum noch ein Argument habe, um ihn einfach wieder wegzuschicken. Immerhin ist der Sinn einer offenen Selbsthilfegruppe ja, dass alle dazukommen können. Jederzeit und immer. Ganz so einfach will ich es ihm allerdings trotzdem nicht machen, ohne dass ich weiß, was genau er vorhat. Für mich sind die Sitzungen mehr als nur Arbeit, es ist ein Safespace für Menschen mit ähnlichen Erfahrungen, und es kommt mir nicht richtig vor, einen potenziellen Kollegen neben mir zu haben. Ich verschränke die Arme vor der Brust. »Willst du aus professioneller Sicht dabei sein oder als Klient?«

Elias legt den Kopf schief. Ich kann seinen Blick nicht deuten. Irgendwie ist es, als könnte er mich lesen wie ein Buch, und gleichzeitig, als würde er sich fragen, was all die Worte zu bedeuten haben. »Muss ich mich dazwischen entscheiden?«

»Ja.«

»Dann aus professioneller Sicht.«

Ich werfe die Reste meines Apfels zielsicher an ihm vorbei in den Müllkorb und kann mir ein kleines, triumphierendes Grinsen nicht verkneifen, als ich seinen überraschten Blick sehe. »Dann tut es mir leid, aber das geht nicht«, verkünde ich entschlossen.

»Und warum nicht?«

»Weil ich nicht möchte, dass sich meine Gruppe wie ein Versuchsobjekt vorkommt«, sage ich. Das ist zwar nur die halbe Wahrheit, aber ich bin ziemlich sicher, dass es ausreichen wird. Nur habe ich da die Rechnung ohne Elias gemacht.

»Und du glaubst, ich würde ihnen dieses Gefühl geben?«

»Möglich wäre es.«

»Meinst du nicht, wir können sie einfach fragen, ob es okay ist, wenn ich dieses Mal dabei bin?«, fragt er und sieht mich mit einem Blick an, der jeden Beagle neidisch machen würde.

Aber damit kommt er bei mir nicht weit. »Warum?«

»Warum was?«

»Warum willst du dabei sein?«

Er scheint einen Moment darüber nachzudenken, ob die Wahrheit mich überzeugen kann. »Aygül meinte, dass ich von dir noch etwas lernen könnte, für meine eigene Gruppe.«

»Du willst eine Gruppe machen?«, frage ich überrascht. Nicht weil ich es nicht befürworte, sondern weil alles, was ich bisher von Elias gehört habe, irgendwas mit Sport zu tun hat. Es ist nicht so, dass ich Sport verachte, aber ich kann eben nicht nachvollziehen, was daran Spaß macht oder wieso man sich freiwillig dazu zwingen sollte. Mir reichen mein Job und das Studium, damit ich mit schmerzenden Gliedern ins Bett falle.

»Vielleicht«, gesteht er etwas leiser. »Ich bin noch nicht sicher und dachte, es könnte mir helfen, einem Profi dabei zuzusehen.«

»Jetzt versuchst du es mit Einschleimen?«

»Bist du denn kein Profi?«, stichelt er zurück.

»Doch«, sage ich so selbstsicher, wie ich kann. Es ärgert mich, dass er es schon wieder geschafft hat, mich auszuspielen. Ich beiße die Zähne zusammen. »Von mir aus.«

Jetzt wird aus seinem Grinsen ein Lächeln – und das ist fast noch schlimmer, weil es seine dunklen Augen für einen Moment leuchten lässt. »Danke, Willa. Du wirst es nicht bereuen.«

»Komisch, danach fühlt es sich gerade aber an.«

»Das verletzt meine Gefühle, ich bin ein ziemlich toller Kerl, weißt du?«, sagt er, während ich mich neben ihn setze.

»Auf jeden Fall mangelt es dir nicht an Selbstbewusstsein«, gebe ich einen Tick zu scharf zurück. Irgendwas an ihm geht mir unter die Haut, und nicht im positiven Sinne. Zumindest nicht nur.

»Oh, das klang ja fast wie ein Kompliment.«

Ich muss lachen. »Das war für dich ein Kompliment?«

Wir sehen einander an. Zu intensiv, als dass ich es schaffen würde, meinen Blick von ihm abzuwenden. »Ich würde eher sagen, ich bin mir selbst bewusst – aber nicht zwingend selbstbewusst. Allerdings gibt es nichts an Selbstbewusstsein auszusetzen, oder sehe ich das falsch?«, will er wissen.

»Nein, aber mir sagt das, ich muss an meinem sarkastischen Unterton arbeiten«, gebe ich zurück, was ihn zum Lachen bringt.

»Ich mag dich auch, Willa.«

Tut er das?

Tue ich das?

Was passiert hier bitte? Und warum beginnt mein Körper auf diese seltsame Art zu kribbeln? Ich will nicht, dass etwas kribbelt.

Ich will nur meinen Job machen. »Genug jetzt. Ab sofort stehen nicht mehr wir im Mittelpunkt, sondern die anderen.«

Ergeben nickt Elias, auch wenn ich nicht sagen kann, ob es daran liegt, dass er genug von unserem Schlagabtausch hat, oder weil der erste Klient in den Raum kommt. »Alles klar«, murmelt er, während sich die Stühle füllen.

Irgendwie schaffe ich es, meinen Fokus wiederzufinden. Einige der Gesichter kenne ich bereits, andere sind neu. Nachdem alle Stühle belegt sind, schließe ich die Tür und setze mich wieder hin. Es dauert nicht lange, bis alle mich erwartungsvoll ansehen, also beginne ich einfach.

»Willkommen, ich bin Willa. Ich leite heute unsere Gruppe, und da ich ein paar neue Gesichter sehe, möchte ich mich einmal kurz vorstellen«, sage ich zur Begrüßung und versuche, dabei zu ignorieren, wie Elias' Blick auf mir liegt. »Aktuell befinde ich mich in der Endphase meines Masterstudiums der Sozialen Arbeit. Ich leite diese Gruppe seit einem knappen Jahr und kam dazu, da ich selbst Depressionen habe.« Es ist albern, dass ich mich fühle, als hätte ich mich vor Elias ausgezogen, aber genauso ist es. Ich kenne ihn nicht. Bisher haben wir keine drei Male miteinander gesprochen, und nun weiß er bereits, dass meine mentale Gesundheit für mich ein großes Thema ist. Das fühlt sich gut und schlecht zugleich an. Als sei ich verletzlicher und gleichzeitig stärker.

»Nachdem ich eine Zeit lang in einer Klinik war und mir therapeutische Hilfe gesucht habe, nahm ich mir vor, auch nach der Therapie noch an Gruppensitzungen teilzunehmen«, fahre ich fort. »Aber das Angebot in meinem Umkreis war eher bescheiden, also: So kam es zu dieser Gruppe, und ich freue mich, dass ihr hier seid.«

Ein paar Leute klatschen verhalten, darunter auch Elias, nur wirkt es bei ihm weniger gezwungen, was mich auf absurde Art erleichtert. »Wir haben heute übrigens einen Gast«, sage ich und blicke ihn nun an. »Elias, würdest du dich kurz vorstellen?«

Er sieht überrascht aus, wirkt aber nicht so, als hätte es ihm die

Sprache verschlagen. »Ich bin Elias, und genau wie Willa studiere ich Soziale Arbeit. Auch wenn sie wesentlich besser ist als ich.«

Ein paar Leute lachen. Ich hingegen sehe ihn nur an, bin unsicher, ob er gerade versucht, mich zu beschwichtigen, oder warum er glaubt, meinen Notendurchschnitt zu kennen. Alles, was ich als Antwort bekomme, ist aber wieder dieses Elias-Grinsen.

»Ich würde mir heute gern einen Eindruck von eurer Sitzung verschaffen, da ich vorhabe, demnächst ebenfalls eine Gruppe zu leiten.«

»Zu welchem Thema?«, fragt eine junge Frau mit kurzem Pixie Cut.

»Für Angehörige von Menschen mit Behinderungen. Ich würde gern dabei helfen, etwas besser zu verstehen, was Menschen wirklich hilft und wo die Grenze zwischen gut gemeint und Scheiße verläuft.«

Wieder lachen ein paar Leute auf. »So was könnten wir für Depressionen auch gebrauchen«, meint Tom. Er ist ein Mann in den Dreißigern, der schon zum vierten Mal da ist.

»Ich weiß nicht so genau«, entgegnet Vanni und sieht mich etwas hilfesuchend an. Sie ist mein aktuelles Sorgenkind, dabei kann ich nicht mal genau ausmachen, warum. Sie ist erst das zweite Mal hier, aber manchmal gibt es diese Fälle, die einen von Anfang an mehr mitnehmen als andere. Einem nähergehen und sich irgendwie durch die Schutzhülle der eigenen Haut schieben.

Beruhigend lege ich ihr eine Hand auf die Schulter. »Es ist okay. Wenn du es möchtest, wird Elias gehen.«

Vanni betrachtet ihn einen Moment, dann schüttelt sie den Kopf. »Schon okay.«

Elias schenkt ihr ein strahlendes Lächeln, das wahrscheinlich bei den meisten Menschen Herzklopfen auslösen würde.

Nur bei jemandem wie mir sollte es nicht so sein – denn mein Herz ist zu zerbrechlich. Schlägt es zu schnell, könnte es zerbersten.

Elias sieht freundlich von meiner Gruppe zu mir. »Danke, das bedeutet mir viel.«

Ich weiß, dass er damit die anderen meint, aber irgendwie wird mir dennoch etwas wärmer. Sein Blick flattert über mein Gesicht, während ich den Braunton seiner Augen betrachte.

Vannis Seufzen sorgt dafür, dass unser Blickkontakt abbricht. Sie nickt und betrachtet wieder ihren Schoß, während einer der anderen fragt: »Und planst du noch mehr Gruppen?«

»Na, wenn ich heute bleiben darf, vielleicht ergibt sich ja etwas«, antwortet Elias.

Wie hat er es nur geschafft, innerhalb weniger Minuten den gesamten Raum für sich einzunehmen? Den gesamten Raum inklusive mir, obwohl ich mich lieber dagegen wehren würde.

Kapitel 7

ELIAS

Der Duft von frisch gebrühtem Ingwertee hängt in der Luft und scheint fast schon eine tröstliche Wolke über unseren Köpfen zu bilden.

»Es ist okay«, sagt Willa neben mir. »Gefühle sind zum Fühlen da. Du hast jedes Recht, sie rauszulassen.« Sanft tätschelt sie die Schultern des Mannes vor uns. Vielleicht ist es ihr Ton, vielleicht die Art, wie sie den Kopf neigt, während sie all das sagt. Aber mir wird warm auf eine Art, die sich anfühlt, als würde ich nach Hause kommen. Irgendwie wohlig, vertraut – und doch aufregend, weil ich dieses Gefühl schon lange nicht mehr hatte.

Und nach den vergangenen zwei Stunden bin ich mir sicher, dass es auch allen anderen Menschen um Willa herum so geht. Ich schüttle dem Mann vor uns die Hand und bemühe mich, dabei so viel Hoffnung wie möglich in meinen Blick zu legen. »Danke, dass du deine Geschichte geteilt hast, Mann.«

Er nickt nur, wischt sich die Tränen aus dem Augenwinkel. Seinen Namen hat er mir nicht gesagt, aber es fühlt sich trotzdem an, als hätte ich ihn innerhalb der letzten anderthalb Stunden kennengelernt. Es macht etwas mit einem, wenn man die dunklen Seiten der Seele zu sehen bekommt. Wenn sie einem gezeigt werden, ohne Zwang oder Druck – sondern nur in der Hoffnung, dass jemand in all den düsteren Gedanken noch einen winzigen Lichtschimmer findet.

»Bis nächste Woche«, sagt er nur und verlässt als Letzter den Raum, während Willa bereits dabei ist, die Stühle wegzuräumen und das Kekspapier aufzusammeln. Ich drehe mich zu ihr um.

Sie wirkt inzwischen etwas entspannter, auch wenn sie es offenbar nicht gut aushalten kann, auch nur für einen Moment ruhig sitzen zu bleiben. Jede Faser ihres Körpers scheint permanent unter Strom zu stehen. Wie der Hase aus *Alice im Wunderland* läuft sie immer weiter, als würde sie versuchen, die Uhr einzuholen, um noch mehr zu schaffen. »Das lief doch gut, oder?«, frage ich.

Willa stemmt die Hände in die Hüften, wobei mir zum ersten Mal auffällt, dass unter dem weiten Pulli eine noch sehr viel zierlichere Person versteckt ist, als ich dachte. Die Ärmel ihres Pullis sind etwas hochgerutscht. Mein Blick verharrt nur für den Bruchteil einer Sekunde auf den weißen Linien, die sich deutlich von ihrer Haut abheben, doch sofort zieht Willa den Stoff wieder herunter und verschränkt die Arme vor der Brust – als sei sie noch nicht bereit, mir diesen Teil von sich zu zeigen. Räuspernd meint sie: »Zumindest war es keine Katastrophe.«

Lachend schüttle ich den Kopf. »Bist du immer so positiv?«

Sie presst die Lippen kurz aufeinander und weicht meinem Blick aus. »Ich bin nur müde, es war ein harter Tag.«

Etwas in ihrer Stimme lässt mich stocken. Es klingt nicht so, als wäre es nur ein Tag, der eben etwas anstrengender war als die anderen zuvor, sondern … irgendwie tiefer. Aber vielleicht liegt es auch nur daran, dass wir gerade so vieles von Menschen gehört haben, die gegen ihre Dämonen kämpfen. »Okay, tut mir leid«, entgegne ich und hebe beschwichtigend die Hände. »Danke, dass ich dabei sein durfte. Aygül hatte recht, du bist wirklich gut.«

Ein kleines Lächeln erscheint auf Willas rosa Lippen. Doch es erreicht ihre Augen nicht. »Danke.«

Es bringt nichts, es noch weiter aufzuschieben, also fahre ich fort: »Und genau darum würde ich dich gern um noch etwas bitten.«

Sie stöhnt auf. Fast so, als hätte sie bereits erwartet, dass da noch etwas kommt und ich nicht nur einfach einen Blick in ihre Gruppe werfen wollte. »Muss das jetzt sein?«

»Na ja, du würdest mich genauso versuchen abzuwimmeln,

wenn ich dich an einem anderen Tag darauf ansprechen würde, oder?«

Willa sieht mich direkt an. Ihre grünen Augen erinnern mich an die Farbe von Moos bei Sonnenaufgang, was mich irritiert, weil ich kein Frühaufsteher bin und selten Moos im Morgenlicht zu Gesicht bekomme. Sie schüttelt den Kopf. »Ich hab nicht versucht, dich abzuwimmeln.«

»Und wie würdest du das sonst nennen?«

Sie verdreht die Augen, und die kleine Falte an ihrer Stirn sagt mir, dass ich mit meiner Vermutung wahrscheinlich recht hatte. Sie würde mich wieder abwimmeln.

»Jetzt frag mich schon.«

Nickend warte ich, bis sie sich auf einen der Tische am Rand gesetzt hat, die für den Stuhlkreis verschoben wurden, und die Hände in den Schoß legt, als wollte sie mir noch einmal signalisieren, dass sie nur darauf wartet, dass ich den Mund aufmache. »Ich will ein neues Projekt beantragen.«

Ihre hellen Brauen ziehen sich zusammen. »Okay?«

»Und ich brauche deine Hilfe bei dem Antrag.«

»Für eine Selbsthilfegruppe brauchst du keinen Antrag, das läuft einfach über die ehrenamtliche Arbeit«, antwortet sie mit etwas Verwirrung in der Stimme.

Daran bin ich schuld, sie hat einen falschen Eindruck von dem bekommen, was ich eigentlich hier wollte. »Nein, die Gruppe war … ich fürchte, das war ein Vorwand.«

Ihr Mund öffnet sich. »Du hast gelogen?«

»Nein, die Idee ist mir nur eher spontan gekommen und war nicht der Grund, warum ich dich heute in Aktion sehen wollte«, gestehe ich und schäme mich etwas dafür, dass mein Mund wieder einmal schneller war als mein Kopf. Offenbar sieht Willa das ähnlich, denn so einfach lässt sie sich nicht von meinem Charme einlullen.

»Findest du wirklich, dass es das gerade besser macht?«

Hilflos lächle ich sie an. »Du nicht?«

Das scheint es irgendwie noch schlimmer zu machen. »Nein, du wolltest mich manipulieren.«

Der Vorwurf bringt mich dazu, mich ihr zu nähern. »Nein, so war es nicht. Es war einfach … um ehrlich zu sein, habe ich nicht sonderlich viel darüber nachgedacht, sondern es einfach gemacht.«

Zumindest scheint sie mir zu glauben, dass keine böswillige Absicht hinter meinem Verhalten lag. Allerdings ist sie auch nicht sonderlich begeistert, was ich in diesem Fall gut verstehen kann. »Passiert dir das öfter?«

Ich kratze mich am Kopf. »Bedauerlicherweise ja, aber ich kann Kritik ziemlich gut annehmen.«

Sie lacht nicht. Ihre Mundwinkel bleiben vollkommen regungslos. »Ich weiß wirklich nicht, was ich von dir halten soll, Elias.«

Diese Aussage lässt mich etwas straucheln, was dafür sorgt, dass ich nur schwer in meine Rolle zurückfinde. Fast so, als hätte Willa Risse in meine Rüstung geschlagen, und nun muss ich versuchen, meine leuchtende Unsicherheit in diesen Rissen zu verbergen. Ich muss sie überzeugen, mir zu helfen, ich will, dass sie versteht, wieso mir das so wichtig ist. »Das ist okay«, sage ich schnell. »Du musst es nicht wissen. Fuck, du musst mich nicht einmal mögen! Sieh dir einfach meine Idee an, und dann sag mir, ob du mir helfen würdest.«

Augenblicklich ziehe ich meinen Rucksack nach vorn und wühle nach dem Hefter. Willa kommentiert nichts davon, sondern sieht mich nur an, bis ich ihr die Mappe mit meinem Konzept reiche.

Willa zögert einen Moment, ehe sie danach greift, aber noch immer mich fixiert. »Und wenn ich es nicht gut finde?«

»Dann werde ich so lange daran arbeiten, bis es jemand gut findet«, erwidere ich schnell. Meinen Charme lasse ich dabei stecken, es geht mir nicht darum, Willa zu beeindrucken. Ich will einfach nur, dass diese Idee Realität wird.

Willa schlägt den Hefter auf.

Ich weiß, was sie sieht, aber ich würde gern wissen, wie es in ihren Augen wirkt. Das Sportprojekt, das mir vorschwebt, erweitert das Konzept von Rollstuhl-Basketball. Sport für und mit Menschen mit den unterschiedlichsten Behinderungen – aber eben nicht nur. Sondern Sport als zentrales Bindeglied für eine echte Inklusion. Menschen, die mit Menschen zusammen ihre Körper und die Empathie stärken. Eine echte Gemeinschaft.

Und ich spüre einen Hauch von Angst, dass Willa nicht versteht, wieso mir das so wichtig ist. Oder besser gesagt: Warum ein solches Projekt aus meiner Sicht so bitter nötig ist.

Sie sieht von der aufgeschlagenen Mappe zu mir, nickt und steckt sie in ihre Tasche, wobei ich ein Buch entdecke, das daraus hervorspitzt. Ich kann den Titel nicht erkennen, aber dennoch lenkt mich das kurz ab, weil sich in mir der Wunsch regt, zu fragen, was sie gerade liest. Willa wendet sich mir wieder zu. »Das bedeutet dir viel, oder?«

Erleichtert atme ich aus. »Ja, ziemlich.«

»Ich seh es mir an, aber an diesem Wochenende habe ich das erste Mal seit Wochen frei und …«, murmelt sie und hängt sich ihre Tasche über die Schulter.

»Aygül sagt, es wäre vielleicht auch etwas für deine Masterarbeit.«

Willa stockt, während sie den Schlüssel für das Gemeindezentrum hervorkramt. »Offenbar sagt Aygül ziemlich viel.«

»Na ja, du kennst mich. Ich bring die Leute einfach dazu, viel zu reden«, witzle ich, nur leider entlockt ihr das kaum eine Reaktion. Dafür scheint ihr ein anderer Gedanke zu kommen.

»Wenn ich verspreche, es mir anzusehen, versprichst du dann, deine Gruppe zu machen?«

»Du meinst die spontane Idee, die ich vor gerade mal zwei Stunden hatte?«, gebe ich verwirrt zurück.

»Ja.«

In ihrem Ja steckt keinerlei Zweifel, und irgendwie ist das der

Grund dafür, dass ich nur mit den Schultern zucke und erwidere: »Klar, kein Problem.«

Überrascht sieht sie mich an. »Echt jetzt?«

Ich lösche das Licht im Raum, damit Willa die Tür hinter uns verschließen kann. »Es war offenbar ein guter, wenn auch ziemlich spontaner Einfall – also warum nicht«, sage ich versöhnlich, nur habe ich Willas Misstrauen dabei unterschätzt.

»Irgendwie kommt mir das zu einfach vor.«

Die leeren Flure des Gemeindezentrums wirken im künstlichen Licht fast schon unheimlich. Ich versperre Willa noch einmal den Weg und sehe ihr fest in die schönen grünen Augen. »Willa, ich will nur deine Hilfe. Du musst mich nicht mögen, du musst nicht über meine schlechten Witze lachen, und du darfst so viele Äpfel nach mir werfen, wie du willst …«

»Ich habe nicht nach dir geworfen.«

»Ach nein?«

»Wenn ich dich hätte treffen wollen, hätte ich getroffen«, meint sie und schiebt sich an mir vorbei, was mich zum Lachen bringt.

»Du wärst sicher gut in Basketball.«

Aber sie winkt ab. »Ich steh nicht so auf Sport.«

Ich warte vor der Tür, als sie in den kleinen Raum neben Aygüls Büro geht, um ihren Mantel zu holen. »Siehst du es dir an?«

»Ja, aber ich verspreche nichts«, stellt sie klar. »Projektanträge sind nicht unbedingt einfach. Ich habe auch erst zwei oder drei Projekte des Zentrums begleitet. Es ist also nicht so, dass ich da Profi bin. Hast du schon einen Finanzierungsplan?«

Ich runzle die Stirn, weil ich mich frage, wieso sie sich selbst so kleinredet. Immerhin wird Aygül einen Grund dafür haben, dass sie Willa empfohlen hat. »So halb?«, gebe ich zu.

»Na, du machst mir ja Hoffnung«, brummt sie und wischt sich das blonde Haar aus dem Gesicht. »Und jetzt werde ich nach Hause gehen, denn ich brauche wirklich dringend ein Entspannungsbad.«

Sie hält mir die Tür auf, und ich grinse. »Bist du meinetwegen so angespannt?«

Genervt wirft sie die Hände in die Luft. »Elias …«

»Okay, okay, keine schlechten Sprüche mehr.«

Mit dem Rücken zu mir schaltet sie die Alarmanlage ein und verschließt die Tür, ehe sie noch einmal überprüft, ob sie auch wirklich geschlossen ist. »Und besonders keine versteckten Anmachsprüche.«

»So versteckt war der nicht.«

»Elias …«

»Das war nur ein Witz«, beteuere ich schnell.

Sie wickelt sich den Schal um den Hals und rückt ihre Tasche zurecht. »Wir sehen uns nächste Woche.«

Nun bin ich es, der verdutzt ist. »Nächste Woche?«

»Na, zur Planung deiner ersten Gruppensitzung«, meint sie mit einem diabolischen kleinen Grinsen. »Komm einfach wieder am Mittwoch, bevor die Gruppen beginnen. Dann habe ich genug Luft, um mit dir die Planung durchzugehen. Okay?«

Aus der Nummer komme ich wohl tatsächlich nicht mehr raus – und vielleicht bin ich gar nicht so böse darum.

»Shit, Willa«, murmle ich, sobald sie außer Hörweite ist. »Du bist wirklich großartig.«

Kapitel 8

WILLA

In den lauen Sommernächten, wenn der Himmel von funkelnden Sternen übersät ist und der Mond sein sanftes Licht auf die Stadt wirft, zeigt Frankfurt sein wahres Gesicht. Die Straßen sind erfüllt von einem Stimmengewirr, das fast schon zu einer Melodie wird, je länger man hinhört. Während sich die eine Hälfte in den Straßencafés und Bars versammelt, beginnen fernab der Lichter die Schatten zu tanzen. Doch das, was mich jedes Mal von Neuem fasziniert, ist die Art, wie sich der Duft der Stadt verändert.

Frisch gebrühter Kaffee und stark gewürzte Speisen liegen in der Luft. Sie wird schwerer, von Parfüm und Bier durchdrungen – und von dem Geruch der erhitzten Körper, die es kaum abwarten können, die Klubs zu bevölkern, als würde der wummernde Bass, der den Asphalt zum Beben bringt, auch die eigenen Herzen weiterschlagen lassen.

Ich liebe und ich hasse die Nächte in Frankfurt.

Großstädte haben es mir schon immer angetan, vielleicht, weil ich in dem kleinen Dorf mitten in Mecklenburg-Vorpommern, in dem ich aufgewachsen bin, viel Platz zum Träumen und wenig zum Wachsen hatte. In einem Dorf hat man keine Chance, sich auszuprobieren, ohne dass es von jemandem kommentiert wird. Hier ist das anders. Die Anonymität wächst mit der Zahl der namenlosen Gesichter, die sich jeden Tag an einem vorbeischieben.

Tausende von Fremde, die sich tagtäglich sehen, ohne einander wahrzunehmen, während sie die Straßen zu Füßen der Wolkenkratzer bevölkern. Und sobald das Tageslicht erloschen ist, sieht man die Unterschiede zwischen den Männern in Anzügen, den Frauen mit Gucci-Handtaschen und den Menschen, die vor den Geschäften campieren, noch weniger. Da sind einfach Menschen im ewigen, dunklen Grau der Stadt, das nur durch die Lichter der Straßenlaternen erhellt wird.

In der Nacht sind wir alle gleich.

Alle allein mit uns selbst im Dunkeln.

Und das ist irgendwie schön und beängstigend zugleich.

Ich schlinge die Arme fester um meinen Körper und schiebe mich durch eine Menschentraube, die aus der U-Bahn-Station strömt, in die ich hineinwill. Keinem von ihnen blicke ich ins Gesicht, und niemand von ihnen sieht in meines.

Alles in allem war es ein guter Tag.

Nur warum fühle ich mich dann trotzdem, als hätte ich nicht genug getan?

Ich lasse mich auf einen der freien Sitze in der Bahn sinken und wische mir über das Gesicht. Der Fingernagel meines Zeigefingers presst sich in die Fingerkuppe meines Daumens. Der Schmerz ist nicht stark, aber er reicht aus, damit ich wieder klarer denken kann und Luft bekomme.

Auf meinem Handy geht die nächste Nachricht ein, aber ich kann sie nicht öffnen. Allein zu wissen, dass sie da ist, sorgt bereits dafür, dass der Druck in meinem Kopf stärker wird. Unsere Studi-Gruppe berät sich, sucht nach den nächsten Themen der Hausarbeiten, nach Hilfe für die Nachschreiber-Klausuren – und ich weiß, dass es besser wäre, wenn ich all das ebenfalls tun würde. Aber ich kann es nicht.

Jetzt den Chat zu öffnen, würde bedeuten, dass ich all das Gelesene nicht mehr ungeschehen machen kann. Dass mir noch mehr bewusst wird, wie weit ich zurückliege und wie viele Aufgaben ich Semester um Semester verschoben habe, weil ich einfach nicht mehr konnte.

Und nie wird es weniger.

Immer nur noch mehr.

Gerade als ich die Augen schließen und meinem Hörbuch lauschen will, erklingt wieder der Ton, der verkündet, dass eine neue Nachricht eingetroffen ist.

Aygül
Kannst du die Gruppe von Mirko übernehmen?

Ich beiße mir auf die Lippen. Stark genug, damit ich den Schmerz fühlen kann. Es wird mehr und mehr. Egal, was ich tue, egal, wie oft ich versuche, die unendliche Liste abzuarbeiten – immer kommt noch etwas obendrauf. Aber ich kann nicht ablehnen, denn gerade diese Arbeit ist das, was mir das Gefühl gibt, nützlich zu sein.

Willa
Na klar! ☺ Ich bin morgen da.

Es dauert keine drei Sätze des Hörbuchs, bis ich eine weitere Nachricht erhalte.

Aygül
Danke!

Und irgendwie lässt mich das wieder lächeln. Ja, es ist alles viel. Und ja, da ist dieser Druck in mir, von dem ich einfach nicht weiß, wie ich ihn ablassen soll – aber ich liebe meinen Job. Ich will helfen. Nicht nur für die anderen, sondern auch für mich selbst. Weil ich mir so sehr gewünscht hätte, dass jemand mir geholfen hätte.

Also drücke ich meine Fingernägel abermals in meine Haut, heiße den Schmerz willkommen und lasse mir durch ihn ein Stück von dem Druck nehmen – damit ich weiterhin funktioniere.

»Hey, ich bin wieder da«, rufe ich, als ich unseren Flur betrete und die Tür hinter mir schließe.

Ada springt aus dem Badezimmer. Sie trägt einen kurzen Rock mit Leoprint und ein schwarzes Oberteil, in dessen Ausschnitt eine lange goldene Kette baumelt. »Du kommst wieder spät«, meint sie und betrachtet mich, wobei ihr glitzernder Lidschatten im Licht schimmert.

»Ja, ich hatte ...« Irgendwie weiß ich nicht, wie ich meinen Abend in Worte fassen soll. »Ein Kollege wollte noch meine Hilfe.«

»Habt ihr schon wieder jemand Neues?«, fragt sie, während sie sich die Haare kämmt und ich mir die Boots von den Füßen ziehe.

»Ja, das heißt, nein. Nicht so richtig jedenfalls.« Genau genommen ist Elias nicht neu, nur neuer, und bisher hatte ich keine Berührungspunkte mit ihm. Ich kann nicht genau sagen, was an ihm mich so aus dem Konzept bringt. Vielleicht die Art, wie er mich ansieht. Als würden wir uns kennen, oder als würde er etwas in mir wiedererkennen – nur bin ich mir sicher, dass ein Typ wie er keinerlei Gemeinsamkeiten mit mir hat. Ich bin nicht so dauerhaft fröhlich und auch nicht so locker. Auch wenn ich mir manchmal etwas von dieser Unbeschwertheit wünschen würde.

Ada mustert mich noch immer. »Du klingst verwirrt?«

»Bin ich auch, zumindest ein bisschen. Der Tag war einfach zu lang«, entgegne ich ausweichend und gehe an ihr vorbei in die Küche, um mir einen Tee zu machen.

Martha hockt an ihrem üblichen Platz am Esstisch und hat die Nase in eines von unzähligen Büchern gesteckt.

Ada lässt sich aber nicht davon abhalten, einfach weiterzureden. »Wie gut, dass endlich Freitag ist! Wir sollten um die Häuser ziehen.«

Das Wasser kocht, und ich gieße es über den Teebeutel und drehe mich mit der dampfenden Tasse zu ihr um. »Nein, danke. Ich habe keine Lust auf eine Party.«

»Aber du warst schon ewig nicht mehr aus«, murmelt Ada und zieht einen Schmollmund.

Ich muss lächeln. »Das liegt daran, dass ich irgendwie versuche, meinen Job und mein Studium auf die Reihe zu bekommen.«

Adas Blick wird mürrisch. »Autsch, Kritik angekommen, Frau Sozialarbeiterin.«

»Wir haben inzwischen auch eine Gruppe für …«, setze ich an.

»Den Satz solltest du lieber nicht zu Ende führen, sonst bekommst du nicht nur vom nächsten Fitzek Albträume«, unterbricht Ada mich und schüttelt den Kopf. Meine hochgezogene Augenbraue sorgt allerdings dafür, dass sie bemerkt, dass ihr Spruch etwas drüber war. »Ich habe heute wirklich keine Lust auf ein ernstes Gespräch, sondern auf eine Party, nach der ich Glitzer an Körperstellen finde, an die wirklich kein Glitzer gehört.«

Ich werfe Martha einen Blick zu, aber sie scheint beschlossen zu haben, dass sie kein Teil dieser Unterhaltung sein will. Also liegt es wohl an mir, hier die Stimme der Vernunft zu sein. Wie so oft in der letzten Zeit. »Gehst du allein aus?«

»Da meine beiden Mitbewohnerinnen ja offenbar lieber zu Hause rumgammeln wollen, ja«, antwortet sie und wirft Martha einen bösen Blick zu.

»Wir könnten uns auch wieder einen gemütlichen Abend auf dem Sofa machen«, schlage ich vor. »Eine Flasche Wein ist auch noch da, und …«

»Nein«, antwortet Ada. »Ich will tanzen.«

»Okay, dann …«

»Könnten wir daraus bitte kein großes Ding machen? Ihr tut ja so, als würde ich etwas Verbotenes tun. Dabei will ich einfach nur etwas Spaß haben, und daran ist ja wohl nichts falsch, oder?«, will sie wissen, ohne meinem Blick auszuweichen. Objektiv betrachtet stimmen ihre Argumente, nur dass es nicht darum geht, dass sie einmal ausgeht. Oder zweimal. Sondern, dass sie ausgeht, um sich von den Sorgen um ihren Vater abzulenken. Nur hilft mir dieses Wissen um das Warum nicht. Ich mache mir Sorgen um sie, denn gerade dann, wenn die Welt um einen herum zu brennen scheint, trifft man oftmals Entscheidungen, die alles noch viel schlimmer machen können.

Aber all das sage ich nicht, weil es nicht das erste Mal ist, dass wir diese Unterhaltung führen. Und weil mir, wenn ich ehrlich bin, dafür auch gerade die Kraft fehlt. Also setze ich ein freundliches Gesicht auf und puste in meinen Tee. »Pass auf dich auf, ja?«

»Ja, Mama«, brummt Ada und schiebt sich an mir vorbei. Ich kann hören, wie sie die Wohnungstür hinter sich zuwirft.

»Es ist noch Auflauf im Ofen«, meint Martha, als wäre unsere Freundin nicht gerade gegangen.

»Danke, aber ich glaube, ich habe keinen Hunger.«

Zum ersten Mal blickt Martha von ihren Unterlagen auf. »Hast du heute schon etwas gegessen?«

Darauf bin ich vorbereitet. »Ja, sogar Obst.«

Sie beäugt mich einen Moment, als würde sie mir nicht glauben, sagt aber schließlich: »Okay.«

Der Tee hilft, aber mein Körper fühlt sich noch immer an, als hätte ihm jemand vollständig die Wärme entzogen. »Ist es okay, wenn ich bade?«, frage ich daher.

Martha nickt. »Klar, ich habe vor, diesen Tisch erst wieder zu verlassen, wenn es keine offene Frage mehr in der Probeklausur gibt.«

»Wie lief die Prüfung?«

»Frag lieber nicht«, sagt sie.

Martha liebt ihr Medizinstudium. Doch wegen einer Schlafstörung wird sie oft erst nachts so richtig wach. Und dann, nach einigen Wochen, in denen sie kaum mehr als drei Stunden am Stück schläft, kommt sie oft tagelang nicht aus dem Bett. Das macht es ihr schwer, alles in den entsprechenden Fristen zu schaffen. Oder zu den Vorlesungen zu gehen.

Ich tätschle ihr die Schulter. »Sag Bescheid, wenn ich dir helfen kann.«

»Ebenso.«

Ich gehe an ihr vorbei ins Bad und verschließe die Tür hinter mir.

In der Regel vermeide ich es, mich nackt zu sehen. Ich weiß, dass ich nicht aussehe wie ein Model, und das werde ich auch nie.

Aber daran liegt es nicht. Vielmehr kann ich nackt nicht verstecken, was ich mir selbst immer wieder angetan habe, vielleicht wieder antun werde, so genau kann ich das nicht sagen. Als ich den Pulli ablege, stehe ich nur noch in einem Top da.

Die Narben auf meinem Arm sind unterschiedlich, mal dicker, mal dünner. Mal in gerader Linie nebeneinander und mal kreuz und quer verteilt, als hätte jemand nicht hingesehen, während das Messer schneidet und schneidet und schneidet.

Es ist nicht so, dass ich mich für diese Narben schäme. Zumindest nicht mehr. Sie sind ein Teil von mir, und an den meisten Tagen kann ich sie akzeptieren. Das heißt aber nicht, dass ich den Anblick mag. Ich mag es nicht, dass ich den Drang habe, mich selbst zu verletzen. Ich mag es nicht, dass ich Depressionen habe, und ich mag es nicht, dass ich all das nicht mehr verstecken kann, weil ich mich entschieden habe, mich selbst zu verletzen.

Aber das hier bin ich, das ist mein Körper, und so liebe ich ihn auf seltsame Art eben doch, weil er all diese Zeiten mit mir durchgestanden hat und hoffentlich noch viele weitere durchstehen wird.

Ich lasse mich in das heiße Wasser sinken, das ich eingelassen habe. Der Schaum schimmert im Licht und zeichnet kleine Regenbögen in die winzigen Blasen. Die Wärme tut mir gut, sie entspannt meine müden Muskeln. Ich kann hören, wie Martha in der Küche die Musik einschaltet und damit irgendwie auch dafür sorgt, dass etwas an mir wieder eingeschaltet wird, die Stimmen.

Nichts an dem Tag heute hat mich in irgendeiner Weise getriggert. Und vielleicht bin ich deshalb so verwirrt. Denn obwohl eigentlich alles gut war, ist der Drang heute zum ersten Mal seit Langem wieder wirklich da.

Vielleicht liegt es an Elias. Er hat meine Routine durcheinandergebracht, und ich mag meine Routine. Ich kann mich an ihr festhalten und mir möglichst wenig Raum geben, um überhaupt auf den Gedanken an Selbstzerstörung zu kommen. Aber er hat etwas in mir wieder geweckt, und ich weiß noch nicht, ob es etwas

Gutes oder etwas Schlechtes ist – oder vielleicht ein bisschen von beidem.

Wieso musste Aygül auch ausgerechnet mich empfehlen und auch noch meine Masterarbeit ins Spiel bringen? Es gibt so viele im Zentrum, die dafür sehr viel besser geeignet wären. Klar, ein paar Projektanträge habe ich schon geschrieben, und eins meiner Projekte ging auch gerade an den Start, aber ich bin kein Profi. Und trotzdem ist er ausgerechnet zu mir gekommen und verlässt sich darauf, dass ich ihm irgendwie helfen kann.

Ich greife nach dem Rasierer und ziehe betont langsam Bahnen über die Haut meiner Unterschenkel. Dabei achte ich besonders darauf, das kleine Tattoo an meiner Wade nicht zu beschädigen. Eine gelbe Ente blickt durch ein leeres Weinglas. Schmunzelnd fahre ich mit den Fingern über die Tinte. Diese Erinnerung auf meiner Haut hat nichts mit Narben zu tun, oder mit Schmerz. Sondern mit Freundschaft. Einer Freundschaft, die in dieser WG begann und von der ich hoffe, dass sie niemals enden wird, denn diese Familie ist alles, was ich habe.

Ich tauche unter und schließe die Augen. Alle Geräusche sind gedämpft, die Welt ist auf stumm geschaltet. Nur die Stimmen in meinem Kopf, die lassen sich nicht ausschalten. Solange ich kann, liege ich da und halte die Luft an. Warte, bis mein Körper anfängt zu schreien, nach Sauerstoff zu betteln. Warte darauf, bis ich es nicht mehr aushalte, dass ich es nicht mehr schaffe, mich so weit zu kontrollieren, keine Luft mehr zu holen. Schrecke aus dem Wasser hoch, sauge gierig den Sauerstoff in meine Lunge und beginne leise zu husten. Martha klopft an die Tür.

»Ist alles okay?«

Ja, sage ich. Nein, meine ich.

Kapitel 9

ELIAS

Narben haben einen schlechten Ruf.

Werden verbunden mit all den Stunden des Leidens und Kämpfens, als sei jede Geschichte übersät von tiefen Wunden und Tränen, die geflossen sind – dabei stimmt das nicht.

Narben sind viel mehr.

Stille Worte auf der Haut, verblassen nie ganz und doch ein wenig – und erzählen uns von allen Orten, Zeiten und Entscheidung, die wir trafen und die wir wollten oder nicht, die aber Einfluss hatten auf unser Leben und unser Geben und unser Sein und alles dazwischen. Jede tut das, aber mit ihrer eigenen Geschichte und in eigener Form.

Bleiben dort, als würde unsere Haut die Erinnerung speichern, für all die Momente, in denen wir leben und uns erinnern. Mit allen Konsequenzen an das Leben erinnern.

Ich lege den Stift zur Seite.

Noch einmal überprüfe ich die Worte, als könnte ich jetzt schon nicht mehr sagen, was ich dort eigentlich geschrieben habe. Manchmal fließt es einfach aus mir heraus, ohne dass ich es stoppen kann. Nur leider erscheinen mir die Sätze schon nach wenigen Minuten nicht mehr so schlüssig wie in dem Moment, als ich sie zu Papier gebracht habe.

Ich weiß, was ich ausdrücken will.

Ich kenne all die Gefühle, die ich da versuche zu beschreiben.

Nur kommt es mir nicht richtig vor.

Nicht, sobald ich den Stift abgesetzt habe und der Gedankenstrom versiegt ist. Dann sind es nur noch Wörter auf Papier, die ich sowohl vor mir selbst als auch vor anderen Augen bewahren will.

Schnell lasse ich das Blatt in meinem Notizbuch verschwinden.

Inzwischen sieht es mitgenommen aus, auch etwas vergilbt. Aus dem Buchschnitt ragen Zettel, Notizen und sogar eine Serviette heraus, auf der ich wahllos meine Gedanken notiert habe.

Ich sitze in einem kleinen Café am Ufer des Mains und beobachte den Fluss, während die Hitze des Tages langsam weicht. Die untergehende Sonne taucht die Szenerie in warmes goldenes Licht und lässt den Fluss in sanften Goldtönen schimmern. Der Main fließt ruhig dahin, umgeben von üppigem Grün und Bäumen, die sich im Wasser spiegeln, und wird nur von den Enten bevölkert, die in kleinen Gruppen von einem Ufer zum nächsten ziehen.

Ich kann das leise Plätschern des Wassers hören und das Lachen der Leute beim Feierabendausklang. Kleine Boote gleiten gemächlich über das ruhige Gewässer und liefern eine malerische Kulisse, die den Kontrast einige Straßen weiter noch unterstreicht. Frankfurt ist eine Stadt mit zwei Gesichtern, und so schön wie das Lächeln des Flusses in diesem Moment auch wirkt, so tief ist die Trauer nur wenige Straßen weiter.

In der Ferne erblicke ich die Silhouette der Stadt, deren Lichter langsam angehen und den Abendhimmel erhellen. Die angenehme Brise streicht sanft über meine Haut.

Meine Hand zuckt zu meinem Smartphone, doch ich halte mich zurück. Mir ist klar, woher ich die neue Inspiration bekommen habe.

In den letzten Tagen habe ich mich etwas zu oft dabei erwischt, wie ich darüber nachgedacht habe, Willa zu schreiben. Allerdings kommt es mir komisch vor, denn was soll ich schon sagen?

Hallo, ich habe eine künstlerische Krise, weil ich nicht aufhören kann, an dich zu denken, aber wenn ich dir das sage, komme ich wahrscheinlich creepy rüber – und wir müssen auch noch miteinander arbeiten.

LG Elias

Ich bin mir ziemlich sicher, das wäre keine gute Idee. Trotzdem gebe ich dem Drang nach, das Handy in die Hand zu nehmen, und klicke auf den Instagram-Account des Gemeindezentrums, von dem ich weiß, dass Willa ihn betreut. Von ihr selbst ist in den Bildern allerdings nichts zu erkennen. Nur die neuesten Veranstaltungen, Videos und Fotos, die zeigen, welche Angebote existieren, und immer mal wieder kleinere Beiträge zu bestimmten Themen wie Depression oder Gewalt. Aktuelle Zahlen, Hilfsangebote. So vieles, das mir etwas mehr verrät, wie Willa ist, und das, ganz ohne dass ich ihr Gesicht dabei sehe.

Als die Kellnerin an mir vorbeihuscht, hebe ich schnell eine Hand. Sie nickt mir nett zu, als Zeichen, dass sie verstanden hat, dann leere ich die letzten Reste meiner Cola und blicke noch einmal auf das Wasser.

Ich weiß, dass ich auf der sonnigen Seite dieser Stadt geboren bin. Aber trotzdem fühle ich mich oft, als würde ich hier nicht hergehören. Als sei ich nicht gut genug oder wüsste es nicht genug zu schätzen – weil mich an vielen Tagen die düsteren Seiten mehr anziehen als jene voller Sonnenschein.

WILLA

»Aygül!«

Unsere Geschäftsführerin bleibt abrupt stehen und sieht mich lächelnd an. »Wie lief es bei der Gruppe von Mirko?«

Fast hätte ich mich verschluckt, aber ich schaffe es irgendwie, meinen Unmut hinunterzuschlucken und ebenfalls ein Lächeln aufzusetzen. »Gut, danke.«

»Das freut mich – und was kann ich für dich tun?«

»Es geht um meine Stunden«, sage ich schnell, bevor ich wieder den Mut verliere und das Thema noch weitere Tage oder Wochen vor mir herschiebe.

»Okay?«

Jetzt oder nie.

Mir ist absolut klar, dass ich jetzt etwas sagen sollte, aber für einen schrecklichen Moment habe ich das Gefühl, dass ich kein Wort herausbekomme. Vielleicht, weil mir bewusst wird, was es bedeutet, oder weil Aygüls Blick fast schon ins Besorgte geht – und ich will nicht, dass sich jemand sorgt. Nicht meinetwegen. »Es ist so«, sage ich und versuche, mich nicht wieder vor diesem Gespräch zu drücken. »Die Semesterferien sind vorbei, aber ich würde gern weiterhin zwanzig Stunden die Woche arbeiten.«

Aygüls Stirn wirft Falten. »Trotz deiner Masterarbeit?«

Allein das Wort sorgt dafür, dass mir schlagartig heiß wird. »Zumindest für ein oder zwei Monate«, sage ich schnell. »Es gibt wieder Probleme mit dem Folgeantrag beim BAföG, und ich …« Meine Stimme gerät ins Wanken. »Etwas Extrageld könnte ich gut gebrauchen.«

Jetzt ist es raus.

Nur fühlt es sich leider kein Stück besser an, die Wahrheit gesagt zu haben. Ganz im Gegenteil, ich komme mir noch schäbiger vor. Als hätte ich mein Leben nicht im Griff, nur weil ich auf das BAföG angewiesen bin, um meine Miete zu zahlen.

Aygül nimmt ihre Brille ab, für einen Moment zögert sie, dann bedeutet sie mir, in ihr Büro zu kommen. Genau das wollte ich eigentlich vermeiden, denn wenn wir nur zu zweit sind, kann ich mich den unangenehmen Fragen weniger entziehen. Trotzdem schließe ich die Tür hinter mir und lasse mich auf den Stuhl vor ihrem Schreibtisch sinken, während sie ihre Brille zur Seite legt und mich ansieht. »Wieder die Probleme mit deinen Eltern?«

Ich will nicht darüber reden.

Nicht mal darüber nachdenken.

Aber ich kann schlecht etwas von ihr fordern, ohne eine Erklärung zu liefern. Oder?

Also nicke ich langsam und weiche ihren klugen Augen aus, aus Angst, dass sie all das sehen würden, was ich zu verstecken versuche. Diese Probleme sind nicht neu, aber das macht es kein Stück leichter. Jeder neue Antrag fühlt sich an wie die reinste Folter, weil ich jedes Mal wieder Angst habe. Angst davor, wieder monatelang durchkommen zu müssen. Angst vor den Anrufen meiner Mutter, die …

Ich schüttle mich.

Schüttle die Gedanken ab, die Willa, der all das so schreckliche Angst macht und die sich noch immer fühlt, als würde sie in den Albträumen ihrer Kindheit gefangen gehalten werden. Jetzt bin ich hier, jetzt bin ich anders – und ich werde all das nicht mehr aufgeben.

Falls Aygül bemerkt, wie sehr mich allein der Gedanke an mein Elternhaus aus dem Gleichgewicht bringt, lässt sie es sich nicht anmerken.

»Hast du in diesem Semester noch andere Vorlesungen?«, fragt sie stattdessen.

Kurz beiße ich mir auf die Unterlippe. Der kleine Schmerz bringt mich dazu, mich wieder mehr auf das Hier und Jetzt konzentrieren zu können. »Nur eine.«

»Und du traust dir das Pensum zu?«

Wieder nicke ich, aus Angst, sonst zu verraten, dass ich das Geld gerade mehr brauche als die freie Zeit, um mich um meine Masterarbeit zu kümmern. »Gut, zumindest bis zum Ende des Jahres könnten wir das einrichten«, meint Aygül nachdenklich. »Ich kläre alles mit dem Vorstand, und dann sehen wir weiter, okay?«

Vor Erleichterung treten mir fast Tränen in die Augen, aber ich halte sie zurück. »Klingt gut.«

Ihre Miene wird wieder etwas entspannter. »Hast du inzwischen dein Thema?«

»So gut wie«, sage ich schnell. »Elias Projektidee ist spannend, und meine Professorin war von der Idee sehr angetan.«

»Ich wusste, ihr zwei passt gut zusammen«, meint Aygül verschmitzt, und ich weiß, dass sie die Arbeit meint. Trotzdem löst dieser Satz in mir ein seltsames Gefühl aus.

Ich habe keine Zeit, mir auch noch Gedanken um Elias zu machen – aber aus irgendeinem Grund will mir sein Lächeln nicht mehr aus dem Kopf gehen.

Kapitel 10

WILLA

Sämtliche Facetten des Lebens scheinen um mich herum zu pulsieren. Überall sind Menschen, die sich auf die unterschiedlichen Räume verteilen oder Aushänge studieren, während wir Sozialarbeitenden und die ehrenamtlich Helfenden uns mit einem freundlichen Nicken zu ihnen stellen, Fragen beantworten oder Termine für erste Gespräche vergeben.

Ich stehe neben dem Büfett, fülle die Kekse auf und betrachte das Treiben, während der Ingwertee in meiner Hand abkühlt. Der Versammlungssaal ist geschmückt mit Plakaten der unterschiedlichen Angebote, die wir in diesem Zentrum anbieten. Ich kann Aygül sehen, die gerade dabei ist, einer potenziellen Spenderin zu erklären, wie die Nachmittagsangebote für Kinder und ältere Menschen aussehen.

Das freundliche Lächeln auf meinem Gesicht fühlt sich langsam immer schwerer an, aber ich weiß, wie wichtig solche Termine sind. Der Verein braucht Spenden, damit wir unsere Arbeit fortsetzen können. Und wir brauchen Menschen, die uns ehrenamtlich unterstützen. Das Einzige, woran es in der Sozialen Arbeit niemals mangelt, sind Menschen, die unsere Hilfe brauchen. Und auch von ihnen sind einige anwesend. Die Neuen erkenne ich auf den ersten Blick – es sind die, die verstohlen auf die Plakate blicken, ohne zu wissen, ob sie wirklich die Kraft haben, diese Hilfe in Anspruch zu nehmen. Eine junge Frau steht vor dem Ständer der unterschiedlichen Flyer und lässt die Karte des Hilfstelefons gegen Gewalt so unauffällig wie möglich in ihrer Tasche verschwinden.

»Willa?«

Ich zucke zusammen und drehe mich zu Aygül um. »Ja?«

»Alles okay bei dir?«, fragt sie und reicht mir eine dampfende Tasse mit schwarzem Kaffee.

»Na klar, konntest du uns eine Spende sichern?«

»Wir werden sehen, ich glaube erst daran, wenn das Geld auf dem Vereinskonto eingeht«, gibt sie lachend zurück. »Du hast das wirklich großartig organisiert!«

Ich schlucke das Lob hinunter, zum einen, weil ich weiß, dass ich aufhören muss, mich selbst und meine Arbeit zu relativieren, zum anderen, weil ich nicht will, dass Aygül mitbekommt, wie viel Zeit ich wirklich in diesen Tag investiert habe. »Keine Ursache, ich hab's gern gemacht.«

»Ich hätte es nie im Leben geschafft, zwischen den Gruppen auch noch so etwas auf die Beine zu stellen«, behauptet sie. Dabei wissen wir beide, dass sie das sehr wohl gekonnt hätte. Und ganz nebenher leitet sie auch noch ehrenamtlich die Selbsthilfegruppen für Alkoholkranke und Drogensüchtige. Wie sie es schafft, neben all diesen Dingen auch noch ihrem Hauptberuf nachzugehen und regelmäßig Sport zu treiben, entzieht sich meiner Kenntnis.

»Wirklich, Willa«, sagt sie noch einmal und sieht mir direkt in die Augen. »Das war eine gute Idee. Wir sollten einen solchen Tag jährlich machen.«

Auch wenn ihr Lob mich freut, kann ich den Augenkontakt nicht halten, und mein Blick fällt auf etwas anderes im Raum. Oder besser: jemand anderen.

Während Aygül von dem Kunstprojekt berichtet, das ich mit konzipiert habe, kann ich nicht anders, als zu ihm zu sehen. Elias ist ebenfalls hier. Neben einem älteren Mann, der sich auf einem Stock abstützt, steht er vor dem Plakat der Selbsthilfegruppen und deutet auf eine, die ich aus der Ferne nicht lesen kann. Aber ich habe eine leise Ahnung, dass es sich um die Gruppe handelt, die er selbst ins Leben rufen will.

»Hörst du mir überhaupt zu?«, fragt Aygül amüsiert.

»Tut mir leid, dann sieht die Finanzierung des Kunstprojekts schlecht aus?«, greife ich unser Gespräch wieder auf und versuche, nicht wieder in Elias' Richtung zu schauen. So ganz will mir das allerdings nicht gelingen.

Aygül zuckt mit den Schultern. »Sehen die Finanzierungen jemals gut aus?«

»Stimmt.« Vielleicht ist das eine der härtesten Lektionen, die ich in meinem Job lernen muss. Es scheitert in der Regel nicht daran, dass Menschen nicht motiviert wären, sondern daran, dass nur begrenzte Gelder zur Verfügung stehen. Und sosehr es mich auch nervt, wir alle brauchen Geld, um zu überleben.

So wie Elias.

Wenn er seine Projektidee umsetzen will, braucht er Hilfe, und das bedeutet, jemand muss seine freie Zeit dafür investieren. Denn die Planung von Projekten ist nichts, das mitfinanziert wird – selbst wenn es dazu kommt, dass sie realisiert werden.

»Hast du ihn schon kennengelernt?«

»Elias?«, frage ich einen Tick zu schnell.

»Die Rollstuhl-Basketballgruppe hat enormen Zulauf, seit er bei uns ist, und ich denke, seine Selbsthilfegruppe wird gut anlaufen«, plaudert sie munter weiter.

»Kann ich mir vorstellen«, sage ich möglichst neutral und lächle sie weiterhin an, auch wenn meine Muskeln langsam schmerzen.

Eine der Projektleiterinnen winkt in unsere Richtung, und Aygül entschuldigt sich, um zu ihr zu gehen.

Ich mische mich unter die Leute, verteile Flyer und nähere mich langsam, aber sicher der Stelle, an der Elias noch immer mit dem Mann spricht.

»Ich weiß nicht, Junge«, brummt der Herr. »In einem Kreis sitzen und allen mein Leid klagen?«

»Es geht eher darum, sich auszutauschen«, erklärt Elias, und der weiche Ton seiner Stimme lässt meine Haut kribbeln. »Uns alle treiben Dinge um, über die wir nur richtig mit Menschen reden können, die etwas Ähnliches erlebt haben.«

»Meine Rita, Gott hab sie selig, hat sich immer beschwert, dass ich nicht genug rede – hat sich auch im Alter nicht geändert.«

Elias lacht. »Manchmal geht es gar nicht so sehr ums Reden, sondern ums Zuhören. Es hilft zu erkennen, dass andere Menschen es aus ihrem Loch rausgeschafft haben.«

Schluckend sehe ich Elias an.

Tausend Fragen ploppen in meinem Kopf auf. Fragen, die ich mich vorher nicht zu stellen gewagt hatte. Welches schwarze Loch wohl versucht hat, ihn in die Dunkelheit zu ziehen?

»Willa?«

Ich drehe mich um und sehe Vanni an. »Oh, wie schön, dass du gekommen bist«, begrüße ich sie, und mein freundlicher Ausdruck wird langsam zu einer Maske.

ELIAS

Ich wünschte, jemand hätte mich gewarnt.

Meine sozialen Batterien scheinen mit jedem neuen Gespräch etwas mehr auszulaufen, obwohl ich nicht sagen kann, dass es mir keinen Spaß macht. Im Gegenteil. Nur die Masse an Gesprächen, an Schicksalen und Geschichten bringt mich dazu, mir für ein paar Minuten Ruhe zu wünschen.

Und dann ist da noch etwas anderes. Dieses diffuse Gefühl, dass jemand mich beobachtet.

Ich fahre mir durch die Haare. Das Kribbeln im Nacken fühlt sich an, als hätte mich jemand beobachtet, doch wenn meine Augen jetzt durch den Raum schweifen, sind alle zu sehr in ihre eigenen Gespräche vertieft, um auf mich zu achten.

Es wird langsam etwas leerer, und jemand hat die Fenster aufgerissen, um die kühle Abendluft hereinzulassen. Das Knurren meines Magens erinnert mich daran, dass ich das Büfett noch nicht ausgecheckt habe. Also steuere ich die zusammengeschobenen Tische mit der fleckigen Tischdecke an und greife sehnsüchtig nach einem einsamen Cookie auf einem Teller.

Nur bin ich damit nicht allein.

»Oh, entschuldige.«

Willa sieht mit großen Augen erst mich und dann den Keks an. »Nimm ihn ruhig«, sage ich und schiebe ihr den Teller zu. Sie sieht so schön aus wie bei unserer ersten Begegnung. Das Rosa ihrer Wangen hebt sich deutlich von der blassen Haut ab, während sie den Kopf schüttelt und einige der blonden Strähnen dabei sachte hin und her schwingen. Es braucht einen Moment, bis ich merke, was heute anders an ihr ist. Es sind die Lippen. Das dunkle Altrosa ihres Lippenstifts betont die fein geschwungene Form ihres Munds. Irritiert schaue ich schnell wieder auf den Keks, ehe ich zu sehr über ihren Mund nachdenken kann.

»Nein, schon okay, du kannst ihn haben«, wehrt sie ab.

Mein Blick huscht über die vielen nicht zusammenpassenden Teller. Von den restlichen Keksen sind nur noch Krümel übrig, und die Salzstangen sind mir irgendwie suspekt.

»Wir können teilen«, biete ich an.

Willas Miene verrutscht etwas. Es ist wieder dieses Lächeln, das ihre Mundwinkel hebt, aber die Augen nicht erreicht. Sie weckt in mir den Wunsch, sie einmal richtig lachen zu hören, aus vollem Hals und in voller Lautstärke, ohne diesen Filter, den sie in der Nähe von anderen Menschen aufzusetzen scheint.

»Und wie willst du einen einzigen Keks teilen?«

Ich zucke mit den Schultern und reiche ihn ihr. »Du beißt ab, und ich esse den Rest.«

»Ist das nicht etwas albern?«

»Es ist der letzte Keks, darüber macht man keine Witze.«

Ihre Mundwinkel zucken.

Zögernd sieht sie auf den Cookie, dann nimmt sie ihn.

Unsere Fingerspitzen streifen einander, nur für den Bruchteil einer Sekunde, aber es reicht aus, damit mein gesamter Körper unter Strom steht.

Willa sieht mich an. Ihre rosa Lippen umschließen das Gebäck und hinterlassen kleine Splitter von Schokolade darauf.

In meinem ganzen Leben habe ich noch nie gedacht, dass es sexy ist, wenn eine Frau einen Keks isst, aber gerade kann ich auf nichts anderes achten als auf ihre Lippen.

Willa beißt ein Stück ab, dann wischt sie sich mit dem Daumen die verirrten Krümel aus dem Mundwinkel und reicht mir den Rest.

Schluckend nehme ich ihn entgegen.

In meinem Kopf krame ich nach etwas, das ich sagen kann. »Lief der Tag so, wie du es dir erhofft hast?«

Offenbar habe ich damit das Falsche gesagt. Willa presst kurz ihre schönen Lippen aufeinander. Selbst das unechte Lächeln erhält sie nicht mehr aufrecht, sondern deutet auf den nahezu leeren Spendenbehälter.

»Ich hatte gehofft, es kommt mehr dabei rum.«

»Falls es dir hilft, ich teile auch beim nächsten Mal meinen letzten Keks mit dir.«

»Diese Aussage irritiert mich«, meint sie und setzt sich halb auf den inzwischen fast leeren Büfetttisch. »Du hast Wort gehalten.«

Blinzelnd sehe ich sie an. »Womit?«

Sie deutet auf das Plakat mit den Selbsthilfegruppen. »Du hast sie angekündigt.«

»Dachtest du etwa, ich steh nicht zu meinem Wort?«

»Sagen wir einfach, ich bin nicht sicher, wie ich dich einschätzen soll.«

Die Worte hallen einen Moment zwischen uns nach, prallen gegen unsichtbare Wände, von denen ich nicht weiß, woher sie kommen. Ich räuspere mich und versuche, bei dem Geschmack von Schokolade, nicht daran zu denken, dass auch ihre Lippen nun danach schmecken werden.

»Die Gruppen bedeuten dir viel, oder?«

»Ja«, sagt sie schnell, und in ihren Augen funkelt etwas. »Ich würde sogar sagen, sie haben mich damals gerettet, und ich hoffe, dass sie noch vielen anderen Menschen helfen können.«

»Wie Vanni?«, hake ich nach, weil ich gesehen habe, wie die beiden miteinander gesprochen haben. Und weil ich gesehen habe, wie sie geweint hat. Und wie Willa sie aus dem Raum gezogen hat, um für sie da zu sein.

Willa nickt. »Ich wünschte nur, ich könnte mehr tun.«

»Dann müsstest du wohl hier übernachten.«

»Haha«, stößt sie freudlos aus, obwohl ich es ernst meine.

»Du bist eigentlich immer hier, egal, ob ich Training habe oder zu Aygül will, ich sehe dich ständig.«

»Es gibt ja auch viel zu tun«, erwidert sie leichthin.

»Du bist eine richtige Weltverbesserin, oder?«

»Du etwa nicht?«

Ihre Augen betrachten mich so intensiv, dass sich etwas in mir zusammenzieht. »Nicht genug, wenn du mich fragst.«

Willas grüne Augen starren an mir vorbei, aber ich sehe sie. Sehe, dass sich etwas zusammenbraut, etwas, von dem mich nicht einmal ihre umwerfenden Lippen ablenken können.

Fuck.

Bis vorhin war mir nicht einmal klar, wie sehr man den Mund eines Menschen mögen kann. Und ich bin mir ziemlich sicher, dass alles, was aus ihrem Mund kommt, mich noch weiter in Schwierigkeiten bringt.

»Dieser Job kann einen einsaugen, auf einem herumkauen und am Ende wieder ausspucken, ohne dass man etwas erreicht hat«, sagt sie leise. »Und ich denke, das Erste, was man wissen muss, ist: Wir können die Welt nicht retten und auch nicht völlig verändern.«

Jedes ihrer Worte sorgt dafür, dass ich ein Stück des Drucks spüre, den sie jeden Tag fühlen muss. Ein Stück Schwere, obwohl Helfen doch etwas Leichtes sein sollte.

»Du machst echt Werbung für diesen Job«, stichle ich, um uns die Schwere des Tages etwas zu nehmen – und tatsächlich lässt es Willas Mundwinkel zucken.

»Ich liebe diesen Job, aber das heißt nicht, dass ich ihn romantisiere«, gibt sie zu bedenken.

»Stimmt, Romantik scheint dir nicht zu liegen?«

Überrascht schieben sich ihre Augenbrauen zusammen. »Was soll das denn heißen?«

»Dann *ist* Romantik dein Fall?«

Halb lachend schüttelt sie den Kopf. »Dazu gebe ich keine Auskunft.«

Nachdenklich verziehe ich den Mund, ohne den Blick von ihr zu lösen. »Wie lang machst du das hier schon?«, frage ich und weiche aus, damit sie dieses Gespräch nicht einfach wieder kappt und mir damit die Chance nimmt, etwas mehr über sie zu erfahren.

»So ungefähr zwei Jahre«, überlegt sie laut. »Während meines Bachelors habe ich in einigen Jugendeinrichtungen gearbeitet, aber für die Ferien wollte ich etwas anderes versuchen und bin hier gelandet.«

»Gelandet? Das klingt, als sei es nicht geplant gewesen.«

»War es auch nicht«, gesteht sie, und das kleine Lächeln um ihre Lippen wirkt, als würde sie sich an etwas erinnern, das sie bestärkt, genau da zu sein, wo sie hingehört. »Aber ich bin froh, hier zu sein.«

»Obwohl du nicht allen helfen kannst?«

Willa nickt. Kein Zögern. Keine Zweifel. Sie wirkt so sicher mit sich und ihren Entscheidungen, dass ich mir daneben verloren vorkomme. »Wie schaffst du das?«, platzt es aus mir heraus, und ich verfluche mich dafür, dass ich meine Gedanken mal wieder vorschnell ausgesprochen habe.

»Was denn?«

»Jeden Tag weiterzumachen, obwohl du schon weißt, dass du nicht allen helfen kannst«, meine ich und betrachte einen der letzten Gäste, der von einer der Mitarbeiterinnen hinausgeführt wird.

Willa legt den Kopf schief und sieht zu mir herunter. Es ist nur der Bruchteil eines Augenblicks, doch es fühlt sich an, als stünde die Welt still, nur um ihre Worte zu hören. »Wir geben unser Bestes, jeden Tag wieder. Und manchmal muss das einfach reichen.«

»Selbst dann, wenn es nicht reicht?«

Sie nickt langsam. »Weil danach vielleicht der nächste Mensch kommt und mehr bewirken kann.«

»Der Gedanke ist irgendwie schön, und gleichzeitig kommt es mir falsch vor, darauf zu vertrauen«, gebe ich zu.

»Kann ich verstehen, mir fällt Vertrauen auch manchmal schwer«, murmelt Willa, was nun dafür sorgt, dass ich sie mit hochgezogenen Augenbrauen ansehe. »Was? Du? Das kann ich mir nicht vorstellen.«

»Mach dich ruhig lustig über mich, dann lese ich dein Konzept für das Projekt eben doch nicht mehr heute Abend«, schießt sie zurück.

»Das macht nichts«, sage ich schnell. »Weil ich sicher bin, dass du es dann eben morgen früh lesen wirst.«

»Und woher nimmst du dieses Wissen?«

»Na, weil du offensichtlich Idealistin bist«, sage ich. »Und vielleicht zeigst du mir bei Gelegenheit, wie man dazu wird.«

Wir blicken einander an, und zum ersten Mal kommt es mir so vor, als hätte Willa mich sie wirklich sehen lassen.

Kapitel 11

ELIAS

»Du wirkst heute etwas angespannt«, stellt Marcel nachdenklich fest, während ich mir mit einem Handtuch den Schweiß von der Stirn wische.

Meine Muskeln zittern noch immer von der Anstrengung, obwohl ich auf der Pritsche der Praxis sitze. Mit jedem Atemzug wird es besser, aber nicht gut – obwohl ich ein *gut* heute gebrauchen könnte. »Ist das deine Art, mir zu sagen, dass ich heute versagt habe?«, frage ich meinen Physiotherapeuten grimmig und versuche, den pochenden Schmerz in meinem Bein zu ignorieren.

Heute ist ganz offensichtlich keiner meiner glanzvollen Tage. Und das nicht nur wegen der Physio. Schon am Morgen hatte ich das Gefühl, dass sich die Welt gegen mich verschworen hat. Erst lief mein Wasser im Rucksack aus, dann musste ich um den Parkplatz direkt vor dem Eingang kämpfen, und die Tabletten haben meine Schmerzen nicht betäubt, sondern nur minimal verringert. Und eigentlich würde ich auch damit gut klarkommen.

»Es geht hier nicht um Leistung«, meint mein Gegenüber und runzelt verwundert die Stirn. Verdenken kann ich es ihm nicht, denn eigentlich ist es nicht meine Art, so mürrisch zu sein. Ich stöhne leise und versuche, meinen Frust mit etwas kaltem Wasser hinunterzuspülen.

»Tut mir leid, Mann.«

Marcel winkt ab. »Schlechte Tage gehören dazu.«

»Darum geht's nicht«, gebe ich zähneknirschend zurück. »Ich hab kein Problem mit schlechten Tagen, aber ich mag es nicht, wenn ich keine Fortschritte sehe.«

Marcel setzt sich auf einen der großen Bälle, die in seiner Praxis in jeder Ecke zu liegen scheinen, und sieht mich nachdenklich an. Seine sonnengebräunte Haut hebt sich deutlich von dem grellen Pink ab. »Müssen wir es noch mal durchgehen?«, fragt er leise, aber dennoch bestimmt. Ich sage nichts, aber das hält ihn nicht davon ab, einfach weiterzusprechen. »Drei Brüche, allein in deinem linken Bein. Ausgekugeltes Hüftgelenk, weiterer Bruch. Quetschungen der …«

»Ich kenne meine Krankenakte«, unterbreche ich ihn. »Drei beschädigte Lendenwirbel, fehlende Milz – schon klar. Ich bin eine blinkende Warnung für alle, die darüber nachdenken, sich jemals auf ein Motorrad zu setzen.«

Die Schmerzen sind zu stark, als dass ich meinen Frust verbergen könnte. Schon allein auf dieser Pritsche zu sitzen, fühlt sich an, als wollte mich mein Körper für die vergangene Stunde bestrafen. Dabei weiß ich rein rational, dass es etwas Gutes ist, hier zu sein. Nicht nur in dieser Praxis, sondern am Leben. Und selbst die Schmerzen sind etwas Gutes. Immerhin kann ich noch etwas in meinem Bein fühlen.

Mein Blick geht an Marcel vorbei. Ich weiß, dass er mir nur vor Augen halten will, dass alles ein Fortschritt ist – selbst dann, wenn es sich für mich wie ein Rückschritt anfühlt.

»Dir wurde ein großer Teil deines Oberschenkelmuskels entfernt«, sagt Marcel langsam, fast so, als würden mich die große Narbe und das fehlende Volumen in meinem Bein nicht jeden Tag daran erinnern. »Und du machst große Fortschritte, auch wenn du es selbst vielleicht nicht sehen kannst.«

»Ich sehe es doch«, behaupte ich, obwohl das nicht stimmt. Ich sehe nur, dass ich darum kämpfen muss, den Status quo zu erhalten, und dass ich müde bin.

»Du hast gerade fast eine Minute vor mir gestanden, das war vor ein paar Wochen gerade mal die Hälfte der Zeit«, sagt Marcel und schüttelt den Kopf, als würde er sich daran erinnern, wie ich zu Beginn in diese Praxis kam. Mich vom Rollstuhl in einen Stuhl oder auf mein Bett zu bewegen – kein Problem. Aber stehen? Länger als ein paar Sekunden? Schon allein wegen der Schmerzen war das in den letzten Monaten nahezu unmöglich. Mein Therapeut betrachtet mich, als würde er meinen inneren Monolog in meinem Gesicht ablesen.

»Wie schnell möchtest du deinen Körper denn noch zwingen?«

»Ich weiß«, stöhne ich erneut und wische mir über das Gesicht. Mein Shirt klebt mir am Oberkörper. »Vielleicht ist es einfach eine Mischung aus allem, was gerade los ist …«

»Das neue Semester beginnt bald, oder?«

»Nächste Woche«, sage ich nickend.

»Dazu noch der neue Job, das darf nicht nur an den Nerven, sondern auch an deinem Körper zerren.« Marcel lächelt und klopft mir auf die Schulter. Ich weiß, wie er diese Geste meint, doch gerade kommt sie mir vor, als würde er meinen Frust einfach abtun wollen.

»Ich verlange ja gar nicht, dass ich …« Ich unterbreche mich selbst und schüttle den Kopf. »Es ist nicht so, dass ich meinem Körper nicht dankbar bin«, formuliere ich neu. »Aber ich wollte, dass die Schmerzen weniger werden, und gerade scheinen sie nur noch schlimmer zu sein.«

Marcel nickt. »Gib dir, mir und deinem Körper noch etwas Zeit, sich an die neue Belastung zu gewöhnen«, sagt er sachte und steht auf.

»Deine Tipps sind ungefähr so hilfreich wie Hämorriden.«

Marcel lacht auf. »Darum bin ich auch für den Körper zuständig und nicht für das Reden. Aber jetzt mal im Ernst, ist noch irgendwas los?«

Einen Moment lang denke ich darüber nach. »Ich weiß nicht.«

Marcel verschränkt die Arme vor der muskulösen Brust. »In der Regel heißt das, dass etwas los ist.«

Unwillkürlich sehe ich vor meinen geistigen Augen den vertrauten grünen Blick. »Da ist diese Frau …«

»Bei dir gab es schon öfter Frauen …«

»Dieses Mal ist es anders …«

»Ah, jetzt kommen wir zum Punkt. Hast du sie um ein Date gebeten?«

»Nein, wir arbeiten zusammen.«

»Und das hält dich auf?«

»Nein, ich meine – vielleicht ein bisschen.«

Marcel betrachtet mich einen Moment. »Willst du meinen Rat?«

»Eigentlich nicht, es sei denn, du hast eine Ahnung, wie ich es mal wieder schaffe, eine Nacht durchzuschlafen, damit ich vor ihr nicht ständig Müll erzähle«, gebe ich zurück, was Marcel allerdings nur noch mehr zum Lachen bringt.

»Ich fürchte, das liegt nicht am Schlafmangel, sondern an den Hormonen.«

Mein Handtuch fliegt in seine Richtung, aber Marcel fängt es spielerisch auf und schüttelt den Kopf. Dann deutet er auf meinen Rollstuhl. »Möchtest du Hilfe?«

Einen Moment zögere ich, dann beschließe ich, dass ich heute schon genug an meine Grenzen gegangen bin, und nicke. Marcel hilft mir in den Rollstuhl, und sobald ich sitze, spüre ich Erleichterung. Die Schmerzen in meinem Bein sind dadurch nicht verschwunden, aber ich fühle mich besser. Wohler, weil ich im Rollstuhl die Kontrolle habe.

Als ich endlich aus der Praxis komme, ist die Stadt bereits in Dämmerlicht getaucht. Doch als ich an meinem Wagen angekommen bin, warte ich einen Moment.

Da ist es wieder.

Dieses Kribbeln im Nacken.

Ich schaue über die Schulter, doch es sind kaum noch Menschen auf dem Parkplatz zu sehen. Und niemand von ihnen sieht mich an. Zumindest nicht, dass ich es erkennen könnte. Mit einer Hand fahre ich mir durch die verschwitzten Haare. Das Gefühl bricht nicht ab, stattdessen stellen sich mir die Nackenhaare auf.

Alles in mir schlägt Alarm, während ich den Blick erneut über den Parkplatz wandern lasse. Mein Herz beginnt unheilvoll zu klopfen, als würde mein Körper bereits etwas spüren, das ich noch nicht erkennen kann. Eine Gefahr, die nicht sichtbar, aber deutlich spürbar ist.

Ich öffne mein Auto, ziehe mich auf den Fahrersitz und greife nach unten, um meinen Rollstuhl zusammenzuklappen und auf dem Beifahrersitz zu verstauen. Mit geschlossener Tür fühle ich mich schon besser. Doch ich beginne damit, meiner Wahrnehmung nicht zu trauen. Was ist nur los mit mir?

Seit dem Spendentag im Verein schaue ich immer wieder über die Schulter, als würde ich erwarten, dass jemand hinter mir her ist. Dieses verdammte Kribbeln im Nacken, dieses verdammte Gefühl, dass jemand mich aus dem Schatten beobachtet. Dabei gibt es dafür doch keinerlei Grund, oder?

Kapitel 12

WILLA

»Nein!«

Ein Albtraum hat mich aus dem Schlaf gerissen, und nun starre ich an die Decke meines Zimmers, weil ich Angst vor all den Bildern habe, die noch in den Tiefen lauern. Stöhnend stehe ich auf und wische mir über das Gesicht.

In der WG ist es ruhig, also scheine ich zumindest niemanden geweckt zu haben. So leise wie möglich schleiche ich aus meinem Zimmer. Martha ist mit einem ihrer Bücher auf dem Sofa eingeschlafen.

Kurz denke ich darüber nach, sie zu wecken, entscheide mich aber dann, Adas pinke Kuscheldecke über ihr auszubreiten, und lösche die kleine Leselampe.

Im Badezimmer wasche ich mir das Gesicht und muss außerdem feststellen, dass meine Periode beschlossen hat, früher zu kommen. Das erklärt zumindest, warum ich seit gestern kaum etwas essen konnte.

Zurück in meinem Zimmer, sehe ich mein Handy aufleuchten. Einen Moment stocke ich. Dann erkenne ich Elias' Namen auf dem Bildschirm.

Elias
Ich hoffe, deine sozialen Batterien laden sich schneller auf als meine.

Willa
Das Lesen deines Konzepts hat bisher zumindest nicht geholfen.

Elias
Das tut mir leid, aber ich bin trotzdem dankbar für deine Hilfe. Das bedeutet mir viel.

Dass wir Nummern ausgetauscht haben, hatte eher praktische Gründe, aber ich kann dennoch spüren, wie mein Herz etwas schneller schlägt.

Willa
Schon okay, dank mir, wenn wir ein Ergebnis haben.

Die Antwort kommt so schnell, dass ich die Stirn runzle.

Elias
Sind Ergebnisse für dich denn immer das Wichtigste?

Willa
Für dich nicht?

Elias
Nein.

Bevor ich überhaupt dazukomme, eine Antwort zu tippen, erscheint eine erneute Nachricht.

Elias
Bist du noch unterwegs, oder kannst du auch nicht schlafen?

Ich zögere. Einen Moment sehe ich mich in meinem Zimmer um, als würde ich erwarten, dass plötzlich jemand auftaucht, der mir meine Verunsicherung abnimmt. Aber ich bin mit mir allein. Zumindest fast, denn Elias beginnt wieder zu tippen.

Mit dem Handy in den Händen setze ich mich aufs Bett und

betrachte unseren Chatverlauf. Aber er hört auf zu schreiben. Und es kommt keine neue Nachricht. Für ein paar Herzschläge denke ich darüber nach, ob ich antworten will, und auch wenn es mich selbst erstaunt, ist die Antwort ja.

Willa
Ein Albtraum. Und bei dir?

Im selben Augenblick bereue ich, dass ich die Nachricht abgeschickt habe. Vielleicht liegt es an der Müdigkeit, dass ich ohne jede Verschlüsselung geantwortet habe.

Elias
Ich auch.

Elias
Wovon hast du geträumt?

Ich kaue auf meiner Unterlippe herum. Es wäre einfach, ihm irgendeine erfundene Geschichte aufzutischen. Aber irgendwie will ich das nicht. Also entscheide ich mich für einen Mittelweg.

Willa
Von einem Monster unter meinem Bett. Und du?

Elias
Davon, dass die Sterne verschwunden sind.

Willa
Das nennst du einen Albtraum?

Elias
Würdest du sie nicht vermissen?

Gegen meinen Willen spüre ich, wie ich lächeln muss. Und auch wenn ich es nicht mag, dass es an Elias liegt, kann ich spüren, wie sich der Rest meiner Angst nach dem Albtraum allmählich auflöst.

Willa
Doch, sehr sogar.

Elias
Siehst du! Hast du unter deinem Bett nachgesehen?

Willa
Was?

Elias
Damit du wieder zur Ruhe kommst! Versichere dich, dass da kein Monster ist. Dann fällt es dir leichter, wieder zu schlafen.

Der Vorschlag erscheint mir absurd und logisch zugleich. Ich lege das Handy auf meinem Kopfkissen ab, ehe ich aufstehe. Obwohl ich weiß, dass es albern ist, kommt mir der schreckliche Gedanke, dass da wirklich ein Monster sein könnte. Und wie es nur darauf wartet, dass ich mich hinknie und es entdecke – damit es mich verschlingen kann.

Aber unter meinem Bett ist nichts außer Staub und einer einzelnen Socke.

Erleichtert atme ich aus.

Willa
Kein Monster.

Elias
Gut!

Willa
Und hast du nachgeschaut, ob die Sterne noch da sind?

Elias
Natürlich. Ich glaube, wir haben keinen verloren.

Elias
Meinst du, du kannst wieder einschlafen?

Willa
Ja, du auch?

Elias
Ich denke, ich brauch noch einen Moment.

Elias
Schlaf gut, Willa.

Willa
Gute Nacht, Elias.

Dann lege ich das Handy zur Seite und falle in einen traumlosen Schlaf.

Kapitel 13

ELIAS

Das war falsch«, sage ich und sehe Diez bedauernd an. »Sorry, Mann.«

Diez stöhnt auf. Er fährt sich durch die Haare. »Diese beschissene Klausur packe ich nicht.«

Der Gedanke kam mir schon vor einer Stunde. Langsam habe ich das Gefühl, dass ich seine Lernkarten auswendig kann – nur bei ihm scheint nichts hängen zu bleiben.

»Du machst dir zu viel Druck.«

»Nein, der Druck ist auch ohne mein Zutun zu hoch«, brummt er und räumt die Karten zusammen, als wollte er mir damit sagen, dass er eine weitere Runde nicht erträgt.

»Und wenn du die Klausur verschiebst?«, frage ich vorsichtig.

»Damit ich noch ein Semester dranhängen muss?«

Ich sehe ihn ernst an.

Mir ist schon klar, dass er es nicht einfach hat. Aber jetzt scheint er mit dem Kopf durch die Wand zu wollen, als wüsste er nicht, dass er sich dabei wehtut. »Besser, als deinen letzten Freiversuch zu verprassen, oder?«

»Mein Vater wird mich umbringen, wenn er das mitbekommt.«

»Tut er das nicht auch, wenn du durchfällst?«

Diez antwortet nicht, und ich werde von meinem Handy abgelenkt, als eine Nachricht von Willa erscheint.

Willa
Ich habe uns das kleine Büro am Mittwoch ab 15 Uhr gesichert.

Elias
Danke. Ich freue mich drauf.

Willa
Du freust dich auf verstaubte Statistiken und gescheiterte Projekte, an denen wir uns orientieren?

Elias
Ich freue iqehf

»Alter, was soll das?«, fahre ich Diez an, der mir das Handy aus der Hand genommen hat und mich ansieht.

»Du hörst mir gar nicht zu«, mault er und verzieht den Mund.

»Gib mir mein Handy.«

Diez reicht es mir zurück. »Willa, hm?«

Ich verdrehe die Augen, weil mir wirklich nicht der Sinn nach seinen Hilfestellungen steht, wie ich sie angraben kann. »Es geht nur um die Arbeit.«

»Und wegen der Arbeit ignorierst du meine Bedürfnisse?«

»Hab ich den Moment verpasst, als ich dein Sozialarbeiter geworden bin?«

Diez schüttelt den Kopf. »Ich hab echt Angst.«

Auch wenn ich wahrnehme, dass eine weitere Nachricht eingeht, zwinge ich mich, meinen Fokus auf Diez zu richten. »Das habe ich verstanden, aber: wovor genau?«

»Sagte ich doch: Druck, mein Vater, dies, das …«, brummt er und macht eine wegwerfende Handbewegung, was mich dazu veranlasst, mit den Zähnen zu knirschen.

»Ich will nicht, dass du alles wiederholst, sondern dass du mehr in die Tiefe gehst.«

Diez denkt kurz nach. »Bin mir nicht sicher.«

»Ist es Angst vor deinem Vater oder generell vor der Zukunft?«, will ich wissen, was dafür sorgt, dass mein Freund noch betretener aussieht. »Die Mischung, denke ich.«

Ich beuge mich etwas nach vorn. »Du hast keine einzige Lernfrage richtig beantwortet«, spreche ich aus, was er nicht wahrhaben will. »Und du wusstest, dass es nicht einfach wird, alle Klausuren gleichzeitig zu wiederholen. Nach dem, was in deiner Familie los ist … Versuch, sie zu verschieben.«

»Bei dir klingt es so einfach«, murmelt er und sieht an mir vorbei.

Ich weiß nicht, woran er denkt. Seit seine Schwester im Koma liegt, ist er anders. Verschlossener. Und ich verstehe das, würde gern für ihn da sein – nur scheint er sich auf alles andere zu konzentrieren. Alles, was ihn davon abhält, zu lange darüber nachzudenken, was gerade passiert und welche Folgen es haben wird. Dass seine Familie solchen Druck auf ihn ausübt, hilft auch nicht gerade.

»Ist es nicht – nichts an deiner Situation ist einfach«, stelle ich schnell klar. »Aber es bringt dir auch nichts, in einen Kampf zu ziehen, von dem du schon weißt, dass du ihn verlieren wirst. Und der Druck und die Angst vor dem Versagen werden nicht besser, wenn du eine selbsterfüllende Prophezeiung heraufbeschwörst.«

»Noch ein Semester mehr?«

»Du bist nicht der Einzige, der eine Extrarunde dreht, oder fällt dir spontan jemand ein, der die Regelstudienzeit geschafft hat?«

Diez nickt langsam, sieht aber immer noch nicht besonders beruhigt aus. Ich würde ihm gern ein Rezept dafür geben, entspannter mit den Erwartungen seiner Eltern und sich selbst umzugehen, aber es gibt keins. Er kann nur selbst einen Weg finden, und ich kann ihn nur mit nervigen Fragen löchern, bis er von selbst darauf kommt.

Allerdings liegt seine Aufmerksamkeit inzwischen wieder auf meinem Telefon. »Jetzt antworte ihr schon.«

Auch wenn ich weiß, dass es nicht sonderlich feinfühlig ist, öffne ich den Chat mit Willa wieder. Auf meine kryptische Nachricht hat sie nur mit einem Fragezeichen geantwortet.

Elias
Sorry. Ich meinte: Ich freue mich auf die Arbeit mit dir.

Dann stecke ich das Handy weg und sehe meinen besten Freund an. »Du brauchst eine Pause. Wollen wir ins Kino gehen?«

Er überlegt einen Moment. Dann nickt er endlich. »Aber bitte nicht wieder in einen Film, bei dem ich heulen muss.«

Kapitel 14

WILLA

Es gibt Dinge, die blendet unser Gehirn einfach aus, aber wenn sie uns doch einmal aufgefallen sind, können wir sie nicht mehr *nicht* bemerken. So geht es mir mit den abgeblätterten Schränken in dem kleinen Büro, das ich mir mit drei weiteren Mitarbeitenden teile.

Jetzt, da sich die Sonne zum ersten Mal seit Langem wieder zeigt, wirken die alten Büroschränke wie ein Sinnbild dafür, dass es dem Verein an allen Ecken und Enden an Geld fehlt. Der Lack ist rissig, blättert in großen Bahnen ab, und die Griffe der Türen sehen schmutzig aus, obwohl ich sie gerade erst sauber gemacht habe.

Am liebsten würde ich zu Aygül gehen und fragen, was wir tun können. Nicht, dass ich glaube, dass wir neue Möbel bekommen könnten. Aber wenn wir das Holz abschleifen und neu streichen, könnte es dafür sorgen, dass dieses kleine Büro in einem ganz anderen Glanz erstrahlt. Nachdenklich streiche ich über eine besonders poröse Stelle.

Das Klopfen an der Tür lässt mich über die Schulter blicken.

»Du bist tatsächlich hier«, stellt Elias fest und kommt in den Raum.

Ich trete vom Schrank weg und nehme an dem unordentlichen Schreibtisch Platz, auf dem sich die Arbeit der letzten Wochen angesammelt hat. Wenn ich eine Sache nennen müsste, die ich an meinem Job nicht mag, ist es die Dokumentation. Teilnehmendenlisten hier, Abrechnungen da, und irgendwo dazwischen noch die Erklärung, wie sich meine Stunden in den letzten Tagen zusammengesetzt haben. Dass ich dabei nur die Hälfte der Stunden notiere, weil ich mal wieder nicht nur in meinem Projekt gearbeitet habe, macht es auch nicht leichter.

Obwohl es mir gerade sehr verlockend vorkommt, weiterhin daran zu sitzen, statt Elias anzusehen und auf meinen unregelmäßigen Herzschlag zu hören. »Wo sollte ich denn sonst sein?«

Mit einer Hand schiebt Elias den Stuhl vor dem Schreibtisch zur Seite, damit er genügend Platz hat, und sieht mich an. »Keine Ahnung, irgendwie habe ich gedacht, dass du mich versetzt.«

Ich lehne mich auf meinem Stuhl zurück. »Dazu hätte ich keinen Grund«, antworte ich und frage mich, wieso er auf diesen Gedanken kam. »Ich habe versprochen, es mir anzusehen, und das habe ich getan.«

Elias weicht meinem Blick nicht aus. Er fährt sich durch die kurzen Haare. Unter dem weißen Shirt, das er heute trägt, zeichnen sich seine breiten Schultern und die sehnigen Arme deutlich ab, und ich verfluche mich selbst dafür, dass ich es bemerke. Dass ich den kleinen Stoppeln auf seinen Wangen bis zu seinen Lippen folge, und …

»Und, was sagst du?«

Ich räuspere mich, bemüht, mir nicht anmerken zu lassen, dass ich gerade auch an ihm etwas bemerkt habe, das ich nun nicht mehr ungesehen machen kann. »Hast du das erste Treffen deiner Gruppe schon geplant?«, frage ich zurück.

Zu meiner Überraschung nickt Elias sofort. »Ja, das erste wird nächsten Freitag vor dem Basketballtraining stattfinden.«

Mein Lächeln ist dieses Mal echt, voller aufrichtiger Freude über die positive Überraschung.

So begeistert wie ich sieht Elias allerdings nicht aus. Stattdessen kratzt er sich am Kopf. »Na, mal sehen, bisher bin ich noch nicht so sicher, ob das wirklich so eine brillante Idee war.«

Ich schüttle schnell den Kopf. »Auch auf die Gefahr hin, dass es dein Ego noch mehr aufbläst: Es war eine verdammt gute Idee. Der Fokus richtet sich immer auf die Menschen mit den mentalen oder körperlichen Besonderheiten, aber selten darauf, was die Menschen in ihrem Umfeld besser machen können.«

Sein schöner Mund verzieht sich. »Sag das bitte nicht.«

Ich brauche nicht lange darüber nachdenken, welches meiner Worte er meint, frage aber dennoch: »Besonderheiten?«

»Ja, ich finde, das verharmlost es ziemlich. Mentale Probleme und Behinderungen kann man auch als solche benennen«, sagt er schlicht, als wollte er mir signalisieren, dass es okay ist, auch mal einen Fehler zu machen.

»Danke«, meine ich ehrlich. »Siehst du, und genau darum ist so eine Gruppe eine verdammt gute Idee. Man kann Dinge nur besser machen, wenn einem gesagt wird, wie.«

Elias beugt sich etwas nach vorne und betrachtet mich. »Warum habe ich das Gefühl, dass du mich milde stimmen willst, nur um mir gleich wieder einen Korb zu geben?«

Nun muss ich lachen. »Das habe ich nicht vor.«

»Was?«

Ich ziehe die Mappe zu mir, die Elias mir gegeben hat. Meine eigenen Dokumente habe ich bereits dazugelegt, auch wenn es sich hauptsächlich um offene Fragen und eine Mindmap handelt. »Mein größtes Problem an deinem Konzept ist die Zielgruppe.«

»Warum?«

»Weil sie so offen ist, dass ich unsicher bin, wie wir den Bedarf darstellen wollen. Wir sollten uns auf Erwachsene konzentrieren – aber hier müssen wir mit dem Wording schauen, welche Altersgruppen wir ansprechen wollen.«

»Können wir nicht alle Menschen ab achtzehn nehmen?«, will Elias wissen.

»Theoretisch schon.«

»Willst du dein Aber nicht gleich aussprechen?«, meint er verschmitzt.

»Bis einundzwanzig können viele noch in Jugendgruppen abgedeckt werden«, erkläre ich ruhig. Es hat Monate gedauert, bis ich auch nur den Hauch einer Ahnung von den ganzen Anträgen und bürokratischen Herausforderungen hatte.

»Dann eben alle Menschen ab einundzwanzig«, sagt er so gelassen, als seien damit alle Probleme gelöst. Wäre es doch so einfach.

»Um Förderungen zu erhalten, müssen wir sehr präzise sein«, versuche ich es noch einmal anders. »Die Fördergelder sind knapp, und ich bin mir nicht sicher, ob wir wirklich deutlich machen können, warum es von all den Möglichkeiten *dieses* Projekt sein muss. Und warum in dieser Form.«

»Welche Form meinst du?«

»Es ist oft einfacher, wenn die Zielgruppe – wie drück ich es aus? – einheitlich ist.«

»Du meinst, dass die Menschen mit Behinderung unter sich bleiben?«

Ich beiße mir auf die Lippen. »Dann wäre klar, bei welchen Fördertöpfen wir es versuchen können. Ja.«

»Nur dass Inklusion nicht funktioniert, wenn wir immer wieder die gleichen Dinge tun, die uns auch bisher nicht weitergebracht haben«, murmelt er, und der Frust in seiner Stimme versetzt mir einen Stich ins Herz. »Ich sage nicht, dass es unmöglich ist«, meine ich. »Aber deutlich schwieriger, wenn wir es nicht ausreichend begründen können.«

Gelassen zuckt Elias mit den Schultern. »Du meinst, ein im Gesetz verankertes Grundrecht auf Gleichstellung reicht uns nicht als Legitimation?«

Wenn unser Job wirklich so einfach wäre, gäbe es wesentlich weniger Probleme auf dieser Welt. Also stütze ich mein Kinn in die Hand. »Nur in der Theorie, oder siehst du hier irgendwo durchgesetzte Gleichberechtigung?«

»Guter Punkt. Also, was schlägst du vor?«

»Wir könnten versuchen, zuerst eine Bedarfsanalyse zu machen.« Sobald ich es ausgesprochen habe, wird mir bewusst, wie viel Arbeit das werden könnte. Nur färbt Elias' Entschlossenheit irgendwie auch auf mich ab.

»Was bedeutet das genau?«

»Dass wir mit der Zielgruppe …«

»Du meinst meiner zu schwammigen Zielgruppe?«, wirft er dazwischen, was mich zum Grinsen bringt.

»… sprechen. Am besten würden sich qualitative Interviews eignen. Für den Antrag sollten etwa zehn reichen, damit wir deutlich machen können, dass wir mehr führen müssen, um im zweiten Schritt ein Projekt aus den Wünschen und Bedarfen zu entwickeln.«

Elias lehnt sich zurück. »Also: erst Befragungen, um dann weiter zu befragen und dann erst loszulegen?«

In seiner Frage schwingt etwas mit, das ich nicht ganz deuten kann. Es ist kein Frust, aber es gibt mir trotzdem das Gefühl, dass ich mit meinem losen Plan seine Vorstellungen wie mit einem Lkw gerammt habe.

»Genau.«

»Und wie lange würde das dauern?«

»Ich würde ungefähr sechs Monate für die Bedarfsanalyse veranschlagen«, sage ich und spüre, wie das schlechte Gewissen dafür sorgt, dass meine Haut kribbelt. Mir ist klar, dass ich die Regeln nicht mache, aber Elias' Euphorie einen solchen Dämpfer zu verpassen, zeigt mir, dass ich in diesem Job selten alles richtig machen kann.

Er schweigt einen Moment, und ich kann sehen, wie es in seinem Kopf arbeitet. »Ich hatte gehofft, das alles würde schneller gehen.«

»Ich weiß.«

»Und du siehst aus, als würde da noch etwas kommen«, sagt er und sieht mir fest in die Augen. Es verunsichert mich, dass er mich offenbar so mühelos lesen kann. Fast so, als würden wir uns schon viel länger kennen. Obwohl ich meine Notizen vor Augen habe, schaue ich dennoch auf meine Stichpunkte. »Ich hab mich etwas umgesehen, und es gibt kaum Sportprojekte, deren Finanzierung in den letzten drei Jahren umgesetzt wurde, die …«

»Sag mir jetzt nicht, du willst den Sport aus meinem Sportprojekt streichen«, unterbricht er mich sofort.

»Ähm, also ich …«

Er richtet sich in seinem Rollstuhl auf und schüttelt den Kopf. »Nein, kommt gar nicht infrage.«

»Aber ich denke, wir hätten bessere Chancen, wenn wir den Fokus nicht auf den Sport legen«, versuche ich zu erklären, nur scheint ihn das aufzubringen. Seine Nase kräuselt sich, als hätte er gerade einen Geruch vernommen, den er hasst.

»Du meinst, weniger Spaß und mehr den Stempel Inklusion für etwas nutzen, das wieder einmal so tut, als wäre Inklusion einfach nur ein Kraftakt und nichts, das Spaß macht?«

Die Härte seiner Worte lässt mich schlucken. »So hätte ich es nicht ausgedrückt«, murmle ich. Diese Seite von Elias kenne ich noch nicht, aber ich verstehe sie – zumindest zum Teil. Das System, in dem wir leben und arbeiten müssen, sorgt dafür, dass die Soziale Arbeit zu einem notdürftigen Pflaster auf den Schusswunden der Gesellschaft verkommen ist. Und je mehr einem das bewusst wird, desto schwerer ist es, dennoch weiterzumachen und die kleinen Erfolge auch als solche zu erkennen.

»Der Sport ist das Wichtigste daran«, setzt Elias nach.

»Tut mir leid, in Sachen Sport hält sich meine Begeisterung einfach etwas zurück«, meine ich.

»Du bist also ein Sportmuffel?«, fragt er.

»Ich würde sogar sagen, ich bin eine Sporthasserin«, gestehe ich. Allein der Gedanke daran setzt mich so unter Druck, dass ich mir nicht einmal vorstellen kann, dass es Spaß machen könnte.

Elias' plötzlich aufgekeimte Wut ist verpufft. »Sport zu treiben oder dabei zuzusehen?«

»Beides.«

Er schüttelt den Kopf, als wüsste er nicht, wie er sein tiefes Bedauern ausdrücken soll. »Oh, Willa. Ich wusste, selbst jemand wie du muss einen Makel haben.«

Nun bin ich es, die die Stirn runzelt. »Du findest, das ist ein Makel in meiner Persönlichkeit?«

»Ja«, sagt er so selbstverständlich, dass mir der Mund offen stehen bleibt. »Sport ist wichtig, nicht nur für die Gesundheit, sondern auch für die Gemeinschaft. Teamspiele fördern das Verständnis, das Miteinander und die Kommunikationsfähigkeit.«

»Wow, hattest du Sportpädagogik im Nebenfach?«

»Möglich wäre es, aber was ich meine, ist: Sport bringt Menschen zusammen. Und genau das will ich mit diesem Projekt erreichen«, sagt er vollkommen ernst. Wir sehen einander einen Moment lang in die Augen.

Ich kann erkennen, wie wichtig ihm das ist, wie viel Wert er darauf legt, nicht nur mich zu überzeugen, sondern auch unsere potenziellen Geldgeber. Trotzdem sage ich: »Ich bin mir nicht sicher.«

»Dann lass mich *dich* überzeugen.«

»Und wie willst du das anstellen?«

Elias grinst mich an. »Komm zu einem meiner Spiele.«

»Du spielst selbst auch?«

Nun lacht er auf und legt den Kopf schief. »Warum, glaubst du, bin ich Trainer für Rollstuhl-Basketball? Weil ich der beste Spieler in Frankfurt bin.«

Die vollkommene Selbstsicherheit, mit der er das sagt, bringt mich zum Schmunzeln. »Gibst du gerade vor mir an?«

»Na ja, ist es angeben, wenn es stimmt?«

»Stimmt es denn?«

»Kommt drauf an, wen man fragt.«

Ich denke einen Moment nach, dann nicke ich. »Von mir aus, der Sport kann bleiben. Es ist dein Projekt, ich will nur helfen, es umzusetzen.«

»Und du kommst zu meinem Spiel«, setzt er nach. Keine Frage, sondern eine eindeutige Entscheidung.

»Komme ich aus der Nummer jetzt nicht mehr raus?«

»Auf keinen Fall«, meint er. »Du musst es fühlen, damit du es verstehst.« Dabei legt er eine Hand auf seine Brust, als wollte er meinen Blick noch mal auf das Shirt lenken, das eng an seinem Körper anliegt.

»Warum habe ich das Gefühl, dass du mich schon wieder in eine Falle hast laufen lassen?«, murmle ich mit zusammengekniffenen Augen.

»Weshalb denkst du, dass ich dir eine Falle stelle?«

»Tust du es denn nicht?«

Seine braunen Augen schimmern im Licht der Sonnenstrahlen, die sich durch das Fenster brechen. »Nein, Willa. Ich will nur, dass du siehst, warum ich so dafür brenne, und dass ein kleiner Funken davon vielleicht auf dich überspringt.«

»Wieso bekomme ich das Gefühl, dass du von einem anderen Funken sprichst?«

Unsere Blicke bohren sich ineinander. Eine unausgesprochene Herausforderung, von der ich nicht sicher bin, ob es klug wäre, sie anzunehmen, und die dennoch einen unbeschreiblichen Reiz auf mich ausübt. Sein typisches Grinsen zeichnet kleine Fältchen in seine Mundwinkel, als er den Kopf schief legt. »Ich würde sagen, weil du vielleicht mehr Funken spürst, als du wolltest?«

Mein Herzschlag verdoppelt sich plötzlich. Das Klopfen wird von einer Sekunde auf die andere so laut, dass ich meine eigenen Worte kaum hören kann. »Habe ich dir heute schon gesagt, dass du unmöglich bist, Elias?«

Das Grinsen wird breiter, als wüsste er genau, was für eine Wirkung er in diesem Moment auf mich hat. »Nein, aber du könntest auch noch hinzufügen, wie unfassbar gut ich aussehe und rieche.«

»Ich habe aber leider keine Ahnung, wie du riechst.«

»Wenn du bereit bist, es rauszufinden, sag einfach Bescheid«, erwidert er leichthin und dreht sich um, um den Raum zu verlassen.

»Manchmal weiß ich nicht, ob du noch charmant oder schon selbstgefällig bist«, murmle ich eher zu mir selbst, doch es sorgt dafür, dass er abrupt stoppt und mich über die Schulter hinweg ansieht. »Wahrscheinlich ein bisschen von beidem, oder?«

Damit habe ich nicht gerechnet.

»Ich glaube, ich fang an, dich zu mögen, Elias.«

»Jetzt erst?«

»Übertreib es nicht.«

ELIAS

Von dem uralten Plattenspieler dringt Achtzigerjahre-Rock an meine Ohren. Die Küche meiner Eltern ist chaotisch, doch genau das mag ich daran. Diez reicht mir einen Teller, damit ich ihn abtrockne.

»Du arbeitest zu viel, und dann auch noch, ohne Kohle zu bekommen«, meint er und schüttelt den Kopf.

Weder mein bester Freund noch meine Eltern scheinen zu verstehen, wie wichtig dieses Projekt für mich ist. »Spielen wir jetzt Klischee-Bingo, oder was?«

Diez reicht mir einen weiteren Teller, während mein Vater damit beschäftigt ist, den Esstisch abzuwischen. »Ich hab noch nicht mal angefangen, ich meine, du kannst doch nicht das Soll eines vollwertigen Mitarbeiters erbringen, aber durch dein Ehrenamt kein Geld dafür bekommen.«

Mir ist schon klar, dass sie sich nur Sorgen um mich machen. Wahrscheinlich wäre es ihnen lieber, wenn ich es langsamer angehen lassen würde – nur ist es nicht ihre Entscheidung, sondern meine. Und ich will das.

»So ist das eben, wenn ein Teil des Sozialstaats darauf aufgebaut wurde, dass Menschen ohne Bezahlung arbeiten«, sage ich mit einem ironischen Lächeln, das meine Mutter seufzen lässt.

»Du weißt, was wir meinen – übernimm dich einfach nicht.«

»Mit Jugendlichen freitags Basketball spielen, so würde ich

auch gern mal arbeiten«, brummt mein Vater. Es klingt negativer, als er es meint, denn immerhin hat er damit gerade sowohl meiner Mutter als auch Diez widersprochen.

»Wir gehen sogar manchmal ins Kino«, gebe ich zurück. »Schon wild, dass Menschen auch Spaß haben, nicht wahr?«

»Nimmst du mich etwa gerade auf den Arm?«

Ich grinse meinen Vater an. »Nimmst du meinen Job als Sozialarbeiter im Ehrenamt etwa nicht ernst?«

Er dreht sich halb zu meiner Mutter herum. »Wieso haben wir noch mal so einen smarten Sohn?«

»Ich fürchte, die Schuld liegt bei mir«, erwidert sie lachend. Ma füllt die Reste unseres Abendessens in eine Frischhaltebox, die dessen Qualität mit Sicherheit nicht verbessern wird. Sie sieht mich mit einem halben Lächeln an. »Immerhin machst du etwas Sinnvolles. Das können nicht alle Menschen von sich behaupten.«

»Seid ihr fertig?«, will ich wissen. »Oder möchtet ihr mich noch fragen, ob man dafür überhaupt ein Studium braucht oder ob es stimmt, dass das Jugendamt allen Familien die Kinder wegnehmen kann?«

»Entschuldige«, brummt mein Vater. »Ich wollte nicht abfällig sein, es war einfach ein harter Tag.«

Er bezieht es auf sich, dabei weiß ich bei seiner Aussage zumindest, woher sie kommt. Meine Eltern waren noch nie sonderlich begeistert von der Wahl meines Studiums. Vielleicht weil sie gehofft haben, mich auch im erwachsenen Alter vor den schlimmen Seiten des Lebens zu beschützen – tja, was soll ich sagen? Das hat nicht sonderlich gut geklappt, und das ist für mich offenbar nicht halb so schlimm wie für sie.

»Schon okay«, sage ich. »Auch wenn ich es ironisch finde, dass du dich auf die Seite von Diez stellst. Immerhin bist du mein Vorbild in Sachen Workload.«

»Sobald wir im Haus fertig sind, häng ich den Nebenjob wieder an den Nagel«, verspricht mein Vater. Aber ich kann sehen, wie die letzten Monate seinen Körper gezeichnet haben. Seine Haltung wirkt verkrampft, als hätte er Schmerzen im Rücken, die er zu ignorieren versucht. Die dunklen Haare sind inzwischen fast vollständig ergraut, und die dicken Tränensäcke unter seinen Augen zeigen deutlich, dass er nicht genügend Schlaf bekommt.

Mein schlechtes Gewissen meldet sich. »Gut«, sage ich versöhnlich und reiche ihm einen tropfenden Topf weiter, damit er mir beim Rest des Geschirrs hilft.

»Also, Diez«, sagt meine Mutter. »Wie läuft dein Studium?«

Mein bester Freund verzieht das Gesicht. Er lässt das schmutzige Wasser ab und dreht sich zu meinen Eltern um. »Können wir nicht über was anderes reden? Es hat mir mehr gefallen, als wir Elias aufgezogen haben.«

Überrascht zieht meine Mutter die Augenbrauen hoch. »So schlecht, ja?«

»Noch schlechter, ehrlich gesagt.«

»Man kann es auch ohne ein Studium zu was bringen«, meint mein Vater aufbauend.

Der kleine Dialog gibt mir die Chance, kurz auf mein Handy zu schauen.

Elias
Bleibt es dabei? Kommst du zum Spiel?

Willa
Nächsten Samstag, 18 Uhr. Steht in meinem Kalender.

Elias
Ich freue mich drauf.

Willa
Ich bleibe skeptisch.

Elias
Nichts anderes habe ich erwartet.

Willa
Macht dir das Spaß?

Elias
Ein bisschen. Aber ich hoffe vor allem, dass du auch Spaß haben wirst.

Dann stecke ich das Handy wieder weg und sehe Diez an. »In meiner Familie ist der Leistungsdruck einfach ein anderer«, murmelt er. Dann wendet er sich zu mir. »Wann ist dein Spiel?«

»Samstag«, sage ich. »Und es könnte sein, dass noch jemand mitkommt.«

»Wer denn?«, will meine Mutter wissen.

»Willa.«

»Wer ist das denn?«, kommt es von meinem Vater.

»Eine Arbeitskollegin.«

»Arbeitet die auch, ohne Geld zu bekommen?«, stichelt er.

»Sehr witzig.«

»So kennt man mich.«

Ich schüttle den Kopf, muss aber gestehen, dass ich es mag, wenn wir uns kabbeln. Es fühlt sich richtig an, weil unsere Beziehung schon immer so war. Ich musste nie Angst davor haben, meinem Vater meine Meinung zu sagen, auch wenn er sie vielleicht nicht teilt. Jetzt allerdings über Willa zu reden, lässt mein Herz trotzdem stolpern. »Wir arbeiten zusammen an einem Konzept für das Projekt, das ich gern aufbauen würde.«

Interessiert beugt sich meine Mutter über die frei stehende Kücheninsel und stützt ihr Kinn auf den Händen ab. »Und ist sie nett?«

Nett.

Dieses Wort ist nicht ausreichend für Willa. »Ja, ziemlich sogar.«

»Und klug?«

»Sehr.«

Alle im Raum schweigen kurz, sehen erst einander und anschließend mich an. »Und auf einer Skala von eins bis zehn, wie sehr stehst du auf sie?«, will Diez wissen.

Ich lache auf. »Eine solide 8,5, würde ich sagen.«

»Oh, also ist das ein Date?«, hakt mein Vater nach.

Schön wäre es, denke ich. Allerdings fühlt es sich nicht danach an. Ich habe mein Interesse signalisiert, und Willa ist nicht darauf eingegangen. »Nein, ich denke nicht«, antworte ich also ehrlich.

»Warum sollte sie zu deinem Spiel kommen, wenn sie kein Date mit dir will?«, meint Diez und verschränkt die Arme vor der Brust.

»Weil es eher eine Recherche für das Projekt ist.«

»Dafür könnte sie sich auch einfach ein YouTube-Video angucken.«

»Guter Punkt«, lobt mein Vater.

»Mag sie denn Sport?«, fragt meine Mutter weiter.

»Nein.«

»Klarer Fall, dann ist es ein Date«, behauptet Diez.

»Ist es nicht, wirklich nicht. Ihr versteht da einfach was falsch«, sage ich ausweichend.

»Glaub ich nicht«, entgegnet mein Vater.

»Das liegt nur daran, dass du denkst, allwissend zu sein.«

»Stimmt nicht«, wehrt er ab. »Wenn man deinen Großvater fragt, hat *der* immer recht.«

»Würde ich nicht sagen«, behauptet meine Mutter.

»Es ist auf jeden Fall *kein* Date«, stelle ich noch einmal klar. »Aber für den Fall der Fälle, dass es gut läuft, frage ich sie vielleicht nach einem.«

Mein Vater lacht und tätschelt meine Schulter. »Das ist mein Junge.«

Meiner Mutter reicht das allerdings noch immer nicht. Mit einem süffisanten Grinsen betrachtet sie mich weiter. »So interessant findest du sie?«

Es bringt nichts zu lügen, und es ist auch nicht so, als wäre es mir unangenehm, darüber zu sprechen. Also zucke ich mit den Schultern und erwidere: »Ja, ziemlich.«

»Dann bin ich zum ersten Mal seit langer Zeit wirklich gespannt auf dein Spiel«, verkündet Diez.

»Autsch, unsere Spiele sind immer spannend!«

Mein bester Freund grinst. »Dazu möchte ich keine Auskunft geben. Aber ich schlafe auch während der WM ein, also habe ich wahrscheinlich wenig Aussagekraft.«

»Kulturbanause«, meint meine Mutter und schüttelt den Kopf.

Kapitel 15

Willa
Wir brauchen noch einen Namen!

Elias
Für unsere zukünftigen Kinder?

Willa
Hatten wir uns nicht darauf geeinigt, dass wir schlechte Sprüche lassen?

Elias
Hast recht, tut mir leid.

Willa
Also hast du eine Idee?

Elias
Es gibt viele Dinge, die ich kann, aber Namen sind nicht gerade meine Stärke. Irgendwas, das klarmacht, dass es um Sport geht?

Willa
Du kannst zugeben, dass du mal etwas nicht kannst?

Elias
Ich kann vieles nicht.
Zum Beispiel Kaffee kochen oder Namen entwickeln.

Willa
Jeder kann Kaffee kochen. Ich zeig dir bei Gelegenheit, was der Trick bei unserer Maschine ist.

Willa
Was hältst du von:
Sport to Grow?

Elias
Das klingt, als würden wir Sport in Pflanzenbeeten machen.

Willa
Aber es soll doch darum gehen, über sich selbst hinauszuwachsen – und der Name des Projekts sollte das widerspiegeln.

Elias
Okay, gewonnen.

Willa
Ich wusste gar nicht, dass wir ein Spiel spielen?

Elias
Und was, wenn doch?

Kapitel 16

WILLA

»Ada«, rufe ich genervt und hämmere gegen die Tür. »Ada, jetzt komm schon. Ich muss los.«

»Moment«, höre ich sie fast ebenso genervt brummen. Es ist viel zu früh am Morgen, zu sehr Montag, obwohl wir Donnerstag haben, und ich bin viel zu spät dran, als dass ich noch einen Hauch von Geduld haben könnte. Ich lehne die Stirn gegen das helle Holz der Tür. »Ada, du bist schon seit mehr als einer Stunde da drin.«

»Ich komm ja gleich.«

Ihr *gleich* kann eine Zeitspanne zwischen fünf Minuten und zwei Stunden sein. Innerlich schreiend drehe ich mich um, nur damit meine andere Mitbewohnerin mich mit einem müden Lächeln ansieht.

»Sie ist bestimmt gleich fertig«, versucht Martha, mich zu beruhigen. »Komm, ich habe Kaffee gemacht.«

»Ich will keinen Kaffee, sondern unter die Dusche«, schnauze ich sie an.

Überrascht ziehen sich ihre Augenbrauen nach oben. Mein heftiger Ton hat mich selbst erschreckt, eigentlich bin ich nicht so. Aber gerade fühlt es sich an, als wollte das Leben es mir besonders schwer machen. Als wäre aufzustehen und meinen Verpflichtungen nachzukommen nicht schon hart genug. Die rationale Seite meines Hirns weiß allerdings, dass sich diese Dinge in mir abspielen und nicht in der Realität – und dass meine Freundinnen ganz sicher nicht zu jenen gehören, die es mir absichtlich schwer machen würden.

Martha sieht mich noch immer an. »Da wir die Tür nicht aufbrechen können, kannst du entscheiden, ob du, während du wartest, wenigstens schon einen Kaffee trinkst.«

Sie wendet sich ab, und ich folge ihr mit dem Anflug eines schlechten Gewissens. »Tut mir leid«, entschuldige ich mich zähneknirschend.

»Du triffst dich heute mit deiner Professorin, wegen des Themas deiner Masterarbeit, oder?«, fragt sie sanft.

Die Frage sorgt dafür, dass mein Herz ein paar Extraschläge macht und sich Schweißperlen in meinem Nacken sammeln. Es kommt mir zu schwer vor, einfach Ja zu sagen, also nippe ich an meinem Kaffee.

»Hast du dich inzwischen für einen Titel entschieden?«

Mir ist klar, dass sie nur fragt, weil es sie tatsächlich interessiert – aber meine Finger verkrampfen sich. Ich balle eine Hand zur Fast, so fest, dass meine Sehnen schmerzen.

»Die Herausforderungen der Inklusion in der Erstellung sozialer Projekte in Wechselwirkung von Bedarfen und Bürokratie.«

Martha blinzelt ein paarmal. »Wenn ich mal mehr als zwei Stunden geschlafen habe, musst du mir das näher erklären.« Sie drückt mir eine dampfende Tasse in die Hand, während ich mich am Tisch niederlasse, und stellt die Hafermilch vor mich.

»Ich wollte dich nicht anzicken.«

»Ist schon okay, Ada ist ja gerade nicht zu sprechen, und ich war der Blitzableiter«, sagt Martha und zuckt mit den Schultern, als sei es kein großes Ding. Für mich ist es allerdings ein großes Ding. Ich schnauze Menschen, die mir wichtig sind, nicht an, obwohl sie gerade versuchen, mir zu helfen.

»Es ist das dritte Mal diese Woche«, versuche ich mich zu erklären. »Gestern ist sie sogar im Bad eingeschlafen.«

Martha seufzt. »Ich weiß, sie übertreibt es etwas.«

»Etwas?«

Ada ist kaum noch hier. Oder an der Uni. Sie feiert gerade mehr, als wir es von ihr gewohnt sind, und ich fange an, mich zu fragen, ob sie nicht nur kurzfristig ihren Problemen entflieht, sondern auf etwas anderes zusteuert.

»Die Lungenentzündung ihres Dads wird einfach nicht besser. Und sie lenkt sich eben mit den Partys zum Semesterstart ab«, murmelt Martha.

Sie kommt besser an Ada heran, wenn es um dieses Thema geht. Ich kann die Nächte, in denen ich durchgefeiert habe, an einer Hand abzählen. Laute Orte, bei denen ich anderen Menschen nicht ausweichen kann, sind nichts für mich. Manchmal macht es Spaß, aber meistens kämpfe ich eher gegen meinen Fluchtinstinkt. »Ich weiß.«

Martha setzt sich zu mir. Sie schiebt eine kleine braune Tüte zu mir, in der sich die Reste ihrer Schokokekse befinden, die sie in den vergangenen Nächten gebacken hat. »Ich meine ja nur, das Letzte, was sie braucht, ist, dass wir sie verurteilen.«

Empört reiße ich den Mund auf. »Ich verurteile sie nicht.«

Offenbar reicht meine Entrüstung nicht aus, um Martha von diesem Gedanken abzubringen. »Ach nein?«, fragt sie süßlich und nippt an ihrem bitteren Kaffee.

Ich schlucke. »Nein, ich verstehe sie nur nicht«, gebe ich zu. »Wenn es ihrem Vater wieder schlechter geht, sollte sie ihre negativen Gefühle nicht einfach wegschieben.«

»Manchmal überlebt man aber nur so«, hält Martha dagegen. »Und ohne dir zu nahe zu treten, du machst das auch, nur auf eine andere Art.«

»Soll ich nachher den Einkauf machen?«, lenke ich ab, weil ich gerade wirklich nicht darüber reden will. Mehr, als mich Schritt für Schritt gerade durch alles durchzukämpfen, kann ich nicht machen.

»Klingt gut, und bevor ich es vergesse …« Martha springt auf und reicht mir einen Brief.

Ich erkenne schon vor dem Öffnen, was es ist.

»Dein Einspruch ging nicht durch?«, fragt meine Freundin etwas leiser, und ich schüttle den Kopf.

»Kein BAföG mehr«, sage ich leise, während in meinem Kopf bereits tausend weitere Fragezeichen aufploppen. Ich könnte versuchen, einen Studienkredit zu beantragen, oder ich frage Aygül, ob ich noch mehr Stunden bekomme. Egal, wie, ich will mein Studium nicht so kurz vor dem Ziel unterbrechen.

»Du weißt, dass du Bescheid sagen kannst, wenn du Hilfe bei der Miete brauchst, oder?«

Ich schüttle schnell den Kopf. Das Letzte, was ich brauche, ist, dass nicht nur mein Konto ein Minus anzeigt, sondern ich durch meinen Mangel an Geld auch noch meine Freundschaften belaste. Trotzdem setze ich meine freundliche Miene auf, auch wenn Martha erkennt, dass sie nicht echt ist. Ich habe gehofft, dass es niemand merkt. Dass niemand die dunklen Wolken sieht, die sich Stück für Stück über meinem Kopf zusammengezogen haben und immer weniger Licht zu mir durchlassen.

Aus dem Bad dringt Adas Stimme, als sie beginnt, Taylor Swift mitzugrölen. »Wir sollten mit ihr ausgehen«, schlägt Martha vor. »Ihr zeigen, dass sie auch Spaß haben kann, ohne dabei abzustürzen.«

Mein Mund verzieht sich, ohne dass ich es verhindern könnte. »Hältst du das für eine gute Idee?«

»Zumindest für eine bessere, als sich aufzuführen, als wären wir ihre Eltern.«

»Guter Punkt.«

»Also bist du dabei?«

Alles in mir schreit: Nein!

Nicht nur, weil ich weniger der Partymensch bin, sondern auch, weil sich vor meinen geistigen Augen die schier unendliche To-do-Liste entfaltet. Tausende Aufgaben, die ich noch nicht erledigt habe. Hunderte Verpflichtungen. Dutzende Dinge, die ich immer wieder aufschiebe, obwohl ich weiß, dass ich nicht um sie herumkomme.

Zum Beispiel meine Masterarbeit.

Allein bei dem Gedanken daran wird mir so schlecht, dass ich sie ganz schnell wieder nach hinten schiebe. Selbst jetzt, da ich endlich ein Thema habe, fühlt es sich an, als könnte ich dieser Aufgabe niemals gerecht werden.

In mir wächst der Druck. Der Druck, allem gleichzeitig gerecht zu werden. Nicht nur dem Studium, dem Job und mir selbst, sondern auch meinen Freundinnen und Freunden. Den Menschen, die ich liebe.

Also schlucke ich das Nein hinunter. Verstaue die Ängste in der hintersten Ecke meines Verstands. »Ja, ich bin dabei.«

»Diesen Samstag?«

Obwohl es mir schwerfällt, schüttle ich den Kopf. »Da kann ich nicht.«

Martha runzelt die Stirn. »Ach nein?«

»Nein, ich gehe zu einem Basketballspiel«, antworte ich ausweichend und versuche, ihren Blick dabei nicht zu kreuzen.

»Seit wann stehst du auf Sport?«

Diese Frage habe ich kommen sehen. Martha hat schon mehrfach versucht, mich zu Yoga zu überreden, und dabei gemerkt, dass meine Sportbegeisterung ungefähr auf einem Level mit meinen Geografiekenntnissen ist. Quasi nicht vorhanden. Schnell leere ich meine Tasse und stelle sie in die Spüle. »Tue ich nicht, es ist zur Recherche. Elias will ein Projekt aufbauen, und damit ich es besser verstehe, hat er mich zu einem Spiel seiner Rollstuhl-Basketballmannschaft eingeladen.«

Als ich mich wieder umdrehe, steht Martha allerdings bereits wieder vor mir, und ein kleines Grinsen zupft ihre Mundwinkel nach oben. »Elias heißt er also.«

»Bitte?«

Amüsiert lacht sie auf. »Seit ein paar Tagen guckst du ständig auf dein Handy.«

Entsetzt sehe ich sie an. »Das stimmt doch gar nicht.«

Das tut es wirklich nicht.

Elias und ich schreiben uns so gut wie gar nicht, und wenn, dann dreht es sich einzig und allein um Planung. Da ist nicht mal ein Hauch von Romantik in der Luft.

Na ja, eventuell auch, weil ich alle Gefühle lieber schnell blockiere. Vielleicht kann ich ihn inzwischen ganz gut leiden, aber das bedeutet nichts. Es gibt kaum Menschen, mit denen ich nicht kann, sonst wäre ich falsch in meinem Job.

Martha beugt sich etwas näher zu mir. »Und warum wirst du dann rot?«

»Das ist keine Scham, sondern Wut, weil ich nicht ins Badezimmer komme«, protestiere ich. Ungünstigerweise klingelt ausgerechnet jetzt mein Handy und signalisiert, dass eine Nachricht eingetroffen ist.

Und natürlich ist es Elias' Name auf dem Display.

»Eben warst du aber noch nicht rot.«

Der Gedanke, dass Martha vielleicht nicht gesehen hat, wer mir eine Nachricht gesendet hat, erübrigt sich.

»Also, sag schon.«

»Es gibt nichts zu sagen.«

»Weil er eine wandelnde Red Flag ist?«, will sie wissen und legt den Kopf schief.

»Nein, oder zumindest nicht so wie beim letzten Mal«, murmle ich etwas leiser. Meine Erfahrungen in Beziehungsdingen beziehen sich doch mehr auf Bücher als auf echte Menschen. Wahrscheinlich, weil Bücher einem nicht auf die gleiche Art das Herz brechen können.

»Hast du Angst, dass Elias genauso reagieren könnte wie Jonas?«

Ich schlucke. »Jonas war …«

»Ein Arschloch.«

»Eine Erfahrung«, sage ich etwas milder, obwohl ich ihr eigentlich zustimmen sollte. Aber auch wenn ich weiß, dass es nicht meine Schuld ist, dass ich bin, wie ich bin, und dass meine Kindheit ein Trauma verursacht hat, habe ich trotzdem das Gefühl, ihn in Schutz nehmen zu müssen. »Er hat mir gezeigt, dass ich eben einfach noch nicht so weit bin«, sage ich fester und mit mehr Überzeugung, weil ich tatsächlich daran glaube. Ich bin nicht bereit für Liebe, denn noch fühle ich mich nicht, als hätte ich sie auch tatsächlich verdient.

»Hör auf, jemanden in Schutz zu nehmen, dem du erzählt hast, was dir passiert ist, und der dich trotzdem zum Sex überreden wollte«, sagt Martha kopfschüttelnd.

»Es war nicht nur der Sex«, sage ich. »Ich mag Sex.«

»Und trotzdem hat er dich bedrängt, und das ist nie in Ordnung, besonders nicht, wenn er deine Grenzen kennt.«

Zum Glück kann ich mir eine Antwort sparen, denn mein Handy gibt wieder das vertraute Summen von sich, das den Eingang einer neuen Nachricht ankündigt. Marthas eben noch strenger Blick wird weicher. »Elias scheint sich zumindest mehr Mühe zu geben als Jonas.«

Ich fummle das Handy heraus und unterdrücke ein Fluchen. Dieses Mal achte ich darauf, dass sie nicht sehen kann, von wem die Nachricht ist. Mit Elias hätte ich gerechnet, doch dieser neue Name sorgt für eine ganze Woge, die durch meinen Körper geht. Es fühlt sich an, als würden die Wellen der Dunkelheit über mir zusammenschlagen.

Es war ein Fehler, meine Nummer herauszugeben, nur kann ich es nicht mehr ungeschehen machen.

»Jetzt wechselst du von rot zu blass, muss ich mir Sorgen machen?«

Mir fehlt die Kraft, um Martha eine eindeutige Antwort darauf zu geben. »Mein Blutdruck ist noch im Keller, darum ist die Reaktion nur etwas verzögert.«

Martha lacht über meinen schlechten Versuch, weitere Ausflüchte zu finden, bohrt aber immerhin nicht weiter nach. »Ich find's gut, wenn du mal wieder jemanden an dich ranlässt.«

»Willa lässt jemanden ran?«, will Ada wissen, die gerade aus dem Badezimmer kommt, als sei nichts gewesen.

»Niemanden«, schnaube ich.

»Dein letztes Date ist eine Ewigkeit her«, sagt Ada und wirft ihr fliederfarbenes Haar nach hinten. »Du könntest es mal wieder wagen.«

»Könnte ich«, sage ich etwas schärfer als beabsichtigt. »Will ich aber nicht. Das letzte Desaster hat mir gereicht – da bleib ich lieber bei meinen Büchern.«

»Nicht alle Männer sind unsensible.«

»Stimmt, aber die wenigsten sind so wie in Büchern.«

Ada schüttelt den Kopf. »Also willst du wegen einem Arsch … wie war noch mal sein Name?«

»Jonas«, hilft Martha aus.

»… alle von dir wegstoßen?«, beendet Ada ihren Satz.

Ich könnte es ihnen sagen.

Dass ich das Gefühl habe, dass ich Männer von mir wegstoßen muss, ehe sie es tun. Ehe sie sehen, was mit mir los ist und durch was für eine Hölle ich gegangen bin. Ehe sie davonlaufen, weil man manche Schäden eben nicht mehr beheben kann. Nur würde ich es dann zugeben, und dazu bin ich nicht bereit. »Nein«, sage ich fest und blicke ihr in die Augen. »Ich habe nur einfach gerade weder die Zeit noch die Lust, jemanden an mich ranzulassen.«

Martha blickt zwischen uns beiden hin und her. Für einen Moment scheint sie darüber nachzudenken, ob sie noch was zu dem Thema sagen will, entscheidet sich dann aber dagegen. »Warum hast du so lange gebraucht?«, fragt sie Ada.

Ada zuckt mit den Schultern. »Meine Haare wollten einfach nicht wie ich«, sagt sie leichthin.

»Du hast das Bad fast eine Stunde blockiert.«

»Tut mir leid, jetzt ist es ja frei.«

Ich werfe ihr nur einen grimmigen Blick zu, gehe an ihr vorbei und kann gerade noch hören, wie sie Martha fragt: »Ist noch Kaffee da?«

Kapitel 17

Elias
Wie läuft es mit der Masterarbeit?

Willa
Gerade habe ich angefangen, dich zu mögen, und dann das …

Elias
So schlimm?

Willa
Schlimmer. Jedes Mal, wenn ich mich an den Laptop setze, scheint sich mein Kopf auszuschalten. Ich bekomme nicht einen sinnvollen Satz zustande.

Elias
Das Gefühl kenn ich.

Willa
Gibt es das auch beim Sport?

Elias
Beim Sport ist mein Kopf immer aus.

Willa
Ich wünschte, das würde bei mir auch klappen.

Elias
Was schaltet deinen Kopf aus?

Willa
Im Moment nichts, darum lege ich jetzt auch das Handy weg und starre weiterhin meinen Bildschirm an, in der Hoffnung, dass mein Kopf doch noch mitspielt.

Elias
Ich weiß, du willst es gerade nicht hören, aber der Knoten wird noch platzen. Und wenn du Hilfe brauchst, sag Bescheid.

Willa
Schreibst du das Exposé für meine Masterarbeit und den Rest am besten auch?

Elias
Nein, aber ich biete dir an, dir dabei zu helfen, deinen Kopf auszuschalten.

Elias
Streich das, das klang irgendwie komisch.

Willa
Und ich dachte, das war Absicht.

Elias
Würdest du wollen, dass es Absicht war?

Willa
Gute Nacht, Elias.

Elias
Gute Nacht, Willa.
Denk dran, unter dem Bett nachzusehen, damit die Monster dich in Ruhe lassen.

Kapitel 18

ELIAS

Mit schwitzigen Händen reibe ich mir über die Jeans, während Diez den Wagen durch die Straßen Frankfurts lenkt. Der Weg aus der Innenstadt dauert, aber meine Hände sind nicht deswegen so unruhig.

Der kleinste Stadtteil Frankfurts ist auch der idyllischste. Der Herbst lässt noch immer auf sich warten, aber der goldene September ist mir ganz recht. Der Blick auf den Main in der Abendsonne zieht Reisende und Einheimische gleichermaßen an, sodass sich auf den Bänken der Passage kaum noch ein leerer Platz findet. Das Altstadtflair hat selbst im Herzen des Mainmetropolstaus etwas Magisches. Diez wirft mir von der Seite einen Blick zu, als wir vor einer roten Ampel wieder zum Stehen kommen. »Willst du vorher noch was essen?«

Kopfschüttelnd sehe ich ihn an. »Danke, ich hab keinen Hunger.«

Nachdenklich leckt er sich über die Lippen, ohne den Blick von mir zu lösen. »Bist du etwa nervös?«

»Seit wann machen mich Spiele nervös?«

Er lacht auf. »Ich glaube nicht, dass es am Spiel liegt, sondern an Willa.«

Damit hat er vielleicht ins Schwarze getroffen. Mein Frühstück habe ich nur mit Mühe und Not runterbekommen. Ständig kreisen meine Gedanken darum, wie es heute werden wird. Nicht das Spiel. Ich kenne meine Stärken und habe Spaß daran, daher wird es schon laufen. Aber Willa?

Bei ihr ist das anders. Ich kann nicht abschätzen, ob es ihr gefallen oder sie langweilen wird, und ich bin mir nicht sicher, wie ich mit Letzterem klarkäme. »Und wenn es so wäre?«, sage ich etwas leiser und betrachte das Spiel der glitzernden Sonnenstrahlen auf dem Main.

»Dann fänd ich das ziemlich toll.«

Nun sehe ich Diez doch an. »Ach wirklich?«

Mein bester Freund nickt. »Ja, ich meine, hast zwar immer mal wieder Bekanntschaften, aber bei keiner davon warst du nervös.«

»Das kann ich nicht verneinen.«

»Also, du hast bei deinen Eltern gesagt, du findest sie gut«, holt mich Diez aus meinem inneren Monolog.

»Sag das nicht so, das klingt, als wäre sie ein Gegenstand und nicht ein Mensch mit Persönlichkeit und Gefühlen.«

Er lacht. »Oh, also *so* gut, ja?«

Das Wort *gut* ist absolut unzureichend für Willa. »Sie ist schlagfertig und witzig und unfassbar klug«, murmle ich, während mein Kopf noch nach den passenden Worten sucht, um sie zu beschreiben.

»Also das Gegenteil von dir?«

»Mann, ich versuch hier, meine Gefühle mit dir zu teilen, also sei kein Arschloch.«

»Tut mir leid«, meint Diez grinsend. »Und weiter?«

Unruhig lasse ich meine Schultern an der Rückenlehne kreisen. Mir fallen Tausende Dinge ein, die ich sagen will, aber nichts lässt sich treffend zusammensetzen. »Ich glaube, ich mag es einfach, dass sie ein guter Mensch ist«, gebe ich zu. »Alles, was sie tut, tut sie für andere. Ich hab noch nie jemanden gesehen, der sich so reinhängt. Und sie ist dabei so …«

»So wie?«

»Sie lässt es nicht aussehen, als wäre es leicht«, erwidere ich und sehe ihn an. »Sondern, als wäre es echt.«

Das stichelnde Grinsen verschwindet aus seinem Gesicht, als wäre ihm erst jetzt klar geworden, wie ernst ich es meine. »Ich habe keine Ahnung, was ich mit dieser Beschreibung anfangen soll«, meint er. »Aber es klingt, als hätte es dich ziemlich erwischt.«

»Weiß ich noch nicht.«

»Und woran erkenne ich diese Frau nun?«

»Du willst lieber wissen, wie sie aussieht?«, brumme ich und verziehe das Gesicht.

»Das wäre nützlich, damit ich weiß, bei wem ich dich gut dastehen lassen soll«, gibt er zurück. Die Straßen vor uns werden langsam leerer, sodass wir schneller vorankommen. Was mir nur auffällt, weil ich nun endgültig nervös werde und mir nicht sicher bin, ob ich es weiter hinauszögern oder lieber hinter mir haben will. »Ich fürchte, der Zug ist schon abgefahren«, murmle ich.

»Wieso?«

»Sie ist nicht so empfänglich für meinen offensiven Charme.«

Diez' Augenbrauen wandern nach oben. »Und weniger offensiv kommt für dich nicht infrage?«

Ich lehne den Kopf nach hinten. »Wir arbeiten zusammen, und sie hat meine Flirtversuche abgelehnt. Daher versuche ich es jetzt gar nicht mehr«, stelle ich klar. »Wenn sie nicht auf mich steht, komm ich damit klar. Aber sie ist ein viel zu krasser Mensch, als dass ich es mir mit ihr auf Dauer verscherzen will.«

Ganz so schnell lässt Diez allerdings nicht locker. »Und trotzdem bist du nervös. Und offensichtlich verknallt.«

»Ja, aber das ändert nichts. Und jetzt hör auf, mich zu löchern, ich muss meinen Fokus auf das Spiel legen.«

»Und du willst Willa beeindrucken.«

Irgendwie schaffe ich es, doch wieder zu grinsen. »Wenn ich das verneine, durchschaust du mich, oder?«

»Absolut.«

»Ich denke zumindest, es kann unserer rein professionellen Beziehung nicht schaden, wenn sie weiß, wie verdammt gut ich spiele«, sage ich betont langsam und ruhig.

Diez lässt seine Augenbrauen wackeln. »Und wie sexy du dabei aussiehst?«

»Das hast du jetzt gesagt.«

Wir parken vor einer großen Turnhalle, in der bereits Licht brennt. Vereinzelt stehen Autos herum, aber die meisten meiner Teammitglieder scheinen noch nicht da zu sein. Während Diez meinen Rollstuhl aus dem Kofferraum holt, schnalle ich mich ab. Inzwischen sind meine Handgriffe so routiniert, dass ich kaum noch darüber nachdenken muss.

»Soll ich deiner Angebeteten einen Platz freihalten?«, fragt Diez, während wir uns der Halle nähern. Ich zögere kurz, nicke dann aber schließlich.

»Ja, das wäre nicht übel.«

Vor den Umkleidekabinen beugt sich Diez noch einmal zu mir und umarmt mich kurz. »Viel Glück beim Spiel.«

»Danke, und drück mir die Daumen, dass Willa danach versteht, was der Sport bedeutet.«

»Ich drück dir noch für ganz andere Sachen die Daumen.«

WILLA

Yasemin
Weißt du, wo unsere Vordrucke für die Teilnehmendenlisten sind?

Stöhnend reibe ich mir über die Stirn, während meine Finger eine Antwort tippen. Allerdings komme ich gar nicht dazu, das Smartphone wieder in meine Tasche zu stecken, denn eine Mitteilung sorgt dafür, dass mir schlecht wird.

Unbekannte Nummer
Hör auf, uns die Ämter auf den Hals zu schicken,
du hast das Leben deiner Familie genug zerstört.

Wahrscheinlich sollte es mich schockieren, mich irgendwie berühren. Doch alles, was ich fühle, ist Übelkeit. Woher auch immer sie meine Nummer hat, es wird das erste und letzte Mal sein, dass sie mich kontaktieren kann. Ich blockiere ihre Nummer. Manche Mütter verdienen es nicht, Kontakt zu ihren Kindern zu haben.

Ich stecke das Telefon weg und blicke zum Eingang. Was habe ich mir nur dabei gedacht?

Eigentlich sollte ich an meiner Masterarbeit oder zumindest an den Fragebögen für Elias' Projekt sitzen, statt mir ein Spiel anzusehen. Schon gar nicht allein, zwischen Dutzenden von Fremden.

Unschlüssig stehe ich vor der großen Halle, in die immer mehr Menschen strömen. Eindeutig mehr, als ich erwartet habe. Bisher war mir gar nicht bewusst, dass Rollstuhl-Basketball eine so große Fangemeinde hat. Ich dachte, ich sitze mit einer Handvoll Menschen auf einer Bank und sehe zu, stattdessen erwartet mich eine nahezu volle Tribüne. Schluckend wage ich mich in das Getümmel.

Etwas hilflos blicke ich mich nach einem freien Platz um, als ein junger Mann mit blondem Haar aufspringt und winkt. Irritiert blicke ich über die Schulter, weil ich mir nicht sicher bin, ob er mich meint. Tut er. Denn da ist niemand hinter mir, der sich angesprochen fühlt.

»Hey, ich bin Diez – du musst Willa sein?«, fragt er zur Begrüßung und hält mir die Hand entgegen.

»Äh, ja. Das bin ich. Tut mir leid, was …«

»Ich bin ein Freund von Elias«, sagt er schnell. »Er meinte, ich soll dir einen Platz freihalten.«

»Oh, danke.«

Während ich meinen Mantel ablege und die Mütze vom Kopf ziehe, blinzle ich auf das noch leere Spielfeld, auf dem ich eigentlich Elias erwartet hatte. Noch ist von den Spielenden allerdings nichts zu sehen, dafür gibt es Musik, die ich kaum höre, weil das Gemurmel um mich herum zu laut ist.

»Ist es dein erstes Spiel?«, will Diez wissen und mustert mich.

»Sieht man mir das so sehr an?«

»Ein bisschen, könnte daran liegen, dass du deinen Mund so skeptisch verziehst.«

»Um ehrlich zu sein, weiß ich nicht, wie Elias es geschafft hat, mich dazu zu überreden, meinen Samstagabend hier zu verbringen«, gestehe ich, und die Erinnerung lässt meine Mundwinkel nach oben zucken.

Diez lacht, als wüsste er genau, was ich meine. »Ja, manchmal hat er diese Wirkung.«

»Also überredet er öfter Leute?«

»Ich würde es eher motivieren nennen. Seine Begeisterung ist einfach ziemlich ansteckend«, erwidert er und fährt sich durch die Haare.

»Gut gesagt.«

Nur bin ich mir sicher, dass mich nicht nur die Motivation hergebracht hat, sondern auch das Kribbeln in meinem Bauch und all die Momente, in denen ich versucht habe, Elias aus meinen Gedanken zu schieben. Ich spiele mit dem Feuer, das ist mir bewusst. Jemand wie ich sollte sich nicht auf etwas einlassen. Nicht, wenn man immer wieder an der Grenze eines Abgrunds tanzt, ohne zu wissen, wann man hineinfällt – und wen man mitreißen könnte.

Diez weiß all das allerdings nicht. »Danke.«

»Gibt es irgendwas, das ich wissen sollte, als Neuling?«, frage ich nach einer Weile.

»Die Regeln sind fast identisch mit denen von Fußgänger-Basketball«, meint Diez leichthin.

»Um ehrlich zu sein, hilft mir das nicht gerade weiter. Alles, was ich weiß, ist: Der Ball soll im Korb landen.«

»Das ist die halbe Miete«, antwortet er grinsend. »Also der größte Unterschied ist: Es gibt kein Doppeldribbling.«

Verständnislos sehe ich ihn an.

»Der Ball darf jederzeit mit beiden Händen aufgenommen oder auf dem Schoß abgelegt werden, bevor weitergedribbelt wird.«

Nickend folge ich seiner Erklärung. »Okay«, meine ich, obwohl ich mir trotzdem nicht sicher bin, ob ich überhaupt merken würde, wie oft jemand dribbelt.

»Wenn du zwischendurch noch mehr Fragen hast: Elias hat mich bestens instruiert, um dein persönlicher Sportguide zu sein.«

Etwas in mir zieht sich kurz zusammen. »Hat er das?«

»Scheint ihm wichtig zu sein, dass du heute Spaß hast.«

Ist das der Grund?

Was mich an Elias ebenso anzieht wie abstößt, ist die simple Tatsache, dass ich keine Ahnung habe, warum er etwas tut. Immer wenn ich denke, das alles wäre nur ein kleines Spiel für ihn, tut er etwas, das mich vom Gegenteil überzeugen könnte, wenn er nicht gleich darauf wieder dieses Elias-Grinsen aufsetzen würde.

Ein Grinsen, mit dem er wirkt, als könnte er die ganze Welt für sich gewinnen.

Möglicherweise bin ich hier, um genau das herauszufinden. Ob Elias nur mit mir spielen will oder ob da etwas anderes ist, das ich noch nicht erkennen kann.

»Oh, es geht los!«

Auf der Tribüne bricht auf einmal Jubel los. Die Spielenden kommen auf das Feld, die Hände erhoben, als hätten sie bereits gewonnen.

Ich erkenne Elias sofort.

Für einen Wimpernschlag bin ich wie schwerelos. Er kommt mir so vertraut und fremd zugleich vor, doch seine Ausstrahlung umweht ihn wie Duftwasser. Auch ohne einen Hauch Ahnung von diesem Spiel zu haben, weiß ich, dass Elias die Mannschaft anführt.

Sein Blick trifft mich aus der Entfernung. Für einen Moment hält er inne, und das Lächeln auf seinen Lippen scheint zu sagen, dass er genau weiß, was in meinem Kopf vorgeht.

Und ich kann ihn kaum leugnen – den Funken.

Er nickt mir zu, und ich tue es ihm gleich, während mein Herz so heftig gegen meine Rippen pocht, als wäre ich diejenige von uns, die gleich ihren Auftritt hat.

Aus jedem Team verteilen sich fünf Leute auf dem Feld, während sich die restlichen am Rand platzieren und darauf warten, eingewechselt zu werden.

Mein Blick gleitet unwillkürlich wieder über Elias. Er trägt ein Muskelshirt, das die trainierten Arme deutlich zeigt, und kurze Shorts. Es ist das erste Mal, dass ich seine Narben wirklich bewusst wahrnehme. Bei unserer ersten Begegnung war ich zu abgelenkt, um darauf zu achten. Das linke Bein ist gezeichnet von Narben. An der Innenseite seines Schenkels scheint ein Stück des Fleisches zu fehlen, das stattdessen von blassem Narbengewebe zusammengehalten wird. Der Anblick löst etwas in mir aus. Kein Mitleid, nichts dergleichen. Nur den Wunsch, mehr darüber zu wissen, was damals passiert ist.

Der Anpfiff reißt mich aus meinen Gedanken.

Sofort springen meine Augen von der einen Seite des Spielfelds zur gegenüberliegenden. Elias' Team trägt Weiß, während die gegnerische Mannschaft in Schwarz gekleidet ist. Der Ball fliegt von einer Seite zur anderen, vorbei an der Verteidigung. Die Spielenden machen es sich nicht leicht. Die gesamte Halle ist erfüllt vom Quietschen der Reifen und vom Dribbeln des Balls, von Rufen und dem Geräusch von luftschnappenden Zuschauern.

Meine Hände ballen sich zu Fäusten, als wüsste mein Körper nicht, wohin mit der plötzlichen Anspannung. Der Ball wirbelt durch die Luft, während die Spielenden ihm hinterherhechten.

Zwei aus der gegnerischen Mannschaft haben Elias eingekesselt, sodass ein Pass zu ihm unmöglich ist. Eine Frau aus seinem Team schafft es irgendwie an der Verteidigung vorbei. Sie wirft – aber der Ball wird abgefangen.

Jemand neben mir stöhnt, aber ich bin zu konzentriert auf das Spiel, um zu sehen, wer.

In dem Getümmel kann ich kaum etwas erkennen. Unwillkürlich zucke ich auf meinem Sitz hin und her, um zu erkennen, wo sich Elias befindet. In der Traube aus Menschen ist es kaum möglich, den Ball auszumachen. Der plötzliche Pfiff der Schiedsrichterin lässt mich zusammenschrecken.

Jemand wurde umgestoßen. Für den Bruchteil einer Sekunde habe ich Angst, der Mann könnte sich ernsthaft verletzt haben, aber die anderen helfen ihm, wieder in den Rollstuhl zu gelangen. Elias spricht kurz mit ihm, dann klopft er ihm auf die Schulter. Etwas daran berührt mich, die Art, wie Elias mit seinem Teammitglied redet, wie selbst diejenigen aus der gegnerischen Mannschaft ihm zunicken, während er das Spielfeld verlässt, damit sich jemand die Wunde an seinem Schienbein ansehen kann.

Aber das Spiel geht weiter.

Es gibt keine weitere Atempause.

Nicht für mich und nicht für die Leute auf dieser Tribüne. Wir alle sind zu einer Einheit geworden, die sich wie im Rausch auf das Spiel konzentriert. Adrenalin flutet meine Adern.

Der Ball landet bei Elias. Er wirft.

Ich springe auf, gerade noch rechtzeitig, um zu sehen, wie der Ball im Korb landet. Der Jubelschrei bricht so plötzlich aus mir heraus, dass ich die Hände vor den Mund schlage.

Aber Elias hat mich gehört.

Sein Blick liegt eine Sekunde zu lange auf mir.

ELIAS

Das Adrenalin des Spiels flaut langsam ab.

Meine Muskeln fühlen sich schwer und müde an, aber ich liebe es. Dieses Gefühl, über die eigenen Grenzen gegangen zu sein. Der Sieg hat sicherlich auch geholfen. In meiner Wolke aus Endorphinen lasse ich die Tür der Umkleidekabine aufschwingen und stocke kurz.

Diez ist schon vor einer ganzen Weile los, und ich habe nicht damit gerechnet, ein bekanntes Gesicht zu entdecken. Willa steht vor dem Halleneingang. Sie sieht mich nicht, da sie mir den Rücken zugewandt hat, was mir erlaubt, kurz durchzuatmen. Diez ist längst gegangen, nachdem mein Vater mir das Auto vorbeigebracht hat.

Sie blickt immer wieder nach oben, als würde sie am nächtlichen Himmel der Stadt nach etwas suchen.

»Du hast auf mich gewartet?«, frage ich, als ich die Halle verlasse.

Willa lächelt mich an, und mein Herz macht einen Satz. Ich glaube, es ist das erste Mal, dass sie mich wirklich anlächelt. Und für einen Moment fühlt es sich so an, als würde ich in einer endlosen schwarzen Nacht endlich einen Stern sehen.

Sie schiebt die Hände in die Hosentaschen ihrer engen schwarzen Jeans. »Ja, Diez meinte, er würde mich fahren, aber ich wollte gern gleich mit dir reden.«

»Das klingt nicht gut.«

»Meinst du, ich hätte fast eine Stunde hier rumgestanden, nur damit ich dir dann sage, dass du mich nicht überzeugt hast?«, fragt sie mit schief gelegtem Kopf. Ich blicke einen Moment zu lange in ihre immergrünen Augen. »Das heißt …«, bringe ich mühevoll hervor, weil mein Kopf offenbar nicht bereit ist, eins und eins zusammenzuzählen, während mein Herz immer schneller schlägt.

»Du hattest recht«, sagt sie schnell. »Der Sport macht etwas mit den Menschen, er hilft ihnen, wieder zusammenzuwachsen.«

»Dann willst du ihn nicht mehr streichen?«

Sie schüttelt den Kopf, und ich starre sie an. »Ist das dein Ernst?«

Unsicher schiebt sie sich eine der blonden Haarsträhnen aus dem Gesicht. »Ja?«

»Scheiße, Willa. Danke«, murmle ich und spüre, wie mein Herz nicht mehr hämmert, sondern sich wie in Watte eingepackt langsam wieder beruhigt. Statt Aufregung spüre ich etwas ganz anderes. Nicht nur Dankbarkeit und Erleichterung, sondern eine seltsame Art Verbundenheit, auf die ich nicht zu hoffen gewagt hatte.

»Du musst mir nicht danken, immerhin habe ich es dir ja schwer genug gemacht«, entgegnet sie und bemüht sich, gelassen zu wirken.

»Stimmt, aber ich bin großzügig und vergebe dir«, scherze ich.

»Dann bin ich ja beruhigt.«

Als einige meiner Mitspielenden aus den Umkleiden kommen, deute ich auf meinen Wagen, damit wir nicht gestört werden, und Willa folgt meiner Aufforderung. »Wann legen wir los?«, frage ich, während wir die Reihen der geparkten Autos passieren.

Der kühle Wind lässt sie frösteln, sodass sie den Mantel enger um ihren Körper zieht. »Ich würde vorschlagen, dass wir uns vor meinen Schichten im Zentrum treffen, oder vor den Selbsthilfegruppen – wenn das für dich passt.«

»Hast du meinen Schichtplan studiert?«

»Da du nur zwei Tage pro Woche im Zentrum bist, war das kein Hexenwerk. Also? Passt es?«

»Tut es, außer mittwochs. Da bin ich bei der Physiotherapie.«

»Okay, ich denke, drei Tage pro Woche sollten vorerst reichen. Ich schick dir eine Liste mit Dingen, die wir recherchieren müssen – und dann legen wir los«, meint sie motiviert.

Wir bleiben vor meinem Wagen stehen. Ich will nicht, dass dieses Gespräch schon endet, aber wie so oft in meinem Leben kann ich noch nicht die richtigen Worte finden, um ihr das zu sagen.

Während ich den Schlüssel aus meinem Rucksack krame, fühle ich es schon wieder. Dieses Kribbeln. Als würde mich jemand mit seinem Blick fixieren, aber als ich mich umdrehe, ist da niemand, der in unsere Richtung sieht. Nur ein Mann, der gerade dabei ist, den Parkplatz zu verlassen, und die Mitglieder der Teams.

Meine Unachtsamkeit sorgt dafür, dass mir der Rucksack aus der Hand rutscht und meine Wasserflasche unters Auto rollt. Leise fluchend fingere ich den Schlüssel hervor.

»Ich mach das schon«, meint Willa und geht auf die Knie, um meine verschollene Flasche hervorzuholen, während ich den Rucksack in meinem Auto abstelle.

»Du kannst dir gar nicht vorstellen, was mir das bedeutet«, versuche ich es dennoch. »Danke, Willa.«

Sie lehnt sich gegen das Auto und schüttelt den Kopf. »Ich hab eher das Gefühl, ich müsste mich dafür entschuldigen, dass ich etwas an deiner Idee ändern wollte, nur damit wir eine besser Chance haben.«

»Musst du nicht«, sage ich. »Du hast einfach nur schon zu oft gesehen, wie gute Projekte und Ideen genau aus solchen Gründen abgelehnt werden.«

Sie lacht auf. »Wow, du klingst ja heute richtig reflektiert.«

»Siehst du, Sport bewirkt wahre Wunder.«

Wir lachen beide, und ich glaube, ich habe noch nie ein schöneres Lachen gehört als das von Willa.

»Ich denke, ich bleibe bei einem heißen Bad und einem guten Buch«, meint sie.

»Oh, was liest du denn gern?«

Willa wird rot. »Na ja, es ist eher Belletristik.«

»Ich steh total auf traurige Lovestorys«, meine ich leichthin. »Irgendwas, bei dem ich das Buch anschreien will, dass es so doch bitte nicht enden darf.«

Ihr Blick zeichnet Wellen der Überraschung auf ihre Stirn. »Hast du das gerade wirklich gesagt?«

»Was denn? Meinst du, nur weil ich ein Kerl bin, der auf Sport steht, kann ich nicht auch auf Liebesromane stehen?«, stichele ich.

Sie scheint noch nicht überzeugt zu sein, als würde sie eine Lüge wittern, von der ich nicht wüsste, warum ich sie erzählen sollte. »Welchen Autor oder welche Autorin liest du denn am liebsten?«, will sie wissen.

»Die Frage ist gemein«, behaupte ich. »Ich mag die Bücher von Nicolas Sparks sehr, auch wenn sie an vielen Stellen ziemlich problematisch sind. Aber aktuell lese ich so ziemlich alles, was Brittainy C. Cherry schreibt.«

Und damit bekomme ich zum zweiten Mal ein Lächeln von ihr. »Ich hab *Wie die Luft zum Atmen* geliebt.«

»Bei dem Buch kam ich gar nicht mit den Taschentüchern hinterher«, sage ich, auch wenn ich nur bei dem Gedanken an diese tragische Geschichte eine Gänsehaut bekomme.

»Wie bist du zu Liebesromanen gekommen?«, erkundigt sie sich neugierig. Diese Frage kenne ich schon. Offenbar ist es noch immer so, dass Männer nicht einfach Spaß an Liebesgeschichten haben dürfen. Wahrscheinlich glauben die meisten noch immer, dass »echte« Männer irgendwas mit Gewalt lesen. Irgendwas, das schön das Stereotyp bedient, das dafür sorgt, dass unsere Gesellschaft einfach nicht vom Fleck kommt. Nur klingt die Frage aus Willas Mund irgendwie anders. Als würde sie sich wirklich für die Antwort und die vielen großen und kleinen Geschichten, die dahinterstehen, interessieren.

»Das fing im Krankenhaus an. Meine Mutter hatte ein Buch bei mir vergessen, und kurz darauf musste sie mir ihr halbes Regal mitbringen«, antworte ich also ehrlich.

»Krankenhaus?«

»Ja, nach meinem Unfall.«

Willa nickt langsam. »Du musst nicht darüber sprechen, wenn du nicht willst.«

»Mich stört es nicht. Aber ich habe oft das Gefühl, dass es andere stört, weil sie nicht wissen, wie sie damit umgehen sollen.«

Dieses Problem scheint sie allerdings nicht zu haben. »Wann war der Unfall?«

»Vor zwei Jahren.«

Sie sieht mich an. In ihrem Gesicht kann ich keine Spur von Mitleid erkennen, wie sonst so oft. Nur Neugier. »Und was ist passiert?«

Mit einer Hand fahre ich mir durch die Haare. »Ich bin Motorrad gefahren, zusammen mit Diez.« Ich mache eine kurze Pause. Diese Geschichte habe ich schon so oft erzählt. Sie ist nicht mehr als eine Abfolge von Geschehnissen, die niemand mehr rückgängig machen kann. »Es war einfach Pech, schätze ich«, sage ich. »Wir haben eine Kreuzung überquert. Diez war mit seiner Maschine hinter mir. Jemand hat nicht gesehen, dass die Ampel auf Rot schaltet. Das Auto hat mich gerammt.« Ich mache eine Pause und sehe sie an. Mustere ihr Gesicht, als wollte ich erkennen, ob ich weitersprechen kann. »Mein linkes Knie ist zertrümmert, meine Hüfte war gebrochen, und ein Teil meines Oberschenkelmuskels wurde entfernt.«

»Fuck«, stößt Willa aus. »Das ist scheiße.«

»Ja, aber ich lebe«, gebe ich froh zurück.

»Was ist mit dem Fahrer passiert?«

»Wurde nie gefunden.«

Willa sieht mich ungläubig an. Ich kann es ihr nicht verdenken. Die wenigsten Menschen sind es gewohnt, dass Vorfälle ungeklärt bleiben. Wir suchen immer nach den Geschichten hinter allem und sperren uns gegen den Gedanken, dass manches eben nie gelöst wird. Ich zucke mit den Schultern. »Ja, aber solche Dinge passieren eben. Jetzt fahr ich halt mit dem Auto zur Arbeit.«

Für einen Moment schweigen wir, aber es fühlt sich nicht wie eine peinliche Pause an. Mehr wie ein Moment der Ruhe, weil unsere beiden Herzen gerade so laut schlagen, dass wir keine Worte brauchen.

»Vermisst du das Motorradfahren?«, will sie nach einer Weile wissen.

Diese Frage habe ich mir nie wirklich gestellt. Und ich kann mich auch nicht daran erinnern, dass jemand anders sie mir je gestellt hat. »Eigentlich nicht«, gestehe ich und muss einen Moment innehalten, damit ich die Antwort auch für mich selbst finde. »Es ging mehr darum, dass Diez und ich etwas zusammen machen, und weniger um das Fahren an sich.«

Den Blick in den nächtlichen Himmel voller Wolken gerichtet sagt sie: »Verstehe. Es muss für ihn auch ziemlich heftig gewesen sein.«

Ich betrachte sie mit gerunzelter Stirn. Es ist so typisch Willa, dass sie sich nicht nur fragt, wie es mir ging, sondern auch den Menschen um mich herum. »Ohne ihn wäre ich wahrscheinlich tot, also ja. Ich hab keine Erinnerung mehr. Als der Aufprall kam, war alles danach weg. Aber Diez hat jede Minute, bis der Krankenwagen kam, mitbekommen.«

Jede Minute, die ich schreiend am Boden lag – ohne es selbst zu merken.

Jede Stunde, die ich im OP verbracht habe, damit die zerquetschte Arterie nicht den Rest meines Lebens aus mir herausfließen ließ.

Jeden Tag, den ich im Krankenhaus lag.

Und jedes Mal, als ich nicht wusste, ob ich noch die Kraft habe, weiterzumachen. Er ist mir nicht von der Seite gewichen, und dafür werde ich ihm immer dankbar sein. Aber mir ist auch bewusst, dass er ein Trauma davongetragen hat. Denn er ist nie wieder auf sein Motorrad gestiegen.

»Scheiße.« Willas Stimme ist leise, als könnte sie mir die Gedanken an meinem Gesicht ablesen. Vielleicht kann sie das auch, wundern würde es mich nicht.

»Kommt an dieser Stelle gar kein klischeehafter Spruch à la *Was uns nicht umbringt, macht uns stärker?*«

Entschieden schüttelt Willa den Kopf. »Unsere Traumata machen uns nicht stärker, wir sind auch ohne solchen Bullshit alle stark. Nur wissen wir es manchmal nicht.«

Jetzt hat sie meine Neugier geweckt. »Klingt, als hättest du auch schon einiges erlebt.« Sobald ich es ausspreche, bereue ich es auch schon. Wo eben noch eine Verbindung zwischen uns war, ist es nun, als würde sie eben diese wieder lösen.

»Haben wir das nicht alle?«, entgegnet sie ausweichend. Im orangen Licht der Straßenlaternen wirken die dunklen Ringe unter ihren Augen noch tiefer, als würde ihr Körper auf die farblosen Gedanken in ihrem Kopf reagieren.

»Manche mehr«, murmele ich. Ein letzter Versuch, dieses Gespräch doch noch weiterzuführen, mehr über sie und ihre Gedanken zu erfahren. Aber Willa ist nicht bereit dafür.

Sie stößt sich vom Auto ab und geht an mir vorbei. »Ich muss jetzt los.«

»Habe ich was Falsches gesagt?«, rufe ich aus.

Willa dreht sich um und bewegt sich rückwärts weiter von

mir weg. »Nein, alles gut. Ich muss einfach nur langsam nach Hause.«

Die Lüge ist so deutlich wie die Tränen, die in ihren Augen schwimmen. »Willa, wenn …«

»Es ist alles in Ordnung. Wirklich. Wir sehen uns, Elias.«

Und damit geht sie.

Allein in die Nacht dieser Stadt, die schon viele gute Herzen verschlungen hat.

Kapitel 19

WILLA

Ich hätte das nicht tun dürfen.

Es war falsch und unfair und ganz sicher nichts, das in meine Hände fallen sollte. Aber das ändert nichts daran, dass ich das zerknitterte Papier dennoch gerade in Händen halte.

Nicht jeder sieht die Dunkelheit, denn manchmal versteckt sie sich zwischen Licht und Glanz, in einem Kleid aus Sternen, die sich nur nach und nach entfernen, bis nichts mehr übrig bleibt.

Seit dem Spiel habe ich diese Zeilen so oft gelesen, dass ich sie auswendig kann. Und ich bin mir nicht sicher, ob diese Worte wirklich von Elias stammen. Irgendwie erscheint es mir nicht logisch, dass ausgerechnet er über etwas schreibt, das so düster wirkt. Nicht bei seinem Lachen, das irgendwie immer alles erhellt, und nicht bei all der Energie, mit der er versucht, diese Welt ein Stückchen besser zu machen. Und doch … Ich fühle so vieles, wenn ich diese Worte lese, dass ich fast glaube, jemand habe mir in die Seele geblickt und erkennt, auf welchem Seil ich über den Abgrund tanze – nur ist das nicht möglich.

Verdammte Liebesromane, wahrscheinlich würde ich mir wünschen, dass es so etwas gibt. Aber das hier ist noch immer die Realität. Meine Realität.

Wahrscheinlich war dieser Zettel nur zufällig unter seinem Auto und hat rein gar nichts mit ihm zu tun. Und selbst wenn, dann nichts mit mir.

Und doch …

Ich krame nach meinem Handy und schaue noch mal in unsere letzten Nachrichten.

Willa
Schlimmer. Jedes Mal, wenn ich mich an den Laptop setze, scheint sich mein Kopf auszuschalten. Ich bekomme nicht einen sinnvollen Satz zustande.

Elias
Das Gefühl kenn ich.

Hat er vielleicht gar nicht über den Sport gesprochen? Oder die Arbeiten in der Uni? Was, wenn er wirklich vom Schreiben gesprochen hat?

Ich beiße mir auf die Unterlippe. Vielleicht, weil ich es mir wünschen würde. Ich würde mir wünschen, dass er es versteht. Dass er mich versteht.

Aber wie könnte jemand wie er jemanden wie mich verstehen? Er ist so dankbar für dieses Leben, dafür, dass er überlebt hat. Und ich kann das alles nicht, meine Kraft reicht nicht. Also, wie könnte ich auch nur für den Bruchteil einer Sekunde daran denken, dass da zwischen uns doch mehr sein sollte?

Kopfschüttelnd lasse ich den Zettel auf meinem Schreibtisch liegen.

Musik dröhnt durch unsere Wohnung und lässt den alten Dielenboden beben, während meine Freundinnen bereits tanzen, als hätte die Welt nur auf sie gewartet.

Ich trete aus meinem Zimmer und streiche unsicher über meine Hüfte.

Martha und Ada halten inne, als sie mich sehen. »Das steht dir fantastisch«, lobt Ada mein Kleid.

Ganz so sicher bin ich mir da nicht. Die weißen Pailletten schimmern im Deckenlicht. »Danke, Martha hat's mir geliehen«, murmle ich. Das Kleid an sich ist nicht mein Problem. Nur die

Ärmel. Ärmel, die meine Arme zeigen und die Narben auf ihnen. Also habe ich einen dünnen weißen Pullover darübergezogen. Meine Freundinnen kommentieren das nicht. Und ich bin dankbar dafür. Sie wissen, wer ich bin, und würden mich niemals dafür verurteilen, welche Narben ich mir selbst zugefügt habe.

»Was machst du mit deinen Haaren?«, will Ada stattdessen wissen.

Ich drehe mich zu ihr um. »Nichts?«

»Wie, nichts?«

»Ich dachte, wir wollen tanzen?«, gebe ich zurück. »Wozu soll ich mir eine aufwendige Frisur machen, wenn ich sie nach einer Stunde auf der Tanzfläche eh nicht mehr erkennen kann?«

»Da hat sie recht«, bestätigt Martha. Ihre langen dunklen Haare liegen offen auf ihren Schultern. Sie trägt eine Kombination aus einem kurzen schwarzen Lederrock und einem Top, das schimmernd unter der passenden Lederjacke hervorblitzt.

Ada hingegen wirkt wie ein Farbklecks zwischen uns. Ihre lila Haare heben sich deutlich von dem dunkelblauen Kleid ab, und ihr aufwendiger Lidschatten zeichnet eine Schattierung von Blau zu Lila – mit extra viel Schimmer.

»Erst mögt ihr *Der Insasse* nicht, und jetzt das. Manchmal ist es echt hart, mit euch befreundet zu sein«, stichelt sie.

»Das beruht auf Gegenseitigkeit.«

»Habt ihr den Wein schon kalt gestellt?«, frage ich, weil ich jetzt schon merke, dass ich nervöser bin, als ich es sein sollte. Wir gehen aus. Zusammen. Das sollte eigentlich etwas sein, an dem ich Spaß habe, und nicht etwas, das mir Angst macht. Und schon gar nicht sollte es dafür sorgen, dass ich mich schlecht fühle, nur weil ich gerade nichts Produktives tue.

Nur weil ich all das weiß, heißt es nicht, dass ich die Gedanken auch wirklich abstellen kann.

»Ich bin dir meilenweit voraus«, entgegnet Ada lachend und führt uns in die Küche. Dort drückt sie mir ein großes Glas Weißwein in die Hand und gibt auch Martha eines.

»Danke.«

»Also, worauf trinken wir?«, will ich wissen.

»Na, auf uns natürlich«, meint Ada. »Auf uns und das Leben.«

»Prost«, sagen wir im Chor.

Nippend sehe ich meine Freundinnen an. »Wo gehen wir eigentlich hin?«

Ada blickt mich mit blauen Augen an. »Ins *Roxy*. Und ich will keine Widerreden hören.«

Genau die spüle ich mit einem Schluck Wein hinunter. Das *Roxy* ist so ziemlich der letzte Laden, den ich gewählt hätte. Die laute elektronische Musik und die Massen an Partywütigen schrecken mich ab. Aber ich weiß, dass dieser Abend wichtig ist. Wichtig für uns als Freundinnen. Also zwinge ich mich zu einem Lächeln. »Mein Mund ist versiegelt.«

Das lässt Adas Gesicht erstrahlen. Und irgendwie sorgt es auch dafür, dass sich bei mir so etwas wie Vorfreude einstellt. Mag sein, dass ich keine Lust habe zu feiern, aber ich habe Lust, Zeit mit den Menschen zu verbringen, die mir am meisten bedeuten.

Ada blickt auf ihr Smartphone. »Gut, dann ist das geklärt! Wir sollten langsam los. Unsere Bahn kommt in fünfzehn Minuten, und auf diesen Schuhen bin ich nicht die Schnellste.«

Ich schnappe mir meine kleine schwarze Umhängetasche. »Ich bin fertig.«

»Und ich hab vorgesorgt«, meint Martha und füllt unseren Wein aus den Gläsern in große Plastikbecher um.

Ada klatscht begeistert in die Hände. »Das wird großartig.«

Und irgendwie reicht das, damit auch ich daran glauben kann.

Es ist eine dieser Nächte, in denen der Sommer endlos scheint, obwohl er längst vorbei sein sollte. Vor dem Klub winkt Ada dem Türsteher zu, der uns freundlich durchwinkt. Alle hier scheinen das Gleiche zu wollen. Einfach mal die Welt ausschalten. So wie ich. Und zulassen, dass ich mehr fühle als die Leere und den Druck, der die meisten Tage meine Schultern nach unten zieht.

Die Nächte waren für mich schon immer heilsamer als die Tage.

Im Licht der Sonne habe ich immer das Gefühl, dass ich eine Maske tragen muss. Ein Lächeln, das ich nicht fühle, sondern das mich abschirmt von unerwünschten Fragen. Der Tag gehört nie mir, sondern immer den anderen. Es geht nicht darum, was ich fühle, denke. Es geht nur darum, den Tag durchzustehen, damit endlich die Nacht kommen kann.

Und im flackernden bunten Licht und dem Schimmern von hundert Körpern, die sich im gleichen Takt bewegen, fühle ich mich weniger wie ich selbst. Ich fühle mich nur noch wie ein Teil eines großen Ganzen. Als hätte ich die Chance, kurz alles, was in mir brodelt, auf Pause zu stellen, solange nur die Musik laut genug ist, um die Stimmen zu vertreiben.

Vielleicht liegt es am Wein, vielleicht daran, dass ich sehe, wie glücklich meine Freundinnen sind. Aber in diesem Moment bin ich froh, dass ich nicht zu Hause geblieben bin.

Wir tanzen, als gäbe es nur uns.

Wir schreien die Liedtextfetzen mit, von denen wir glauben, sie zu hören.

Wir sind einfach zusammen.

Ada und Martha gehen abwechselnd zur Bar, um uns etwas zu trinken zu holen, wobei Martha darauf achtet, dass wir mehr Cola als Alkohol zu uns nehmen. Ich bin ihr dankbar dafür, dass keine von uns zu viel trinkt. Ich kann schon jetzt spüren, wie der Alkohol mich wie auf Wolken tanzen lässt – und mir ist nur allzu bewusst, dass ich nahe an meiner Grenze bin.

Ada nimmt die nächste Cola entgegen und ich meine.

Martha will sich gerade nach vorn beugen, um etwas zu sagen, aber jemand stößt sie von hinten an. Sie stolpert gegen Ada und die gegen mich.

Kalte Cola spritzt auf mich, und mein weißer Pullover saugt sich augenblicklich voll und durchbricht damit den Bann, der mich bis eben so wohlig umgeben hat.

»Oh, shit«, ruft Ada aus. »Willa, das tut mir so leid.«

»Schon okay«, murmle ich und betrachte den großen dunklen

Fleck auf meinem Pullover. Mitten auf der Brust leuchtet er mir entgegen. »Ich geh das schnell auswaschen.«

»Soll ich mitkommen?«, ruft sie.

»Nein, nicht nötig«, wehre ich ab, ohne zu wissen, ob sie mich überhaupt gehört hat. Ich schiebe mich durch die sich bewegenden Körper. Immer wieder stellt sich mir jemand in den Weg. Mein Körper streift fremde Haut. Fremde Finger, die mich wie beiläufig berühren und dafür doch zu lange verweilen.

Die Magie, die ich eben noch zu spüren geglaubt hatte, ist vorbei.

Erleichtert atme ich auf, als ich es endlich aus dem engen Tanzbereich geschafft habe. Stattdessen stehe ich vor der schier endlosen Schlange vor der Frauentoilette. Blinzelnd betrachte ich die vielen weiblich gelesenen Personen. Bis ich an der Reihe bin, wird es sicher fast eine Stunde dauern, und dann bekomme ich den Fleck nicht mehr raus. Wie kam ich nur auf die glorreiche Idee, etwas Weißes zu tragen?

Da mir keine bessere Lösung einfällt, straffe ich die Schultern und gehe zielsicher auf die Frau zu, die als Nächstes an der Reihe wäre. Sie und ihre Freundinnen bemerken mich, als ich vor ihnen stehe. »Entschuldigt, würdet ihr mich vorlassen? Ich muss nur an eines der Waschbecken«, sage ich nicht halb so selbstsicher, wie ich es mir wünschen würde, und deute auf den Fleck.

Lächelnd nickt sie. »Klar, geh ruhig.«

Ich atme aus. »Danke.«

An den Waschbecken tummeln sich unterschiedlichste Frauen, die gerade dabei sind, sich die Hände zu waschen oder ihr Make-up aufzufrischen. In einer der hinteren Ecken finde ich ein freies und blicke mir selbst in die Augen.

Meine Haare stehen ab, aber das stört mich nicht. Ebenso wenig die Wimperntusche, die sich in den kleinen Lachfältchen in meinen Augenwinkeln gesammelt hat. Der Ausdruck in meinen Augen allerdings, der ist etwas anderes.

Plötzlich bereue ich es, hier zu sein.

Hier, allein in diesem Raum voller Menschen.

Und dass ich überhaupt auf die Idee gekommen bin, diesen ollen Pulli auszuwaschen. Trotzdem zwinge ich mich, ihn mir über den Kopf zu ziehen, und beginne damit, den Fleck zu bearbeiten.

Die zwei Frauen neben mir, die bis eben noch fröhlich getratscht hatten, wenden sich nun ab, und ihre Stimmen werden zu einem Flüstern. Die Nächste, die sich ihre Hände wäscht, starrt mich unverhohlen an. Oder besser gesagt, nicht mich. Meine Narben.

Ich schließe kurz die Augen, spüre, wie der Schwindel einsetzt – das Gefühl des Fallens. Realität und Wahrnehmung verschwimmen; ich kann nicht mehr sagen, was sich gerade wirklich abspielt und was aus meinen bröckeligen Erinnerungen stammt. Als ich die Augen wieder öffne, erkenne ich im Spiegel die Panik, die in ihnen steht.

Das Rauschen des Wasserhahns wird lauter und lauter, verschluckt die Musik und meine Kontrolle. Die Frau neben mir sagt etwas, aber mein Kopf blendet ihre Stimme aus.

Stattdessen fühlt es sich an, als würde mich jemand durch die Zeit saugen und in der Mädchenumkleidekabine meiner Schule ausspucken. Die Stimmen meiner Mitschülerinnen werde ich wohl niemals ganz vergessen können. Ihr Lachen. Ihre Finger, die auf meine Wunden zeigen. All die kleinen und großen Schnitte. All die Male, in denen ich eigentlich Hilfe gebraucht hätte, aber sie nicht bekam. Und ausgerechnet die Mädchen, die meine Freundinnen hätten sein sollen, haben mich ausgelacht.

»Entschuldigung?«

Ich zucke heftig zusammen, Wasser schwappt auf meine Schuhe.

»Tut mir leid«, sagt die Frau schnell. »Ich wollte nur fragen, ob du noch Seife hast.«

Ich schaffe es nicht, ihr zu antworten.

Meine Augen springen durch den Raum. Alle starren mich an.

Und wie könnten sie auch nicht?

Ich verhalte mich nicht logisch – und irgendwo in mir selbst weiß ich das auch, aber ich kann nichts dagegen tun, kann es nicht verhindern. Die Luft ist plötzlich viel zu dünn. Ich habe das Gefühl, mit jedem neuen Herzschlag mehr Sauerstoff zu verlieren. Zitternd umklammere ich den nassen Pullover, hinterlasse Wassertropfen auf den Fliesen.

»Ist alles okay?«, will die Frau wissen, die nach der Seife gefragt hat, und macht einen Schritt auf mich zu.

Aber es geht nicht. Ich kann ihr nicht antworten. Ich kann ihr nicht erklären, was gerade mit mir los ist. Stattdessen ergreife ich die Flucht.

Kopflos renne ich los, raus aus der Toilette, mitten in den Klub. Ich stolpere gegen jemanden, glaube, meinen Namen zu hören, aber ich kann nicht anhalten. Ich muss hier weg. Ich brauche Luft.

Ohne auch nur einmal nach hinten zu sehen, dränge ich mich aus der Masse an Menschen, die alle in die entgegengesetzte Richtung drängen – bis ich endlich an den Türstehern vorbei nach draußen gelange.

Schwer atmend sauge ich die kalte Nachtluft ein, spüre, wie Tränen über mein Gesicht laufen. Schwindel erfasst mich erneut, und ich trete zur Seite, um mich an einem Zaun abzustützen. Mein Herz rast noch immer viel zu schnell. Aber die Kälte hilft dabei, wieder denken zu können.

Ich hasse mich.

Hasse mich dafür, dass ich es nicht schaffe, anders zu reagieren. Hasse das Zittern, die Tränen, den Druck in meinem Inneren, der einfach nicht aufhört, sondern mit jedem Atemzug immer größer wird. Hilfloses Schluchzen kommt aus meinem Mund, als wollte selbst mein Körper mich in diesen Gedanken bestätigen. Blinzelnd blicke ich zum Nachthimmel, von dem durch die Lichter der Stadt kaum mehr als eine blaugraue Masse zu erkennen ist. Nur der Mond schafft es irgendwie, noch zu scheinen und nicht in der Masse unterzugehen.

Ohne es bemerkt zu haben, habe ich mein Handgelenk umklammert und die Fingernägel in meine Haut gepresst. Schmerz und Kälte dringen durch den Schleier meiner Wahrnehmung, zuerst nur ein bisschen, aber dann …

Plötzlich höre ich meinen Namen. »Willa?«

Mit einem Schlag bin ich wieder in der Realität. Meine Emotion wechselt so schnell, dass mir schlecht wird. Die Angst, zusammenzubrechen, ist einer anderen gewichen, der, dass jemand es mitbekommen könnte. Schnell streife ich mir den Pullover über und drehe mich in die Richtung, aus der die Stimme kam. »Was?«

Der nasse Stoff lässt meine Haut durchschimmern, sorgt dafür, dass die Kälte sich anfühlt wie eine Umarmung, aus der ich nie entkommen kann. Nur ist das nun nicht mehr das Schlimmste, denn bekannte Augen sehen mich voller Sorge an. »Ist alles in Ordnung?«

»Diez? Was machst du hier?«, frage ich verwirrt und schlinge die Arme um mich, auch wenn das nur dafür sorgt, dass mir noch kälter wird.

Fast schon vorsichtig macht er einen Schritt auf mich zu. »Das Gleiche wie du, schätze ich«, murmelt er. In seinem Gesicht kann ich nicht lesen, was er denkt. Aber ich sehe, wie sich seine blonden Brauen zusammenziehen.

Ich schnaube. »Rausrennen und heulen?«

Seine Mundwinkel heben sich ein wenig. »Ja, aber ich bin eher der stille Typ.«

Ich wische mir die Tränen aus den Augenwinkeln und bemühe mich, wenigstens ein halbes Lächeln zustande zu bringen. »Jetzt weiß ich auf jeden Fall, mit wem Elias seinen Humor teilt.«

Diez schiebt die Hände in die Hosentaschen. Er scheint verunsichert zu sein, was er als Nächstes sagen soll, und ich kann es ihm nicht verdenken. Mich würde es auch überfordern, wenn ich ihn weinend vor einem Klub wiedergetroffen hätte. Schweigend wartet er ab, bis ich mich noch etwas beruhigt habe, dann fragt er noch einmal. »Ist alles in Ordnung?«

»Es geht schon wieder«, behaupte ich nickend und lasse mich

auf den Bordstein sinken. Meinen Beinen vertraue ich nicht, denn das Zittern hat meinen Körper noch immer nicht losgelassen.

Diez setzt sich zu mir und sieht mich ernst an. »Soll ich einem der Türsteher Bescheid geben?«

Schnell schüttle ich den Kopf, als mir klar wird, welche Schlüsse er gezogen hat. »Nein, es ist okay, wirklich. Es ist nichts in dieser Richtung passiert.«

Für einen Moment sieht es aus, als würde er noch etwas sagen wollen, aber dazu kommt er nicht mehr. Stattdessen vernehme ich Adas und Marthas Stimmen. »Willa! Verdammt, wir haben dich schon überall gesucht!«

Diez und ich springen beide auf, und ich gehe auf meine Freundinnen zu. »Tut mir leid, ich musste einfach raus«, murmle ich und spüre wieder, wie die Tränen sich an die Oberfläche kämpfen.

Ada nimmt mich in den Arm und streicht mir über die Haare, während Martha Diez betrachtet. »Und wer bist du?«

»Hey, ich bin Diez. Ein Freund von Elias«, stellt er sich vor und reicht ihr die Hand. Martha sieht sie irritiert an, scheint aber zu beschließen, sie dennoch zu schütteln. »Ah, ich bin Martha, das ist Ada.«

»Freut mich.«

»Geht's dir gut, Liebes?«, erkundigt sich Martha und sieht mich an.

»Es ist schon okay«, wiederhole ich mein Mantra. »Aber ich würde gern nach Hause, wenn es euch nichts ausmacht.«

Sofort schüttelt sie den Kopf, und auch wenn es nicht mehr ist als eine Geste, vertreibt es ein wenig die Angst, die ich hatte. Sachte nimmt Martha mein Gesicht in die Hände und wischt mit dem Daumen die Tränen fort. »Ich ruf uns ein Taxi.«

»Ihr könnt meins nehmen«, bietet Diez schnell an. »Es müsste jeden Moment kommen, und es macht mir nichts aus, noch ein bisschen zu warten.«

Dankbar sehe ich ihn an, spüre aber auch das Stechen des schlechten Gewissens in meiner Brust. Wie schaffe ich es nur immer, den Menschen um mich herum so viele Umstände zu machen? Selbst dann, wenn ich es nicht will. »Bist du sicher?«

Grinsend nickt er. »Klar, seht ihr – da ist es schon.«

Ich folge mit den Augen seinem ausgestreckten Finger zu dem Taxi, das gerade in unserer Nähe hält. Es fühlt sich an, als wäre es ein Rettungsanker, mein Fluchtwagen, der mich aus der schrecklichen Realität in mein Bett zurückbringt. Auch wenn ich weiß, dass die eigentlichen Monster in mir selbst lauern. »Danke.«

Er winkt zum Abschied und zückt sein Handy, um sich ein neues Taxi zu besorgen. »Kein Problem.«

»Na, der war ja süß«, murmelt Ada, als sie mich in den Wagen schiebt und neben mir auf der Rückbank Platz nimmt. Ich antworte ihr nicht. Stattdessen versuche ich, endlich die Stimmen in meinem Kopf wieder leiser zu stellen.

Kapitel 20

ELIAS

Das Stimmengewirr wird zu einem Summen in der Bahn, als würden sich all die Sprachen zu einer Melodie verbinden, die wir zwar alle hören, aber nicht jeder fühlen kann. Ich kann sie fühlen.

In den meisten Deutsch-Rap-Texten wird ein düsteres Bild von Frankfurt gezeichnet als eine Stadt, die von Gier und Kriminalität geprägt ist. Ein Ort für gescheiterte Träume und jene, die gar nicht erst geträumt wurden. Aber ich sehe meine Heimatstadt anders.

Wenn ich durch das Frankfurter Bahnhofsviertel streife, sehe ich das Bild als Brennpunkt der Drogenkriminalität im Rhein-Main-Gebiet. Ich sehe die Junkies und Dealer, die zu einem Teil des Stadtbildes geworden sind, ohne es je zu wollen. Die Polizisten, die mehr verachtende Blicke werfen, als wirklich zu helfen, während das Haschisch, das auf Bäumen wächst, zu einem ganz eigenen Parfüm dieser Stadt wird. Ja, ich sehe diese Dinge. Aber sie sorgen nicht dafür, dass ich die Nase rümpfe oder das Gesicht verziehe, sie geben mir das Gefühl, zu Hause zu sein.

Zwei Gesichter.

Eine Stadt.

Und genau das ist etwas, das mir das Gefühl gibt, hier richtig zu sein. Vielleicht weil es sich manchmal so anfühlt, als hätte auch ich zwei Gesichter. Auch wenn ich es die meiste Zeit über gut verstecke, sobald ich versuche, meine Gedanken selbst mit Worten auf Papier zu zeichnen, sitzt sie mir im Nacken. Die Angst. Angst davor, nicht genug zu sein. Niemals gut genug und nicht einmal einer von vielen, sondern nur ein gescheiterter Versuch, über den niemand spricht.

Möglich, dass ich meine Texte oder besser die Versuche aus diesem Grund niemandem zeige. Weil ich Angst davor habe, dass dann alle Zweifel über mir zusammenbrechen und ich etwas aufgebe, das mir wichtig ist.

Aber hier ist das anders.

Der Abfuck dieser Stadt ist nichts, was ich schönreden will. Nichts, das ich legitimieren will. Aber er zeigt mir etwas, das die meisten übersehen: den blanken Willen zu überleben.

Und vielleicht fühle ich mich deswegen all dem hier so verbunden, weil alle versuchen, irgendwie zu überleben.

Irgendwo ist immer der letzte Funke, der letzte Rest Hoffnung, den wir alle nicht ganz aufgeben.

Frankfurt ist eine Stadt der Gegensätze. Frankfurt ist verwirrend, chaotisch, vielschichtig. Frankfurt ist das Zuhause, das ich mir nie ausgesucht hätte und das ich doch niemals verlassen will.

Also, wieso schaffe ich es nicht, genau dieses Gefühl einzufangen und irgendwie in einen Text zu verwandeln, damit auch andere Menschen es fühlen oder Worte haben, mit denen sie dieses Gefühl beschreiben können?

Statt bei meinem Text zu bleiben, schweifen meine Gedanken wieder zu Willa. Das passiert in der letzten Zeit zu oft, als dass ich es noch ignorieren könnte.

Menschen steigen in die Bahn ein und aus, ohne dass ich sie wirklich wahrnehme, denn in mir drin sehe ich nur sie. Die grünen Augen, in denen etwas funkelt, wie Sterne in einer einsamen Nacht.

Sterne …

Meine Finger schlagen von allein die nächste Seite im Notizbuch auf. Ich schreibe einfach drauflos, ohne darauf zu achten, wie meine Worte klingen oder ob sie wirklich zueinanderpassen. Lose Wortfetzen verbinden sich zu Zeilen, die schwerelos nebeneinanderstehen und doch irgendwie zusammengehören.

Nach einer Weile blicke ich wieder auf, nur um zu erkennen, dass die Bahn gerade von der Station abfährt, an der ich hätte aussteigen müssen.

»Mist«, murmle ich, kann aber nicht wirklich wütend auf mich selbst sein, denn immerhin fühlt es sich an, als sei einer der vielen Knoten in meinen Gedanken geplatzt – auch wenn mir der Grund dafür nicht gefällt. »Verdammt, Willa«, sage ich zu mir selbst und betrachte mein Frankfurt, das an mir vorbeizieht. »Wieso bekomme ich dich nur nicht aus dem Kopf?«

Kapitel 21

WILLA

Genervt puste ich mir eine der blonden Strähnen aus dem Gesicht und packe das Handy weg, auf dem sich wieder eine Nachricht befindet, die dort eigentlich nicht sein sollte.

Vannis Name blinkt zum wiederholten Mal auf und sorgt dafür, dass ich mich noch mehr verkrampfe. Das Chaos in meinem Kopf ist zu einem Chaos auf meinem Schreibtisch geworden, auf dem sich Dutzende Bücher stapeln, Mappen und lose Papiere, deren weiße Fläche von unterschiedlichen Klebezetteln in grellen Neonfarben unterbrochen wird.

Ich stöhne, schiebe Dinge von A nach B.

»Was suchst du?«, erkundigt sich Elias fast schon vorsichtig.

Ihn jetzt anzusehen, würde mich noch wütender machen. Nicht auf ihn, sondern auf mich selbst. Das dumpfe Pochen in meinem Kopf ist inzwischen so stark, dass meine Sicht teilweise verschwimmt, während ich angestrengt versuche, etwas auf meinen Notizzetteln zu lesen. »Ich bin sicher, ich hatte hier irgendwo die Liste mit möglichen Partnervereinen, die ich anschreiben wollte«, murmele ich, ohne auch nur den Blick von den endlosen Stapeln zu nehmen.

Erst als ich Elias neben mir spüre, wage ich es, den Blick zu heben. Das warme Braun seiner Augen bringt für einen Moment Ruhe in mein Chaos. »Die habe ich«, verkündet er und zieht das entsprechende Papier hervor. Als er es mir reicht, berühren sich unsere Finger, aber keiner von uns zieht die Hand zurück. Stattdessen sehen wir einander nur wieder an.

»Hier«, höre ich seine heisere Stimme.

»Danke.«

Schluckend wende ich den Blick ab, unterbreche den Kontakt zu seiner Haut und richte mich in meinem Schreibtischstuhl auf, als müsste ich mich gegen die aufkeimenden Gefühle in meinem Inneren rüsten.

Elias räuspert sich. Für einen Moment macht er den Eindruck, als wollte er etwas sagen, entscheidet sich aber offenbar dagegen und kratzt sich stattdessen am Kopf. Stillschweigend arbeiten wir weiter, auch wenn ich mich dabei erwische, wie ich immer wieder in seine Richtung blicke – und auch wenn sein Blick dabei immer wieder auf mir liegt.

»Die Kostenkalkulation habe ich jetzt fertig«, meint Elias nach einer Weile und klappt seinen Laptop zu, als wollte er mir signalisieren, dass auch ich langsam aufhören sollte. Wir arbeiten bereits die zweite Woche an den Unterlagen, und langsam, aber sicher reichen uns die zwei freien Vormittage nicht aus.

Ich komme ziemlich ins Straucheln, meine normalen Schichten dreimal die Woche, die Gruppen und die Vorbereitung für die Masterarbeit unter einen Hut zu bekommen. Doch nun, da mein Thema eng mit Elias' Projekt verknüpft ist, kann ich auch keinen Rückzieher machen. Also versuchen wir es nun auch nach den Selbsthilfegruppen.

Nur war mein Plan eigentlich nicht, auch die freien Tage damit zu verbringen. Ich kann einfach nicht anders. Der bloße Gedanke, auch heute nicht zum Abschluss zu kommen, sorgt dafür, dass sich der Druck in meinem Inneren mit einem Pulsieren wieder meldet. Ich habe bisher nur drei mögliche Interviewpartner für unsere Bedarfsanalyse gefunden – und frage mich langsam, ob das alles nicht eine furchtbare Idee war.

»Sehr gut, ich sehe sie mir nachher noch mal an.«

Er schüttelt den Kopf, und auch wenn er lächelt, erkenne ich in seinem Blick etwas, das ich nicht genau benennen kann. Sorge? Mitgefühl? Ich weiß es nicht. »Du siehst eher aus, als könntest du eine Pause gebrauchen.«

Mein künstliches Lächeln zwingt meine tonnenschweren Mundwinkel nach oben. »Nein, es geht schon.«

Ganz so einfach lässt sich Elias allerdings nicht von mir täuschen, und ich bin mir noch nicht sicher, ob mir das gefällt oder Angst macht. »Es ist schon ziemlich spät, ich denke, wir sollten es für heute gut sein lassen und lieber was essen gehen«, sagt er ruhig, aber bestimmt.

Meine Schultern verkrampfen sich. »Wir sind zum Arbeiten hier, nicht zum Essen.« Die Worte kamen etwas heftiger aus mir heraus, als es meine Absicht war, aber davon lässt Elias sich nicht beeindrucken.

Stattdessen verstaut er den Laptop in seinem Rucksack und meint: »Ich bin ziemlich sicher, dass wir nach 22 Uhr nicht mehr arbeiten sollten.«

Für einen Moment blinzle ich, als hätte ich nicht verstanden, was er da gerade gesagt hat. Dann klappt mir der Mund auf. »O Gott«, stoße ich aus. »So spät ist es schon?«

Elias lächelt. »Wir haben die Zeit offenbar vergessen.«

Spätestens jetzt kann ich meine Miene nicht mehr aufrechterhalten. Ich lasse den Kopf auf den Schreibtisch sinken. »Tut mir leid.«

Er lacht, und irgendwie sorgt dieses Geräusch dafür, dass ich es schaffe, den Kopf wieder zu heben. »Es gibt keinen Grund, sich zu entschuldigen.«

Ich glaube, es ist das erste Mal seit langer Zeit, dass ich jemandem glaube, wenn er das sagt. Und recht hat er auch. Es ist kein Wunder, dass ich nichts mehr zustande bekomme. »Okay, dann machen wir Feierabend«, stimme ich zu und beginne, zumindest noch ein bisschen Ordnung zu machen.

Zufrieden wartet er und fragt beiläufig: »Gut, also wollen wir was essen gehen?«

»Ich sollte eher nach Hause«, sage ich ausweichend. Jetzt, da ich aus dem Tunnel meiner Arbeit herausgerissen bin, wird in meinem Kopf wieder zu viel Platz frei. Zu viele mögliche Gedanken, die sich in endlosen Spiralen auftürmen und nicht einmal durch seinen intensiven Blick aufhören, sich zu drehen.

»Willa, bitte. Ich kann besser schlafen, wenn ich weiß, dass du etwas gegessen hast und ich dich vor der Tür abgesetzt habe«, erklärt er.

Ich halte inne und denke einen Moment darüber nach. Die Anbindung zur Bahn ist gut, und auch wenn es schon spät ist, würde ich nicht lange warten müssen. Aber das Wetter ist noch immer stürmisch und nass. Die Aussicht, durch den nächtlichen Regen zu laufen, erscheint mir nicht gerade verlockend. »Ich sage nur Ja, weil ich wirklich müde bin«, stelle ich klar.

»Kein Wunder, bestand dein Tag aus irgendwas anderem als Arbeit?«

Mit einem Hauch von Scham antworte ich: »Ich habe Kaffee getrunken.«

Er schüttelt erneut den Kopf, aber es wirkt nicht wie ein Vorwurf. »Okay, dann halten wir unterwegs noch irgendwo und besorgen uns was zu essen.«

»Elias, das ist nicht nötig. Ich kann schon für mich selbst sorgen.«

»Das bezweifle ich auch nicht. Aber ich habe auch Hunger.«

Wieder dieser beiläufige Ton. Wieder dieses Gefühl von Wärme in meinem Bauch, das ich nicht deuten kann. Ich bin zu erschöpft für eine Diskussion, und mein knurrender Magen ist mir auch keine große Hilfe. »Okay.«

»Um die Ecke gibt es einen tollen Falafel-Döner.«

»Knoblauch und fett klingt wirklich verführerisch, aber haben die noch offen?«

»Finde ich auch. Und vergiss die Pommes nicht.«

Ich runzle die Stirn. »Du hast meine Frage nicht beantwortet.«

»Mach dir darum mal keine Sorgen, ich kenn den Besitzer ganz gut«, sagt er schulterzuckend. Der Spruch hätte auch von einem Bad Boy aus meinen Lieblingsromanen stammen können, so wie Elias dasitzt und mich erwartungsvoll ansieht. Und so wie sich in meinem Magen etwas verkrampft, weil ich nicht weiß, ob es klug ist, wenn ich noch länger in seiner Nähe bin.

Er verwirrt mich. Bringt mich dazu, dass meine Gedanken nicht ihre gewohnte Struktur finden, und sorgt gleichzeitig dafür, dass etwas tief in mir ruhiger wird.

»Okay, ich pack nur schnell zusammen«, gebe ich nach.

»Super, ich kümmere mich schon mal um die Alarmanlage.«

»Danke.«

Elias entgegnet nichts, sondern verlässt den Raum.

Ich kontrolliere noch einmal, ob die Fenster geschlossen und gesichert sind, und folge ihm nach draußen.

Zu meiner Überraschung begeben wir uns nicht direkt zu seinem Wagen, sondern überqueren die Straße zu einem kleinen Laden, in dem noch Licht brennt. Sobald sich die Tür hinter uns geschlossen hat, wird Elias von einem Mann begrüßt und zu dem einzigen Tisch gebracht.

Ich versuche, nicht beeindruckt zu wirken, muss aber zugeben, dass Elias das Netzwerken mehr als draufhat.

Obwohl ich mich gerade erst hingesetzt habe, wird bereits ein großer Teller vor meine Nase gestellt. Das Knurren meines Magens ist inzwischen so laut, dass nicht einmal die türkische Musik es übertönen kann.

Ich betrachte das gefüllte Fladenbrot, dessen würziger Geruch mir das Wasser im Mund zusammenlaufen lässt.

Elias lacht. »Dann hau rein.«

Das lasse ich mir nicht zweimal sagen.

Ich greife zu und nehme beherzt den ersten Bissen, nur um Elias gleich darauf verwundert anzustarren. »Omg, das ist …«

»… ja, der beste Döner in ganz Frankfurt.« Grinsend zuckt er mit den Schultern, als hätte er diese Reaktion längst vorausgesehen. Ich bin allerdings zu beschäftigt damit, weiterzuessen, als dass ich die Zeit finden würde, das Ganze entsprechend zu kommentieren. Erst als nichts mehr auf meinem Teller zu finden ist und ich einen Schluck Mangosaft koste, den mir der Besitzer gebracht hat, sehe ich mich noch einmal um. »Warum kannte ich den Laden bisher nicht? Ich muss mindestens hundertmal daran vorbeigelaufen sein.«

Elias schiebt seinen Teller ebenfalls von sich und greift nach den Pommes in der Tischmitte. »Keine Ahnung, niemand hat ihn bisher auf TikTok oder Instagram gezeigt?«

»Ich steh nicht so auf die sozialen Medien.«

Zumindest mag ich es nicht, mich dort zu präsentieren. Allein bei dem Gedanken daran, ständig erreichbar zu sein, alles immer ins rechte Licht rücken zu müssen und diese verhängnisvolle Maske dauerhaft zu tragen, schnürt sich mir die Kehle zu. Und es sind nur seine dunklen Augen, die dafür sorgen, dass ich mich diesen Gedanken nicht völlig ergebe. Fast so, als wäre er der Leuchtturm in der Nacht, nach dem ich Ausschau halte, wenn die Sterne von den Wolken verdeckt sind.

Sein Blick wird neugierig. »Ach, nein?«

»Nein.«

Diese Antwort reicht ihm offensichtlich noch nicht. »Bekomme ich eine genauere Erklärung?«

Ich kaue auf einer der Pommes herum und überlege einen Moment, wie ehrlich ich ihm gegenüber sein möchte. »Es ist einfach nicht mein Ding«, sage ich langsam. »Ich finde es so schon schwer genug, mich nicht ständig zu vergleichen oder unter dem permanenten Leistungsdruck zugrunde zu gehen.«

Zwischen seinen Brauen zeichnet sich eine kleine Falte ab, die ich bisher noch nicht von ihm kenne. »Das ist eine überraschend düstere Darstellung.«

»Oder realistisch.«

Er beugt sich etwas nach vorne. Und zum wiederholten Male frage ich mich, ob diese Zeilen, die ich gelesen habe, von ihm stammen könnten. Ob ich mich nicht nur von seinem Äußeren angezogen fühle, sondern von dem, was er nicht bereit ist, der Außenwelt zu zeigen. »Vielleicht etwas von beidem. Immerhin hat Social Media auch einige Vorteile.«

»Auf jeden Fall, es gab noch nie so viel Zugang zu niedrigschwelliger Aufklärung wie jetzt, aber es wird eben oft missbraucht«, gebe ich zu.

»Du bist also keine Smartphone-Dauernutzerin. Was darf ich heute noch über dich erfahren?«

Sein Interesse fühlt sich gut und schlecht zugleich an. »Da gibt es nicht viel zu wissen«, versuche ich auszuweichen.

»Weißt du, ich bemühe mich hier, ein Gespräch mit dir zu führen«, entgegnet Elias lachend. »Du kannst mir auch sagen, wenn ich es lassen soll.«

Sein Lachen nimmt den Worten die Schärfe, aber ich muss trotzdem schlucken. Ich verstehe es nicht. Sein Interesse an mir, diese Art, wie er mich ansieht. »Ich rede nur einfach nicht gern über mich.«

Elias legt den Kopf schief, und seine dunklen Haare fallen ihm noch tiefer in die Stirn. »Warum nicht?«

Ich lehne mich zurück und blicke aus dem großen Fenster auf die nächtlichen Straßen. »Weil ich nie weiß, was ich sagen soll.«

»Ich denke, es würde schon helfen, einfach auf Fragen zu antworten.«

Mein Blick fliegt wieder zu ihm. »Sehr witzig.«

»So kennt man mich«, antwortet er und nippt an seiner Cola. »Du kommst nicht aus Frankfurt, oder?«

Unwillkürlich zupfe ich an den Ärmeln meines Pullis herum. »Nein, aus MV.«

»Von der Küste also, das erklärt dein *Äen*.«

Ich bin ziemlich sicher, dass mein Gesicht nun Falten schlägt. »Mein bitte was?«

Er lacht wieder. »Du ziehst das *Ä* beim Sprechen immer lang.«

Empört werfe ich eine Serviette nach ihm. »Das stimmt doch gar nicht.«

»Äh, doch«, macht er.

»Nein!«

Herausfordernd stützt er die Ellbogen auf dem Tisch ab und sieht mich mit funkelnden Augen an. »Dann sag mal März.«

Ich halte seinem Blick stand. »Määärz«, sage ich und merke selbst, wie ich dieses Wort irgendwie doch anders ausspreche als er. Gegen meinen Wunsch, die Fassade noch irgendwie aufrechtzuerhalten, fange auch ich an zu lachen.

»Siehst du. Eindeutig lang gezogen«, meint er heiter.

»Und du bist hier geboren?«, frage ich zurück.

»Ja, meine Eltern leben hier schon ziemlich lange.«

»Wolltest du nie weg?«

»Nein.«

»Hm.«

»Was soll dieses *Hm* bedeuten?«, hakt er nach.

Ich zucke mit den Schultern. »Nichts, ich mag Frankfurt. Ich denke, ich würde auch nicht wieder wegwollen.«

»Bist du für das Studium hergezogen?«

»Ja, ehrlich gesagt war es die erste Zusage, und ich habe nicht lange darüber nachgedacht, sondern einfach meine Sachen gepackt«, erinnere ich mich, wobei ich versuche, nicht an all die Schatten zu denken, die ich leider nicht wie geplant zu Hause gelassen habe. Sie sind mir einmal durch ganz Deutschland gefolgt, auch wenn ich versucht habe, mich vor ihnen zu verstecken.

Elias' Hand zuckt kurz, als hätte er darüber nachgedacht, nach meiner zu greifen. »Klingt, als wäre es bei dir zu Hause nicht gerade einfach gewesen.«

»Das liegt wahrscheinlich daran, dass es kein Zuhause war.« Meine Stimme klingt düsterer, als ich es beabsichtigt habe.

»Kein gutes Verhältnis zur Familie?«

»Das ist noch nett formuliert, ich würde eher sagen, dass ich nie eine hatte«, gebe ich zu und reibe mir über die Oberarme, weil ich plötzlich das Gefühl habe, ich könnte nicht mehr still sitzen.

Elias bemerkt es, was den Druck in meinem Inneren nur noch verstärkt. »Tut mir leid, wenn ich zu sehr nachbohre.«

»Du bist auf jeden Fall sehr neugierig.«

»War ich schon immer. Ich glaube, ich habe meine Eltern ziemlich genervt«, erwidert er, und die Art, wie er mich dabei anlächelt, sorgt dafür, dass ich mich wieder etwas besser fühle.

»Nicht nur die.«

»Autsch.« Er fasst sich theatralisch an die Brust. »Und ich dachte, du magst meine aufgeweckte Art.«

Keine Ahnung, wie er es angestellt hat, aber nun zucken auch meine Mundwinkel wieder nach oben. »Das klingt, als wärst du ein Hund.«

»Ich bin entrüstet. Ein Hund ist sehr viel niedlicher als ich.«

Ich pruste unvermittelt los und schüttle gleich darauf den Kopf. Wie schafft er das nur immer wieder? Obwohl ich es nicht will, bringt er mich zum Lachen, und obwohl ich so tun will, als würde mein Herz in seiner Nähe nicht schneller schlagen, bringt er meinen Puls immer wieder zum Rasen.

Zufrieden lehnt er sich zurück. »Damit habe ich noch etwas über dich herausgefunden: Du bist eher ein Hundemensch.«

»Das hast du aus diesem Gespräch mitgenommen?«, frage ich, obwohl er damit durchaus ins Schwarze getroffen hat.

»Ich finde, es ist ein ziemlich wichtiger Punkt. Hattest du mal einen Hund?«

Die Erinnerung entlockt mir ein trauriges Lächeln. »Ja, eine Hündin. Aber sie ist gestorben, schon vor einer Weile.«

Sein Blick wird weicher. »Das tut mir leid.«

»Und du?«, lenke ich das Thema schnell von mir weg.

»Ich wollte immer einen Hund, aber bisher hat es sich einfach nicht ergeben.«

»Warum nicht?«

Er kratzt sich am Kopf. »Meine Eltern sind nicht so Fans davon.«

»Wohnst du bei ihnen?«

Die Frage scheint die erste zu sein, die ihm aus irgendeinem Grund unangenehm ist. »Ja, vorerst schon.«

Ich spare mir eine Nachfrage, denn sein Gesichtsausdruck

macht klar, dass ich nun einen Punkt getroffen habe, der zur Abwechslung mal in ihm etwas Negatives auslöst. »Verstehe.«

Für einen Moment schweigen wir, aber es ist kein unangenehmes Schweigen, sondern mehr eine stille Übereinkunft, dass wir nicht in den wunden Punkten des anderen herumdrücken. Zumindest nicht, ohne ein Okay dafür.

»Manchmal fühlt es sich wie Versagen an«, fährt er leise fort. »Und der Grund dafür ist fast egal, weil es nichts an der Situation ändert. Ich musste zurück in mein Kinderzimmer, und das gibt mir manchmal das Gefühl, festzustecken, verstehst du?«

Ich sehe ihn an. Unwillkürlich greife ich nach seiner Hand. »Du steckst nicht fest.«

Federleicht fährt er mit den Fingerspitzen über meine Hand auf seiner, als wäre er sich nicht ganz sicher, ob es in Ordnung ist, meine Berührung zu erwidern. Die Luft zwischen uns beginnt zu knistern, als hätten wir einen Funken ausgelöst, der bereit ist, alles zwischen uns in Brand zu stecken.

»Und was ist mit dir?«

Ich schlucke. »Vielleicht will ich gerade feststecken, weil ich Angst vor dem habe, was noch kommen könnte.«

»Angst wovor?«

»Vor zu vielen Dingen.«

Der Tisch zwischen uns kommt mir vor wie die letzte Barriere, die mich davon abhält, all den aufwühlenden Gefühlen in mir nachzugeben. Und dem Chaos, das sie anrichten könnten, dem Drang, tiefer in den Abgrund zu blicken, weil ich die Dunkelheit kenne. Das Licht ist es, das mir Angst macht, wenn er mich so ansieht, als stünden uns alle Wege offen, wären wir nur bereit, sie zu gehen.

»Ich wünschte, ich könnte dir die Angst nehmen«, sagt Elias mit einem kleinen Lächeln.

»Nur läuft das leider nicht so, oder?« Wir sehen einander an, und die erneute Nähe lässt wieder Wärme durch meinen Körper strömen. Meine innere Mauer beginnt zu bröckeln. Als würde etwas tief in mir sich wünschen, dass er mir noch näher kommt. Er betrachtet unsere Hände, unsere Finger, die einander noch immer berühren. »Und was, wenn …«

»Ja?«

Elias grinst sein unverschämtes kleines Grinsen, das ich inzwischen zu lieb gewonnen habe. Er kommt mit dem Rollstuhl um den kleinen Tisch herum und befindet sich plötzlich direkt neben mir. »Du hast da etwas«, raunt er und deutet auf meinen Mundwinkel.

Mein Herz erstarrt. »Hier?« Hektisch fahre ich mir über den Mund.

Er schüttelt den Kopf. »Nein, warte …«

Er überwindet die letzte Distanz zwischen uns und streicht sachte mit seinem Finger über meinen Mundwinkel, wo er für den Bruchteil einer Sekunde verharrt. Seine Augen wandern zu meinen Lippen, ich kann seinen warmen Atem spüren. Bilde mir sogar ein, das Prickeln der Cola fühlen zu können, die er eben noch getrunken hat. Und dann kommt er näher.

Zu nahe.

So nahe, dass ein Teil von mir ihn zu sich ziehen will, ihn spüren will. Nicht nur auf meinem Mund, sondern am liebsten überall. Aber der andere Teil ist stärker. Der Teil von mir, in dem die Angst sitzt, mit all den Zweifeln, die das schwarze Loch in mir wieder aktivieren.

»Es ist schon spät«, sage ich schnell, und Elias zuckt zurück, als hätte ich ihn geschlagen. Verdutzt sieht er mich an, fängt sich aber sofort wieder und nickt.

»Ja, ich … ich fahr dich.«

Aber ich höre ihn schon gar nicht mehr, sondern bin bereits aufgestanden und laufe zu seinem Wagen, damit er nicht sieht, was er in mir ausgelöst hat.

Kapitel 22

WILLA

Der kalte Regen wurde von der Sonne abgelöst, die einen Regenbogen an den Himmel zeichnet, als wollte sie mich für die schlaflose Nacht entschädigen. So richtig funktioniert das allerdings nicht.

Ich streife mir einen extra großen grauen Pulli über, der mir fast bis zu den Knien reicht, und trete in Kuschelsocken in die Küche.

In meinem Kopf spielen die Gedanken wieder Pingpong. Immer wieder sehe ich Elias vor mir, spüre seinen Daumen an meinen Lippen und … dann wird mir wieder einmal bewusst, dass jemand wie ich nicht einfach genießen kann. Der Moment war schön, doch das Danach, all diese Gedanken und Gefühle, dieser wirbelnde Strom, der mich mehr und mehr in einen Abgrund drängt. Der war zu viel.

Und genau das ist der Grund, warum ich mich von ihm fernhalten sollte. Warum ich aufhören sollte, an ihn zu denken. Das hier ist kein Buch, kein kitschiger Liebesroman, in dem sich all meine Probleme auflösen, nur weil ich mich in den Richtigen verliebt habe. Im wahren Leben verschwinden Traumata nicht einfach – auch wenn ich mir wünschte, es wäre anders. Und auch wenn ich mir wünschte, dass ich die Kraft hätte, ihm auf seine letzte Nachricht zu antworten und ihm zu erklären, dass nicht er das Problem ist, sondern ich und meine Vergangenheit.

Martha ist schon wach und deutet auf den Kaffee, dessen Duft mich angelockt hat. »Du warst gestern spät zu Hause«, stellt sie fest.

Ich wende ihr den Rücken zu und suche in unserem Schrank nach der größten Tasse, die ich finden kann, denn heute werde ich eine Extraportion Koffein brauchen. »Ja, ich war noch mit Elias etwas essen.«

»Tatsächlich?«

Mit der vollen Tasse in der Hand, linse ich zu Martha hinüber. Der Unterton in ihrer Stimme ist mir nicht entgangen. Auch wenn ich wünschte, ich könnte ihn einfach ignorieren, füge ich hinzu: »Er ist nur ein Kollege.«

Martha nickt. Sie hat ein Bein lässig auf dem Stuhl vor ihr abgestellt, während das YouTube-Video zweier Ärztinnen, das sie bis eben angeschaut hat, pausiert. »Klar, darum hat er dir auch aus dem Auto nachgesehen wie in einem kitschigen Liebesfilm.«

»Wenn du weißt, wo ich war, warum fragst du dann?«

Mein Tonfall ist bemüht ruhig, aber ich kann spüren, wie meine Wangen heiß werden, während ich die ersten vorsichtigen Schlucke nehme. Offenbar habe ich damit genau das getan, was Martha wollte, denn ein kleines Grinsen zupft an ihren Mundwinkeln. »Na, weil ich wissen wollte, ob du rot wirst«, meint sie, und natürlich sorgt das dafür, dass meine Gesichtsfarbe noch leuchtender wird.

»Und, bist du zufrieden?«

»Um ehrlich zu sein, ja.«

Seufzend setze ich mich zu ihr. Die Maserung unseres Küchentisches hat eine seltsam beruhigende Wirkung auf mich, also konzentriere ich mich darauf. »Es läuft nichts zwischen uns, und das ist auch besser so«, wiederhole ich die Argumentation, die mein Kopf immer wieder meinem Herzen predigt, sobald ein Gedanke an Elias aufkommt.

»Aber du magst ihn.«

Ja, sagt mein Herz.

Zu sehr, sagt mein Kopf.

Aber was, wenn?, fragt mein Bauch.

Ich schlucke schwer. »Darum geht es aber nicht.«

Der Kaffee hilft, die Schwere der Müdigkeit etwas zu vertreiben, aber er kann nichts gegen all die wirbelnden Gefühle ausrichten, die ich kaum in Worte fassen kann.

Martha greift nach meiner Hand. Ihre Finger sind kalt, aber der Blick aus ihren Augen ist warm und gibt mir das Gefühl, so sicher zu sein, wie man es in dieser Welt eben sein kann. Sie legt den Kopf schief. »Und worum geht es dann?«

»Man kann jemanden auch mögen, ohne etwas mit ihm anzufangen.«

»Dagegen sage ich nichts, aber ich kenn dich schon ziemlich lange, und du wirkst nicht so, als wäre da nicht mehr«, meint sie nachdenklich.

Ich schüttle den Kopf, als müsste ich die Frage, die zwischen ihren Worten mitschwingt, abschütteln. »Selbst wenn, würde auch das keinen Unterschied machen. Ich bin nicht bereit für das Chaos, das Liebe anrichten kann.«

Martha drückt meine Hand etwas fester. »Autsch, das klingt, als hätte dir jemand das Herz gebrochen. Gibt es etwas, das du mir noch nicht erzählt hast?«

»Es ist nichts. Ich hab eigentlich nie jemanden nahe genug an mich herangelassen. Und der Letzte war Jonas. Wie das ausgegangen ist, weißt du ja.«

»Ja, nur dass du da nicht halb so betrübt ausgesehen hast.«

»Vielleicht, weil mir in dem Moment, als ich ihm die Wahrheit über mich gesagt habe, schon klar war, dass es nichts wird«, murmle ich leiser.

Martha legt nachdenklich den Kopf schief. »Dann hast du dir das Herz also selbst gebrochen?«

»Vielleicht. Und seitdem stelle ich mir die Frage, ob ich es allein wieder zusammensetzen kann«, gebe ich zurück und sehe sie an.

Zu meiner Überraschung lächelt Martha. »Das Schöne ist: Du musst es gar nicht allein schaffen. Du hast uns.«

Ich lasse den Kopf hängen und blinzle ein paar Tränen fort, die einfach aus dem Nichts gekommen sind. »Was ist mit dir? Dieser hübsche Typ, mit dem du gelernt hast, war länger nicht mehr hier …«

Martha schiebt sich eine Strähne hinter das Ohr. »Erst das Studium, dann die Männer. Ich beschwere mich nicht, wenn sich etwas ergibt, aber ich laufe dem Ganzen auch nicht hinterher.«

»Gute Einstellung.«

»Dann schneid dir davon mal eine Scheibe ab.«

»Was?«

»Ich habe einfach das Gefühl, dass Elias dir guttut, und wenn das wirklich so ist, solltest du ihn nicht wegstoßen, nur weil du Angst davor hast, dass es vielleicht nicht klappen könnte«, erinnert sie mich.

»Ich denk darüber nach.«

Damit stehe ich auf, als müsste ich noch mal unterstreichen, dass ich gerade nicht weiter über Elias reden will. Was ich jetzt brauche, sind Abstand und ein klarer Kopf, damit ich die Dinge tun kann, die gerade wirklich wichtig sind. Immerhin schiebe ich die Beantwortung meiner Mails an meine Professorin schon seit Tagen auf. Darauf sollte jetzt mein Fokus liegen, auf meiner Masterarbeit. Auf der Zukunft, für die ich in den letzten Jahren so hart gearbeitet habe. Ich muss nur noch ein bisschen durchhalten. Dann wird sicher alles gut.

»Hast du Lust, einen Film zu sehen?«, unterbricht Martha meinen Gedankenfluss. Sie kramt kurz im Kühlschrank und entscheidet sich dann für die Tupperdose mit Karamellkuchen, von denen ich mich schon die gesamte Woche ernährt habe. Schnell schüttle ich den Kopf. »Nein, ich muss dringend meiner Professorin schreiben.«

»Es ist Sonntag, ich finde, wir beide haben eine Pause verdient«, widerspricht sie und klappt demonstrativ ihren Laptop zu.

Unschlüssig sehe ich sie an.

Das Thema meiner Masterarbeit konnte ich gerade noch fristgerecht einreichen, und ich weiß, dass die nächste Woche im Zentrum nicht ohne wird. Vielleicht ist das heute der einzige Tag, an dem ich Zeit habe, mich um das Exposé meiner Facharbeit zu kümmern. Auf der anderen Seite fühle ich mich, als könnte ich Martha jetzt nicht vor den Kopf stoßen. Sie schafft es trotz Medizinstudium, für mich da zu sein, wenn ich sie brauche. In diesem Moment Nein zu ihr zu sagen, fühlt sich einfach falsch an.

Nur ein paar Stunden, sage ich mir selbst, *nur ein paar Stunden Pause, dann setze ich mich an den Rechner.*

Martha wartet auf eine Antwort, also nicke ich. »Ich denke, ich werde etwas lesen.«

»Da mach ich mit«, erwidert sie grinsend und erhebt sich, um ihr Buch aus ihrem Zimmer zu holen. Ich tue es ihr gleich und schnappe mir *Catching Stardust* von Emily Bähr, das ich ohnehin längst von meinem Stapel ungelesener Bücher befreien wollte.

»Wo ist Ada?«, will ich wissen, als ich mich auf unser gemütliches Sofa setze und mir die Wolldecke über die Beine lege.

Martha wirft ihr Buch auf das Polster. Der Titel *Liebeskind* sagt mir etwas, aber ich bin sicher, dass dieser Thriller mir nur eine weitere schlaflose Nacht einbringen würde. Die Taschenbuchausgabe hat Dutzende Leserillen und ist durch die eingeknickten Seiten, mit denen Martha sich besonders spannende Stellen markiert, dicker geworden. Ada und ich haben es aufgegeben, ihr zu erklären, dass man Bücher nicht so behandeln sollte. Sie findet, dass nur zerschlissene Bücher wirklich geliebt würden. Das Erste, was sie macht, sobald sie ein Buch auspackt, ist, den Buchrücken zu brechen.

»Adas Vater geht's wieder schlechter, sie ist zu ihren Eltern gefahren.«

Mein Mund klappt auf. »Mist, das hab ich gar nicht mitbekommen.«

Martha scheint zu merken, welche Gedanken in meinem Kopf Pingpong spielen. »Du hattest viel zu tun.«

Betreten blicke ich sie an. »Ich hätte trotzdem fragen müssen, wie es ihr geht.«

»Das kannst du noch immer, ruf sie einfach an.«

Aus ihrem Mund klingt es so einfach, aber meine Hände werden schwitzig, wenn ich nur darüber nachdenke. »Vielleicht schreib ich ihr nachher.«

»Mach es einfach jetzt. Und ich koche uns eine Kanne Tee.«

ELIAS

Ich parke vor dem Haus meiner Eltern, aber ich will nicht aussteigen. Meine Beine schmerzen von den Nachwirkungen der Physiotherapie, und ich reibe mir über die Knie. An den meisten Tagen kann ich mit den körperlichen Schmerzen ganz gut umgehen, aber immer wenn mein Kopf zu voll wird, werden sie stärker.

Ich greife nach meinem Handy und checke zum gefühlt hundertsten Mal, ob Willa mir inzwischen geantwortet hat. Hat sie nicht. Mit einer Hand reibe ich mir den verspannten Nacken.

Mein Körper reagiert auf das Ungleichgewicht meiner Seele, das ist mir klar – nur löst das nicht mein Problem. Dieses ständige Gefühl, als würde mich jemand beobachten. Die Angst, dass ich bei Willa mit irgendwas zu weit gegangen bin. Der Druck, dass dieses »Sport to Grow« realisiert wird, und dann noch diese Blockade, die dafür sorgt, dass ich Dutzende Seiten aus meinem Notizbuch gerissen und zerknüllt habe.

Das Pochen meines Herzens löst kleine Wellen des Schmerzes aus, die sich wie ein gleißendes Bündel in meinem Bein sammeln.

Der Gedanke, jetzt allein in meinem Zimmer zu sein, fühlt sich falsch an. Die dunkle Straße und die wenigen Sterne am Firmament hingegen geben mir das Gefühl, dass ich irgendwie doch verarbeiten kann, was da fast zwischen Willa und mir passiert ist. Automatisch greife ich nach meinem Handy und wähle die Nummer von Diez.

Er meldet sich sofort.

»Alter, ich hab's versaut, und ich weiß nicht mal, wie«, beende ich meine Zusammenfassung des Tages mit Willa und lehne den Kopf nach hinten.

Mein bester Freund überlegt einen Moment. »Vielleicht war sie wirklich einfach müde.«

Wir waren beide müde.

Wir waren beide überarbeitet.

Aber das war es nicht, sondern etwas anderes, das ich nicht einordnen kann. »Nein, ich glaube, ich habe irgendwie eine Grenze überschritten.«

»So, wie ich Willa bisher kennengelernt habe, hätte sie dir das gesagt«, erinnert mich Diez, allerdings schraubt sich seine Tonlage bei den letzten Worten seltsam in die Höhe, als hätte er eigentlich etwas anderes gemeint.

»Warum klingt deine Stimme so komisch?«

Er räuspert sich unbeholfen. »Sie hat dir nichts davon erzählt?«

Der letzte Rest Müdigkeit weicht aus meinen Knochen. »Mir was erzählt?«

Ich kann hören, wie Diez herumdruckst. Er läuft eindeutig in seinem Zimmer hin und her, als würde er zwischen seinen Büchern und den alten Legosteinen nach Antworten suchen. »Ich war neulich mit den Jungs feiern«, beginnt er also. »Und da habe ich sie getroffen.«

Stöhnend reibe ich mir über die Schläfe. »Sagst du mir jetzt, dass sie jemanden kennengelernt hat?«

»Nein, nichts in die Richtung.«

Wenig hoffnungsvoll frage ich: »Sondern?«

»Sie stand vor dem Klub, und … na ja, sie hat geweint.«

»Warum?«

»Wollte sie mir nicht sagen.«

»Und du erzählst mir das, weil?«

»Ich weiß nicht, ich denke einfach, dass bei Willa vieles los ist, von dem du nichts weißt, und vielleicht reagiert sie eben auf solche Sachen so, wie sie reagiert, und kann es dir noch nicht richtig erklären«, führt er aus.

»Wow, ich wusste gar nicht, dass du so erwachsen sein kannst.«

Mein bester Freund lacht. »Dein Studium färbt langsam auf mich ab.«

Obwohl ich mich noch immer scheiße fühle, sorgt das zumindest dafür, dass ich etwas beruhigter bin. Vielleicht hat er recht, vielleicht habe ich nichts falsch gemacht. Vielleicht hat nur irgendwas an meinem Verhalten Willa getriggert. Nicht in der Version, die von den sozialen Medien so verwaschen wurde, sondern in der Version, die mir sagt, dass auch sie ein Trauma hat. Die Reaktion kam tief aus ihrer Seele, und ich war zu sehr mit meinen eigenen Gefühlen beschäftigt, um es zu merken. Ich will sie nicht dazu drängen, sich mir zu öffnen, wenn sie das nicht will, aber da ist dieser Teil von mir, der ihr sagen will, dass ich trotzdem da sein kann. Dass ich zuhören kann.

»Na, immerhin«, sage ich nach einer Weile.

»Ich denke, sie braucht einfach etwas Zeit.«

»Ja, vielleicht.«

»Dich hat es ziemlich erwischt, was?«

Ich rolle mit den Augen. »Und das ist der Moment, um dir Gute Nacht zu sagen!«

»Bro, ich nehme mir gern noch Zeit, um dir eine Einschlafgeschichte vorzulesen, wenn das deinem gebrochenen Herzen und dem angeknacksten Ego hilft.«

»Wir hören uns«, entgegne ich und lege auf.

Aber noch bleibe ich an Ort und Stelle und betrachte die Sterne, als würden sie mir eine Antwort auf all die Fragen in meinem Kopf geben können.

Kapitel 23

ELIAS

An den meisten Tagen liebe ich es, die Kids zu trainieren, aber heute scheint irgendwie der Wurm drin zu sein. »Stella«, belle ich über das Spielfeld. »Nicht foulen!«

Sie wirft mir einen bösen Blick zu, als wäre ich schuld daran, wenn ich zu genau hinsehe und sie bei etwas erwische.

»Sehr gut, Malik«, rufe ich und klatsche in die Hände, als er einen Korb wirft. Um ehrlich zu sein, beeindruckt mich das ziemlich. Die eigentliche Korbhöhe beträgt 3,05 Meter, aber es erschien mir sinnvoller, den Korb heute niedriger zu positionieren. Anscheinend habe ich meine Schützlinge damit unterschätzt. Schon wieder landet ein Ball im Korb. Wenn sie so weitermachen, werden sie bald besser als die NBA-Spieler. Meine Freude wird allerdings im nächsten Moment getrübt.

»Schubfehler!«

Stella verdreht die Augen.

»Muss ich dich daran erinnern, was zweimaliges Ziehen am Greifring bedeutet?«, will ich wissen, aber sie antwortet nicht. Ihre Mannschaft ist dabei zu verlieren, und das passt ihr gar nicht. Leider erkenne ich mich zu sehr in ihr wieder, um lange böse zu sein. Wenn sie den Ball in die Finger bekommt, wirft sie von allen am besten – aber genau darum geht es im Sport eben auch: nicht nur auf sich selbst, sondern auf das Team zu achten. Und genau das muss sie noch lernen.

Ein Blick auf die Uhr verrät mir, dass es nun ohnehin zu spät ist.

Ich puste in meine Trillerpfeife.

»Tolles Spiel«, lobe ich und grinse. »Wenn ihr so weitermacht, könnt ihr in ein paar Jahren zu den Paralympics.«

Die Kinder geben sich gegenseitig die Hände und beglückwünschen die Mannschaft zum wohlverdienten Sieg. Ich kann die Erschöpfung in den roten Gesichtern sehen, aber auch den Stolz. Langsam wächst unser kleines Team zusammen, nur Stella bereitet mir Sorgen.

»Warte mal«, sage ich, ehe sie an mir vorbei in die Umkleidekabine flitzen kann.

»Was denn?«, stöhnt sie genervt auf.

»Du warst ganz schön aggressiv auf dem Spielfeld.«

»Ich wollte gewinnen«, kontert sie und verzieht den Mund.

»Wir wollen alle gewinnen, aber manchmal sind andere eben besser«, meine ich und bemühe mich, dabei nicht wie ein Oberlehrer zu klingen. »Es ist trotzdem nicht okay zu foulen. Jemand könnte sich dabei ernsthaft verletzen.«

»Es ist doch aber gar nichts passiert«, wehrt sie ab.

»Nein, dieses Mal nicht«, stimme ich zu. »Und es wird kein weiteres Mal geben. Richtig?«

In ihrem Gesicht kann ich nicht erkennen, ob die Worte zu ihr durchdringen oder sie einfach möglichst schnell aus der unangenehmen Situation flüchten will. Aber ich halte ihrem Blick auch weiterhin stand.

»Ja«, brummt sie lang gezogen und sieht dabei noch immer nicht wirklich überzeugt aus.

»Gut, dann kannst du dich jetzt umziehen.«

Sie verlässt die Turnhalle, aber ich kann noch hören, wie sie mich nachäfft.

»Teenager«, höre ich eine Stimme hinter mir.

Ich fahre herum. Willa lehnt an der Wand. Sie hat die Arme vor der Brust verschränkt, während sie mich betrachtet. Der dunkelgraue Cardigan reicht ihr fast bis zu den Knien und lässt das Weiß ihres Shirts noch strahlender wirken.

»Bin ich etwa zu spät?«, frage ich.

»Nein, ich dachte nur, ich schaue euch etwas zu.«

Sie wirkt angespannt, als wüsste sie nicht, wie ich reagiere, weil sie nicht auf mich reagiert hat. Und um ehrlich zu sein, schlägt mein Herz viel zu schnell, und der Schweiß auf meiner Stirn kommt nicht von dem Training. Ich weiß auch nicht, wie ich reagieren soll, also versuche ich es so: »Und was meinst du? Habe ich als Pädagoge im Auge des Teenagersturms versagt?«

»So schlimm war es nun wirklich nicht«, wehrt Willa ab. »Du hast eine klare Grenze gesetzt, und dabei ist es egal, ob Stella das im ersten Moment gefällt.«

Aus ihrem Mund klingt es logisch, aber richtig fühlt es sich trotzdem nicht an. Ich gebe alles, aber es gibt Tage wie heute, da wird mir klar, dass selbst mein Bestes bedeutet, dass Menschen, die jemanden brauchen, zu kurz kommen. »Ja, aber vielleicht hätte ich es ihr … besser erklären müssen.«

Willa schüttelt entschieden den Kopf. »Du hast es ihr erklärt, aber was sie daraus macht, ist trotzdem ihre Entscheidung.«

»Wenn du das sagst, klingt es irgendwie wesentlich einfacher.«

»Hilft es dir, wenn ich sage, dass es nach einer Weile besser wird?«, fragt Willa sanft.

Da ich weiß, dass ich vorerst nichts ändern kann und mich nicht selbst runterziehen will, überspiele ich meine Unzufriedenheit auf die einzige Art, die ich beherrsche. Ich grinse. »Ist das nicht nur eine Floskel, die wir Menschen in der Sozialen Arbeit uns erzählen, damit wir nicht alles hinwerfen?«

Willa lacht. »Schon, aber du weißt doch, wie das mit Märchen ist. Wir erzählen sie uns, damit wir noch an Wunder glauben können.«

Obwohl sie lächelt, schwingt da etwas in ihren Worten mit, ein tieferes Verständnis von dem, was wir jeden Tag in unserem Job sehen. Die kleinen Wunder. Die Menschen, denen wir doch helfen konnten, selbst wenn auf jeden davon hundert kommen, die wir nie erreichen.

Nickend fahre ich mir durch die Haare, um meine coole Fassade zumindest ein wenig aufrechterhalten zu können. »Ich zieh mich nur schnell um, dann bin ich bereit, mich wieder auf den Antrag zu stürzen.«

»Lass dir Zeit, ich warte im Büro auf dich.«

»Alles klar.«

Ich weiß nicht, was ich erwartet habe.

Irgendwie dachte ich, dass die Stimmung zwischen Willa und mir angespannter wäre. Und jetzt, da sie es nicht ist, verfalle ich ins Grübeln. Habe ich übertrieben? Etwas gefühlt, das nur einseitig war? Hat sie nicht das gleiche Kribbeln im Bauch gespürt und nicht bemerkt, wie nahe ich dran war, sie zu küssen?

Oder ignoriert sie all das?

Ihr Auftauchen hier in der Sporthalle habe ich nicht kommen sehen, und auch nicht, dass sie mich behandelt, als hätte es unser Essen nicht gegeben. Noch vor wenigen Stunden hätte ich behauptet, dass ich gern so tun würde, als wäre nichts zwischen uns vorgefallen, aber nun …

Mit meinem Rucksack auf dem Schoß, in dem ich gerade meine Wasserflasche verstaut habe, komme ich in das kleine Büro. Eigentlich sollte mein Auftritt möglichst locker sein, doch in der letzten Zeit fällt es mir immer schwerer, meine Fassade vor Willa aufrechtzuerhalten. Am Schreibtisch packe ich die losen Dokumente, Bücher voller Markierungen und mein ramponiertes Notizbuch aus. Es rutscht mir aus der Hand. Mir kommt es vor, als würde es in Zeitlupe passieren.

Willa beugt sich neugierig vor. »Was ist das?« Noch ehe ich es verhindern kann, greift sie nach meinem Notizbuch. Das Buch stolpert über den Schreibtisch und öffnet sich wie durch Zauberhand irgendwo in der Mitte, direkt vor ihrer Nase.

Mir stockt der Atem. Etwas zu schnell entreiße ich es ihren schmalen Fingern und nuschle ein »Nichts«.

Ihre Brauen zucken nach oben. »Für nichts siehst du ziemlich ertappt aus.«

Ich weiche ihrem Blick aus. Meine Ohren fangen an zu glühen, als wüsste das Blut in meinem Inneren nicht, wo es vor lauter Scham hinsoll. »Es sind nur Notizen.«

Diese Ausrede überzeugt sie nicht, und ich kann es ihr nicht verdenken.

Willa lehnt sich gegen den Schreibtisch, während ihre klugen grünen Augen weiterhin auf mir liegen. »Sah eher aus wie ein Gedicht?«

Schluckend sehe ich sie an. »So was in der Art.«

Wir schweigen, was dafür sorgt, dass die Luft im Raum plötzlich immer weniger zu werden scheint. Willa zieht den Cardigan enger um sich. »Ich glaube, es ist das erste Mal, dass du ein Geheimnis aus etwas machst«, haucht sie in die Stille.

Mein Blick huscht zu ihr. »Nur, weil es da noch nichts zu sehen gibt.«

»Das gesamte Notizbuch ist voll, aber es gibt noch nichts zu sehen?«, wiederholt sie meine Worte.

»Um ehrlich zu sein, nein, es sind nur lose Gedanken, und ich bekomme sie einfach nicht zusammen«, gestehe ich.

»Darf ich es mal lesen?«

Die Frage bringt mich völlig aus der Fassung. »Ich …«

Schnell hebt sie die Hände. »Schon gut, du musst natürlich nicht.«

Nein, das muss ich nicht. Andererseits will ich Willa näherkommen. Vielleicht gelingt es mir, wenn ich ihr noch mehr von mir zeige?

»Ein Eintrag«, murmle ich und reiche ihr das Notizbuch.

Sie sieht mich an, als wollte sie fragen, ob ich sicher bin. Bin ich nicht, aber ich habe mich entschieden.

Behutsam nimmt sie das Notizbuch wieder an sich und schlägt wahllos eine Seite auf. Fast schon andächtig streicht sie mit den Fingern über die Worte, die sich von dem linierten Papier abheben, als hätte mein Kugelschreiber all meinen Schmerz in Papiernarben verwandelt.

»Ich will mit dir dahin, wo die Sterne uns sehen und der Regen

uns berührt …«, liest sie vor und lächelt. Ihre Fingerspitzen gleiten über die Zeilen, ehe sie mich noch einmal ansieht. »Das ist ziemlich schön.«

Unsicher, ob ich nun Erleichterung verspüre oder meine Nervosität noch größer geworden ist, kratze ich mich am Kopf. »Ja, nur dass ich dann nicht weiß, wie es weitergehen soll.«

Willa betrachtet die nächste Zeile. »*Wo die Nacht uns begegnet, und niemand versteht es, was wir in ihr sehen.*«

»Es ist wirklich nichts …«, versuche ich sie zu unterbrechen, aber in ihren Augen schimmert plötzlich etwas, von dem ich gar nicht wusste, wie sehr ich es wollte. Zuspruch. Hoffnung darauf, dass das, was ich tue, nicht nur etwas ist, in das ich mich verrenne. Nicht nur ein Ausdruck für mich, sondern für alle, die sich auch so fühlen. Worte, die nicht nur für mich eine Bedeutung haben.

»Das ist sogar verdammt gut, Elias. Du bist ein richtiger Poet«, meint sie und klappt das Notizbuch wieder zu. Ein Eintrag. Das war meine Bitte. Und Willa denkt nicht einmal daran, ihre Neugier zu stillen und noch einen weiteren zu lesen.

»So würde ich das nicht ausdrücken.«

Überrascht schüttelt sie den Kopf. »Seit wann bist du denn so wenig selbstbewusst?«

Diese Frage habe ich mir tatsächlich auch schon gestellt, denn in anderen Bereichen meines Lebens ist mir die Meinung anderer nicht wichtig. »Bin ich nicht, ich weiß, wann ich in etwas gut bin, und mit Worten ist es …«

Schwierig?

Das trifft es nicht mal im Ansatz. Also verklingt meine Stimme, während ich erneut nach der richtigen Buchstabenkombination in meinem Inneren suche. Willas grüne Augen blitzen auf, als wüsste sie auch so, was ich meine. »Deine Worte sind wunderschön. Ich wünschte, du hättest sie mir eher gezeigt.«

»Um ehrlich zu sein, habe ich nicht erwartet, dass meine schmalzige Poesie dir mehr imponiert als meine trainierten Schultern«, weiche ich aus.

Sie lacht.

Der Klang löst einen warmen Schauder in mir aus, der sich über meinen gesamten Körper ausbreitet und die Schmetterlinge in meinem Bauch wieder zum Leben erweckt.

»Du kannst so viele schlechte Witze darüber machen, wie du willst. Ich denke trotzdem, du solltest einen deiner Texte mal auf einer Bühne vortragen.«

Mir klappt der Mund auf. »Jetzt verarschst du mich.«

»Warum sollte ich das tun?«

Vollkommen gelassen steht sie noch immer vor dem Schreibtisch, als hätte sie nicht gerade gefordert, dass ich meine innersten Gedanken nicht nur mit ihr teile, sondern mit der gesamten Welt. Okay, nicht dass ich davon ausgehe, dass vor der imaginären Bühne die gesamte Welt sitzen würde. Aber es fühlt sich so an, und das ist verdammt beängstigend. »Das frage ich mich auch gerade.«

Kurz denkt sie nach, fast so, als wüsste sie nicht, ob es besser wäre, das Thema fallen zu lassen, aber dann entscheidet sie sich dagegen. »Martha und ich gehen ab und an in eine kleine Bar zum Poetry-Slam.«

Schnell schüttle ich den Kopf. »Nein, so was ist nichts für mich.«

»Warum nicht?«

Weil du der erste Mensch bist, der etwas von mir gelesen hat, denke ich. Aber das auszusprechen, kommt mir falsch vor. »Ich bin kein Mensch für die Bühne.«

»Aber fürs Spielfeld?«, fragt sie verdutzt.

»Das ist etwas anderes.«

»Weil du da nichts von deiner Seele zeigen musst?«

Jetzt sehe ich sie wieder an.

Wie macht sie das nur? Es kommt mir vor, als würde sie etwas von mir sehen, das sonst keiner sehen kann – und als könnte sie durchschauen, was ich vor allen anderen verstecke. »Ganz genau.«

Willa lächelt. Anders als sonst. Die kleinen Falten an ihren Mundwinkeln erscheinen mir deutlicher, echter. Und irgendwie sorgt genau das dafür, dass ich mich wieder entspanne.

»Danke, dass du mir deine Zeilen anvertraut hast«, sagt sie, und ich nehme das Notizbuch wieder an mich.

Täuscht es mich, oder haben ihre Finger absichtlich meine gestreift?

Obwohl wir nicht allzu eng beieinanderstehen, fühle ich mich ihr plötzlich ganz nahe. »Du bist die Erste, um ehrlich zu sein«, gebe ich zu, auch wenn ich es im nächsten Moment bereue.

»Dann fühl ich mich geehrt.«

Nicht nur du, denke ich. Nicht nur du.

Kapitel 24

WILLA

Es waren seine Worte.
Seine.
Ausgerechnet. Und sie gehen mir einfach nicht mehr aus dem Kopf.

Ich will mit dir dahin, wo die Sterne uns sehen.

Irgendetwas an diesen Worten geht mir unter die Haut. Als würde er etwas verstehen, das ich nur fühlen kann. Die Uhr tickt leise, während ich in die Nacht hinausblicke, deren Wolken Muster zeichnen, als hätte jemand Tinte verschüttet.

Ein plötzliches, ungewohntes Geräusch lässt mich vom Fenster zurücktreten. Es ist ein Poltern, ein seltsames Scharren, das ich nicht einordnen kann. Angestrengt lausche ich, nur um es wieder zu vernehmen. Eine Mischung aus Schritten und … einem Trippeln? Wie viele kleine Füße, die offenbar gerade unsere Wohnung betreten haben. Falls mich all das noch nicht endgültig verwirrt hätte, dann spätestens das Bellen und Marthas Stimme, die energisch »Psssst« zischt.

Ich reiße meine Zimmertür auf, zeitgleich mit Ada, die mich erst verschlafen ansieht, ehe wir beide Martha anstarren.

»Es ist nicht so, wie es aussieht!«

Martha hockt auf dem Boden im Flur, zwischen ihren Beinen ein kleiner schwarzer Rauhaardackel. Während ich noch damit beschäftigt bin, die Situation in ihrer Gänze zu begreifen, reißt meine Freundin neben mir bereits den Mund auf.

»O-M-G!«, ruft Ada und geht in die Knie, um ihre Hand vor die schwarze Hundenase zu halten.

Ich bin noch zu verdutzt, um überhaupt etwas zu sagen. Allerdings muss ich gestehen, dass die großen braunen Augen des Hunds mein Herz sofort einnehmen.

Ada und Martha kraulen den kleinen Kerl, der voller Schlamm und verfilzter Stellen ist. Ich glaube sogar, ein paar blutige Kratzer unter dem Fell zu erkennen. Mein Magen krampft sich zusammen.

»Was ist mit ihm passiert?«, frage ich leise und setze mich zu meinen Freundinnen. Der Dackel löst sich von Martha und kommt vorsichtig auf mich zu. Er schnuppert zunächst an meinem Knie und zuckt kurz zusammen, als ich ihm meine Hand hinhalte. Schließlich stupst er sie aber doch an und lehnt seinen kleinen Kopf dagegen, um mir zu signalisieren, dass ich ihn jetzt streicheln darf.

Sein Fell ist nass und der kleine Körper so kalt, dass es mir das Herz zusammenschnürt.

»Keine Ahnung«, gesteht Martha. »Ich hab ihn bei einer der Baustellen entdeckt. Erst dachte ich, er wäre nur ein verirrter Marder, aber dann hab ich das Bellen gehört.« Sie atmet laut ein, als würde das alles mehr Emotionen auslösen, als sie gerade ertragen kann.

»Armes kleines Ding«, murmelt Ada, der die braunen Pfotenabdrücke auf ihrer rosa Jogginghose nichts auszumachen scheinen.

»Er trägt kein Halsband«, stelle ich fest und taste den Dackel vorsichtig ab, um zu erkennen, ob er irgendeine Wunde hat, die wir versorgen sollten. Bis auf ein paar Schrammen scheint er allerdings keine Schäden davongetragen zu haben.

»Er muss da schon das ganze Wochenende gewesen sein, so wie er aussieht«, schlussfolgert Martha mit besorgter Miene. »Und wir haben nichts hier, was er fressen könnte.«

Ada steht auf. »Ich laufe schnell zur Tankstelle, die haben sicher etwas.«

»Du musst nicht extra los.« Martha schüttelt den Kopf.

»Jetzt bin ich schon wach, und wir können Herrn Fitzek doch nicht einfach hungern lassen«, erklärt sie mit einem Schulterzucken.

Martha und ich blicken erst einander, dann den Dackel und Ada an. »Wie hast du ihn gerade genannt?«, fragen Martha und ich im Chor.

Unsere Freundin grinst, als hätte sie diese Reaktion kommen sehen. »Wir können ihn doch nicht einfach Hund nennen.«

Es dauert ein bisschen, doch dann fange ich an zu lachen. »Und dir ist kein anderer Schriftsteller eingefallen?«, will ich prustend wissen.

»Herr Fitzek, dir gefällt der Name, oder?«, fragt sie an den Dackel gewandt, der auch noch bellt, als wollte er sie bestätigen.

»Damit ist es entschieden«, verkündet Ada. »Ich zieh mich nur schnell an.«

Wir bleiben im Flur zurück, während Ada in ihrem Zimmer verschwindet. Ich kann noch immer nicht ganz glauben, dass Martha mitten in der Nacht einen Dackel mitbringt, doch auf der anderen Seite ist das die treffendste Beschreibung ihrer Persönlichkeit. Martha hat ein Herz für verlorene Seelen, egal, ob mit Fell, Federn, Schuppen – oder eben menschliche.

»Und wir sollten ihn waschen«, schlage ich nach einer Weile vor. »Damit wir uns um seine Wunden kümmern können.«

Martha nickt. »Ich hab schon gegoogelt, aber die Tierklinik ist ziemlich weit weg, und ich wollte nicht …«

Ich winke ab. »Wir kümmern uns darum, wenn wir den Kleinen … Herrn Fitzek versorgt haben.« Der Name fühlt sich noch immer seltsam auf meinen Lippen an, aber auf der anderen Seite passt er auch irgendwie. Zu Ada, die ihren Lieblingsautor als Namensgeber gewählt hat, ebenso wie zu dem Hund selbst.

Martha erhebt sich und schnappt sich den Dackel, der sich nicht wehrt. In der Badewanne wirft er uns allerdings einen Blick zu, der wohl sagen soll, dass er von unserer Entscheidung nicht gerade begeistert ist. Zum Glück versöhnen ihn die Wärme des Wassers und die Tatsache, dass gleich zwei Menschen ihm ihre volle Aufmerksamkeit geben.

Da wir kein Shampoo haben, das auch nur im Ansatz für Hunde geeignet wäre, weichen wir auf Naturseife aus. Nicht optimal, aber zumindest reizt diese nicht die kleinen Schrammen und ist nicht giftig oder parfümiert.

»Das Schlimmste ist geschafft, mein Kleiner«, lobt Martha und schaltet die Dusche aus, während ich schon dabei bin, ein altes Handtuch auf dem Boden auszubreiten. Martha hebt ihn vorsichtig hoch und setzt ihn auf dem Frottee ab, aber leider ist der Dackel schneller als ich. Bevor ich ihn abtrocknen kann, schüttelt er sich.

Martha und ich werden von den kalten Tropfen getroffen und verziehen die Gesichter, ehe wir anfangen müssen zu lachen.

»Du putzt dann wohl diese Woche das Bad«, meine ich lachend. Herr Fitzek setzt sich und sieht mich auffordernd an, während ich ihn gründlich abrubbele. Martha hingegen betrachtet die Spritzer auf den Fliesen und den Schlamm auf dem Boden.

Martha öffnet die Badezimmertür, und Herr Fitzek läuft sofort auf Ada zu, um sie hüpfend und bellend zu begrüßen. Die lässt sich davon allerdings nicht beeindrucken, sondern geht zielstrebig in die Küche, um ihre Einkäufe auszupacken. »Was anderes gab es leider nicht«, erklärt Ada und stellt nacheinander verschiedene Futterdosen auf den Tisch.

Martha tritt näher und betrachtet die vielen bunten Dosen in unterschiedlichen Verpackungen. »Du hast jede Sorte mitgebracht?«

»Na, woher sollte ich denn wissen, welche ihm am besten schmeckt«, sagt sie mit einer solchen Selbstverständlichkeit, dass ich wieder lachen muss.

»Ich denke, Herr Fitzek freut sich über alles, das nicht unser Gemüsecurry von gestern Abend ist«, gebe ich zu bedenken.

Martha blickt mich über die Schulter an. »Höre ich da eine leichte Kritik an meinen Kochkünsten?«

»Nein, wenn man Feuer spucken möchte, sind sie super. Aber deine Muffins sind unschlagbar«, kommentiert Ada.

»Na komm, Herr Fitzek«, sage ich und fülle das Fleisch in eine unserer Müslischüsseln, ehe ich eine andere mit frischem Wasser fülle.

Ich kann gar nicht so schnell gucken, wie der Dackel sich auf das Futter stürzt. »Wow, er hat echt Hunger.«

»Wer weiß, wie lange er nichts mehr hatte«, murmelt Martha nachdenklich.

Ada stemmt die Hände in die Hüften und sieht sie auffordernd an. »Was sagt das Internet, was wir jetzt tun sollen?«

»Wir haben die Hälfte der Liste schon abgearbeitet. Herr Fitzek ist sicher, gerade dabei, seine zweite Portion zu essen, und er hat keine großen Verletzungen. Da er keine Marke oder etwas anderes trägt, das uns zu seinem Zuhause führen könnte, sollten wir checken lassen, ob er gechippt ist«, führt Martha aus.

Ada beugt sich vor und betrachtet die Ohren des Hunds. »Eine Tätowierung seh ich auch nicht.«

Ada hat sich bereits auf die Fliesen der Küche niedergelassen und lehnt an unserem Geschirrspüler, während Herr Fitzek sich auf ihrem Schoß zusammengerollt hat. »Und was passiert, wenn wir sein Zuhause nicht finden?«

Martha und ich sehen uns an. Ich räuspere mich. »Dann wird Herr Fitzek wahrscheinlich ins Tierheim …«

»Was? Nein«, unterbricht Ada mich. »Wir geben ihn doch nicht einfach ins Heim.«

Ich verstehe ihre Reaktion.

Auch wenn der Hund gerade mal seit einer Stunde hier ist, kann ich mir jetzt schon nicht vorstellen, ihn abzugeben. Trotzdem versuche ich, mich auf meine Vernunft zu besinnen. »Er gehört zu jemandem«, antworte ich. »Ich bin sicher, irgendwer ist gerade ganz krank vor Sorge, weil der kleine Kerl einfach ausgebüxt ist.«

Martha kratzt sich am Handgelenk. Das tut sie immer, wenn sie sich sorgt oder besonders nervös ist. »Wollen wir's hoffen.«

»Können wir ihn nicht einfach behalten?«, fragt Ada mit flehendem Blick.

»Erst mal suchen wir sein Zuhause«, wehrt Martha ab. »Und dann sehen wir weiter. Sobald ich ein paar Stunden geschlafen habe, fahr ich mit ihm zum Tierarzt und lasse prüfen, ob er gechippt und irgendwo registriert ist.«

»Flyer wären wahrscheinlich auch sinnvoll«, wirft Ada ein. »Wenn ihn jemand vermisst, wird er nach ihm suchen und dann vielleicht auch in die Nähe der Fundstelle kommen.«

»Gute Idee«, stimme ich zu. »Ich frag im Zentrum nach, ob ich ein paar für uns ausdrucken darf.«

Ich zücke mein Handy, um ein Foto von unserem neuen Mitbewohner zu machen, und Herr Fitzek schenkt mir dafür seinen besten Dackelblick. Lächelnd zeige ich Martha das Bild.

»Er ist schon ziemlich niedlich«, murmelt sie.

»Und er ist noch nicht mal zwei Stunden hier und hat uns drei um den Finger gewickelt«, erinnere ich sie, denn Herr Fitzek beginnt, durch die Wohnung zu streunen und sich alles ganz genau anzusehen.

»Er ist ein Dackel, die haben eben ihren eigenen Kopf«, behauptet Ada.

»Ja, und wir verziehen ihn jetzt schon«, sage ich, als er wie selbstverständlich auf unserem Sofa Platz nimmt.

»Tun wir nicht, wir sind nur …«

»… und er kaut gerade auf einem deiner Bücher.«

»Herr Fitzek, aus!«

Kapitel 25

WILLA

»Bist du sicher, dass hier Hunde erlaubt sind?«

»Der ist so klein, das merkt niemand«, meint Ada gelassen. Herr Fitzek streckt den Kopf aus ihrer großen Tasche, als wüsste er genau, dass wir über ihn reden. Ada gibt einen Ton von sich, der dafür sorgt, dass die Vögel aus den Bäumen über uns flattern.

»Wenn du die ganze Zeit vor Verzückung quietschst, fallen wir auf«, kommentiert Martha und breitet die Decke auf dem weichen Rasen aus. Da sie die Nächte wieder mal mit Backen verbracht hat, besteht unser Picknick hauptsächlich aus Muffins und Brownies. Was irgendwie zu diesem ungewöhnlich heißen September passt, der den Sommer einfach nicht loslassen will.

»Wie hast du es geschafft, dass wir Freikarten für den Palmengarten bekommen?«, frage ich, während die große Umhängetasche von meinen Schultern rutscht.

Ada legt sich auf die Decke und setzt den kleinen Dackel neben sich. »Das bleibt ein Geheimnis.«

»Ich kann nicht glauben, dass wir einen Hund hier reingeschmuggelt haben«, murmle ich und sehe mich um, als würde ich erwarten, dass jeden Moment ein Aufseher um die Ecke kommt und uns des Platzes verweist.

Die prächtigen Palmen, die dem Garten seinen Namen geben, ragen stolz in den Himmel und spenden Schatten in der warmen Septembersonne. Obwohl ich schon oft mit meinen Freundinnen hier war, entdecke ich doch jedes Mal etwas Neues. Die Palmen scheinen sich zu verändern, mit jedem Mal saugen sie ein Stück mehr der Geschichten auf, die um sie herum passieren.

»Schmuggeln ist ein hartes Wort«, sagt Ada ungerührt. »Außerdem konnten wir ihn ja schlecht allein lassen.«

»Ja, weil er unsere Bücher frisst«, lacht Martha und schiebt sich die Sonnenbrille höher auf die Nase. Dann beginnt sie, die Muffins und Brownies auszupacken.

»Aber er ist so süß dabei«, quietscht Ada wieder.

Ich schüttle amüsiert den Kopf, ehe ich meine Bücher aus der Tasche ziehe. Die Post-its haben einen Regenbogen zwischen den Seiten gemalt, der aus den Büchern hervorsteht, als müsste er mich daran erinnern, dass ich all die Markierungen noch zu einem sinnvollen Text formen muss.

»Shit«, stößt Martha aus. »Das Video geht ja viral!«

Neugierig beugen wir uns über ihre Schulter, um das TikTok von Herrn Fitzek zu betrachten. Tatsächlich, über eine Million Aufrufe für den Dackel, der »Das Geschenk« seines Namensvetters gefressen hat.

»Unser Baby ist ein Star!«, ruft Ada aus.

»Er ist ein Hund«, sagt Martha streng. »Und nicht einmal unserer.«

»Das sind wirklich viele Menschen«, murmle ich, ohne zu wissen, ob ich beeindruckt oder verängstigt bin. Natürlich bin ich in dem Video nicht zu sehen, nur der kleine Hund zwischen den Papierfetzen und einem angekauten Buchumschlag. Aber dennoch, so viel Aufmerksamkeit.

»Wir sollten zusammen einen BookTok-Kanal machen«, sagt Ada mit einer solchen Überzeugung, dass wir sie beide ansehen.

»Warum?«, kommt es zeitgleich von Martha und mir. Herr Fitzek setzt sich zwischen uns. Seine braunen Knopfaugen scheinen Ada ebenso fragend anzusehen, wie wir es tun.

»Weil wir ohnehin ständig auf der App sind und zu viele Bücher lesen«, argumentiert sie und zuckt mit den Schultern, als sei damit eigentlich alles Wichtige gesagt.

»Ich nicht.« Demonstrativ halte ich mein Fachbuch über Sportpädagogik hoch. »Und ich denke, diese Bücher würden keinen Hype auslösen.«

Ada streckt mir die Zunge aus. »Wenn wir einen Farbschnitt machen, vielleicht schon.«

»Die Buch-WG, drei Girls aus Frankfurt und der Dackel Herr Fitzek – wir können nur viral gehen«, sagt Martha sarkastisch und verdreht auch noch die Augen. Leider scheint das an Ada vorbeizugehen.

»Omg«, stößt sie aus. »Das ist perfekt!«

»Bitte nicht«, stöhne ich auf. »Ihr wisst doch, ich will nicht ins Internet.«

»Wir müssen dich ja nicht zeigen«, sagt Ada und wischt meine Bedenken damit fort. Da ich davon ausgehe, dass es ohnehin nur eine fixe Idee ist, versuche ich das Gespräch zwischen ihr und Martha auszublenden, während ich meine Nase in das Buch stecke.

Die empfohlene Literaturliste ist so lang, dass ich langsam, aber sicher den Spaß am Lesen verliere. Die warmen Temperaturen machen es mir auch nicht leichter, mich zu konzentrieren. Trotzdem halte ich den Bleistift fest in der Hand, bis ich zu einer Stelle komme, die mir relevant genug erscheint, um sie zu markieren.

»Wir könnten es doch wenigstens versuchen«, höre ich Adas Stimme neben mir.

»Herr Fitzek gehört uns nicht«, erinnert Martha sie mit sanfter Stimme. Der Dackel gibt ein lautes Bellen von sich, als wollte er widersprechen.

»Aber wenn sich niemand meldet?«

»Dann sehen wir weiter.«

Herr Fitzek scheint von der Diskussion genauso wenig angetan zu sein wie ich. So plötzlich, dass ich zusammenschrecke, läuft er laut bellend zwischen die Büsche.

Martha flucht, Ada zückt ihr Handy, und ich lasse mein Buch fallen. »Ich geh schon«, rufe ich aus, während ich schon dabei bin, die Verfolgung aufzunehmen. »Herr Fitzek!«

Aber der Hund denkt gar nicht daran, stehen zu bleiben. Was auch immer er jagt, er ist fest entschlossen, es zu bekommen.

Keuchend schlage ich mich durch die Büsche, weg von unserem versteckten Platz, vorbei an einer Vielzahl von Blumen und Pflanzen in allen erdenklichen Farben.

Und dann ist der Dackel plötzlich weg.

Hilflos drehe ich mich um mich selbst.

»Ist alles okay?«

Die bekannte Stimme lässt mich noch mehr straucheln. Elias sieht mich fragend an, und ich kann hören, wie aus meinem Mund kommt: »Hast du Herrn Fitzek gesehen?«

ELIAS

Ich kann das Lachen nicht unterdrücken.

Willa steht da, mit roten Wangen und zerzaustem Haar, den Bleistift in der Hand, als sei sie gerade dabei, einen Vampir zu verfolgen. »Fitzek?«

»Tut mir leid«, sagt sie schnell. »Nicht der echte, einen Dackel.«

»Einen Dackel?«

Sie wischt sich über die Stirn, um die kleinen Schweißperlen zu verjagen, die sich gebildet haben. »Ja, eben war er noch da«, sagt sie und sieht sich um.

»Sind Hunde hier nicht verboten?«

»Deswegen muss ich ihn ja finden.«

»Ich wusste gar nicht, dass du eine Gesetzlose bist.«

»Nicht ich, meine Mitbewohnerin.«

»Und trotzdem suchst du ihn?«

»War mir lieber als eine TikTok-Diskussion«, murmelt sie.

»Was?«

»Du hast ihn also nicht gesehen?«

Ehe ich darauf antworten kann, erklingt ein Bellen. Wir drehen uns beide zeitgleich in die entsprechende Richtung, aber ich entdecke den kleinen Hund schneller. »Da!«

Willa folgt meinem Blick.

Herr Fitzek hat sich einen Baum ausgesucht, vor dem er bellt, als ginge es um sein Leben. Willa zögert nicht, sondern läuft auf den Hund zu und nimmt ihn hoch.

»Psst«, macht sie. »Sonst werden wir noch rausgeschmissen.«

Mit dem Hund in den Armen kommt sie wieder auf mich zu.

»Hallo, Herr Fitzek, freut mich, Sie kennenzulernen«, sage ich, was auch Willas Mundwinkel hebt.

»Der Name war nicht meine Idee«, stellt sie klar.

»Dann sind Psychothriller nicht dein Ding?«

»Mir reicht es, die Nachrichten zu sehen.«

»Was tust du hier?«

»Das Gleiche wie du, schätze ich«, antworte ich und fahre mir durch die Haare. »Diez hatte noch Freikarten, die Sonne scheint, und ich muss sagen, dich nach Fitzek rufen zu hören, hat diesen Tag definitiv aufgewertet.«

»Hörst du das?«, fragt sie den kleinen Hund. »Jetzt macht er sich über uns lustig.«

»Eigentlich nur über dich.«

»Na, das beruhigt mich aber.«

Lächelnd sehen wir einander für ein paar Augenblicke nur an. Das Zwitschern der Vögel und das Summen der Bienen füllt die Stille zwischen uns. Da ist diese Ruhe, diese Gelassenheit, wenn ich in ihre Augen sehe – und doch dieses Kribbeln, das sich von meinen Fingerspitzen im gesamten Körper ausbreitet.

Doch gerade als ich etwas sagen will, ihr irgendwie klarmachen will, dass ich nicht weiß, woher diese Gedanken und Gefühle kommen, ich es aber herausfinden will, nehme ich eine Bewegung im Augenwinkel wahr. Ich drehe den Kopf, kann jedoch nicht mehr erkennen als einen Schatten, der hinter den Palmen verschwindet.

Willa setzt sich auf eine der Parkbänke vor mir, Herrn Fitzek auf ihren Beinen, und reibt sich über die Arme, als würde sie das Kribbeln auch spüren. »Hat schon einen Hauch von Schicksal, dass wir uns hier treffen, oder?«, will ich wissen, ohne den Blick von ihr zu lösen.

»Ich würde es eher eine Dackel-Kollision nennen«, gibt sie zurück, und ich fasse mir an die Brust.

»Autsch, wieso nur stößt du mich immer wieder von dir weg?«

»Glaub mir, es ist nur zu deinem Besten«, sagt sie, und auch wenn es wie ein Necken klingt, ist es doch mehr. Eine leise Warnung, dass sie es ernst meint.

»Wieso sollte es das sein?«

»Na, weil ich schrecklich kompliziert bin«, erklärt sie und unterbricht den Augenkontakt zwischen uns, als wäre es eine Berührung, die ihr gerade zu viel wird.

Herr Fitzek löst sich von ihr und schnuppert interessiert an meinem Rollstuhl, während ich sage: »Das sind wir doch alle.«

Willa blickt an mir vorbei. Über die farbenfrohen Hecken und den schimmernden Springbrunnen in der Ferne bis zum botanischen Museum. Der weiße Stein inmitten des Grüns lässt das Gebäude noch prächtiger aussehen.

»Du nicht«, kommt es so leise über ihre Lippen, dass ich für einen Moment glaube, mich verhört zu haben.

»O doch«, widerspreche ich. »Aber das ist okay, weil kompliziert nichts Negatives ist. Menschen sind eben kompliziert.«

Herr Fitzek hat beschlossen, dass ich nun Teil seiner Gang bin, denn er springt plötzlich auf meinen Schoß und rollt sich darauf ein, als hätte ich ihn darum gebeten.

»Dackel offenbar auch«, kommentiert Willa.

»Ja, aber sie sind auch ziemlich niedlich.«

»Ich kann ihm auch nicht böse sein.«

»Lenkst du jetzt mit einem Hundegespräch von deinen Gefühlen ab?«, frage ich und beuge mich etwas näher zu ihr. »Du hast da was …«

Willa beugt sich ebenfalls nach vorn, damit ich den verirrten

Zweig aus ihrem blonden Haar zupfen kann. »Welche Gefühle?«

Wir sind uns so nahe, dass ich sie am liebsten an mich ziehen würde. Meine Hand verharrt einen Moment zu lange an ihrer Wange, während diese winzige Berührung meinen Herzschlag verdoppelt. Vorsichtig halte ich den Zweig nach oben, als bräuchte ich eine Rechtfertigung dafür, sie berührt zu haben. Aber das kleine Lächeln auf ihren Lippen zeigt mir, dass ich mir nicht nur alles einbilde. Dass sich da langsam, aber sicher etwas entwickelt, ein Band. Noch so vage wie Sternenstaub, aber deutlich zu erkennen, wenn man nur weiß, wo man hinsehen muss.

»Du brichst mir noch das Herz«, scherze ich, weil ich nicht weiß, was hier gerade passiert. Weil wir uns immer noch so nahe sind, ich immer noch auf ihre Lippen sehe.

Sie schluckt leicht. »Sag nicht, ich hätte dich nicht gewarnt«, haucht sie so nahe an meinem Gesicht, dass ihr Atem über meinen Mund streicht.

»Manchmal lohnt es sich, Warnungen zu ignorieren.«

Ich komme noch dichter, so nahe, dass ich ihre Lippen schon fast an meinen spüren kann. Willa öffnet den Mund, doch noch ehe sie etwas sagen kann, höre ich eine andere Stimme. Eine Frau mit fliederfarbenen Haaren stolpert aus den Büschen hervor.

Willa springt von der Bank auf.

»Da seid ihr ja!«, ruft sie aus. Dann erst fällt ihr Blick auf mich und den Dackel auf meinem Schoß. »Oh, hallo.«

Ich hebe eine Hand. »Hey.«

»Ada, das ist Elias. Elias, Ada.«

»Oh«, macht Willas Mitbewohnerin lang gezogen. »Elias?«

Ich runzle die Stirn. »Habe ich was verpasst?«

»Nein«, sagt Willa schnell, aber Adas Gesichtsausdruck scheint ihr nicht zuzustimmen.

»Ich habe schon viel von dir gehört.«

»Tatsächlich?«, will ich wissen, sehe dabei aber Willa an, deren Wangen wieder diesen sanften Rosaton annehmen. Irgendwie gefällt es mir, dass sie über mich gesprochen hat – und ich wüsste zu gern, was sie ihren Freundinnen gesagt hat.

»Ja, so einiges«, betont Ada und verschränkt die Arme vor der Brust. »Und es kommt mir vor, als …«

»Wir sollten jetzt gehen«, sagt Willa schnell und schnappt sich Herrn Fitzek. »Bevor wir noch erwischt werden oder Martha uns suchen kommt.«

Ich nicke, unsicher, ob ich nun enttäuscht bin, dass sie geht, oder dankbar, dass wir uns überhaupt getroffen haben.

Sie winkt zum Abschied und zieht ihre Freundin hinter sich her, während ich dasitze und warte, bis sie zwischen dem Grün verschwinden. Meine Lippen prickeln noch immer voller Erwartungen, während mein Herz langsam in seinen gewohnten Takt zurückfindet. Dann spüre ich das Vibrieren meines Handys.

Willa
Es war schön, dich zu sehen.

Elias
Es ist immer schön, dich zu sehen.

Kapitel 26

ELIAS

Ich reibe mir über die Hände. Der neue Rollstuhl für das Basketballtraining ist klasse und fühlt sich schon jetzt an wie ein Teil meines Körpers. Aber meine Hände sind ihn noch nicht gewohnt, oder zumindest sind sie es nicht gewohnt, dass ich dreimal am Tag quer durch Frankfurt fahre. Immerhin sind keine Blasen zu sehen, aber morgen sollte ich meine fingerspitzenfreien Handschuhe einpacken.

Während ich mir die Hände massiere und darauf warte, dass Willa aus ihrem Büro kommt, sucht mein Kopf noch nach den passenden Worten. Ihre Begeisterung für meine Texte hat irgendwie eine Tür in meinem Inneren geöffnet, als wäre mir erst durch Willa bewusst geworden, dass ich nicht nur schreiben will, sondern mir auch wünsche, dass Menschen die Texte lesen oder hören.

Zwischen tickenden Uhren, auf leeren Fluren, höre ich mein Herz und deinen stillen Schmerz.

Bevor mir der Gedanke gleich wieder abhandenkommt, krame ich nach meinem Notizbuch und kritzle ihn auf das Papier. Gerade noch rechtzeitig, denn Willa tritt mit hochrotem Kopf aus ihrem Büro, lässt die Tür etwas zu laut hinter sich zuknallen und sieht mich überrascht an.

»Hast du auf mich gewartet?«

»Ja, wieso? Komme ich ungelegen?«

Sie atmet einmal tief durch und wischt sich die blonden Strähnen aus dem Gesicht. »Ja, aber das liegt nicht an dir, sondern daran, dass wir in einer Bürokratiehölle leben«, schnaubt sie.

»Was ist los?«

»Die Gelder für das Aufklärungsprojekt sind noch immer nicht da«, sagt sie und schüttelt den Kopf, als wollte sie dadurch noch unterstreichen, wie absurd das ist. »Der Verein kann es sich nicht leisten, die Gehälter auch noch im nächsten Monat vorzustrecken.«

Mein ratloser Blick scheint ihr zu signalisieren, dass ich mir nicht sicher bin, was sie mir da gerade erzählt. Stöhnend wirft sie den Kopf in den Nacken. »Tut mir leid, ich wollte dich gar nicht volllabern.«

»Ist schon okay«, entgegne ich schnell. »Ich bin nur nicht sicher, ob ich alles verstanden habe.«

Ein wehmütiges Lächeln erscheint auf ihrem Gesicht. »Kurzfassung: Wegen unnötiger Bürokratie bekommen wir keine finanzielle Unterstützung und haben zu wenig Geld.«

»Ja, das klingt vertraut«, gebe ich zurück. »Ich wusste gar nicht, dass du dafür zuständig bist.«

Sie seufzt. »Bin ich auch nicht. Aber Yasemin ist im Urlaub, und ich dachte, wenn ich gerade eh etwas Luft habe …«

»Nur dass du gar keine Luft hattest.«

Willa sieht mich an, allerdings nicht wütend, sondern eher, als hätte ich sie bei etwas erwischt. »Ich wollte nur helfen.«

»Das willst du immer.«

»Könnte daran liegen, dass es mein Job ist.« Sie zupft an den Ärmeln ihres Pullis herum, wodurch mein Blick auf die silbrigen Narben fällt. Es ist nicht das erste Mal, dass ich sie sehe, und doch löst ihr Anblick auch dieses Mal so vieles gleichzeitig in mir aus, dass ich nicht weiß, wie ich damit umgehen soll. Schnell sehe ich weg und lächle Willa stattdessen an.

»Eigentlich wollte ich fragen, ob du Lust hast, nachher was essen zu gehen.«

Ihr Lächeln erlischt wie eine Kerze, die ich ausgepustet habe.

»Geht nicht, ich muss wirklich bei meiner Masterarbeit weiterkommen.«

»Brauchst du Hilfe?«

»Nein, nein. Es ist mehr …« Sie stockt, als wüsste sie nicht, was oder wie viel von der Wahrheit sie mir wirklich anvertrauen will. »Ich bin besser darin, Dinge anzupacken, als darüber zu schreiben, was man machen sollte oder könnte.«

»Das versteh ich gut.«

»Kommst du mit deinen Texten voran?«, wechselt sie das Thema und deutet auf mein Notizbuch, das ich noch immer in der Hand halte.

»Eher weniger.«

»Ich bin gespannt auf das Ergebnis.«

Mit dem Hauch von Verzweiflung lache ich auf. »Ja, ich auch.«

»Wolltest du mich nur sehen, damit ich dir wieder einen Korb geben muss?«, fragt sie neckend.

»Auch«, gestehe ich und tausche das Notizbuch gegen ein anderes Buch aus meinem Rucksack, das ich Willa reiche. *»Honey Girl«*, liest Willa den Titel vor. »Das kenn ich gar nicht.«

»Ich habe es gerade ausgelesen und dachte, es könnte dir gefallen, ist vielleicht mal was anderes als die ganzen Fachbücher«, antworte ich auf die unausgesprochene Frage und spüre, wie Unsicherheit von mir Besitz ergreift. Gestern kam es mir noch wie eine gute Idee vor, ihr das Buch mitzubringen, aber jetzt fühle ich mich so unbeholfen wie eine Robbe im Sand.

»Danke.«

Willa hebt den Blick. Mein Herz kommt aus dem Takt, während meine Augen von dem Immergrün der ihren hinunter zu den rosa Lippen wandern. Am liebsten würde ich sie einfach an mich ziehen und küssen, gleich hier und jetzt auf diesem Flur. Egal, wer uns dabei sehen würde. Aber ich tue nichts dergleichen, sondern warte nur ab, ob sie etwas tut. Sie räuspert sich.

»Ich …«

Doch ihre Worte werden durch ein Handyklingeln unterbrochen, noch ehe ich die Chance habe, auch nur den Hauch von Hoffnung zu verspüren.

Beim Blick auf das Display weicht die Farbe aus ihrem Gesicht. »Da muss ich drangehen«, nuschelt sie in sich hinein und lässt mich wieder einmal stehen. Nur geht sie nicht zurück ins Büro, sondern läuft zur Toilette.

Ratlos sehe ich ihr nach und frage mich, ob Willa noch mehr zu verbergen hat als ihre Gefühle.

WILLA

»Ich hab dir doch erklärt, es ist keine gute Idee, wenn du mich immer wieder anrufst«, hauche ich ins Handy und starre mein eigenes Spiegelbild an.

»Tut mir leid, Willa«, höre ich Vanni weinen. »Es ist nur …« Sie schluchzt so sehr, dass ich ihre Worte kaum verstehen kann.

»Schon gut«, erwidere ich schnell, obwohl es nicht gut ist. Das alles hier ist nicht gut. »Was ist los?«

Innerlich verfluche ich mich. Nicht nur dafür, dass ich meinem Spiegelbild kaum in die Augen sehen kann, sondern auch dafür, dass ich überhaupt meine private Nummer rausgegeben habe. Damit habe ich eine ganz klare Grenze überschritten. Eine Regel. Das passt nicht zu mir, und doch tue ich es immer wieder, als würde ich es darauf anlegen, dass mein Leben in Flammen aufgeht.

»Ich kann nicht mehr, Willa«, presst Vanni hervor. »Ich halte das alles nicht mehr aus. Dieses ganze Dasein …«

Mehr Weinen.

Mehr Tränen.

Mehr Schmerz.

Meine Hände ballen sich zu Fäusten, nicht wegen Vanni, sondern meinetwegen. Weil ich meinen Schmerz brauche, damit ich weiter funktioniere. Für sie funktioniere. »Du brauchst Hilfe, Vanni«, sage ich so ruhig wie möglich.

»Darum habe ich dich angerufen.«

»Nicht von mir«, wehre ich schnell ab. »Du brauchst einen Platz in der Klinik.«

»Nein, nein, das will ich nicht«, ruft sie aus. »Das wird mir nicht helfen, Willa. Ich will, dass du mir hilfst.«

Sie liegen mir auf der Zunge, all die Dinge, die ich in der Ausbildung gelernt habe, all die Ratschläge, die ich von den Menschen im Zentrum bekommen habe. Einfach alles, das besser wäre als die Worte, die stattdessen aus meinem Mund kommen. »Okay, weißt du noch, was wir das letzte Mal besprochen haben?«

Vanni schnäuzt sich die Nase. »Die drei As«, antwortet sie so leise, dass ich sie kaum höre.

»Genau, was war das erste A?«

Sie denkt nach, ich hingegen muss gegen meinen eigenen Drang ankämpfen. Gegen den Wunsch, mich zu bestrafen, weil ich das hier so derartig vermasselt habe.

»Annehmen.«

Vannis Stimme reißt mich wieder aus den Gedanken. »Richtig«, erwidere ich. »Es ist okay, dass du all diese Dinge gerade fühlst. Deine Gefühle sind dazu da, dass du sie fühlst. Was ist das zweite A?«

Meine eigenen Gefühle sind gerade wie abgestellt und gleichzeitig ein Abgrund, der mich in eine Tiefe ziehen will, aus der ich unmöglich wieder herauskommen kann.

Ich habe es versaut. So richtig.

Und wenn irgendwer davon erfährt, kann es gut sein, dass ich meinen Job verliere. Vielleicht wäre es sogar das Beste. Mit geschlossenen Augen versuche ich, meine Schuldgefühle anzunehmen. Ich kann nichts mehr ändern, alles, was ich getan habe, ist nicht mehr ungeschehen zu machen.

Vanni hat noch immer nicht geantwortet. »Das zweite A«, erinnere ich sie so sanft, wie es mir eben möglich ist.

»Akzeptanz.«

Nickend schlucke ich den Schwall an Emotionen hinunter. »Wir müssen akzeptieren, dass wir uns jetzt gerade in dieser Situation befinden.« Meine eigenen Worte sorgen dafür, dass ich meine Fingernägel wieder in meinem Fleisch spüre. »Wir müssen akzeptieren, dass wir diesen Drang haben. Nur dann können wir etwas dagegen tun.«

Vanni antwortet mir nicht.

»Wollen wir es zusammen sagen?«

Es knistert in der Leitung. »Ich akzeptiere, dass ich diesen Drang, diese Gedanken und diese Gefühle habe«, antwortet sie.

Nickend mache ich die Augen wieder auf. »Gut. Was ist das dritte A?«

Vanni schluckt. »Aufsuchen von Hilfe.«

Tränen treten nun in meine Augen. Während Vanni inzwischen ruhiger klingt, fühle ich mich, als würde ich jeden Moment zusammenbrechen. »Du hast den ersten Schritt schon gemacht«, erkläre ich. »Du hast mich angerufen. Und jetzt machst du den nächsten Schritt und rufst bei deiner Ärztin an, okay?«

»Ich weiß nicht, Willa«, wehrt sie ab. »Es geht mir schon besser, weil ich mit dir geredet habe.«

Damit habe ich gerechnet, denn es sind genau die Worte, die ich gewählt hätte. Genau die Ausflucht, die ich selbst suche, an jedem Tag, an dem ich mir und der gesamten Welt versuche vorzumachen, dass alles okay ist.

»Vanni, bitte. Ich bin nur die Leiterin deiner Selbsthilfegruppe, nicht deine Therapeutin«, versuche ich es noch einmal.

»Danke, Willa. Für alles.«

Und dann legt sie einfach auf, während ich auf die Fliesen sinke und weine, bis ich keine Tränen mehr übrig habe.

Kapitel 27

Elias
Gibt es einen guten Reim auf Pizza?

Willa
Wieso habe ich das Gefühl, dass diese Frage nur ein Vorwand ist?

Elias
Diese Unterstellung weise ich entschieden zurück. Immerhin kann es auf keinen Fall sein, dass ich an dich denken musste …

Willa
Magst du es, mich verlegen zu machen?

Elias
Um ehrlich zu sein, ja.

Willa
Auf Pizza reimt sich Nizza.

Elias
Notiert!
Was machst du gerade?

Willa
Am ersten Kapitel meiner Masterarbeit verzweifeln.

Elias
Vielleicht brauchst du eine Pause.

Willa
Und ich dachte, du sagst: Pizza.

Elias
Verdammt, das wäre besser gewesen.

Willa
Chance verpasst ;)

Elias
Verdammt, das nächste Mal passiert mir das nicht.

Willa
Da du mich jetzt schon von meiner Arbeit abgelenkt hast, kannst du mir auch sagen, wie dein Tag war.

Elias
Hältst du es wirklich so schlecht aus, für 5 Minuten selbst das Thema zu sein?

Willa
Um ehrlich zu sein, ja.

Elias
Mein Tag war seltsam.
Kennst du dieses Prickeln im Nacken, wenn dich jemand beobachtet?

Willa
Hast du zu viele Thriller gelesen?

Elias
Nein, das meide ich.
Ich hab zu viel Angst, und mich beschützt kein Dackel.

Willa
Wann hast du dich beobachtet gefühlt?

Elias
Um ehrlich zu sein, fast den ganzen Tag.
In der Uni, nach dem Sport …

Willa
Und fühlst du dich jetzt gerade auch beobachtet?

Elias
Nein, gerade liege ich im Bett.

Willa
Dann schau aus dem Fenster.

Elias
Was? Warum?

Willa
Es ist wie mit den Monstern unter dem Bett, oder?
Wenn du aus dem Fenster schaust und nichts ist da,
hört das Gefühl vielleicht auf.

Kapitel 28

WILLA

Das Gemeindezentrum ist so voll, dass selbst durch die geschlossene Bürotür überdeutlich die Stimmen der Dutzenden Kinder dringen. Sie schreien, lachen, rufen durcheinander und rennen über die Flure, als wäre das Zentrum für sie eine Erweiterung des Schulhofs. Wobei das wohl gar nicht so falsch ist, denn der heutige Tag gehört ihnen. Irgendwie habe ich verpasst, wann der Oktober wirklich anfing. In den unterschiedlichen Räumen sind verschiedene Angebote aufgebaut. Vom Töpferkurs über Seidenmalerei bis hin zu verschiedenen Sportarten ist alles dabei – und genau das sorgt für eine ausgelassene Stimmung.

Ich muss zugeben, dass mir der Geräuschpegel in der Ferienzeit immer zu schaffen macht. Obwohl ich es liebe, wie glücklich die Kinder sind, bin ich froh, wenn ich meinen Fokus wieder eher auf die Erwachsenen legen kann.

Wenn ich das Gesicht meiner Chefin richtig deute, geht es ihr ähnlich. »Ein Dackel?«, fragt sie überrascht.

»Ja, und ich muss leider sagen: der süßeste Dackel in ganz Frankfurt.«

»Dafür brauch ich ein Beweisbild.«

Nickend zücke ich mein Smartphone und öffne meine Fotos, damit Herr Fitzek sie mit seinen braunen Knopfaugen genauso bezaubern kann, wie er es mit uns getan hat.

Aygül betrachtet das Bild und gibt dieses Geräusch von sich, das Menschen immer machen, wenn sie ein besonders niedliches Tier sehen. Eine Mischung aus Seufzen und verrücktem Lachen. »Okay, du hast recht.«

»Sag ich ja.«

»Du kannst den Drucker benutzen, und ich drück euch die Daumen. Falls ihr Hilfe benötigt, kann ich euch ein paar Kontakte geben«, meint sie und reicht mir das Telefon wieder.

Mein Herz bleibt kurz stehen, als eine Nachricht aufblinkt.

Vanni
Ich brauch dich jetzt, hast du Zeit?

Ich schlucke den Schwall Angst hinunter, denn ich bin mir sicher, dass Aygül sie nicht bemerkt hat. Sie kann sie gar nicht gesehen haben, und selbst wenn, gibt es noch mehr Menschen mit diesem Namen. Wahrscheinlich kennt sie längst nicht alle Teilnehmenden meiner Selbsthilfegruppen. Bemüht, mir nichts anmerken zu lassen, schiebe ich das Handy wieder in die Taschen meiner Jeans. »Das ist lieb, vielen Dank.«

Ich will mich schon zum Gehen wenden, aber Aygül scheint noch nicht ganz fertig zu sein. »Keine Ursache. Wie läuft es mit Elias?«

»Was?«

Ihre Augen verengen sich etwas. »Kommt ihr mit dem Antrag voran?«

»Ja, es läuft sogar ziemlich gut.«

»Wenn ich einen letzten Blick drauf werfen soll, sagt Bescheid«, meint sie und lehnt sich auf ihrem Schreibtischstuhl zurück.

»Das wäre großartig, danke, Aygül.«

Sie nickt, doch ihre Augen durchbohren mich nun förmlich. »Und wie geht es dir?«

Ich schlucke und hebe eine Hand, als wollte ich die Sorge, die in ihrer Stimme mitschwingt, einfach fortwischen. »Mir geht's gut.«

»Kommst du mit deinen Stunden aus?«

Mein Herz beginnt, unangenehm schnell gegen meinen Brustkorb zu hämmern. Ihre Fragen lassen den sorgfältig aufgebauten Damm in meinem Inneren, der all meine Ängste abschirmen soll, schwanken. Ich schlucke erneut und versuche, das Gefühl loszuwerden, dass sich eine Schlinge um meinen Hals legt. »Ja, du weißt doch, wie das ist. Es ist einfach immer was zu tun.«

Mein Ausweichversuch beeindruckt Aygül allerdings herzlich wenig. »Das stimmt zwar, aber du bist inzwischen fast jeden Tag hier, auch außerhalb deiner Schichten.«

Ertappt blicke ich auf meine Finger, die bereits dabei sind, am Rand meines Pullis zu zupfen. »Ich will nur …«

»Willa, du hast jetzt schon zu viele Überstunden«, fährt sie etwas strenger fort. »Und um ehrlich zu sein, mache ich mir Sorgen, nicht nur als Chefin, sondern auch als Freundin. Du brauchst mal eine Pause.«

Pause.

Dieses Wort klingt so harmlos.

Aber für mich ist es die schlimmste Strafe, die ich mir vorstellen kann. Allein der Gedanke daran sorgt dafür, dass ich nach Luft schnappe. »Nein, wirklich …«

»Das war keine Bitte«, stellt sie klar. »Du hast mehr als genug Überstunden gesammelt. Nimm den Rest der Woche frei.«

Hilflos reiße ich den Mund auf. »Aber der Antrag …«

Ihr strenger Blick bringt mich zum Schweigen. »Kann auch noch eine Woche länger warten.«

»Aber …«, gebe ich einen letzten verzweifelten Versuch von mir, das irgendwie abzuwenden.

»Willa.«

Wir sehen einander an. Und ich bekomme Angst.

Angst davor, dass sie sehen kann, was gerade in mir passiert.

Den Damm, der gefährlich nahe am Einbrechen ist. Den Druck, der mich zu überwältigen droht, wenn ich es zulasse, auch nur für eine Stunde untätig zu sein. Die Angst davor, niemals gut genug zu sein, weil ich mir selbst Pausen einräume, die andere nicht haben.

Eine meiner Hände ballt sich zu einer Faust.

Schmerz.

Ich will diesen *Schmerz.*

Brauche ihn, damit ich die Fassade irgendwie aufrechterhalten kann, irgendwie weiterhin so tun kann, als wäre alles okay. Es kostet mich meine gesamte Kraft, um aufzustehen. »Ich druck nur noch die Flyer aus und sag Elias Bescheid.«

Meine Stimme klingt seltsam, tonlos, nicht nach mir, und doch bin ich froh, dass ich es irgendwie geschafft habe, die Worte aus mir herauszupressen. Aygül sieht mich noch immer an, aber ich kann den Blick nicht mehr erwidern, spüre nur noch das Brennen auf mir wie das Abklingen eines Schlags.

»Gut. Versuch, dich etwas auszuruhen, unternimm etwas mit deinen Freundinnen und geh mit dem Dackel spazieren – mach irgendetwas, das dir guttut«, schlägt sie vor, und ich drehe mich noch einmal zu ihr um.

»Die Arbeit tut mir gut.«

Die Arbeit ist der Grund, warum ich es morgens aus dem Bett schaffe.

Die Arbeit ist der Grund, warum ich nicht dem Drang nachgebe, einfach nach einer Rasierklinge zu greifen und zu versuchen, diesen Druck irgendwie aus mir herauszuschneiden.

Aygül lacht auf. »Es ist schön, dass du dich so reinhängst, aber gerade in unserem Job brauchen wir auch Ruhephasen. Es hilft niemandem, wenn wir ausbrennen.«

»Verstanden.«

Obwohl ich eigentlich gar nichts verstanden habe.

ELIAS

Ich wische mir den Schweiß von der Stirn.

In meinen Ohren klingelt es, so laut war es gerade in der Sporthalle. Jetzt werfen nur noch zwei der Kids ein paar Körbe, während ich damit beschäftigt bin, die Bälle aufzusammeln.

Als Willa erscheint, werfe ich ihr einen Ball zu. Sie fängt ihn ohne Probleme und versenkt ihn mit einer Gelassenheit im Korb, dass ich anerkennend pfeife. Allerdings passt ihr Gesichtsausdruck so gar nicht zu ihrem Verhalten. »Warum machst du dieses Gesicht?«

»Ich muss dich den Rest der Woche leider versetzen«, beginnt sie, scheint aber nicht so recht zu wissen, wie sie weitermachen soll, und schiebt stattdessen die Hände in die hinteren Hosentaschen ihrer engen schwarzen Jeans.

»Okay?«

»Aygül hat mich dazu verdonnert, meine Überstunden abzubauen.«

»Warum klingt das aus deinem Mund wie eine Strafe?«, hake ich nach, was Willa dazu bringt, so tief zu seufzen, dass ich mich frage, ob wir noch immer über die Arbeit reden.

»Weil es eine ist?«

Ich blinzle sie an. »Freie Zeit ist ein Geschenk und keine Strafe.«

Meinem Blick ausweichend, kommt sie näher. »Dazu habe ich eine andere Ansicht. Außerdem muss ich dich um etwas bitten.«

»Um was?«

Willa lässt den Kopf hängen, als würde sie mit sich selbst hadern, ihre Bitte in Worte zu kleiden. »Könntest du meine Selbsthilfegruppen übernehmen?«, will sie so leise wissen, dass ich Mühe habe, sie richtig zu verstehen.

»Warum?«, entschlüpft es mir einen Tick zu schnell, weil ich damit nun wirklich nicht gerechnet habe.

»Ich will sie nicht absagen, und ich fühle mich ohnehin schon schlecht, weil ich nicht dabei sein kann«, gesteht sie und sieht auf den Boden statt in mein Gesicht. Langsam, aber sicher sickert die Erkenntnis in mein Bewusstsein, wie stark sie dieses Thema mitnimmt.

»Wenn du das möchtest, werde ich es tun«, verspreche ich und bemühe mich, ihr das aufmunterndste Gesicht zu schenken, das ich gerade auf Lager habe.

»Und …« Sie zögert und tritt von einem Fuß auf den anderen.

»Könntest du in der Gruppe ein Auge auf Vanni werfen? Sie ist noch recht neu dabei, aber ich mach mir Sorgen um sie.«

»Empfindest du es deshalb als Strafe? Weil du nicht bei der Gruppe sein kannst?«

Willa sieht mich an. Ihre grünen Augen wirken dunkler als gewöhnlich, so als hätte der Herbst selbst in ihrer Regenbogenhaut sein Lager aufgeschlagen. »Ich werde dort gebraucht«, antwortet sie seltsam tonlos.

Ich räuspere mich. »Du weißt, ich schätze deine Kompetenzen sehr, aber dieses Zentrum gibt's schon eine ganze Weile, und es wird eine Woche ohne dich zurechtkommen. Versprochen.«

So ganz scheint sie das allerdings nicht zu erreichen. »Aber vielleicht ich nicht ohne das Zentrum.«

Mit schief gelegtem Kopf mustere ich sie und bin mir nicht sicher, was ich noch sagen soll. »Das geht dir echt nahe, oder?«

»Ich bin nicht gut darin, einfach stillzusitzen.«

»Das musst du ja auch nicht. Unternimm etwas, das dir Spaß macht«, erwidere ich, weil es sich für mich so selbstverständlich anfühlt. Bisher ist mir noch niemand begegnet, der so auf eine Woche Urlaub reagiert, und es überfordert mich, dass ausgerechnet Willa wie ein Häufchen Elend vor mir steht.

»Und was?«

»Du wirst doch wohl wissen, wie man sich amüsiert«, werfe ich verdutzt in den Raum.

Sie zuckt mit den Schultern und wendet sich schon halb zum Gehen. »Ja, aber … egal. Du würdest es nicht verstehen.«

Schnell folge ich ihr und schneide ihr den Weg ab, ehe sie einfach aus der Sporthalle laufen und mich stehen lassen kann. »Versuch es doch.«

Schluckend sieht sie mich an. »Ich fühl mich gut, wenn ich das Gefühl habe, etwas Sinnvolles zu tun.«

Aus ihrem Mund klingt der Satz vollkommen logisch.

»Und auf dich selbst zu achten und Spaß zu haben, ist nichts Sinnvolles?«, bohre ich nach.

Ihre Mundwinkel zucken kurz nach oben. »Weißt du, darum führe ich keine Diskussionen mit Sozialarbeitern.«

»Schon bitter, die eigene Medizin zu schlucken. Oder?«, gebe ich stichelnd zurück.

»Haha«, schnaubt sie freudlos und rollt mit den Augen.

»Na ja, da du jetzt den Rest der Woche nichts vorhast und ich wohl auch nicht, außer deine Gruppen zu übernehmen …«, setze ich an und betrachte sie, als würde ich hoffen, dass sie mir die Worte aus der Nase zieht, wie ich es eben mit ihr getan habe.

»Ja?«

Mein Magen scheint sich zu verdrehen, und mein Herz rutscht mir in die Hose. »Vielleicht hast du Lust, mit mir auszugehen?«

Für zwei unendlich lange Herzschläge blickt Willa mich an. »Bittest du mich gerade um ein Date?«

»Ja.«

Jetzt ist es raus, und ich kann es nicht mehr zurücknehmen. Es war vielleicht nicht der beste Zeitpunkt, um sie zu fragen. Aber der Gedanke, dass ich noch eine Woche darüber brüte, wie ich ihr diese Frage stellen könnte, klang in meinem Kopf auch nicht besser.

Willa überlegt. »Aber …«

»Das fängt nicht gut an«, brumme ich.

Schnell hebt sie die Hände. »Nein, also ich meine, nein, so meinte ich das nicht.«

Nun bin ich wieder einmal vollkommen verwirrt, und ich weiß nicht, ob das an dem Gefühl in meiner Magengrube liegt oder an dieser Situation. »Okay?«

Sie schluckt sichtlich. »Kann ich darüber nachdenken?«

»Klar. Und wenn du Nein sagst, ist das absolut okay. Mein Ego und ich werden es überleben, aber ich drücke mich schon seit Wochen darum, dich einfach darauf anzusprechen, und dachte, wenn ich es jetzt nicht mache, hast du die nächste freie Woche vielleicht erst im nächsten Jahr.« Mein Versuch einer weiteren Stichelei sorgt dafür, dass sie sich zumindest ein kleines bisschen entspannt.

»Ich schreib dir«, verspricht sie.

»Alles klar.«

Sie geht ein paar Schritte, bleibt dann aber doch noch einmal an der Schwingtür des Eingangs stehen. »Elias?«

»Hm?«

»Danke.«

Lächelnd sehe ich sie an. »Wofür?«

»Dass du mit mir diskutierst, wenn es nötig ist, und meine Gruppe übernimmst.«

»Jederzeit wieder, Willa.«

Kapitel 29

WILLA

Das Brutzeln der Zwiebeln in der Pfanne übertönt für einen Moment die Musik aus den Boxen. Martha wirft den gewürfelten Tofu dazu und nutzt die Zeit, um sich zu mir umzudrehen. »Er hat dich also um ein Date gebeten?«

Ich bin froh, dass sich Herr Fitzek auf meinem Schoß zusammengerollt hat und friedlich schlummert, während ich ihn streichle. Das lenkt meine Hände zumindest eine Weile ab. »Ja.«

»Ich wusste es«, behauptet Ada und nippt an ihrem Tee, was Martha nur mit einem bestätigenden Nicken kommentiert.

»Und woher?«, will ich verwirrt wissen, denn ich habe es nicht kommen sehen. Immerhin war unsere Beziehung in den letzten Wochen doch eher durch die Arbeit geprägt. Sicher … Elias war nett, und er ist eben auch etwas flirty, aber … Okay, vielleicht spielt mir hier auch meine innere Stimme einen Streich. Vielleicht kommt es mir absurd vor, dass irgendwer Interesse an mir haben könnte, weil ich mich selbst nicht gerade sehr mag.

Weil jemand wie ich keine Liebe verdient, flüstert die bösartige Stimme in meinem Kopf.

»Wie konntest du es nicht sehen? Er hat von Anfang an klargemacht, dass er Interesse an dir hat«, unterbricht Martha das Zwiegespräch in meinem Inneren.

»Ich dachte, er ist eben einfach so.«

Ada schüttelt den Kopf und lässt ihre Haare fliegen. »Erscheint es dir wirklich so seltsam, dass ein netter, süßer Typ Interesse an dir haben könnte?«

Ja, denke ich. Aber aus meinem Mund kommt: »Vielleicht?«

Martha wirft das geschnittene Gemüse und den Reis in die Pfanne, ehe sie sich zu uns setzt. »Du bist in so vielen Dingen so tough, warum hier nicht?«

Stöhnend wische ich mir die blonden Strähnen aus dem Gesicht. »Beziehungen sind so kompliziert. Ich habe einfach Angst davor, dass ich mich tatsächlich verliebe und dann …«

»… verletzt werde?«, hilft Ada mir aus.

»Ich weiß, wie das klingt.«

»Ja, es klingt danach, dass du niemandem eine Chance geben möchtest, weil es so einfacher ist«, stimmt Martha zu.

Ich verdrehe die Augen. »Das entspricht ja auch den Tatsachen.«

»Vielleicht, aber gibt es nicht auch die Möglichkeit, dass ihr euch verliebt und für eine Weile wirklich glücklich zusammen seid, auch wenn es vielleicht kein *Für immer und ewig* wird wie in deinen Liebesromanen?«, hakt Martha nach, nur um sich dann wieder ums Essen zu kümmern.

So bleibt nur Ada neben mir, die ich überzeugen muss, dass jemand wie ich keine Liebe in diesem Sinne verdient haben kann. »In den Büchern gibt es das auch nicht«, stelle ich klar. »Es wird nur eben aufgehört, die Geschichte zu erzählen.«

»Na also, willst du deine Geschichte gar nicht erst hören?«, fragt sie.

»Es ist etwas anderes, wenn man selbst drinsteckt. Oder möchtest du gern in einem Thriller landen?«, schieße ich zurück.

Ada zuckt mit den Schultern. »Kommt drauf an, wie sexy der oder die ermittelnde Person ist und ob ich die Handschellen benutzen darf.« Ihre Augenbrauen wackeln anzüglich, was mich gegen meinen Willen zum Lachen bringt.

»Du bist unmöglich.«

»Sagt unsere Romantik-Queen, die dem süßen Sozialarbeiter nicht mal ein einziges Date schenken will«, kontert sie.

Ich lasse den Kopf sinken und betrachte einen Moment das schlummernde Fellknäuel auf meinem Schoß. »Das habe ich nicht gesagt, ich meinte nur, dass ich darüber nachdenken muss.«

»Ja, aber da musst du nicht denken, sondern fühlen«, wirft Martha ein.

Ada nickt bestätigend. »Außer du siehst Red Flags.«

Martha stellt mir einen Teller mit dampfendem Essen vor die Nase, was auch dafür sorgt, dass Herr Fitzek wieder wach wird. »Und, gibt es irgendwelche Red Flags?«

»Na ja, er ist manchmal ziemlich überheblich und bringt mich zur Weißglut«, erwidere ich und setze den Hund auf den Boden, damit er nicht auf die Idee kommt, dass wir ihn nun auf dem Tisch füttern.

»Auf eine gute oder auf eine schlechte Art?«

»Gibt es eine gute Art?«

»Sicher.«

»Beides, schätze ich.«

»Na also.«

»Ich wollte mich bei euch ausjammern, und jetzt habe ich ein schlechtes Gewissen«, beschwere ich mich.

Ada lacht. »Zu Recht, aber nicht wegen Elias, sondern deinetwegen.«

Der Gedanke, mich mit ihm zu treffen, löst tausend Dinge gleichzeitig aus. Ich bin geschmeichelt, weil er mich gefragt hat. Ich bin überrascht, weil ich dachte, all die Nachrichten zwischen uns seien nicht mehr als das: Nachrichten. Und ich habe Angst, weil ich nicht weiß, wie das alles weitergeht. Nichts bringt einen Menschen näher an seine Grenzen als das, was wir Liebe nennen, und obwohl dieses Wort noch viel zu groß ist, reicht schon das vielleicht, damit ich mich fühle, als wäre ich dabei, einen Fehler zu machen.

»Und was, wenn das Date eine Katastrophe wird?«, frage ich etwas hilflos und schiebe eine Zucchinischeibe von einer Seite meines Tellers zur anderen. Denn ich mag es, wie es gerade ist. Mag das leichte Gefühl des Fallens, wenn ich seinen Namen auf dem Display sehe, und die Nervosität, wenn ich seine Nachricht lese. Ich will nicht, dass sich etwas ändert, dass es ernster wird –

denn dann kann es wieder aufhören. Und der Gedanke daran, jemanden zu vermissen, sorgt dafür, dass ich mich kneifen will.

»Dann ist das zwar schade, aber völlig okay«, erklärt Ada schulterzuckend.

»Vielleicht solltest du auch darüber nachdenken, in eine soziale Richtung zu gehen?«, sage ich mit einem kleinen Grinsen, was dafür sorgt, dass sie mir die Zunge rausstreckt.

»Und welche Star-Lektorin findet dann den nächsten Fitzek?«, gibt Ada grinsend zurück. »Nein, meine sozialen Batterien hebe ich mir für meine Freundinnen auf.«

ELIAS

Die Bar ist gut gefüllt.

Auf dem großen Fernseher an der Wand schräg über uns läuft ein Fußballspiel, doch heute habe ich kaum Augen dafür.

»Na vielen Dank auch«, kommentiert Diez, nachdem ich ihm von meiner Unterhaltung mit Willa und meinem gescheiterten Versuch, sie um ein Date zu bitten, erzählt habe.

»Kann man wohl sagen.«

»Es ist das eine, eine Abfuhr zu bekommen, nachdem man tagelang pausenlos geschrieben hat. Aber ein *Ich muss darüber nachdenken?*«, führt mein bester Freund aus und nippt an seinem Bier.

»Ja, ich bin auch … verwirrt.«

»Alter, ich würde heulen wie ein Baby.«

Ich erwidere seinen Blick. »Sehr aufbauend.«

»Und was willst du jetzt tun?«

Mein eigenes Bier steht schon so lange unangetastet vor mir, dass es sicher bereits schal ist. »Na, was wohl? Mir bleibt nichts anderes übrig, als zu warten«, brumme ich. »Entweder sie sagt Ja oder Nein, und bis es so weit ist, werde ich dieses Bier hier trinken und so tun, als würde es mir schmecken.«

Diez lacht. »Die haben auch gute Cocktails hier.«

»Später vielleicht.«

Auch wenn die Aussicht auf etwas mit viel Sahne und Saft mir doch verlockender erscheint. Irgendwie passt der Geschmack ja auch zu meiner aktuellen Situation, und vielleicht muss ich diese eben wie mein Bier einfach runterschlucken.

»Vielleicht werfe ich es einfach hin«, setzt Diez so plötzlich an, dass ich mich fast verschlucke.

»Dein Studium?«

»Ja.«

Es ist nicht das erste Mal, dass wir über dieses Thema sprechen, aber es ist das erste Mal, dass Diez von sich aus etwas in diese Richtung äußert. Ich räuspere mich, um mich zu sammeln. »Wenn es nicht das Richtige für dich ist, ist es völlig okay.«

Er kratzt sich an der Stirn. »Ja, nur dass meine Eltern mir wahrscheinlich den Kopf abreißen.«

Immer wenn mein Freund von den Verhältnissen zu Hause berichtet, fällt mir wieder auf, wie gut ich's getroffen habe. Wir suchen uns unsere Familien nicht aus, und die wenigsten Familien suchen sich die Situationen aus, in denen sie landen. Aber dieser permanente Druck, dem Diez und seine Schwester ausgesetzt sind, ist etwas, das ich nie erleben musste – und allein dafür bin ich extrem dankbar.

»Vielleicht würden sie es am Anfang nicht verstehen, aber ich bin sicher, wenn du es ihnen erklärst, sind sie verständnisvoller, als du jetzt denkst«, versuche ich es dennoch.

Diez zieht die Augenbrauen hoch. »Wir reden hier immer noch über meine Eltern.«

Damit hat er leider recht. Ich bin ihnen oft genug begegnet, um eine Vorstellung davon zu haben, wie sie darauf reagieren würden. Und die Kurzfassung ist: nicht besonders gut. Aber ich weiß auch, wie sehr Diez schon seit Monaten, vielleicht schon seit Jahren, mit seinem Studium struggelt. Also setze ich erneut an. »Selbst wenn sie es nicht sind: Es ist *dein* Leben.«

»Folgt jetzt der Vortrag darüber, dass das Leben zu kurz ist, um meine Zeit mit etwas zu verschwenden, das ich nicht mag?«, will er wissen und klingt dabei nicht genervt, sondern nur noch resigniert.

»Wenn du möchtest, kann ich dieses Mal an den passenden Stellen etwas Glitzer werfen.«

Der Spruch lässt ihn zumindest leicht grinsen. »Aus deinem Mund klingt das immer so einfach, aber wenn ich dann vor ihnen stehe und sie mich so stolz und glücklich ansehen, dass zumindest ich mein Studium durchziehe, dann … na ja, dann will ich sie einfach nicht enttäuschen.«

»Du bist aber nicht dafür verantwortlich, dass deine Eltern sich gut fühlen, und du bist auch nicht ihre Projektionsfläche für vermeintlichen Erfolg«, gebe ich zu bedenken.

»Kannst du nicht einfach mit ihnen reden, und ich stehe daneben und werfe Konfetti?«, scherzt er hilflos.

Ich schüttle den Kopf. »Tut mir leid, ich fürchte, das musst du allein tun.«

»Wäre ja auch zu schön gewesen«, sagt er seufzend.

»Wenn du etwas anderes tun willst, solltest du das«, versuche ich ihn zu bestärken, aber seine Schultern sind bereits eingesunken, und in seinen Augen schimmert die dunkle Wolke der Resignation.

»Möglich, aber ich glaube, sie würden es gerade nicht ertragen«, murmelt er mit einer belegten Stimme, die mir verrät, dass er nahe dran ist, die ersten Tränen zu vergießen.

»Willst du darüber reden?«

Schnell winkt er ab, wischt sich über die Augen und überspielt all die ungesagten Dinge mit einem erneuten Grinsen. »Nein, ehrlich gesagt nicht.«

»Das ist okay, aber wenn du es willst, bin ich da.«

»Ich weiß, Mann. Ich weiß.«

Er lehnt sich zurück. »Dein Handy.«

Ich blicke gar nicht erst auf mein blinkendes Display, sondern sehe ihn weiterhin an. »Du musst jetzt nicht ablenken.«

»Das mach ich gar nicht, du hast eine Nachricht bekommen.«

Das macht er sehr wohl, und das weiß er auch, nur bin ich gerade nicht bereit, wieder einmal *nicht* über die Probleme zu sprechen, die ihn momentan belasten.

»Ist sicher nur meine Mutter«, wehre ich ab.

»Nein«, erwidert Diez. »Es ist Willa.«

Kapitel 30

Willa
Ich würde gern mit dir auf ein Date gehen.

Elias
Ist das dein Ernst?

Willa
Irgendwie habe ich von einem angehenden Poeten eine andere Antwort erwartet.

Elias
Das unbeschreibliche Glücksgefühl sorgt dafür, dass meine Schlagfertigkeit blockiert ist.

Und ich bin kein Poet, nur ein Typ, der irgendwie schreibt.

Willa
Ich tue jetzt einfach so, als würde mir diese Erwartungshaltung keinen Druck machen.

Und doch: Das bist du. Deine Worte sind mir mehr unter die Haut gegangen als vieles, was ich bisher gelesen habe.

Elias
Gebe ich dir das Gefühl, dich unter Druck zu setzen? (Ich ignoriere alles, was du über meine Schreibe sagst, weil meine Unsicherheit sonst nur noch größer wird.)

Willa
Ja. Nein.
Es liegt nicht an dir, sondern an dem, was alles sein *könnte*. Verstehst du?

Elias
Kann ich irgendwas tun, um dir diesen Druck zu nehmen?

Willa
Nein, leider nicht.
Das Problem bist nicht du, sondern ich.
Aber ich bin mir sicher, du könntest diese Gefühle besser beschreiben als ich.

Elias
Du bist kein Problem, Willa.
Nichts, was du fühlst, ist ein Problem.

Willa
Was macht das Gefühl, beobachtet zu werden?

Elias
Heute war es weg. Vielleicht sehe ich nur Geister.

Kapitel 31

ELIAS

Mir macht es selten etwas aus, im Mittelpunkt zu stehen. Nur fühlt es sich in diesem Moment seltsam intim an. »Ich weiß, ihr habt Willa erwartet«, beginne ich meine Begrüßung. »Allerdings ist sie heute verhindert, weshalb ich die Gruppe für sie übernommen habe. Ein paar von euch haben mich schon vor einigen Wochen gesehen, und …«

»Ist alles in Ordnung bei Willa?«, erkundigt sich eine junge Frau, die ich vom letzten Mal kenne. Die bunten Strähnen in ihren Haaren bilden einen starken Kontrast zu der schwarzen Kleidung, die sie trägt.

Ihre Frage sorgt dafür, dass alle im Raum sich ansehen. »Wann kommt sie wieder?«

»Sie ist doch nicht krank?«

»Ist ihr etwas passiert?«

Beschwichtigend hebe ich die Hände. »Es geht ihr gut«, erwidere ich schnell. »Nächste Woche ist sie wieder hier.«

Die Gruppe schweigt, scheint allerdings noch nicht überzeugt. Also räuspere ich mich und versuche, das Gefühl loszuwerden, dass ich es direkt am Anfang versaut habe. »Wie ich schon sagte, ich bin Elias. Ich studiere Soziale Arbeit und bin seit zwei Monaten hier im Zentrum.«

Mit einem Lächeln bemühe ich mich, meine Anspannung etwas zu kaschieren, aber so richtig will mir das nicht gelingen. Ich sitze mitten in meiner größten Angst: nicht zu genügen. Oder anders gesagt: nicht helfen zu können, eben weil ich nicht genüge. In den meisten Momenten meines Lebens kann ich dieser Angst rational begegnen, aber jetzt gerade muss ich einfach durch sie hindurchgehen, auch wenn ich das Gefühl habe, mir jeden Moment in die Hose zu machen. »Möchte jemand von euch anfangen?«

Die Gruppe sieht sich fragend an, als wüssten sie nicht so recht, wie sie weitermachen sollen, jetzt, da Willa nicht da ist. Aygül hat mich darauf vorbereitet, dass es so kommen kann. Ich warte geduldig ab, bis die Gruppe anfängt, unruhig auf den Stühlen hin und her zu rutschen.

Sie müssen sich erst daran gewöhnen, dass heute die Person fehlt, der sie sich sonst anvertraut haben. Das kann ich verstehen, und es geht mir nicht anders. Bei Willa sah es so einfach aus. Sie hat sich so selbstverständlich geöffnet, dass es für die anderen ebenso leicht war. Aber ich habe keinen direkten Bezug zu Depressionen. Ich kann nur da sein und hoffen, dass sie sich mir trotzdem ein bisschen öffnen.

Die junge Frau mit den bunten Strähnen räuspert sich unbehaglich und hebt eine Hand. »Ich würde gern anfangen.«

»Nur zu.«

»Mein Name ist Vanni«, sagt sie deutlich leiser. »Ich bin seit ein paar Wochen in Behandlung, aber …« Ihre Stimme bricht plötzlich, und stattdessen strömen Tränen über ihr Gesicht. Schnell reiche ich die Taschentuchpackung zu ihr durch und versuche, mich von der Situation nicht noch mehr überfordern zu lassen.

»Ist schon okay«, sage ich, als sie mich Hilfe suchend ansieht. »Du kannst es ruhig rauslassen.«

»Gefühle sind zum Fühlen da«, höre ich einen der anderen Willas Worte wiederholen.

»Es ist nur …«, fährt sie fort. »Ich habe das Gefühl, es wird und wird nicht besser. Ich versuche wirklich, etwas zu ändern, mich zu ändern und irgendwie wieder klarzukommen, aber es funktioniert einfach nicht.«

»Es braucht Zeit«, sagt jemand. »Bei mir hat es fast ein Jahr gedauert.«

»Und wie soll ich bis dahin überleben?«, fragt sie verzweifelt zurück.

Die Frage lässt etwas in mir knacken.

»Du tust es schon«, meint die Frau neben ihr. »Du hast schon alle wichtigen Schritte gemacht. Du gehst zur Therapie, und du bist heute hier, statt allein mit diesen Gedanken zu sein.«

»Genau!«, kommt es von der anderen Seite. »Allein, dass du die Kraft gefunden hast, heute hierherzukommen, zeigt schon, dass du auf dem richtigen Weg bist.«

Die Worte der anderen sind hilfreicher als meine eigene Überforderung. Solche Dinge sind wir im Studium nie durchgegangen, jedenfalls nie richtig. In der Theorie klingt alles immer einfacher als in den Momenten, in denen man den Menschen hinter den Geschichten in die Augen blickt.

»Auch wenn es sich gerade nicht so anfühlt, machst du alles richtig«, versuche ich es auch.

»Ich habe solche Angst«, gesteht sie. »Davor, dass es einfach niemals wieder besser wird. Geschweige denn gut.«

»Das verstehe ich«, erwidert eine ältere Frau. »Nach dem ersten halben Jahr in Therapie hatte ich den Eindruck, dass alles noch viel schlimmer wurde.«

»Und tat es das?«

»Nein, aber ich glaube, wir haben ein falsches Verständnis davon, was eine Therapie bedeutet«, meint sie nachdenklich. »Es ist nicht so, dass sie in keinem Bereich geholfen hat, aber es hat gedauert, und es hat sehr viel Kraft gekostet.«

»Ja«, stimmt Vanni zu. »Das ist es, es kostet so viel Kraft, und ich weiß nicht, wie ich es schaffen soll, das durchzuziehen, obwohl ich weiß, dass ich Hilfe brauche.«

»So ging es uns allen.«

»Als ich mit der Physiotherapie angefangen habe, ging es mir ähnlich«, erzähle ich, auch wenn ich das Gefühl habe, ihnen damit etwas von mir zu zeigen, das ich lieber im Verborgenen halten würde. »Jede Berührung, jede Bewegung tat so unglaublich weh.

Ich dachte, dass ich es niemals schaffen würde, diese Schmerzen zu ertragen.«

Alle sehen mich an, als wüssten sie genau, wovon ich spreche.

»Und es war nicht so, dass es von einem Tag auf den anderen besser wurde«, erzähle ich weiter. »Sondern eher …« Ich überlege einen Moment. »Eines Tages nach der Physio musste ich nicht mehr weinen. Es fühlte sich noch immer nicht gut an, ich hatte noch immer Schmerzen, aber ich wusste, dass es jetzt besser werden würde. Und ich denke, dass unser Gehirn ähnlich funktioniert wie unser Körper.«

»Zu heilen braucht Zeit«, bestätigt die ältere Dame mich. »Und es ist nicht wie in den Filmen, es macht nicht auf einmal Puff, und plötzlich hat man das perfekte Leben.«

Alle nicken. »Wir vergessen manchmal, was es für ein Aufwand ist, einfach nur zu leben.«

»Du bist damit nicht allein.«

»Niemand verlangt von dir, sofort wieder glücklich zu sein. Und du solltest es auch nicht von dir selbst verlangen.«

Ich sitze da, zwischen all diesen Menschen, die sich gegenseitig helfen, obwohl ihre eigene Welt an vielen Tagen unendlich schwarz ist, und plötzlich verstehe ich, warum Willa diese Gruppe so wichtig ist.

Sie alle sind wie Sterne in der Nacht, die ihr eigenes Licht nicht sehen können und die darum Menschen brauchen, die ihnen sagen, dass es noch scheint.

Kapitel 32

WILLA

Das Licht der Sonne spiegelt sich in den Pfützen, die der Regen des Tages hinterlassen hat. Ich bin froh, dass der Mantel und mein übergroßer Schal die Kälte größtenteils von meinem Körper abhalten, während ich warte. Das Wetter wechselt so schnell zwischen den Resten des Sommers und dem beginnenden Herbst, dass ich mir schon gar keine Mühe mehr mache, mir die richtige Kleidung rauszusuchen.

Elias' Wagen biegt um die Ecke, und ich spüre, wie sich mein Mund wie von allein zu einem Lächeln verzieht.

»Hey«, begrüße ich ihn, als er neben mir zum Stehen kommt und ich die Tür öffne.

»Hey, steig ein«, entgegnet er, und ich denke nicht lange nach, sondern werfe meine Handtasche in den Fußraum und lasse mich neben ihm nieder.

»Wo genau fahren wir denn hin?«, erkundige ich mich, während ich mich anschnalle.

Elias grinst unverschämt. »Das ist eine Überraschung – Mannheim muss dir reichen.«

»Ich weiß nicht, ob ich das gutheiße. Was gibt es denn in Mannheim, das wir nicht auch in Frankfurt finden könnten?«

»Vertrau mir, es wird dir gefallen, denke ich«, meint er geheimnisvoll.

Das Navi führt uns durch den dichten Verkehr aus der Stadt hinaus. Still sitze ich da, weil ich nicht weiß, was ich denken soll. Mein Herz fühlt sich an, als sei es durch die vielen Extraschläge schon betäubt. Immer wieder erwische ich mich dabei, wie ich

Elias ansehe. Sein Profil wird von der Sonne erhellt, und die Strahlen zeichnen einen Schimmer auf seine Haut. Die kleinen Stoppeln auf seinen Wangen wecken in mir den Drang, die Hände nach ihm auszustrecken. Das Kratzen auf meiner Haut zu spüren, den Schauder, den diese Berührung auslösen würde.

Röte schießt mir ins Gesicht, als mir bewusst wird, in welche Richtung meine Gedanken gerade abdriften. Schnell wende ich den Blick ab, was Elias offenbar nicht entgeht.

»Alles okay?«, fragt er etwas verwundert.

»Fühlt es sich für dich gerade auch seltsam an?«, platzt es aus mir heraus.

»Bis gerade eigentlich nicht.«

Ich versuche, meinen Gesichtsausdruck so weit unter Kontrolle zu bringen, dass er nicht bemerkt, wie sehr all die Gefühle in mir brodeln, die er nur mit seiner Stimme weckt. »Tut mir leid, ich denke, ich bin einfach aus der Übung«, sage ich mehr zu mir selbst. Immerhin kann er nichts dafür, dass es mich überfordert, wie mein Körper auf ihn reagiert. Auf den Geruch, der durch das Auto strömt, und auf das Prickeln, das alles in mir entfacht, von dem ich dachte, ich hätte es längst verloren.

»In Sachen Dating?«

Peinlich berührt schiebe ich mir eine Strähne hinter das Ohr. »Das auch.«

Nun blinzelt er mich an, als könnte er irgendwie in diesen zwei Worten erkennen, was ich alles nicht auszusprechen wage. »Ich erwarte nichts von dir, Willa. Sag einfach, wenn du wieder nach Hause willst, und ich fahr dich zurück«, erklärt er sanft, und irgendwie sorgt es dafür, dass ich mich tatsächlich etwas entspannen kann.

Vielleicht ist nicht er es, der zu viel erwartet, sondern ich. Es ist das erste Date, das ich habe, seit ich nach Frankfurt gezogen bin. Zumindest das erste, das als solches bezeichnet wurde. »Okay.«

Er zeigt seine Grübchen. »Und wer weiß, vielleicht hast du ja sogar etwas Spaß mit mir.«

Die Herausforderung in seiner Stimme sorgt dafür, dass ich den Kopf schüttle. Als müsste mein Körper irgendwie reagieren, um nichts Unüberlegtes zu tun. Nun muss ich lachen. »Du scheinst dir ja sehr sicher zu sein…«

»Nur weil ich schon weiß, dass es ein toller Abend wird. Weil ich ihn mit dir verbringen darf.«

Mein Mund klappt auf, und er sieht aus, als hätte ich ihm kaltes Wasser ins Gesicht geschüttet. »Zu viel?«

Gequält lehne ich den Kopf gegen die Lehne. »Vielleicht ein bisschen.«

»Wir sind gleich da.«

Ich nicke, und wir verfallen wieder in Schweigen, das nur durch die leise Musik aus dem Autoradio unterbrochen wird. Aber es ist schön, fühlt sich irgendwie richtig an, obwohl wir einfach nur gemeinsam in diesem Wagen sitzen, während die Sonne langsam untergeht und den Himmel in andächtiges Rot taucht.

Wir sind auf dieser Straße nur ein Auto von vielen, aber irgendwie ist es genau das, was dafür sorgt, dass die restliche Anspannung aus meinem Körper gleitet und mich wieder freier atmen lässt.

Als Elias den Wagen parkt, bin ich ebenso überrascht wie erfreut. »Ein Planetarium?«, entfährt es mir, und ich steige aus. Elias beugt sich zum Rücksitz und hebt seinen Rollstuhl nach vorn, ehe er es mir gleichtut. Gegen das Auto gelehnt steht er für ein paar Sekunden da, ehe er sich in den Rollstuhl sinken lässt.

Ich hingegen schnappe nach Luft. Mit offenem Mund starre ich das Gebäude an. Elias kommt um das Auto herum. »Eins der besten, die es gibt«, bestätigt er.

»Ach ja?«

»Ultramoderne digitale 360-Grad-Projektionstechnik«, entgegnet er, als sollte mir das irgendwas sagen. Meinem verdutzten Blick entnimmt er wohl, dass ich nicht weiß, was ich mit dieser Info anfangen soll.

»Du wirst es lieben«, verspricht er lachend.

Ich blicke mich auf dem nahezu leeren Parkplatz um, auf dem neben uns gerade einmal drei weitere Fahrzeuge stehen. Elias scheint es nicht zu bemerken, oder es kümmert ihn nicht. Stattdessen öffnet er den Kofferraum und holt einen gefüllten Picknickkorb heraus, dessen Inhalt von einer großen Decke verdeckt wird.

»Hat es nicht längst geschlossen?«

Elias grinst mich noch immer an. »Eigentlich schon.«

»Eigentlich schon?«, echoe ich, weil ich wirklich nicht weiß, was hier gerade passiert. Während er mich überholt, fragt er: »Erinnerst du dich an Stella?«

Sofort sehe ich das Mädchen in ihrem brandneuen Rollstuhl wieder durch die Sporthalle flitzen. Die Erinnerung bringt mich zum Schmunzeln. »Klar.«

»Ihr Vater arbeitet hier, und ich habe eventuell einen kleinen Gefallen eingefordert«, meint er so leichthin, als wäre das alles keine große Sache.

»Wir dürfen in das Planetarium? Ganz allein?«

Er zuckt mit den Schultern. »Na ja, nicht ganz allein. Die Mitarbeitenden sind noch da.«

»Wie hast du das geschafft?«

Er zwinkert mir zu, was bei jedem anderen Mann seltsam gewirkt hätte, aber zu ihm irgendwie passt, ohne dass es unangenehm wird. »Vielleicht ist es dir bisher nicht aufgefallen, aber ich kann ziemlich charmant sein.«

»Das ist …«

»… super romantisch, megacool?«, hilft er mir aus, allerdings war das nicht ganz das, was in meinem Kopf vorging.

»Und etwas schräg.«

Womit ich eigentlich meine, dass der Druck wieder da ist. Die flimmernden Gefühle, Gedanken und Ängste in mir scheinen zu blockieren, was ich eigentlich in Elias sehen will. Er ist zu nett, zu aufmerksam, zu liebenswert und einfach … zu perfekt. Und ich fühle mich daneben wie ein schwarzes Loch, das nur darauf wartet, all die Wärme einzusaugen, die von ihm ausgeht.

»Aber du magst es?«, will er wissen.

Ich lächle und folge ihm ins Innere. »Ja. Ja, ich mag es sehr.«

Und es ist die Wahrheit, nur fühlt es sich an, als würde ich all das hier einfach nicht verdienen.

ELIAS

Wir haben eine Decke auf dem Boden des Podiums ausgebreitet, auf der wir nun liegen und zum Sternenhimmel über uns aufblicken. Es fühlt sich so echt an, obwohl ich weiß, dass wir nicht das Universum über uns sehen, sondern nur eine Projektion. Aber diese lässt den Nachthimmel in seiner ganzen Schönheit erstrahlen und entführt Willa und mich in die Weiten des Weltraums.

»Ich glaube, ich war noch nie in einer Sternwarte«, höre ich Willa neben mir flüstern.

»In einer Sternwarte schaust du durch ein Teleskop«, antworte ich ebenso leise, als hätte ich Angst, der Zauber könnte brechen, der auf diesem Ort liegt. »Hier …«

»… sind wir mittendrin«, beendet Willa meinen Satz.

»Ja.«

»Woher wusstest du das?«, will sie wissen. »Wie sehr ich die Sterne liebe?«

»Es war eher ein Gefühl«, gebe ich zu. »Du hast immer wieder nach oben geschaut, als würdest du dort etwas suchen.«

Willas Mund öffnet sich, aber sie scheint noch nicht sicher zu sein, ob sie ihre Gedanken wirklich aussprechen will. Am liebsten würde ich meine Hand nach ihr ausstrecken, sie näher zu mir ziehen und ihr all die Dinge sagen, von denen ich denke, dass sie sie hören sollte. Aber ich mache nichts dergleichen, sondern blicke weiter nach oben, als könnten die Sterne mir die Entscheidung abnehmen.

»Selbst wenn ich etwas suche, wüsste ich nicht, was«, entgegnet sie schließlich. »Sosehr ich den Anblick der Sterne auch liebe, eigentlich weiß ich nichts über sie.«

»Was ist mit Sternbildern?«

»Ich glaube, ich kenne nur den Großen Wagen«, sagt Willa, ohne den Blick von der Schönheit der Nacht abzuwenden.

Ich blicke zur Seite, betrachte, wie sie auf dem Rücken liegt. Die Hände über ihrem Bauch gefaltet, das Kinn nach oben gereckt. Keine Ahnung, ob ich je etwas Schöneres gesehen habe als Willa unter diesem Sternenhimmel, der nur für uns leuchtet.

»Dann kennst du auch den Großen Bären«, erkläre ich.

»Ach ja?«

Ich rücke etwas näher und strecke einen Arm nach oben, damit sie den Bewegungen meines Fingers besser folgen kann. »Ja, ergänzt man den Großen Wagen um weitere Sterne, ergibt es das Sternbild des Großen Bären. Siehst du es? Der Große Wagen bildet den Hinterlauf des Bären und die Deichsel seinen Schwanz. Die ergänzenden Sterne umreißen die Beine und den Kopf.«

Ich fühle, wie sie neben mir lächelt. Eines der wenigen Male eines echten Lächelns, eines, das mehr erreicht als nur ihre Lippen, was in mir das Bedürfnis weckt, ihre mit meinen zu berühren.

»Ja, ich seh es.«

»Wenn man den Großen Wagen ausgemacht hat, gibt es einen Trick, um den Polarstern und den Kleinen Wagen zu entdecken: Verlängerst du die ganz äußere rechte Kante des Wagens um etwa das Fünffache nach oben – dann landest du genau auf dem Polarstern, dem Ende der Deichsel des Kleinen Wagens«, murmle ich und lasse den Arm wieder sinken, um Willa anzusehen.

»Ich wusste gar nicht, dass du so viel über Sterne weißt«, haucht sie und dreht sich auf die Seite. Wir schauen einander in die Augen, anders als sonst. Die Nähe unserer Körper blendet alles aus, den harten Boden, die Frische des Abends. Nichts davon ist wichtig, solange wir uns ansehen.

»Damit endet mein Wissen auch schon, aber ich betrachte sie gern.«

»Ich auch. Obwohl es schon irgendwie beängstigend ist, oder?«, will sie wissen. Ihre Augen verdunkeln sich, als hätte sich eine Wolke vor den Mond geschoben.

»Was meinst du?«

Sie schweigt so lange, dass ich schon fast glaube, dass sie mir doch nicht antworten will. Dann jedoch räuspert sie sich und sieht wieder hinauf. »Da ist ein unendliches Universum voller Sterne, Planeten und Sonnen. Und irgendwo in all diesem wunderschönen Chaos stecken wir, ohne zu wissen, ob wir dieser Unendlichkeit überhaupt gewachsen sind.«

In jedem ihrer Worte schwingt eine Schwere mit, die mein Herz stolpern lässt. »So hab ich das noch nie gesehen.«

Neugierig mustert sie mich. »Und wie siehst du es?«

Ich muss einen Moment nachdenken. »Da ist ein unendliches Universum«, nehme ich ihre Worte auf. »Und ausgerechnet wir haben das Glück, einen Teil davon jede Nacht zu Gesicht zu bekommen. Obwohl viele Sterne inzwischen längst nicht mehr da sind.«

»Und so habe ich das noch nie gesehen.«

»Du bist manchmal ganz schön negativ, Willa«, stichle ich.

»Vielleicht, weil ich noch nach meinen eigenen Sternen suche«, gibt sie zurück.

Der Drang, sie in meine Arme zu ziehen, ist so stark, dass ich es kaum wage, mich zu bewegen, aus Angst, sie könnte wieder einmal davonlaufen. Vor mir. Vor uns. Vor diesem Moment.

»Ist es das, was du suchst?«

Sie erhebt sich und winkt ab. »Vergiss es.«

Sitzend greift sie nach einer der Cola-Flaschen im Picknickkorb und weicht meinen Blicken so konsequent aus, als wäre ihr jetzt erst bewusst geworden, wie nahe wir einander waren – oder kommen könnten.

Ich richte mich ebenfalls auf, strecke meine Hand nicht mehr nach den Sternen, sondern nach ihr aus, und berühre sanft ihre Schulter. »Aber ich will es nicht vergessen, Willa. Ich will wissen, was du denkst.«

Ich kann sehen, wie sie schluckt, als müsste sie erst die Zweifel besiegen, die ihr schönes Gesicht so ernst werden lassen. So sachte wie möglich rutsche ich noch näher, ohne meine Hand von ihrer Schulter zu nehmen. Ohne die kleine Verbindung zwischen uns auch nur für den Bruchteil einer Sekunde zu unterbrechen.

»In meinem Kopf ist manchmal alles so dunkel, dass ich keinen einzigen Stern sehen kann. Da ist kein Licht, kein Schimmer – nur diese unendliche Dunkelheit, die versucht, mich zu verschlucken. Und alles, was sich in meiner Nähe befindet.«

»Hast du je darüber nachgedacht, dass du vielleicht keine Sterne siehst, weil du selbst einer bist?«

Verwirrt sieht sie mich an. »Was?«

Unsere Verbindung bricht ab, zumindest körperlich, aber ich kann sie noch spüren. Jetzt vielleicht mehr als jemals zuvor.

Für sie ergeben meine Worte keinen Sinn, dabei erscheint es mir so eindeutig, um nicht zu sagen einleuchtend. »Vielleicht musst du erst dich selbst sehen, damit du auch die anderen Sterne sehen kannst.«

Mit gerunzelter Stirn lässt sie sich wieder nach hinten sinken … »Ich glaube, das ist das seltsamste Kompliment, das mir je jemand gemacht hat.«

»Falls es dir hilft, *ich* kann dich sehen«, murmle ich, während ich mich über sie beuge. In ihren Augen kann ich die Spiegelung einer Sternschnuppe erkennen, die über uns hinwegzuckt, nur um zwischen den tausend glitzernden Punkten zu verglühen. Mein Herz donnert gegen meine Brust, doch ich kann meinen Blick nicht von Willa lösen.

»Und was siehst du?«, fragt sie leise.

»Den schönsten Stern, den du dir vorstellen kannst.«

»Jetzt wirst du kitschig.«

Ich schlucke, weil ich nur noch an eine Sache denken kann. »Vielleicht passt das ganz gut, denn ich würde dich gern küssen, Willa.«

Dieses Mal ist da keine Überraschung in ihrem Gesicht, sondern etwas anderes. Sehnsucht. Die gleiche Sehnsucht, die auch ich jeden Tag gespürt habe, seit ich ihr zum ersten Mal begegnet bin. Aber ich bewege mich nicht, rühre mich nicht vom Fleck. Diese Entscheidung muss sie treffen, nicht ich.

Noch einmal schluckt sie, dann formen ihre Lippen die Worte: »Und worauf wartest du dann?«

Es kostet mich meine gesamte Überwindung, aber ich muss sicher sein. Sicher, dass ich nicht wieder eine Grenze überschreite, sicher, dass sie es genauso sehr will wie ich. »Darauf, dass du mir sagst, dass du es möchtest.«

»Ich glaube, ich wollte noch nie jemanden so sehr küssen wie dich«, haucht sie, und ich kann mich nicht mehr halten.

Ich presse meine Lippen auf ihre.

Willa öffnet den Mund, vergräbt ihre Hände in meinen Haaren und stöhnt so leise meinen Namen, dass ich an nichts anderes mehr denken kann als an sie. An uns. Ich ziehe sie näher, spüre ihren Körper unter meinem und bin wie benebelt von ihrem Geschmack.

Unsere Zungen spielen miteinander, necken sich, wie wir es sonst mit Worten tun. »Fuck, Willa«, keuche ich, als sie sich auf mich rollt, ihren Körper an meinen drückt und eine Hand auf meine Brust legt. Es fließen so viele Emotionen zwischen uns, für die ich keine Worte finden kann – und so viele, dass ich nicht weiß, ob ich genug Platz in meinem Herzen habe, um alle zu speichern.

Willa hält über mir inne, sieht mich mit ihren grünen Augen an. Und zum ersten Mal kann ich keinen Schmerz darin erkennen, nur das Glimmen des Glücks für unseren Moment.

Ich bin nicht bereit, ihn verstreichen zu lassen. Ihn und das Glück und das Uns. Also ziehe ich sie wieder zu mir. Ihre Lippen an meinen, unsere Herzen im Takt.

Und selbst der Sternenhimmel scheint zu applaudieren.

Kapitel 33

ELIAS

Für dieses Lächeln hat sich alles gelohnt.

Willa schiebt sich eine blonde Strähne hinters Ohr, doch die Ordnung wird vom leichten Wind des Abends gleich wieder zerzaust, während wir das Auto ansteuern. Die Spannung ist förmlich greifbar, als sich unsere Blicke treffen. Am liebsten würde ich sie gleich wieder in meine Arme ziehen, sie küssen, bis uns beiden die Luft zu knapp wird. Aber alle schönen Momente haben ein Ende, selbst dann, wenn man sich wünscht, sie würden ewig andauern.

Ich stoppe vor der Fahrertür und ziehe mich hoch.

Willa bleibt einen Moment unschlüssig stehen. »Was ist das?«

Im Stehen sehe ich aus dem Augenwinkel, wie sie nach etwas greift, lasse mich jedoch erst auf dem Fahrersitz sinken, ehe ich den Rollstuhl einklappe und hinter meinem Sitz verstaue.

»Was meinst du?«

Da ich nicht sehe, was sie meint, bleibt mir nichts anderes übrig, als verdutzt in den Rückspiegel zu schauen. Mit den Fingerspitzen zupft sie etwas von der Scheibe, aber ich sehe nicht, was es ist. Ihr Gesichtsausdruck wird noch verwirrter. Als sie um meinen Wagen herumkommt und sich auf ihren Platz setzt, erkenne ich das weiße Papier.

»Ein Strafzettel?«

Willa schüttelt den Kopf. »Nein.«

Plötzlich wird mir übel. Fast so, als wäre die Achterbahn meines Lebens ohne Vorwarnung nach unten gestürzt. Langsam faltet Willa das Papier auseinander, damit auch ich die krakelige Schrift erkennen kann.

»Es tut mir leid«, liest Willa laut und sieht mich verwirrt hat.

Mein Mund klappt auf. »Soll das ein Scherz sein?«

Meine Hände zittern leicht am Lenkrad, als ich es umklammere. Jeder meiner Muskeln spannt sich an.

»Elias? Ist alles okay?«

»Ja, ich meine – das ist sicher nichts Ernstes«, murmele ich und zwinge mich, ihr den Zettel aus der Hand zu nehmen, nur ändert das nichts. Weder die drei Wörter, die auf ihm stehen, noch die Gänsehaut, die sich über meinen Körper zieht, ohne dass ich weiß, warum.

»Und warum siehst du dann aus, als hättest du gerade einen Geist gesehen?« Willas Stimme ist leise, aber sie reicht aus, um mich den Zettel sinken zu lassen.

»Das klingt bestimmt schräg«, kommt es erstickt aus meiner Kehle.

Ihre Mundwinkel zucken kurz nach oben. »Daran habe ich mich bei dir längst gewöhnt.«

Schluckend versuche ich mich zu sammeln. Das alles wird mir langsam zu unheimlich. »Ich habe dir doch davon erzählt. Von dem Gefühl … als würde mich jemand beobachten.«

Ihre weit aufgerissenen grünen Augen sagen mir, dass es vielleicht besser gewesen wäre, wenn ich nichts gesagt hätte, und gleichzeitig fühlt es sich gut an, dass zumindest eine Person weiß, was los ist. »Ich sagte ja: schräg.«

»Und wer?«, will sie wissen.

Darüber habe ich auch schon nachgedacht, nur fällt mir absolut niemand ein. Also zucke ich mit den Schultern. »Ich weiß es nicht.«

»Dann weißt du auch nicht, was diesem Jemand leidtun könnte?«

Bedauernd schüttle ich den Kopf. »Nein.«

»Vielleicht ist der Zettel nur ein Zufall«, überlegt sie. »Er könnte schon länger an der Rückscheibe geklemmt haben, ohne dass du es bemerkt hast.«

»Du meinst, dass die Person, die mich vielleicht beobachtet, mir immerhin nicht bis nach Mannheim gefolgt ist?«, gebe ich etwas zynisch zurück.

»Wenn du es so aussprichst, klingt es weniger beruhigend, als es meine Absicht war.«

»Ist schon gut, wahrscheinlich hast du recht«, murmle ich und zwinge mich, irgendwie wieder meine Kiefermuskeln zu entspannen. Dieser Abend war weit mehr, als ich mir erhofft habe, und ich will es nicht durch dieses dumpfe Gefühl in meinem Nacken in etwas Schlechtes verwandeln. Also greife ich nach Willas Hand und hauche einen Kuss auf ihre warme Haut.

Sie lässt sich von meiner spielerischen Geste anstecken, und ihre Augen beginnen wieder zu strahlen. Ein Flüstern der Sehnsucht erfüllt die Luft, während ich spüre, wie mein Herz immer schneller schlägt. Dieses Mal nicht vor Angst, sondern weil diese kleine Berührung ausreicht, damit ich noch mehr von ihr spüren will. Ich kann förmlich die Elektrizität fühlen, die zwischen uns liegt, und meine Zweifel und Ängste verblassen. Plötzlich lässt sie ihre Hand langsam zu mir gleiten, fasst den Mut, die Grenzen zwischen uns zu überwinden.

Langsam neigen wir die Köpfe zueinander. Die Berührung unserer Lippen ist sanft, nicht fordernd.

Willa lässt sich wieder in ihrem Sitz sinken und schüttelt den Kopf. »Damit habe ich nicht gerechnet«, sagt sie mehr zu sich selbst.

»Mit ominösen Zetteln an meiner Scheibe?«

»Mit dir«, meint sie und sieht mich auf eine Art an, die ich nicht deuten kann.

»Kannst du mir das näher erklären?«

»Ich fürchte nicht«, gesteht sie, aber immerhin wird ihr Blick wieder weicher. Damit ich meine eigenen Gedanken nicht hören muss, schalte ich das Radio ein, ehe ich den Wagen vom Parkplatz lenke. Dabei kann ich nicht verhindern, dass ich noch einmal über die Schulter schaue, als würde ich erwarten, eine gruselige

Gestalt zu sehen. Doch da ist niemand. Und selbst wenn, würde ein Monster wohl kaum eine Entschuldigung an mein Auto klemmen, oder?

Die Straßenlichter gleiten an uns vorbei, während wir unaufhaltsam dem Horizont entgegenfahren. Ihr blondes Haar tanzt im Wind, und die sanfte Melodie aus dem Radio füllt die Stille zwischen uns.

Stille, von der ich nicht weiß, ob sie durch den Zettel oder wegen all dem entstanden ist, was ungesagt um uns herum schwebt.

Kapitel 34

Unbekannte Nummer
Du kannst vergessen, dass ich noch einmal etwas für dich tue.

Unbekannte Nummer
Du bist eine einzige Enttäuschung.
Eine undankbare Tochter, die nur lügt und betrügt.

Unbekannte Nummer
Ich hoffe, ich muss dich nie wiedersehen.

Kapitel 35

WILLA

Das schwarze Loch ist direkt vor mir.

Ich kann förmlich sehen, wie es mehr und mehr Energie aus mir heraussaugt. Und egal, wie sehr ich versuche, mich an den guten Dingen festzuhalten, werden sie doch nach und nach in die Dunkelheit gezogen.

Ich schließe die Augen, will die Erinnerung festhalten. Elias vor mir, seine Hände auf meiner Haut und seine Lippen auf meinen. Mein Herz pocht so schnell, als würde es versuchen, all die Gefühle in meinem Körper zu verteilen, ehe das Loch sie sich nimmt.

Neben mir sinkt der Brief zu Boden, den ich eben aus dem Briefkasten gefischt habe.

Antrag abgelehnt.

Keine weitere Chance mehr, dass ich BAföG erhalte.

Der Grund, warum das Loch so viel größer geworden ist als meine Kraft, dagegen anzukämpfen.

Es ist keine gute Idee, an einem Montagmorgen die Post zu holen. Das hätte ich wissen können, aber es ändert nichts mehr. Die Angst ist jetzt real, und gleichzeitig ist da all das Gute, das ich fühle. All die Nähe, die Geborgenheit und das Kribbeln, das mir das Gefühl gibt, dass mehr in mir ist als nur quälende Schwärze, vor der ich davonzulaufen versuche.

Elias
Ich bin froh, dass dein Urlaub vorbei ist. Vielleicht habe ich dich etwas vermisst. Sehen wir uns nachher?

Die Nachricht blickt mir von meinem Smartphone entgegen, als wollte sie mich an all das Gute erinnern, das ich in den letzten Tagen hatte. Aber es ist zu viel. Das Gute und das Schlechte und die Dinge, die irgendwo dazwischenliegen.

Der Druck nimmt mir die Luft, raubt mir jeden klaren Gedanken und scheint mit jedem Versuch, ihm zu entgehen, nur noch größer zu werden.

Alles, woran ich jetzt noch denken kann, ist Schmerz, und wie sehr ich ihn will. Wie sehr er mir dabei helfen würde, das Loch wieder zu schließen.

Ich weiß genau, was mein Problem ist.

Bis zu einem gewissen Grad verstehe ich es sogar auf einer rationalen Ebene. Ich baue meine emotionale Belastung über körperliche Schmerzen ab. Auf Schmerz reagiert der Körper mit einer erhöhten Ausschüttung an Endorphinen, woraus ein Gefühl der Erleichterung und Entspannung resultiert. Und genau darum ist es möglich, fast schon süchtig nach Schmerz zu werden.

Zitternd starre ich mein Spiegelbild an.

Es ist nicht der Schmerz, den ich will, sondern das Gefühl von Erleichterung. Von Entspannung. Und ich weiß, dass es so einfach wäre, mir ein paar Schnitte zuzufügen. Nur ein paar. Damit ich durch den Tag komme. Damit ich es schaffe, noch ein bisschen durchzuhalten. Nur ein kleiner Schnitt an der richtigen Stelle. Damit ich das wohltuende Brennen den ganzen Tag lang spüre.

Aber ich tue es nicht.

Weil ich genau weiß, dass ich dann nicht wieder damit aufhöre.

Wieder mal greife ich nach meinem Handy. Ich könnte die Nummer einfach wählen. Einfach auf den grünen Hörer drücken und nach der Hilfe fragen, von der ich weiß, dass ich sie brauche. Aber ich lege das Handy wieder weg.

Es hat mich Jahre gekostet, mithilfe einer Therapie aus dem Kreislauf des selbstverletzenden Verhaltens herauszukommen. Jahre, in denen ich weitaus mehr durchgestanden habe als eine etwas stressige Zeit durch mein Studium, die Arbeit und ein paar verwirrende Gefühle nach einem Kuss. Trotzdem werde ich es nicht schaffen, dieses Badezimmer wieder zu verlassen, wenn ich nichts finde, was mich zumindest kurzzeitig ablenkt.

Ich reiße die Türen des Spiegelschranks auf und versuche, alle Gegenstände zu ignorieren, die meine Haut ernsthaft verletzen könnten. Stattdessen nehme ich mir die Pinzette und beginne, die kleinen blonden Haare an meinen Mundwinkeln auszuzupfen. Ganz langsam. Ganz vorsichtig.

Meine Haut reagiert sofort, wird rot und beginnt zu prickeln. Es ist nicht viel, aber es reicht aus, damit ich zumindest wieder das Gefühl bekomme, einen Hauch von Kontrolle zu haben. Nur sind irgendwann keine Haare mehr da, und der Drang ist noch längst nicht gestillt.

Irgendwie schaffe ich es trotzdem hinaus in den Flur. Ich muss es nur hinbekommen, zur Arbeit zu gehen, dann werde ich mich von dem Gefühl ablenken können. Trotzdem bleibe ich stehen und starre die Wohnungstür an, als wäre sie ein unüberwindliches Tor, das sich nur dann öffnet, wenn ich die Kontrolle wiedererlangt habe.

Also mache ich kehrt, gehe dieses Mal in die Küche und sehe mich hilflos um. Als ich den Kühlschrank aufreiße, schreie ich vor Erleichterung fast auf. Die Frühlingszwiebeln, die Martha gekauft hat, sind mit einem kleinen Gummiband umwickelt. Ich rupfe sie heraus und binde mir das Gummi um das Handgelenk, nur um es sofort gegen meine Haut schnellen zu lassen. Erleichtert seufze ich auf.

Es ist nur eine Phase, durch die ich durchmuss. Ich wusste, dass es schwer wird, neben dem Studium zu arbeiten. Und ich wusste auch, dass es noch schwerer wird, wenn ich kein BAföG mehr bekomme. Ich muss einfach nur durchhalten. Nur noch die Masterarbeit, dann habe ich es geschafft – und dann wird alles wieder gut. Dann habe ich mir selbst bewiesen, dass ich etwas wert bin. Dass ich wichtig bin. Dass ich eine Berechtigung habe, hier zu sein. Nur noch etwas durchhalten, dann wird sich das schwarze Loch wieder schließen, und ich kann die Sterne sehen.

Zumindest schaffe ich es, mir das wieder einmal einzureden.

ELIAS

»Hörst du mir überhaupt zu?«, fragt Diez genervt und schiebt seine Bücher von sich weg.

Ich kann seinen Blick spüren, bin aber gerade nicht bereit, von meinem Block aufzuschauen. »Gib mir einen Moment.« So schnell ich kann, kritzle ich den Gedanken auf das Papier, weil ich Angst habe, dass mir die Worte wieder entgleiten.

»Alter, das hast du schon vor zwanzig Minuten gesagt«, brummt Diez und lehnt sich auf seinem Stuhl zurück.

In der Bibliothek ist es ruhig. Fast schon etwas zu ruhig, wenn man bedenkt, dass die Klausurphase gerade wieder ansteht und die meisten Studierenden mit Lernen beschäftigt sein sollten. Auf der anderen Seite ist es auch Freitagabend, und diese Stadt hat in der Nacht besonders viel zu bieten.

»Das ist unmöglich so lange her«, halte ich dagegen und blicke endlich von meinem Hefter auf. Diez hält mir einen Timer vor die Nase, der seit dreiundzwanzig Minuten läuft.

»Oh.«

Zum Glück ist mein bester Freund nicht sonderlich nachtragend. »Der Kuss hat wohl deine innere Muse geweckt, was?«, meint er und deutet auf meine Notizen, die sich langsam, aber sicher zu einem vollständigen Text zusammensetzen.

Ich kratze mich am Kopf, weil ich aus mir nicht ersichtlichen Gründen irgendwie peinlich berührt bin. »Könnte man so sagen.«

Diez neigt sich nach vorne, um meine Schrift besser entziffern zu können, aber ich ziehe den Block weg und klappe ihn zu, was dafür sorgt, dass er mit den Augen rollt. »Zeigst du mir irgendwann mal, was du alles schreibst?«

»Ja, wenn es fertig ist«, verspreche ich.

»Aber Willa durfte es lesen.«

Der Gedanke an sie lässt mich lächeln. »Das war was anderes.«

»Weil du in mich nicht verknallt bist?«

»Ganz genau.«

Er fasst sich an die Brust, als hätte ich ihn mit einem imaginären Pfeil ins Herz getroffen. »Ich hoffe, dir ist bewusst, wie sehr das meine Gefühle verletzt.«

»Tut es nicht.«

Kopfschüttelnd legt er seinen Stift zur Seite und schließt das Buch, über dem er gerade gebrütet hat. Verdenken kann ich es ihm nicht, in meinem Kopf ist auch zu viel los, als dass ich mich ernsthaft auf die Uni konzentrieren könnte – allerdings macht mir das Lernpensum auch nicht so viel aus. In meiner Zeit im Krankenhaus konnte ich zwar nicht viel für die Uni tun, aber lesen ging. Also habe ich neben den Romanen meiner Mutter auch immer wieder die vorgegebenen Fachbücher studiert. Was dafür sorgt, dass ich mich nun, bei der erneuten Lektüre, ziemlich gut daran erinnere. Diez allerdings scheint schon Probleme zu haben, wenn er die Bücher nur öffnen muss.

Am liebsten würde ich ihn noch mal darauf ansprechen, aber wir haben dieses Thema so oft durchgekaut, dass ich mir nicht sicher bin, ob es überhaupt noch zu ihm durchdringt.

»Wann seht ihr euch wieder?«, will er wissen.

Ich bin mir meiner versonnenen Miene vollends bewusst. »Morgen, schätze ich.«

Amüsiert verzieht mein bester Freund den Mund. »Und?«

»Und was?«

Er stöhnt laut auf. »Jetzt lass dir doch nicht alles aus der Nase ziehen, Alter. Was hast du vor?«

Verdutzt blinzle ich ihn an. »Ich habe keinen ausgearbeiteten Masterplan«, stelle ich klar. »Wenn sie ein weiteres Date möchte, wird sie es mir sagen, und ich bin einfach nur …«

»Verfügbar?«

»Ich wollte sagen *bereit,* weil es bei dir klingt, als hätte ich eine Tinder-Biografie ausgefüllt und wäre nur auf der Suche nach einer schnellen Nummer«, brumme ich und schüttle den Kopf.

Mit bitterernstem Gesicht sieht er mich. »Das tat weh.«

»Ja, weil es wahr ist.« Diez ist eigentlich kein Player, aber manchmal glaube ich, er hängt mit zu vielen davon rum.

»Du wirst gemein, wenn man dich beim Schreiben stört.«

»Dann kümmere dich lieber wieder um deine Uni-Aufgaben und lass mich das hier fertig machen«, entgegne ich und nehme demonstrativ wieder mein Heft zur Hand. Immerhin haben wir noch den gesamten Abend zum Lernen. Und ich verspüre die leise Hoffnung, dass er die Klausur dann vielleicht auch übersteht.

»Warum hast du es plötzlich so eilig, dass der Text fertig wird?«, will er wissen. Ich bin nicht sicher, ob er sich weiterhin vor dem Lernen drücken will oder mein Privatleben einfach nur sehr viel spannender ist als die Zusammenfassung der Statistiken, durch die er sich gerade kämpfen muss.

»Es gibt keinen Grund, ich will nur endlich mal etwas zu Ende bringen.« Damit habe ich nicht gelogen, es ist der erste Text, von dem ich denke, dass er wirklich vollständig werden könnte – und allein von diesem Gedanken steigt mein Blutdruck.

Diez denkt gar nicht daran, sich seinen Notizen oder Büchern zuzuwenden, stattdessen ruht sein Blick noch immer auf mir. »Und du bist sicher, dass es nicht daran liegt, dass du Willa damit überraschen willst?«

Mir klappt der Mund auf. Obwohl ich gerade zu einer Erwiderung ansetzen wollte, halte ich kurz inne und denke darüber nach. »Nein, aber das ist gar keine schlechte Idee.«

Die Verwunderung in meiner Stimme scheint ihn zu amüsieren. »Ich kann ziemlich romantisch sein, wenn es darauf ankommt.«

»Was du auch gut kannst, ist abzulenken, statt das zu machen, was du machen solltest«, sage ich etwas strenger und schiebe ihm demonstrativ den dicken Schinken hin.

Ergeben hebt er die Hände. »Ist ja gut.«

Wir verfallen in geschäftiges Schweigen, bis Diez plötzlich fragt: »Woher weißt du es?«

Ich schaue von meinem Text auf. »Woher weiß ich was?«

»Dass du in sie verknallt bist.«

Die Frage überrascht mich, und gleichzeitig passt sie perfekt zu meinem Freund, der immer so tut, als wäre er cool und gelassen, obwohl es in seinem Kopf viel mehr Fragen gibt, als er je zugeben würde.

»Ich schätze, weil mein Körper jedes Mal in den Ausnahmezustand schaltet, sobald ich auch nur an sie denke«, gebe ich zu.

»Dann ist es nur das?« Diez sieht mich an. »Nur eine körperliche Reaktion?«

»Nein, es ist einfach …« Für einen Moment halte ich inne. »Es ist einfach dieser Drang, sie immer wieder zum Lächeln zu bringen.«

»Das klingt schön.«

»Du wirst dich auch noch verlieben.«

»Ich bin mir gar nicht so sicher, ob ich das will«, murmelt er und greift nach seinem Buch, als gäbe es da noch etwas, über das er lieber nicht mehr reden möchte.

Kapitel 36

Elias
Antwortest du mir, wenn ich dir sage:
Der Unbekannte hat eine neue Nachricht hinterlassen.

Willa
Nicht dein Ernst?!

Elias
Wow, das tat etwas weh.

Willa
Tut mir leid, ich war im Masterarbeitstunnel.
Was stand auf dem neuen Zettel?
Wo hast du ihn gefunden?
Hast du schon eine Ahnung, von wem sie kommen?

Elias
»Es tut mir leid. Ich werde für immer mit dieser Schuld leben müssen.«

Elias
Der Zettel klemmte wieder an meinem
Auto, als ich aus der Physio kam.

Willa
Das ist wirklich gruselig.
Und du hast keine Ahnung, wer es sein könnte?

Elias
Nein, ich meine, mir hat nie jemand etwas getan.
Nicht wirklich zumindest.

Willa
Vielleicht ist es eine Verwechslung?

Elias
Würde es das weniger gruselig machen?

Willa
Nicht wirklich.
Wir sollten es Aygül sagen. Wenn es vor dem Verein passiert, können wir vielleicht auf den Videobändern etwas sehen.

Elias
Da schlummert ja eine kleine Detektivin in dir.
Dann sehen wir uns morgen?

Willa
Ich kann nichts versprechen, aber ich geb mir Mühe.

Kapitel 37

WILLA

Martha stöhnt und lässt den Kopf auf den Tisch sinken.

»Noch immer nichts?«, frage ich vorsichtig.

»Ich versteh es nicht, niemand scheint nach Herrn Fitzek zu suchen«, jammert sie gegen die Tischplatte.

»Vielleicht kann die Person ihn nicht suchen, weil sie gerade selbst in keiner guten Verfassung ist«, murmle ich. »Du hast alles getan, was du konntest, ich bin sicher, es wird sich noch jemand melden.«

Blinzelnd richtet sich Martha wieder auf und sieht zu Herrn Fitzek, der inzwischen drei Körbchen besitzt, weil jede von uns eines gekauft hat. »Ich hoffe es, und irgendwie hoffe ich auch, dass er einfach hierbleiben kann.«

»So geht es uns allen«, meine ich ehrlich. »Es fühlt sich an, als wäre er schon ein Teil der Familie geworden.«

Martha verzieht den Mund. »Ja, genau, und der Gedanke, ihn wieder hergeben zu müssen …« Sie schüttelt den Kopf. »Wie läuft es mit der Masterarbeit?«

Falls sie nun mich zum Stöhnen bringen wollte, hat sie das geschafft. »Und ich dachte, wir würden jetzt über etwas Schönes reden.«

»So schlimm?«

»Ich müsste das Exposé nächste Woche abgeben und habe nichts anderes als den Titel. Jedes Mal, wenn ich davorsitze, fühlt es sich an, als wäre mein Kopf wie leer gefegt«, brumme ich missmutig und versuche das Gefühl eines schwarzen Lochs in meinem Inneren zu verdrängen.

»Kann man dir helfen?«

»Nein, ich fürchte, ich muss mich da einfach durchbeißen.«

»Immerhin hast du ein Thema gefunden, und es wird kein Problem, die qualitativen Befragungen im Zentrum durchzuführen, das sind doch schon mal sehr gute Voraussetzungen, oder?«, will sie wissen, und ich weiß, dass ihre Nachfrage gut gemeint ist. Nur vermittelt sie mir damit das Gefühl, eine unglaubliche Versagerin zu sein, weil alle Lösungen so einfach zu erreichen sind und ich es dennoch nicht schaffe, nach ihnen zu greifen.

Schnell schüttle ich den Kopf. »Ja, sind sie, und ich will mich auch gar nicht beschweren.«

Martha lacht auf. »Du beschwerst dich eigentlich nie, Willa.«

»Na ja, weil ich dafür selten Zeit habe.«

»Hast du Aygül gefragt, ob du dir freinehmen kannst, um daran zu arbeiten?«, will sie wissen.

Ich schlucke. Die freie Woche hat nur dafür gesorgt, dass es mir noch schlechter geht. Der bloße Gedanke daran, mich nicht wieder in die Arbeit flüchten zu können, nicht wieder das Gefühl zu haben, dass ich etwas Nützliches tue, sorgt dafür, dass dieses schwarze Loch in meinem Verstand auftaucht und damit droht, jedes noch so kleine positive Gefühl in sich einzusaugen und nie wieder rauszulassen. »Nein, das will ich auch nicht.«

»Wieso nicht?«

»Du meinst, mal davon abgesehen, dass ich das Geld brauche?«, weiche ich aus, auch wenn es zumindest ein Teil der Wahrheit ist. Ich brauche das Geld, aber ich habe mehr als genug Überstunden und Urlaubstage angesammelt.

»Nur damit ich das richtig verstehe, du willst deine Masterarbeit schreiben, während du halbtags arbeitest und ungefähr dreihundert Sachen ehrenamtlich machst?«, fragt Martha mit der stichelnden Gelassenheit, die dafür sorgt, dass ich mich ertappt fühle.

»Bisher habe ich es doch auch immer geschafft.«

»Das ist selbst für dich ein ziemlich heftiges Pensum.«

»Noch bin ich ja erst am Anfang«, wehre ich ab. »Wenn ich

wirklich am Auswerten der Daten und am Schreiben bin, kann ich mir immer noch freinehmen.«

»Ja, oder du nimmst dir jetzt frei und arbeitest an dem aktuellen Stand und nimmst dir später noch mal frei.«

Meine Zähne pressen sich zusammen.

Wenn man es genau nimmt, wäre die Arbeit an der Thesis eben das: Arbeit. Aber sie bietet zu viel Raum für meine Gedanken, zu viel Luft im Zeitplan und zu viele Optionen, mich in meiner eigenen Dunkelheit zu verlieren.

Der rationale Teil in mir weiß, dass Martha recht hat. Ich krieche auf dem Zahnfleisch, schlafe zu wenig und bin nach der Arbeit oft so erledigt, dass ich es nicht einmal schaffe, mir etwas zu essen zuzubereiten. Aber der andere Teil in mir weiß, dass ich meinen Dämonen unmöglich ausweichen kann, wenn ich mich nicht konstant beschäftige. Nur eine Pause, nur einmal zu lange Luft holen, und die dunklen Schatten kreisen mich ein.

Nur sage ich das nicht. Kann es nicht sagen, weil es bedeuten würde, dass Martha sieht, was wirklich in mir vorgeht. Das Letzte, was ich möchte, ist, dass sie sich Sorgen macht. Dass sich irgendjemand Sorgen um mich macht. Auch wenn ich weiß, dass sie das bereits tun. Alles, was sie erkennen, ist die Spitze des Eisbergs, und ich will mir nicht ausmalen, was passiert, wenn sie den Rest von mir erfassen.

»Ich hatte doch gerade erst frei«, sage ich nach einer Weile.

Martha zieht die Beine vor ihre Brust, ohne den dunklen Blick von mir zu lösen. »Ach, du meinst die Zeit, in der du die gesamte Wohnung geputzt, mir wegen Herrn Fitzek geholfen und Adas Hausaufgaben gemacht hast?«

»Korrigiert«, verbessere ich sie schnell, während ich spüre, wie meine Wangen warm werden. »Ich habe ihr Essay nur korrigiert, nicht geschrieben. Das ist ein Unterschied.«

»Ja, und es ist auch einer, freizumachen oder alles andere zu machen als das«, kontert sie etwas schärfer.

»Ich bin eben gern beschäftigt.«

Sie überlegt einen Moment. Ich kann deutlich sehen, wie es hinter ihrer Stirn arbeitet. Dann entscheidet sie sich für die direkte Konfrontation. »Geht's dir gut? Und bitte komm mir jetzt nicht mit einer Bullshit-Antwort.«

Ertappt lehne ich mich gegen die Küchenanrichte. Für einen Moment flammt der Gedanke in mir auf, Martha alles zu sagen, ihr davon zu erzählen, wie es sich anfühlt, unter all dem Druck langsam zermahlen zu werden. Aber mein Körper schüttelt den Kopf, als würde er mich davon abhalten wollen, irgendwem zu zeigen, wie dunkel es in mir wirklich aussieht.

»Ich muss einfach nur noch dieses Jahr überstehen«, weiche ich aus.

Wie oft ich diesen Satz schon gesagt habe, anderen gegenüber, aber besonders auch mir selbst. Nur noch die eine Klausurphase. Nur noch die eine Hausarbeit. Nur noch diese eine Sache bei der Arbeit klären. Nur noch dieses eine Projekt auf die Beine stellen. Es hat jede Bedeutung verloren, denn nach jedem *nur noch* kommt etwas Neues. Trotzdem räuspere ich mich. »Danach wird es wieder besser. Und du weißt doch, wie diese Phasen im Studium sind.«

Das Argument ist nicht fair. Jeder weiß, wie stressig ein Medizinstudium ist, und wir alle wissen, wie sehr Martha unter dem Druck leidet, besonders wenn ihre Schlaflosigkeit wieder einmal dafür sorgt, dass sie es kaum zu den Vorlesungen schafft.

Martha überlegt noch einen Augenblick, ob sie mich ziehen lassen soll, und fragt schließlich: »Sehen wir uns heute Abend?«

Allein die Frage sorgt für noch etwas mehr Druck in meinem Inneren. Wie ein Tropfen mehr in einem Eimer, der nicht überlaufen darf, weil ich nicht weiß, was dann mit mir passiert.

Die Maske, die mich vor unerwünschten Fragen schützt, lässt meine Gesichtsmuskeln schmerzen. »Sicher.«

Ich gehe zur Garderobe, schlüpfe in meine Jacke und werfe einen Blick auf mein Handy. Sofort wünschte ich, ich hätte es nicht getan. Meine Bewegungen werden hastiger, als ich meine Sachen zusammensuche und in meine Schuhe schlüpfe.

ELIAS

Gut gelaunt balanciere ich auf den Hinterrädern meines Rollstuhls und summe die Musik aus dem Radio mit, als Willa endlich durch die Tür des kleinen Büros kommt. »Guten Morgen.«

Sie würdigt mich keines Blickes, sondern wirft ihre Tasche achtlos auf ihren Schreibtischstuhl. »Hi.«

Irritiert sehe ich sie an. Ihre Haare sind unordentlich, die Reste ihrer Mascara haben winzige schwarze Striche unter ihre Augen gezeichnet, fast so, als hätte sie versucht, sich ungeweinte Tränen aus dem Gesicht zu wischen. Überfordert durch ihre abwehrende Haltung versuche ich einen scherzhaften Ton aufzulegen. »Ich hatte mit etwas mehr Begeisterung gerechnet.«

Ihr kalter Blick trifft mich mitten ins Herz. »Ist das so?«

»Na ja, ich meine, du hast nicht mal Blumen dabei.«

Sie lässt sich auf dem abgewetzten Leder nieder und vergräbt das Gesicht in ihren Händen. »Mir ist gerade nicht nach Witzen, Elias.«

Langsam, aber sicher dämmert mir, dass etwas passiert sein muss. »Tut mir leid, viel zu tun?«

Noch immer starrt sie stur an mir vorbei. »Mehr, als ich gerade verkrafte.«

»Kann ich dir helfen?«

Ich kann sehen, wie sie schluckt, als würde sie darüber nachdenken, ob sie es mir wirklich anvertrauen kann. Dann wendet sie sich endlich mir zu. In ihren grünen Augen schimmert etwas, das ich bis zu diesem Moment noch nie gesehen habe: Angst. So tiefgreifend, dass selbst mein Körper für einen Herzschlag erstarrt, als würde ich das gleiche Monster sehen, vor dem sie sich versteckt.

»Nein, das heißt, vielleicht«, gibt sie zurück und beißt gleich darauf die Zähne zusammen.

»Schieß los!«

Sie hadert mit sich, steht von ihrem Platz auf und beginnt, ziellos hin und her zu laufen, als könnte sie gerade nicht still sitzen, während ihre Gedanken rasen.

Ich sage nichts, sondern warte einfach ab, bis sie sich entschließt, fortzufahren.

»Erinnerst du dich an Vanni?«

Überrascht ziehe ich die Augenbrauen nach oben und krame in meinem Kopf nach dem passenden Gesicht. »Die junge Frau mit den bunten Strähnchen im Haar? Aus deiner Selbsthilfegruppe?«

Willa hält kurz inne. »Genau.«

Langsam bekomme ich eine Ahnung, auf was dieses Gespräch hinausläuft. »Ja, natürlich«, erwidere ich trotzdem.

Sie hält vor mir inne, als wüsste sie bereits, dass mir nicht gefallen wird, was ich gleich zu hören bekomme. Als wäre ihr bewusst, dass sie einen Fehler gemacht hat. »Ich …«, setzt sie an und unterbricht sich selbst, als würde sie nicht wollen, dass ich es weiß, und gleichzeitig nicht wissen, wem sie es sonst sagen soll. »Ich habe ihr meine Handynummer gegeben. Meine Privatnummer.«

Mir klappt der Mund auf.

»Nur für den Notfall«, schiebt sie schnell hinterher, als ob das einen Unterschied machen würde.

»Willa, das ist …«

»Sie hatte einen Zusammenbruch. Und ich weiß, es gehört nicht zu unserem Job, und ich sollte mich nicht so emotional …«, redet sie drauflos, und ich lasse den Kopf hängen.

»Das hättest du nicht tun sollen«, spreche ich aus, was ihr längst klar ist. Es gibt einen guten Grund dafür, warum wir in diesem Job nicht einfach so unsere Nummern rausgeben. Wir brauchen einen Rest Distanz. Etwas Abstand, damit wir wirklich da sein können und nicht nur als Menschen, sondern auch auf der professionellen Ebene.

»Ich weiß«, murmelt sie tonlos und so voller Reue, dass ich alle Belehrungen einfach hinunterschlucke.

So wie sie dasteht, so voller Sorge und Angst, kann ich unmöglich wütend auf sie sein. »Was brauchst du?«

Willa blickt auf, als hätte sie nicht damit gerechnet, dass ich ihr trotzdem noch meine Hilfe anbiete. »Du musst das nicht tun«, antwortet sie.

»Das weiß ich, also spuck's schon aus.«

Nervös beginnt sie, ihre Hände zu kneten. »Ich habe gerade mit der Klinik gesprochen, aber jemand muss sie abholen, und ich besitze kein Auto.«

Das geht weit über das hinaus, was unser Job ist. Zumindest, wenn Vanni nicht unsere offizielle Klientin ist. Und weder Willa noch ich sollten irgendwas dergleichen machen.

»Warum hast du es getan?«, platze ich heraus.

Willa sieht mich an. »Ich glaube, es gibt Momente, in denen wir Menschen verlieren, weil niemand da ist, der eine Hand nach ihnen ausstreckt. Und ich hoffe, wenn ich jemals so am Boden bin, wird mir jemand seine geben.«

Jedes ihrer Worte trifft einen Nerv in mir, von dem ich bisher nicht wusste, dass er schmerzen kann.

So tief, dass ich nichts anderes tun kann, als zu nicken.

Mein Schweigen sorgt dafür, dass Willa auf den Boden rutscht. Sich einfach gegen das Bücherregal lehnt und die Beine vor ihre Brust zieht, als müsste sie sich davon abhalten, auseinanderzufallen.

»Versprich mir, dass du es nicht wieder tun wirst«, sage ich und weiß selbst, dass es nicht helfen wird, ein solches Versprechen einzufordern.

Willa erwidert nichts, aber sie nickt.

Ich seufze. »Dann nimm meins.«

Willa braucht einen Moment, um zu begreifen, dass ich von meinem Auto spreche. »Wirklich?«

Gerade will ich das bejahen, als mir klar wird, dass es so einfach gar nicht geht. Mein Auto wurde umgebaut, ohne Vorkenntnisse lässt es sich nicht so einfach fahren. Die Beine und Füße nicht zu benutzen, ist Gewöhnungssache. »Warte kurz, ich sorge dafür, dass Diez dich abholt.«

»Ich weiß nicht, was ich sagen soll«, murmelt sie.

»Versprich mir einfach, dass du Vanni das nächste Mal an diejenigen verweist, die entsprechend geschult sind«, entgegne ich und tippe nebenher die Nachricht an Diez. »Ich würde auch selbst fahren, aber ich trainiere gleich die Mannschaft.«

»Du überlässt mir wirklich dein Auto?«

»Nein, ich überlasse dir eigentlich meinen besten Freund. Es ist nur eine Fahrt, keine Niere.«

»Ich glaube, deine Niere würdest du auch hergeben«, gibt sie mit einem halben Lächeln zurück, und auch wenn ich weiß, dass es falsch ist, fühle ich mich doch besser, weil die Angst in ihren Augen etwas weniger geworden ist.

»Die sind in keinem besonders guten Zustand, also würde ich davon eher abraten«, nuschle ich in mich hinein. Das Vibrieren meines Handys lässt mich erleichtert aufatmen. »Diez ist in dreißig Minuten vor dem Zentrum«, erkläre ich Willa nach einem Blick aufs Display.

Willa erhebt sich von ihrem Platz am Boden und kommt auf mich zu. Sie haucht mir einen Kuss auf die Wange, während sie flüstert: »Danke, Elias.«

Der Schauder erfasst meinen ganzen Körper, erfüllt mich mit Wärme und lässt meine Lenden verräterisch zucken, als mir ihr Geruch entgegenschlägt. Der Duft nach Orangen und einem Hauch Ingwertee, den sie so mag. Ich schlucke, erinnere mich daran, dass dies hier ganz sicher nicht die richtige Situation ist, um so auf sie zu reagieren, und räuspere mich. »Klar.«

Sie ist schon halb auf dem Weg nach draußen, als ich es schaffe, endlich wieder einen klaren Gedanken zu fassen. »Willa?«

»Ja?«

Ich drehe mich zu ihr um. »Pass auf dich auf.«

»Das mach ich.«

Sie schlüpft aus der Tür.

»Und auf Diez!«, rufe ich ihr noch hinterher und höre sie auf dem Flur sagen: »Auch das!«

Kapitel 38

ELIAS

In den letzten Stunden habe ich immer wieder auf mein Handy geschaut, in der Hoffnung, Willa hätte mir geschrieben. Doch mehr als gähnende Leere habe ich in meinem Posteingang nicht gefunden. Nichts mehr seit der Nachricht von Diez, dass er sie wieder ins Zentrum gebracht hat. Ehe ich allerdings die Chance hatte, zu ihr zu gehen, stand meine eigene Gruppe an, und nun hetze ich über den Flur.

»Willa!«

Ich erwische sie gerade noch an der Tür ihres Büros. Mein Lächeln schmilzt jedoch wie Schnee, der auf warmen Asphalt trifft. Sie weicht meinem Blick aus und wickelt sich den Schal enger um den Hals. So wie der Spätsommer zum Herbst wurde, hat der Ausdruck in ihren Augen an Wärme verloren.

»Hat Aygül dir deinen Schlüssel nicht gegeben?«

»Doch, aber …«

»Ich muss zur Bahn.«

Für einen Moment bin ich so verdutzt, dass ich mich nicht rühre. Willa hingegen scheint es kaum erwarten zu können, die Flucht anzutreten, und bewegt sich in Richtung Ausgang.

»Hey, warte«, rufe ich und schneide ihr den Weg ab. »Du kannst mich doch nicht einfach stehen lassen. Wie ist es gelaufen?«

Sie schluckt, den Blick noch immer abgewendet.

Alles in mir sucht nach einer Antwort darauf, was ich getan habe, dass sie so reagiert. In den leeren Gängen des Zentrums scheint mein Herzschlag widerzuhallen, als wollte er diese Mauer zwischen uns einfach niederreißen.

Willa streicht sich die Haare aus der Stirn. »Es ist alles okay, danke für deine Hilfe.«

Mir klappt der Mund auf. »Ist das dein Ernst?«

»Ich habe doch schon gesagt: Ich muss zur Bahn.«

Wieder versucht sie, sich an mir vorbeizuschieben, und wieder stelle ich mich ihr in den Weg und schüttle den Kopf. Sie stolpert gegen die Reifen meines Rollstuhls, ist mir unendlich nah, und trotzdem habe ich das Gefühl, sie wäre Meter entfernt. »Nein.«

Endlich finden ihre Augen meine. »Nein?«

Ich versuche es zu verstehen, nachzuvollziehen, woher der Umschwung ihrer Gefühle kommt. Doch der Ausdruck ihres Gesichts lässt mich ratlos zurück. Willa starrt mich an, als sei ich es, der gerade nicht logisch handelt. »Ich sagte doch schon: Danke.«

Ich presse die Zähne aufeinander. Meine Kiefermuskeln mahlen, während ich sie fixiere. »Und das war's?«

Unwillkürlich weicht sie einen Schritt vor mir zurück und wirft die Hände in die Luft. Nicht nur meine Wut lässt jetzt die Atmosphäre um uns herum knistern. Es fühlt sich an, als würde sich ein Gewitter zusammenbrauen, und wir warteten nur auf den Moment, in dem sich der erste Blitz entlädt.

»Was erwartest du denn von mir, Elias?«

»Keine Ahnung, auf jeden Fall erwarte ich nicht, dass wir uns küssen, seit Wochen jeden Tag schreiben, uns mehr oder weniger sagen, dass da Gefühle sind, ich dir dann aus der Misere helfe und du mich danach behandelst, als hätte ich dir in dein Müsli gekackt«, schnaube ich.

Der erste Blitz.

Der erste Funke.

Das erste Donnern tief in meiner Seele, dass auch meinen Körper zum Beben bringt. Wieder ein Schlucken. Mehr Rauschen in meinem Kopf, mehr Wut und Unverständnis und etwas anderes, ganz tief in mir, als wäre sie dabei, ein Feuer in mir zu wecken. Ein brennendes Gefühl, das sich nach ihr verzehrt. Nach ihr und mir. Nach einem Uns.

»Das tue ich gar nicht«, behauptet sie.

»Und wie nennst du das hier dann gerade?«

Ich will sie schütteln, sie an mich ziehen, sie küssen und anschreien – alles gleichzeitig. Will ihr nahe sein, ihren Schmerz nehmen und zu meinem machen, alles, nur damit ihre Mauer wieder bröckelt. Damit sie sich nicht mehr versteckt.

»Mach da jetzt bitte keine große Sache draus.« Kopfschüttelnd schlingt sie die Arme um sich, als wäre nicht nur ich es, der etwas zurückhält.

»Woraus jetzt genau? Dem Kuss oder der anderen Sache?«

Meine Worte lassen sie zusammenzucken. »Beides.«

In mir knackt etwas.

»Nein.«

Ihr Mund öffnet sich, als könnte sie nicht glauben, was ich gerade gesagt habe – und irgendwie versteh ich das, denn ich weiß selbst nicht so genau, was ich hier gerade mache.

»Du kannst nicht einfach Nein sagen, wenn ich gehen will.«

Meine Augen bohren sich in ihre. »Willst du denn *gehen?* Oder willst du vor mir *weglaufen?*«

Wieder weicht sie zurück, und wieder folge ich ihr. »Ich weiß nicht, was du meinst.«

Das Lachen aus meiner Kehle klingt nicht nach mir. »Tu das nicht, Willa, tu nicht so, als würde ich nicht verstehen, was hier gerade passiert. Von mir aus spiel dieses Spielchen mit anderen, mach den anderen weis, dass es dir gut geht. Belüg sie, wenn du denkst, dass es dir hilft. Aber nicht mich.«

Sie hebt den Kopf, als würde sie das leere Zentrum scannen. Nach einem Fluchtweg suchen. Für den Bruchteil einer Sekunde habe ich den schrecklichen Gedanken, dass ich ihr irgendwie Angst gemacht habe. Dass sie Angst vor mir hat, nicht nur vor der Konfrontation.

Dann überrascht sie mich.

Willa schiebt sich zurück in das kleine Büro. Sie lässt ihre Tasche von der Schulter gleiten und verschränkt die Arme vor der

Brust. »Ich will nicht weglaufen«, murmelt sie, und ihre Stimme klingt wieder weicher, weniger abweisend. Und doch hält sie mich noch immer auf Distanz, ohne dass ich erkennen könnte, warum.

»Dann tue es nicht.«

Mit einer Hand wischt sie sich über das Gesicht. »Das heute hätte nicht passieren sollen, und unser Kuss …«

»Hätte der auch nicht passieren sollen?«

Ihr Blick in meinem.

Mein Herz, das weiter einreißt.

»Vielleicht.«

Damit scheint für sie das gesagt zu sein, vor dem sie Angst hatte. Es ist raus, schwebt zwischen uns in der Luft wie dichter Nebel, der immer wieder von Blitzen durchzuckt wird. Ich komme näher, nahe genug, damit sie nicht einfach wieder an mir vorbeikommt.

»Das alles hier«, murmelt sie leiser. »Was, wenn ich es nicht verdiene?«

»Und wer entscheidet, was du verdienst?«

»Ich hab Scheiße gebaut, Elias«, sagt sie mit bebender Stimme. »So richtige Scheiße.«

»Ja, aber wir haben es geklärt.«

»Möglich, aber es zeigt nur, dass ich das nicht kann. Das mit uns, dass …«

»Dann willst du mich nicht noch mal küssen?«, unterbreche ich sie.

Ihre Lippen zittern. »Das habe ich nicht gesagt.«

Meine Hand greift nach ihrer, als wüsste mein Körper, dass mein Verstand nicht weiterkommt. »Dann sag mir, was du willst, Willa.«

Ihr Blick flackert. »Elias, ich …«

Meine Finger gleiten über ihre Handflächen. Ich kann sehen, wie sie nach Luft schnappt, den gleichen Schauder spüren, der ihren Körper erfasst. In meinen Lenden zuckt es, wie eine Warnung, dass ich dabei bin, etwas zu tun, das ich nicht tun sollte, aber unbedingt will.

»Du *was?*«

Willa zögert. Mir entgeht nicht, wie ihre Wangen sich rosa färben, wie ihre Pupillen sich weiten. »Es geht nicht darum, was ich will«, haucht sie.

Ich ziehe sie näher, nahe genug, damit meine Lippen ihre streifen. »Doch, jetzt gerade schon.«

»Aber was, wenn ich weiß, dass es falsch ist, dich zu wollen?«

»Wenn ich es auch will, kann es doch nicht falsch sein, oder?«

»Warum willst du das, Elias? Warum siehst du nicht, dass ich zu falsch bin? Dass …«

»Nichts an dir ist falsch«, sage ich und greife nach ihrer Hand. Streiche sanft über ihre Finger, die Innenflächen und den Ansatz ihrer Handgelenke. »Willa, ich weiß nicht, wie ich dir noch zeigen kann, wie sehr ich das alles hier will. Wie sehr ich dich will. Scheiße, ich kann nicht mal für eine Minute am Tag aufhören, an dich zu denken.«

Ihr Körper bebt. Blinzelnd warte ich ab, warte darauf, dass sie den nächsten Schritt macht. Dass sie mir zeigt, ob nur ich all das hier will.

»Und alles, was ich wissen muss, ist: Willst du es auch?«

Sie reckt sich mir entgegen, verharrt wieder, als sei sie nicht in der Lage, diese letzten Millimeter zu überwinden. Aber ich überwinde sie nicht, nicht dieses Mal.

Willa schließt die Augen. Das leise Fluchen an meinem Mund wird zu einem Kuss.

Ihre Lippen prallen so heftig auf meine, dass nun ich es bin, der nach Luft schnappt. Ich ziehe sie auf meinen Schoß, grabe die Hände in ihre Haare und spüre ihre Hand auf meiner Erektion.

Sie keucht auf, als hätte sie nicht erwartet, dass ihre Nähe eine solche Wirkung auf mich hat.

Ich zerre an ihrer Jacke, werfe sie achtlos weg, nur um Willa gleich wieder zu küssen. Dann schiebe ich sie von mir.

Atemlos sehen wir einander an.

Ich kann das Funkeln meiner Augen in der Spiegelung ihrer

Pupillen sehen. Es ist zu wenig Blut in meinem Kopf, als dass ich auch nur einen Gedanken daran verschwenden könnte, was wir hier gerade machen.

»Setz dich auf den Schreibtisch.«

Perplex sieht Willa mich an. »Was?«

»Dieses Wort scheint dir zu gefallen, du sagst es ziemlich oft«, gebe ich zurück.

Willa lässt sich auf der Kante des Schreibtisches nieder, ohne den Blick von mir zu lösen. Die Hitze im Raum erscheint mir unerträglich, und gleichzeitig will ich immer noch mehr davon.

Sie hält den Atem an, als ich wieder näher komme. Meine Hände nach dem Bund ihrer Jeans greifen. »Elias, wir können nicht …«

»Es ist niemand mehr da«, raune ich und öffne den Knopf. »Nur noch wir beide.«

Schluckend denkt sie nach, aber zwischen uns ist kein Platz mehr für all die losen Gedanken, all die Ängste und all das, was sich zwischen uns schieben könnte. Es gibt nur noch uns und die Hitze, die wir beide kaum noch ertragen.

»Fuck.«

Sie lehnt sich auf dem Schreibtisch zurück, lässt achtlos die Papiere zu Boden rieseln, während ich ihre Beine aus dem Stoff befreie.

»Dieses Wort ist neu, gefällt mir.«

Ihr kleines Grinsen ist wie Öl, das auch den letzten Rest in mir zum Explodieren bringt. Ich spreize ihre Beine, warte darauf, ob sie mir sagt, dass ich aufhören soll, aber Willa schweigt. Ihr fiebriger Blick trifft meinen, und ich kann sehen, wie feucht ihr Slip mit jeder Sekunde wird.

»Elias …«

Ich antworte nicht, sondern streiche über die zarte Haut ihres Oberschenkels, weil ich will, dass sie erneut erschaudert. Meine Fingerspitzen fahren über den Stoff ihres Slips, spüren, wie sie erwartungsvoll zuckt.

Scheiße.

Ich will sie so sehr, dass ich das Gefühl habe, jeden Moment zu kommen, bevor ich sie auch nur kosten kann. Dieses Mal ist es Willa selbst, die mir die Entscheidung abnimmt. Sie hebt die Hüfte und entfernt den Stoff, der gleich darauf in meinem Gesicht landet.

Umnebelt von ihrem Geruch, grinse ich.

»Ich sagte doch: Ich treffe immer«, flüstert sie, und die kleinen Falten in ihren Mundwinkeln bringen mich fast um den Verstand.

»Ich auch«, knurre ich halb und packe ihre Hüfte, um sie näher an mich heranzuziehen. Dann vergrabe ich mein Gesicht zwischen ihren Beinen.

»Fuck.«

Willa stöhnt, als ich mit meiner Zunge auf und ab gleite. Mein eigenes Stöhnen wird erstickt von ihrer Nässe.

Das Pulsieren in meinem Schwanz wird so stark, dass ich mit jedem Herzschlag das Gefühl habe, eine neue Schwelle zu übertreten. Ihre Hände krallen sich in meine Haare, als ich ihre Beine über meine Schultern lege, um sie noch mehr zu spüren, ihr noch näher zu sein.

Mehr.

Ich will nur noch mehr.

»Elias …«

Sie seufzt meinen Namen, während ihre Hüfte sich meinem Mund entgegendrückt.

Ich bin wie im Rausch.

Willa ist mein Rausch.

Und ich bin ihrer.

Sie kommt an meinem Mund, und ich kann spüren, wie meine Erregung nasse Spuren in meinen Shorts hinterlässt.

Teil 2

Obwohl nicht mehr viel von uns übrig ist, nach all den Tränen,
Leid und Schrecken.
Und all den Momenten, in denen wir feststecken.

Elias

Kapitel 39

WILLA

Das hat alles verändert.

Alles.

Ich laufe wie auf Wolken.

Mein Gehirn fühlt sich an, als hätte es jemand in Watte gepackt. Nicht jemand. Elias.

Fuck.

Fuck. Fuck. Fuck.

Ich kann seinen Geschmack noch immer auf meinen Lippen spüren. Seinen und meinen. Die Erinnerung fühlt sich an wie ein Film, in dem ich irgendwie mitgespielt habe, der viel zu weit weg ist. Zu weit weg von dem, was ich eigentlich mache.

Was ist da gerade passiert?

Wie konnte das passieren?

Und wieso habe ich das Gefühl, mein gesamter Unterleib bebt noch immer, als wollte er diese schlechte Idee gleich noch einmal wiederholen?

Es fühlt sich an, als sei ich einfach gesprungen. Ohne darüber nachzudenken, wo ich da herunterspringe und was das für Konsequenzen haben kann.

Irgendwie schaffe ich es in unsere Wohnung. Aber ich komme nicht dazu, mich einfach in mein Zimmer zu stehlen.

Ada steht mit einem Becher Eis und einem Löffel vor mir und sieht mich verwirrt an. »Was ist denn mit dir los?«

»Nichts, ich bin nur …« Mir fehlen die Worte, weil mir beim besten Willen nicht einfällt, wie ich das, was ich gerade erlebt habe, beschreiben soll. Martha kommt in den Flur, schaut von mir zu Ada, die mit ihrem schokoladenverschmierten Löffel auf mich deutet.

»Siehst du, was ich sehe?«

In Marthas Gesicht erscheint ein kleines diabolisches Grinsen. »Du hattest Sex.«

»Nein!«

Aber mein Ausruf ändert nichts daran, dass meine Freundinnen die Situation längst durchschaut haben. Ada legt einen Arm um mich und zieht mich sanft in die Küche. »Lügnerin.«

»Ich meine, schon …«, versuche ich mich zu erklären. »Er hat mich auf meinem Schreibtisch geleckt.«

Meine Freundinnen reißen die Münder auf, und ich kann es ihnen nicht verdenken, denn jetzt, da ich es ausspreche, kommt es mir noch absurder vor. Als wäre ich in einer Traumversion meines Lebens, von der ich noch nicht weiß, wie ich sie finde.

»Erzähl uns alles.«

Schnell schüttle ich den Kopf. »Nein!«

Ada drückt mich sanft auf den Stuhl und stochert in ihrem Eis umher. »Spielverderberin.«

Hilfe suchend sehe ich Martha an. Ganz die Ruhe selbst, setzt sie sich zu uns und wartet, bis ich es irgendwie schaffe, den Mund wieder zu öffnen. Die Realität schlägt so schnell und plötzlich zu, dass von den Wolken nichts mehr übrig bleibt. »Es war ein Fehler. Ein ganz, ganz übler Fehler.«

»Warum?«, will Martha wissen.

»Was ist denn genau passiert?«, fragt Ada und schiebt das Eis zur Seite.

Immer wieder schüttle ich den Kopf, als könnte ich selbst nicht glauben, was ich von mir gebe. »Wir waren im Zentrum, und ich … und dann saß ich auf dem Schreibtisch, und …«

Meine Freundinnen sehen erst einander und dann mich an. Sanft nimmt Ada meine Hand. »Für mich klingt das nicht nach einem Fehler.«

»Es ist mein Arbeitsplatz, Ada!«, stoße ich aus und merke jetzt erst, wie das klingt. Ich hatte Oralsex auf meinem Schreibtisch. Mit Elias.

Und einfach alles daran ist falsch, obwohl es sich so verdammt gut angefühlt hat. Aber wie könnten sie das verstehen? Wie könnten sie verstehen, wie es sich anfühlt, sich in dieser Form gehen zu lassen, wenn einem passiert ist, was mir passiert ist. Ich kann es mir nicht mal selbst erklären, wie sollte ich es dann schaffen, es ihnen zu sagen?

»Aber ihr wurdet nicht erwischt?«, erkundigt sich Martha und löst damit etwas die Starre, die gerade von mir Besitz ergriffen hat. Ich stecke fest. In mir selbst. In all den Ängsten, in die ich mitten hineingesprungen bin.

»Darum geht es nicht!«

Ihr Lächeln flaut etwas ab, und im Gegensatz zu mir wird sie nicht einmal ein bisschen rot, stattdessen scheint es sie zu amüsieren. »Es war vielleicht nicht die klügste Entscheidung der Welt«, gesteht Martha. »Aber es war spät, ihr wart allein. Und ich weiß, du willst es nicht hören, aber die Ersten seid ihr ebenso wenig wie die Letzten.«

Meine Lippen verziehen sich. »Du hast recht, das wollte ich nicht hören. Aber das ist es nicht, es ist …«

Der bloße Gedanke, dass jemand Sex im Gemeindezentrum haben könnte, erscheint mir absurd. Es gibt wohl kaum einen Ort, der weniger romantisch oder einladend wäre. Und trotzdem habe ich genau das getan, weil ich für nichts und niemanden Augen hatte als für Elias. Und jetzt, da ich wirklich verstehe, was da eigentlich passiert ist, fühle ich mich schuldig.

Schuldig, weil ich etwas genossen habe, das so falsch war.

Schuldig, weil ich nicht weiß, ob ich solche Dinge einfach genießen kann.

Schuldig, weil sich mein Körper noch immer nicht anfühlt, als sei es wirklich meiner. Trotz all der Jahre, die es her ist. Trotz all der Therapien und dem Wissen, dass ich die Einzige bin, die entscheidet, welche Grenzen ich habe und welche ich zu übertreten bereit bin.

»Das war ein Verbrechen ohne Opfer«, bestätigt Ada. »Und du musst dich nicht schlecht fühlen, nur weil es euch beide überkommen hat.«

»Ich hätte meinen Job verlieren können, zum zweiten Mal heute«, keuche ich und spüre plötzlich die Tränen laufen. Was ist denn nur los mit mir?

»Aber das … Moment. Zum zweiten Mal?«, hakt Ada nach. Ihre blauen Augen blicken tief in meine, als ihr bewusst wird, dass es um viel mehr geht als nur unbedachten Sex auf einem Schreibtisch.

Erst jetzt scheinen meine Freundinnen zu verstehen, dass ich zu viele ungesagte Worte im Kopf habe. Martha räuspert sich leise. »Ich bin mir nicht sicher, ob diese Frage in Ordnung ist«, gesteht sie, ehe sie mich wieder ansieht. »Aber hast du es Elias erzählt?«

Schluckend schüttle ich den Kopf.

Wie hätte ich das tun sollen? Wie soll ich ihm erklären, was mir passiert ist, ohne zu riskieren, dass er mich danach anders ansieht? Dass er das Gleiche tut wie Jonas oder noch viel Schlimmeres?

Eine solche Verletzung kann ich nicht noch einmal ertragen. Nicht jetzt. Und nicht von ihm. Denn bisher hat er es immer irgendwie geschafft, dass ich wieder den Hauch von Hoffnung spüre. Ich will mir diesen Lichtschimmer nicht nehmen, und gleichzeitig wünschte ich, ich würde ihn gar nicht erst sehen – denn es ist viel schlimmer, das Licht wieder aus den Augen zu verlieren, statt gar nicht erst zu wissen, in welche Richtung man schauen muss.

»Ich koch uns einen Tee«, sagt Martha und räumt die Bücher vom Tisch. »Und dann erzählst du uns alles, okay?«

Angstschweiß tritt auf meine Stirn. »Ich würde lieber …«

»Willa«, sagt Ada und drückt meine Hand. Mehr Worte sind nicht nötig, ehe ich vollends in Tränen ausbreche.

Kapitel 40

Elias
Seit ungefähr 300 Stunden überlege ich, wie ich dir schreiben kann, ohne dass es komisch wird.

Willa
Und hast du schon eine Lösung gefunden?

Elias
Leider nicht, aber wenn ich darauf komme, melde ich mich.

Willa
Ich schwanke noch, ob das alles nur ein Traum war.

Elias
Wenn es einer war, dann immerhin ein guter. Oder?

Willa
Ich bin noch nicht sicher.

Elias
Diese Schelle schluck ich runter und frage: Wie meinst du das?

Willa
Ich tue so etwas eigentlich nicht.

Elias
Für mich war es auch nicht der klassische Dienstagabend.

Willa
Tatsächlich? Ich dachte, du hast Routine.

Elias
Kann man jemals Routine darin haben, sich zu verlieben?

Elias
Hab ich was Falsches gesagt?

Willa
Nein, ich … bin nur überfordert.
Wieder mal. Und ich weiß einfach nicht, wieso du noch
da bist, obwohl ich dir gesagt habe, dass es keine gute Idee ist.

Elias
Wenn du eine schlechte Idee bist,
will ich nie wieder eine gute haben.

Kapitel 41

ELIAS

Willa scheint ihren Schreibtisch kaum ansehen zu können, was ich ihr nicht verdenken kann. Jedes Mal, wenn ich es tue, sehe ich sie wieder vor mir. Ihre gespreizten Beine und das Tal dazwischen.

Nur – was in mir erneute Hitze auslöst, scheint bei ihr eher für Scham zu sorgen. Und noch schlimmer: für eine Barriere, die plötzlich wieder zwischen uns steht. Nur will ich genau die gleich wieder einreißen.

»Ich weiß, dass du dieses angespannte Schweigen eine ganze Weile durchziehen kannst, aber könnten wir vielleicht darüber reden, was passiert ist?«, frage ich nach einer Weile, weil sie nichts mehr gesagt hat, seit sie mit hochrotem Kopf ein letztes Mal unseren Antrag lesen wollte.

»Es wäre mir lieber, wir würden es lassen«, murmelt sie gegen das ausgedruckte Papier.

»Wie du willst.«

Nach einer Weile blickt sie doch zu mir auf. »Es darf nicht noch mal passieren, nicht hier.« Ihre Worte sind leise, aber die Wirkung auf meinen Körper ist laut.

»Sag mir, wo und wann, und ich werde da sein.«

Ihre Mundwinkel heben sich leicht, aber es wirkt noch immer so, als wäre da etwas, das sie nicht sagen kann. »Dir macht das Spaß, oder?«

»Merkt man das?«

»Du grinst schon den ganzen Tag vor dich hin.«

»Ja, weil es der schönste Fehler war, den ich je begangen habe.«

Willa schüttelt den Kopf. Sie trägt ihr blondes Haar heute offen, sodass es ihr über die Schultern fällt und mit den Spitzen die Papiere berührt. »Konzentrieren wir uns für die nächsten zwei Stunden auf unsere Arbeit, okay? Und … und danach reden wir.«

Nickend wende ich mich ab und kümmere mich wieder um meinen eigenen Ausdruck. Inzwischen habe ich die Worte so oft gelesen, dass mein Gehirn sicher unfähig geworden ist, nur ein fehlendes Komma zu entdecken. Mir ist unbegreiflich, wie Willa es schafft, auch die letzten Fehler zu finden.

»Das war's«, sagt sie plötzlich und steht auf.

»Was meinst du damit?«

Sie streckt sich, und ich kann hören, wie es in ihrem Rücken knackt, weil sie zu lange Zeit in unbequemer Haltung verbracht hat. »Wir sind fertig.«

»Wirklich?«

Willa nickt. Falls sie bemerkt, wie mir vollends der Schweiß ausbricht, kommentiert sie es zumindest nicht. »Besser wird es nicht mehr, zumindest nicht ohne neuen Input.«

Die Erkenntnis trifft mich wie ein Schlag. In den letzten sechs Wochen haben wir so oft über den Konzepten, Anträgen und Recherchen gesessen, dass es sich jetzt anfühlt, als könnte ich die Papiere nicht einfach loslassen und rausschicken. Als hätte ich Angst davor, dass »Sport to Grow« tatsächlich real wird – oder sich besser gesagt in der Realität behaupten muss. »Sind wir wirklich schon so weit?«

Meine plötzliche Unsicherheit scheint Willa zu amüsieren. Ihre hellen Augenbrauen wandern nach oben. »Ich würde sagen: Das sind wir.«

»Und warum fühle ich mich dann, als sollte ich mich verstecken?«, frage ich schluckend.

Ihre Hand greift nach meiner. Die erste Berührung, seit wir zusammen in diesem kleinen Büro sitzen. »Wir haben an alles gedacht, wir haben gute Argumente, und ich bin mir sicher, wenn es jemand schafft, die Gelder für dieses Projekt aufzutreiben, dann du«, meint sie mit einer solchen Sicherheit, dass die Angst in mir keine Chance mehr hat, weiter aufzukeimen. Wenn Willa sich sicher ist, dann bin ich es auch.

»Meinst du, Aygül sieht das auch so?«

»Ich denke, wir werden nicht sie überzeugen müssen, aber wenn es jemanden gibt, der uns noch sagen kann, was wir verbessern sollten, dann ist sie es.«

»Okay, dann klicke ich jetzt auf Drucken. *Final-Finale Version*«, entgegne ich und spüre, wie die Endorphine in meinem Blut zu tanzen beginnen.

»Warum klingt das bei dir so feierlich?«

Während das Surren des Druckers ertönt, drehe ich mich zu ihr um. »Weil es das ist! Wir haben so viel Arbeit in diesen Antrag gesteckt, da werden wir uns ja wohl auch etwas selbst beweihräuchern dürfen.«

Ihr Lachen scheint den gesamten Raum zu erhellen. »Stimmt.«

»Hast du mir gerade wirklich einfach so zugestimmt?«, frage ich skeptisch.

Sie verneigt sich spielerisch vor mir. »Ehre, wem Ehre gebührt.«

»Damit habe ich heute schon zwei Gründe zum Feiern.«

Willa hält inne. Sie beißt sich auf die Unterlippe, als würde sie darüber nachdenken, ob es klug ist, die nächsten Worte wirklich auszusprechen. »Vielleicht sollten wir das tun.«

Erwartungsvoll sieht sie mir in die Augen, muss erkennen, wie perplex mich diese Aussage macht. »Bittest du mich etwa gerade um ein Date, Willa?«

»Und würdest du Ja sagen?«, fragt sie, fast schon schüchtern, wenn man bedenkt, dass ich gestern noch ihren Geschmack auf meinen Lippen hatte.

»Sofort.«

Sie räuspert sich. »Würdest du gern etwas mit mir trinken gehen?«

Mein Lächeln wird noch breiter. »Nichts lieber als das.«

Nun lächelt sie auch. Endlich. Ihre schlanken Finger strecken sich mir entgegen und halten die ausgedruckten Papiere. »Okay, dann bring den Antrag zu Aygül, und ich hol meine Jacke.«

Das ging so einfach, dass ich verdutzt zu ihr sehe. »Im Ernst?«

»Warum überrascht dich das so?«

Ich antworte nicht, sondern sehe ihr zu, wie sie im Gang verschwindet, und frage mich, womit ich dieses verdammte Glück verdient habe.

Kapitel 42

WILLA

Schummeriges oranges Licht fällt auf die antiquierte Einrichtung mit den wackeligen Stühlen und Lampen mit kaputten Schirmen. Der Holztisch zwischen uns hat faserige Risse, die ich mit dem Finger nachzeichne, weil sie mich an die Narben erinnern, die ich gerade wieder aufreiße.

Es ist seltsam, jemandem gegenüberzusitzen, dem man so viel erzählen will und bei dem man gleichzeitig Angst hat, dass jedes Wort eine Seite zeigt, die ihn dazu bringen könnte, einfach zu gehen. Seit dem Vorfall auf meinem Schreibtisch ist es noch schwerer geworden, Elias aus meinen Gedanken zu bekommen.

Die Nähe zwischen uns macht mir Angst. Die Schnelligkeit, in der sich all das hier aufgebaut hat, sorgt dafür, dass ich wieder zurückfalle. Einfach alles an meinen Gefühlen scheint mich zu warnen, dass es zu viel ist – nur ändert das nichts daran, dass ich sie fühle.

Gefühle sind zum Fühlen da.

Aber wirklich zuzulassen, dass man sie fühlt, ist viel schwerer, als es aussieht. Und noch schwerer ist es, das Chaos in meinem Kopf auch nur annähernd verständlich zu erklären.

Räuspernd nicke ich dem Kellner zu, der uns unsere Getränke gebracht hat, und greife nach meiner Cola. »Seit wann schreibst du?«, frage ich, um das Gespräch irgendwie in Gang zu bringen, ohne dass ich dabei direkt meine eigene Seele entblößen muss.

Elias fährt sich durch die Haare. Trotz der spärlichen Beleuchtung in der Bar kann ich erkennen, wie sich seine Wangen färben. »Ich weiß nicht, ein paar Monate?«

Offenbar habe ich eine Vorliebe dafür entwickelt, Elias erröten zu sehen. Denn die gefärbten Wangen sorgen dafür, dass die Motten in meinem Bauch losflattern, als wollten sie in sein Licht fliegen. »Du weißt es nicht?«

»Es war kein bewusster Entschluss, ich habe einfach irgendwann angefangen und dann das Notizbuch gekauft«, erklärt er und kratzt sich am Kinn.

Seine Zurückhaltung sorgt dafür, dass ich nur noch mehr darüber wissen will. Etwas an den Zeilen in seinem Notizbuch kommt mir vor wie ein fehlendes Puzzlestück, das ich brauche, um wirklich den Elias zu sehen, der er ist, und nicht nur die coole Fassade, die er vorgibt zu sein. »Und wie ist es jetzt?«

»Jetzt kann ich nicht mehr aufhören«, sagt er und nippt an seiner Cola.

»Verstehe.«

Er deutet auf mich. »Was ist mit dir?«

»Ich bin eher der Lesetyp«, sage ich schnell. Es ist eine Sache, schöne Worte zu schätzen, eine ganz andere, sie selbst zu Papier zu bringen.

Elias legt den Kopf schief, während er mich betrachtet. »Keine anderen Hobbys?«

»Zumindest wenige, die nicht damit zu tun haben. Ich liebe Worte, aber ich höre sie lieber von anderen«, gestehe ich.

»Weil andere Geschichten spannender sind?«

Die Frage trifft einen Punkt irgendwo tief in mir, als würde er zwischen meinen Zeilen lesen können, ohne dass ich alle von ihnen selbst aussprechen muss. »Nicht nur.«

»Sondern?«

In seinen Augen funkelt die Neugier auf, und auf der einen Seite möchte ich ihm die Wahrheit sagen – nur bin ich nicht sicher, ob ich bereit bin, ihm diesen versteckten Teil auch wirklich zu zeigen. »Weil andere Geschichten nicht meine sind.«

»Und was ist deine Geschichte?«

»Bist du sicher, dass du bereit bist, sie zu hören?«, frage ich zurück, weil ich hoffe, dass er Nein sagt. Weil ein Teil von mir sich wünscht, dass die Gefühle zwischen uns nicht so tief sind und ich mich weiterhin davor verstecken kann, ihn einzuweihen.

»Natürlich will ich das«, sagt er und greift nach meiner Hand, aber ich ziehe sie zurück. Weil ich seine Nähe gerade nicht ertragen kann. Nicht, wenn ich versuche, einen klaren Kopf zu bewahren. »Willa?«

Ich will das hier.

Will ihn spüren, will seine Nähe.

Aber die Angst sitzt mir so fest im Nacken, dass mir schlecht wird.

»Ich …«, beginne ich, weiß aber nicht so recht, wie ich all das sagen soll, was mir gerade im Kopf herumgeht. »Ich weiß nicht, ob es dir schon aufgefallen ist, aber ich bin nicht unbedingt die einfachste Person.«

Er runzelt die Stirn. »Wieso glaubst du das?«, fragt er zurück.

»Weil es die Wahrheit ist«, sage ich schlicht, auch wenn das nicht das ist, was ich eigentlich sagen soll. »Nähe ist für mich schwierig, weil …«

Elias macht Anstalten, näher zu kommen, aber ich hebe eine Hand, um ihm zu bedeuten, dass ich diesen Abstand gerade brauche.

»Es fällt mir nicht unbedingt leicht, über mich selbst zu sprechen.«

»Ist das so?«, versucht er die Stimmung aufzulockern, nur schlägt das fehl.

Ich kann ihn nicht mal ansehen. »Meine Familie ist …«

… voller Monster …

»… sie haben mir ziemlich wehgetan.«

Ich kann spüren, wie Elias' Blick auf mir ruht, nach Anzeichen sucht, die besser erklären, was ich da gerade sage. Oder was ich versuche zu sagen, weil es so unendlich schwer ist, darüber zu reden.

Seine Lippen öffnen sich für einen Moment, aber er scheint die Frage hinunterzuschlucken.

»Und weil das so ist, tue ich solche Dinge nicht«, fahre ich fort. »Ich habe keine Dates, ich spreche nicht über Liebe. Für mich existiert all das nur in Büchern. Weil es mir da nicht wehtun kann.«

»Darum stößt du andere weg?«, fragt er vorsichtig, und ich nicke langsam. Nachdenklich legt er den Kopf schief, als wüsste er nicht, wie er darauf reagieren soll.

»Habe ich …«, setzt er an. »Habe ich gestern eine Grenze überschritten? Irgendwas getan, das du nicht wolltest?«

Mein Mund öffnet sich. Nur bin ich mir gar nicht sicher. »Es ist schwer zu erklären, was die eigenen Grenzen sind, wenn einem schon früh beigebracht wurde, dass man keine haben darf«, versuche ich zu erklären.

»Willa«, höre ich seine Stimme, während ich einen Punkt an der Wand hinter ihm fixiere. »Bitte, ich bin verwirrt, was versuchst du mir hier gerade zu sagen?«

Ich versuche ihm zu sagen, dass ich überlebt habe. Aber das Kind in mir gestorben ist, als mein Stiefvater mich zum ersten Mal zu sich ins Schlafzimmer gerufen hat.

ELIAS

Ich habe keine Ahnung, was hier gerade passiert.

»Es sind doch die immer gleichen Geschichten. Eine Familie, die nicht gut zueinander ist, Kinder, die darunter leiden, Missbrauch und lebenslange Traumata«, murmelt Willa mit einer so kalten Stimme, dass sämtliche Wärme schlagartig aus meinem Körper weicht.

Sie schaut mich an und doch durch mich hindurch. Ihr Blick flackert, als würde sie tausend Bilder wie im Zeitraffer sehen, die ihr Erinnerungen zeigen, die sie lieber vergessen würde.

Am liebsten würde ich ihr sagen, dass ich alles von ihr wissen will. Dass alle Schattenseiten ihres Lebens für mich genauso wichtig sind wie ihr echtes Lächeln, das die kleinen Fältchen in ihren Mundwinkel zeichnet. Aber ich habe keine Ahnung, wie ich jetzt reagieren soll. »Bist du deswegen Sozialarbeiterin geworden?«

Die Frage erscheint mir absurd, aber ich weiß nicht, was ich sonst sagen soll. Scheiße, gerade ist mein Kopf viel zu voll, um überhaupt einen klaren Gedanken zu fassen.

Willa zuckt mit den Schultern. »Ich denke schon. Und ich habe ziemlich schnell gelernt, dass die Jugendsozialarbeit und ich nicht zusammenpassen.«

»Warum nicht?«

»Ich bin zu nah dran«, gesteht sie. »In jedem misshandelten Kind sehe ich auch immer mich, und das verschiebt den Fokus zu sehr, denn es sollte nicht darum gehen, was ich damals vielleicht gebraucht hätte, sondern was sie jetzt brauchen.«

Verdammte Scheiße.

Wie unsensibel kann ich eigentlich sein?

Wieso schaffe ich es nicht, irgendetwas zu sagen, das nicht völlig daneben ist?

Und aus irgendeinem Grund mache ich es noch schlimmer, als mein Blick auf den Narben an ihrem Arm hängen bleibt. Unwillkürlich rückt sie auf ihrem Platz zurück und zieht die Ärmel ihres Pullis über die Handgelenke, als würde das dafür sorgen, dass ich vergesse, dass sie seit ein paar Wochen ein Gummiband trägt.

Ich muss es nicht aussprechen, Willa hat mir meine Gedanken längst am Gesicht abgelesen.

»Ja«, sagt sie schlicht. »Wahrscheinlich ist das der Grund, warum ich ein Problem mit selbstverletzendem Verhalten habe.«

Keine Frage. Eine Feststellung.

Eigentlich geht es mir um mehr als das, die Male auf ihrer Haut sind nur ein Symptom an der Oberfläche, nur weiß ich nicht, wie ich all die Worte in meinem Kopf so ordnen kann, dass sie mich versteht.

Willas schönes Gesicht verhärtet sich. »Ist das alles, was du dazu sagen willst? Oder war es dir nur wichtig, das Geheimnis meiner Narben zu kennen?«

»Nein, ich wollte nur …«

Sie unterbricht mich. »Was? Ich versuche, mich dir zu öffnen, und du möchtest lieber deine Sozialarbeiter-Skills an mir austesten?«

Der Satz erlischt die Flamme in meinem Inneren, als hätte sie einen Eimer Eis darübergeschüttelt. Was passiert hier gerade? Ich starre Willa an, ohne zu wissen, was ich erwidern soll.

»Wieso sagst du so was?«

Willas linkes Auge zuckt. »Du hast kein Recht, über mich zu urteilen.«

»Aber das tue ich doch gar nicht«, sage ich und kann nicht verhindern, dass meine Stimme lauter wird. Lauter vor Verzweiflung, Verwirrung. »Alles, was ich versuche, ist, dich zu verstehen.«

Willa schnaubt und steht auf. »Vergiss es.«

»Was soll ich vergessen?«

»Am besten alles.«

Für einen Moment glaube ich, mich verhört zu haben. Aber dann wird mir bewusst, dass ich genau die Worte gehört habe, die sie ausgesprochen hat, dass es genau diese Worte waren, die sich wie Dolche in meinen Rücken rammen. Und trotzdem verstehe ich es nicht.

Was passiert hier gerade?

Am liebsten würde ich sie fragen, aber in ihrem Gesicht steht so viel Wut. So viel Schmerz, so vieles, was ich nicht verstehe, dass ich kein Wort über die Lippen bringe. Ich kann nur an meinem Platz verharren. Und mit jedem Atemzug wird es noch schlimmer.

Willa geht an mir vorbei. Schiebt sich an mir vorbei, als wäre ich nichts anderes als ungewaschene Kleidung in einer Ecke. Sie betrachtet mich nicht einmal.

Irgendwas ist hier gerade passiert, aber ich verstehe es nicht richtig, und ich laufe auch nicht hinterher, nicht dieses Mal.

Ich bleibe stecken, in all den Ängsten.

Kapitel 43

WILLA

Die Angst hat mich wieder mal besiegt.

All die wispernden Stimmen in meinem Kopf sind zu laut geworden. Die Zweifel haben mich wieder auf ihre Seite gelockt, haben mich gezwungen zu handeln, ehe ich Gefahr laufe, meine Mauern wirklich einzureißen. Wirklich jemandem nahe zu sein.

Mit all den Gefahren, die Nähe mit sich bringt.

Ich hab ihn von mir weggestoßen.

Weg von mir und meiner Dunkelheit.

Ich hab dafür gesorgt, dass er all die Schmerzen spürt, die ich mir am liebsten selbst zufügen würde. Und ich weiß, wie unfair das ist. Ich verstehe, wieso er es gar nicht erst verstehen kann, wieso er mich für ein Monster hält.

Und ich weiß, dass es jetzt kein Zurück mehr gibt. All die ganzen *Vielleichts* und *Was-wäre-wenns* haben dafür gesorgt, dass es mir lieber war, ihn zu verlieren als den Rest meiner Kontrolle.

Scheiße, und jetzt sitze ich hier und kann nicht mal weinen, weil ich so wütend auf mich selbst bin, weil ich weiß, warum ich all das tue, und weil ich weiß, dass ich ganz kurz davor stehe, den Rest meiner Kontrolle zu verlieren. Und daran ist nicht Elias schuld.

Daran bin ich ganz allein schuld.

Nur hilft mir dieses Wissen nicht, einen Ausweg zu finden. Der Schaden ist bereits angerichtet.

Am liebsten würde ich ihm einfach schreiben, ihm einfach sagen, dass es mir leidtut und dass es nicht so gemeint war.

Aber das war es.

Es war ein Fehler.

Das alles. Ihn so nah an mich heranzulassen, all diese Gefühle zuzulassen, die viel zu viel für mich sind.

Diese Angst.

Die Angst davor, dass ich etwas mache, das ein Uns zerstört. Und das Warten darauf, dass diese Furcht zur grausamen Realität wird. Wurde.

Es ist genau das passiert, was ich vermutet habe. Die selbsterfüllende Prophezeiung ist eingetroffen und hat mich unter ihrer Last begraben: Ich verdiene keine Liebe.

Ich hätte das nicht tun sollen, aber dieses Wissen hilft mir nicht, und ich habe es getan. Ich habe eine mögliche Zukunft mit Elias weggeworfen. Ich habe einen Menschen weggeworfen, nur weil ich mit mir selbst nicht klarkomme.

Wie erbärmlich kann man eigentlich sein, und wie tief will ich eigentlich noch sinken? Wie oft will ich mir eigentlich noch beweisen, dass ich die immer gleichen Fehler mache?

Wahrscheinlich hätte ich nicht auf Martha und die anderen hören sollen. Ich wusste, dass ich nicht bereit dafür bin, irgendjemandem zu zeigen, wie ich wirklich bin.

Das hier ist der Grund dafür.

Das ist der Grund, warum ich niemanden an mich heranlasse, weil meine Vergangenheit es am Ende doch immer wieder zerstört.

Jedes Mal aufs Neue. Immer wenn ich denke, es kann nicht schlimmer werden, kommt noch etwas dazu. Immer wenn ich denke, der Druck würde mich zerschmettern, kommt noch etwas und macht es noch viel schlimmer.

Ich bin so verzweifelt, dass ich nicht mal mehr Worte dafür habe, und ich bin so allein. Irgendwo tief in mir drin hatte ich vielleicht gehofft, dass Elias so etwas wie ein Stern sein könnte. Mein persönliches Licht in der Nacht, das mir irgendwie den Weg nach draußen zeigt, raus aus der Dunkelheit, weg von dem Schmerz, weg von dem Wunsch, diesen Schmerz zu spüren.

Und vielleicht fällt es mir deshalb so schwer, weil er recht hatte. Ich weiß, dass ich mein eigener Stern sein muss, und grade kann ich das nicht.

Heißt es nicht, bevor du jemanden lieben kannst, musst du erst dich selbst lieben?

Diese Challenge bestehe ich nicht. Ich kann mich nicht selbst lieben. Zumindest jetzt nicht.

Ich wollte den Schmerz, und jetzt habe ich ihn, und zu meiner Verzweiflung trägt auch noch bei, dass der Druck jetzt weniger ist. Es hat mir Druck gemacht zu wissen, dass es mit uns weitergehen könnte, dass es mehr sein könnte als nur eine kleine Liebelei oder ein Flirt oder was auch immer. Ja, ich habe ihn weggestoßen. Ja, ich habe ihn verletzt. Ja, ich habe mich selbst dadurch verletzt.

Und am liebsten würde ich es ungeschehen machen, aber auf der anderen Seite habe ich das alles nicht getan, weil ich ihn verletzen wollte, sondern weil ich es bin, die sich selbst verletzen wollte. Ihn wegzustoßen, war nichts anderes, als eine Rasierklinge zu benutzen. Und jetzt hab ich, was ich wollte, denn ich bin allein mit meinem Schmerz.

Und es ist niemand mehr da, der mir helfen wird.

Fuck, ich stecke in der Scheiße.

Schlimmer, ich stecke in meiner eigenen Scheiße fest.

Kapitel 44

ELIAS

Frankfurt zeigt sich von seiner guten Seite. Die Sonne scheint, auch wenn es bereits kühler wird, ist am Main einiges los. Zwischen den sich verfärbenden Blättern und der Kürbisdekoration will die Stadt den goldenen Herbst offenbar genießen. Während ich aus dem Auto steige und mich gegen das warme Metall stütze, holt Diez meinen Rollstuhl. Meine Muskeln zittern bereits vor Anstrengung, doch der Schmerz ist heute erträglich. Sobald ich sitze, fragt er: »Und dann ist sie einfach so abgehauen?«

Die Erinnerung daran sorgt dafür, dass ich das Gesicht verziehe. »Ja.«

»Scheiße, Mann. Das tut mir leid.« Er klopft mir mitfühlend auf die Schulter, während ich mir die Tränen aus dem Augenwinkel wische. Diez reicht mir ein Taschentuch, und ich wünschte, es könnte nicht nur die Tränen, sondern auch die Überforderung einfach in sich aufsaugen.

»Ich hab keine Ahnung, was ich jetzt tun soll«, murmle ich, ohne zu wissen, ob ich es zu ihm oder zu mir selbst sage.

Diez betrachtet mich einen Moment. »Was willst du denn tun?«

»Wenn ich wüsste, was ich getan habe, könnte ich mich zumindest entschuldigen«, brumme ich.

»Hast du versucht, sie anzurufen?«

»Ungefähr hundertmal.«

»WhatsApp?«

Ich zeige Diez den letzten Verlauf, der einzig und allein meine Nachrichten zeigt.

Elias
Was ist hier gerade passiert, Willa?

Elias
Können wir bitte miteinander reden?

Elias
Geht es dir gut?

Elias
Scheiße, Willa, langsam mach ich mir Sorgen. Kannst du mir bitte einfach nur sagen, ob es dir gut geht?

Der Gesichtsausdruck von Diez macht es nicht gerade besser. »Das ist übel, Alter.«

»Ich weiß.«

Er denkt einen Moment nach, als würde er versuchen, mir eine wirklich schlechte Nachricht möglichst schonend beizubringen. »Mehr als das kannst du nicht tun.«

»Ich weiß.«

»Und warum guckst du mich dann mit diesem Blick an?«

»Weil ich kein gutes Gefühl habe.«

Das ist noch untertrieben, ich fühle mich, als würde ich auf einen Eisberg zusteuern, ohne die Möglichkeit, ihm auszuweichen. Nur bin ich in diesem Gleichnis nicht die Titanic selbst, sondern jemand, der das Unglück mitansehen muss.

»Du wurdest abserviert, niemand fühlt sich dabei gut. Das ist okay.«

»Nein, das ist es nicht. Und ich fühle mich auch nicht abserviert, es ist eher …«

Wieder mal werde ich wütend auf mich selbst, weil ich es einfach nicht schaffe, all meine Gedanken in richtige Sätze zu ordnen.

Diez sieht mich blinzelnd an. »Ja?«

Ich schlucke. »Es geht ihr nicht gut.«

»Ja, aber du wolltest eine Beziehung mit ihr und sie nicht vor irgendwas retten«, gibt er zu bedenken. »Wenn sie sich dir nicht öffnen will und immer wegläuft, kannst du nichts dagegen tun. Und wenn du mich fragst, solltest du das auch nicht.«

Auch wenn ich ihn nicht gefragt habe, kann ich fühlen, wie mein Herz einen weiteren Knacks bekommt. Es geht mir nicht darum, den Helden zu spielen, ich will nicht gegen ihre Dämonen kämpfen. Aber ich wäre gern an ihrer Seite, wenn sie es tun muss. Weil ich weiß, dass sie genau das für so viele andere jeden Tag tut, obwohl sie kaum noch Kraft dafür hat, sich selbst am Laufen zu halten.

»Schon, ich wünschte nur, sie würde einfach mit mir reden«, weiche ich aus.

»Wenn sie nach mehr als einer Woche immer noch nicht mit dir reden will, wirst du sie nicht dazu zwingen können.«

»Ich will sie ja gar nicht zwingen, ich will, dass sie von sich aus mit mir redet.«

»Aber das will sie offenbar nicht.«

Ich stöhne. »Eben, und deswegen fühle ich mich scheiße.«

Diez legt den Kopf schief. »Möchtest du eine Umarmung?«

»Ich erzähle dir von meinem gebrochenen Herzen, und alles, was ich dafür bekomme, ist eine Umarmung?«

»Wenn du willst, leg ich noch Eis drauf«, meint er und deutet auf die kleine Eisdiele unweit unseres Wegs. Das sorgt dafür, dass ich mein Grinsen irgendwie wiederfinde. »Schon besser.«

Wir überqueren die Straße und reihen uns hinter den anderen wartenden Menschen ein. Diez schiebt sich die Hände in die Hosentasche, während er schon mal die Eissorten inspiziert. »Welche Sorte willst du?«

»Schoko, Mocca Caramel und Holunder«, antworte ich sofort, was dafür sorgt, dass Diez mich mit hochgezogener Augenbraue ansieht.

»Bist du sicher? Kein Mensch bestellt Holunder.«

»Doch, ich schon.« Ich zucke nur mit den Schultern, was Diez wohl zum Einlenken bringt. Zumindest wendet er sich wieder der Schlange zu und stockt plötzlich.

»Hey, kenn ich dich nicht?«

Eine Frau mit pastelllila Haar dreht sich, beladen mit zwei Waffeln voller Eis, zu Diez und mir um. »Kann schon sein?«

Sein Mund steht für den Bruchteil einer Sekunde zu lang offen, was mir sagt, dass er diese Frau wahrscheinlich mehr als gut findet. »Du … du bist eine Freundin von Willa, oder?«

Sie lächelt und wirft ihr Haar nach hinten. »Oh, Elias! Sorry, ich war so in Gedanken.«

Ehe Diez allerdings dazu kommt, einen unbeholfenen Flirtversuch zu wagen, reiße ich den Mund auf. »Wie geht's ihr?«, platzt es aus mir heraus.

Ihre blauen Augen richten sich auf mich. Für einen Moment habe ich Angst, dass sie mich für einen unheimlichen Typen hält, aber dann hellt sich ihr Gesicht wieder auf. Dann flattert ihr Blick über Diez' Schulter hinweg, als würde ihr jetzt erst auffallen, dass sie keine Zeit hat. »Es geht ihr okay. Tut mir leid, aber ich hab keine Zeit, mit euch zu quatschen, mein Dad wartet.«

Ich weiß nicht, ob ich erleichtert oder enttäuscht bin, oder alles zusammen. »Klar, richte Willa aus …«

Nur was?

Dass ich an sie denke?

Dass ich sie vermisse?

Dass ich mir Sorgen mache?

Ada sieht mich erwartungsvoll an. Sie wartet ebenso auf die Worte wie ich, nur habe ich es inzwischen aufgegeben. »Ach, vergiss es.«

»Okay, das war schräg, aber ich werd so tun, als sei es das nicht«, meint sie. »Bis dann!«

Mein bester Freund dreht sich nach ihr um, während sie aus dem Laden und damit aus unserem Blickfeld läuft. »Wow«, macht Diez.

»Ja, keine Ahnung, was mit mir los war«, stimme ich nachdenklich zu. Ich habe das Gefühl, weder vor noch zurück zu können. Und mit jedem Tag, der verstreicht, wird es schlimmer.

Und es gibt wenig, das ich so sehr hasse wie das Gefühl, festzustecken. Festzustecken in dem Wissen, dass ich ihren Schmerz gesehen und vollkommen falsch darauf reagiert habe. Ich wusste, dass etwas zerbrochen ist, doch statt zu helfen, die Scherben einzusammeln, habe ich sie nur in noch mehr Kleinteile zerschlagen.

Diez scheint meine Gedanken allerdings nicht zu teilen. Er verdreht die Augen. »Doch nicht du, *sie!*«

»Manchmal frag ich mich, wie wir beide Freunde sein können.«

»Stellst du jetzt auch schon unsere Beziehung infrage?«, brummt er und bestellt endlich unser Eis.

»Bitte, bagger nicht auch noch ihre Freundin an. Dann hab ich gar keine Chance mehr, alles irgendwie zu richten«, sage ich ernst, was dafür sorgt, dass er mir das Eis so grimmig reicht, dass die Streusel auf meiner Hose landen.

»Ich will nicht das Arschloch spielen, aber ich glaube, das müsste ohnehin von Willa ausgehen.«

»Du mich auch, Diez.«

Kapitel 45

Unbekannte Nummer
Irgendwann werden sich all deine Lügen rächen!
Niemand hat dir geglaubt, und sie werden dir nie glauben.

Unbekannte Nummer
Ich wünschte, ich hätte dich nie geboren.

Unbekannte Nummer
Niemand wird dich je lieben.
Ich habe es bei Gott versucht.

Kapitel 46

WILLA

»Verdammt noch mal!«

Panisch greife ich nach der Küchenrolle und beginne, damit auf meinem Laptop herumzuwischen. Aber das Gerät scheint meine Hilfe nur als letzten Funken zu brauchen, damit der Bildschirm bedrohlich zu flackern beginnt. Ich schreie vor Frust auf und spüre, wie mir Tränen in die Augen schießen, während ich weiter versuche, die Flüssigkeit von meiner Tastatur zu bekommen.

»Hey, was ist los?«, höre ich Marthas Stimme hinter mir.

Ich beiße die Zähne zusammen, ehe ich mich zu ihr umdrehe. »Ich hab Tee auf meinen Laptop gekippt.«

Sie erkennt sofort, dass ich keine Kraft habe, um mehr zu sagen. Sachte schiebt sie mich zur Seite. »Lass mich mal sehen.«

Während sie meinen Laptop begutachtet, sammle ich die Tasse vom Boden auf. Immerhin ist sie nicht zerbrochen, aber auch das kann mich nicht beruhigen. »Verflucht, ausgerechnet jetzt, ich …«

Schniefend wische ich mir über die Nase. Meine Stimme versagt mir den Dienst. Mein Körper schüttelt sich, als ich versuche, den erneuten Heulkrampf zu unterdrücken. Ich komme mir so unfähig vor, wie eine verdammte Versagerin.

»Willa, ganz ruhig. Ich hab ihn ausgeschaltet, ich kümmer mich drum, und du beruhigst dich erst mal wieder«, sagt Martha und will mir erneut eine Hand auf die Schulter legen. Aber ich zucke zurück.

»Mich beruhigen? Ohne meinen Laptop bin ich aufgeschmissen …«

»Willa«, sagt Martha eindringlich und packt mich an den Schultern, ehe ich mich noch weiter in meinen Zusammenbruch reinsteigern kann. »Sieh mich an, wir bekommen das wieder hin. Aber es hilft nicht, wenn du dich gerade selbst fertigmachst.«

Meine heftige Atmung wird noch schneller. Immer wieder ballen sich meine Hände zu Fäusten, während der Druck in mir so stark wird, dass es sich anfühlt, als würden Tonnen von Wasser meine Lunge eindrücken.

Martha drückt mich sachte auf einen der Stühle und sieht mir fest in die Augen. »Sag mir fünf Dinge, die du sehen kannst«, fordert sie.

Allerdings sorgt diese Übung gegen Panikattacken nur dafür, dass ich wütend werde. »Ich bin eine verdammte Sozialarbeiterin«, herrsche ich sie an. »Ich kenne diese ganzen Übungen.«

»Gut, dann können wir sie ja jetzt machen.«

»Ich brauch das nicht«, schnaube ich, obwohl ich in meinem Kopf bereits die fünf Dinge aufgezählt habe. Martha sagt nichts, sieht mich nur an und wartet geduldig darauf, dass ich die Übung mit mir selbst gemacht habe.

Meine Atmung wird wieder ruhiger, aber ich weiß, dass das nicht an der Übung liegt, sondern an meinem dunklen Begleiter. Dem Schmerz.

Meine Fingernägel haben blutige Halbmonde in meine Handflächen gezeichnet, von denen ein stetiges Brennen ausgeht. Ich atme ein paarmal tief ein und versuche mich darauf zu konzentrieren, langsam wieder die Luft aus meiner Lunge zu lassen. Dann schlucke ich und wische mir die Tränen aus dem Gesicht.

Auch wenn der Anblick der rötlichen Tropfen auf dem Bildschirm meines Laptops dafür sorgt, dass mich abermals der Wunsch überkommt, die Fäuste zu ballen. »Du meinst, du kannst das noch retten?«

Martha zuckt mit den Schultern. »Ich werde es auf jeden Fall versuchen.«

Ich nicke. »Danke.« Es wäre zu schwer, Martha jetzt ins Gesicht zu blicken, also starre ich auf meine Hände, auf die Halbmonde.

»Wie lange hast du heute daran gesessen?«, fragt sie sanft.

»Ich bin nicht sicher, wie spät ist es?«

»Drei Uhr morgens.«

Mein Kopf ruckt hoch. »Oh.«

»Oh, wie: Seit ich dich vorhin allein gelassen habe?«

Ich lasse den Kopf wieder hängen. »Ja, genau so ein Oh.«

»Mach uns einen neuen Tee, ich kümmer mich um deinen Laptop«, fordert sie mich auf, und ich habe nicht die Kraft, mich dagegen zu wehren. Vielleicht will ich es in diesem Moment auch gar nicht. Schon vor dem Tee-Debakel war ich kurz davor, einfach zusammenzubrechen. Und jetzt, da mir bewusst wird, dass ich Martha wahrscheinlich aus dem für sie so kostbaren Schlaf gerissen habe, komme ich mir unendlich töricht vor. »Okay. Hab ich dich geweckt?«

»Nein, ich bin in einen Sumpf aus YouTube-Videos abgerutscht, in denen Menschen darüber diskutieren, ob vegane Hundeernährung nun möglich ist oder nicht«, sagt sie und lächelt.

»Und zu welchem Ergebnis bist du gekommen?«

»Dass es auf den Hund ankommt.«

Ich nicke. »Klingt logisch.«

Meine Freundin lässt Herrn Fitzek aus ihrem Zimmer, der sofort auf mich zustürmt, als könnte er fühlen, dass ich seine feuchte Nase gerade brauche. Martha bringt den Laptop weg, ehe sie sich wieder zu mir in die Küche begibt.

»Was ist im Moment los mit dir?«, setzt Martha vorsichtig an, während ich unserem pelzigen WG-Mitbewohner über das Fell streichle.

»Was meinst du?«

Sie verdreht genervt die Augen. »Lass den Scheiß, Willa. Du weißt genau, was ich meine.«

Die Heftigkeit ihrer Worte lässt mich zusammenzucken. »Es ist eben einfach gerade alles etwas viel.«

»Es ist immer etwas viel, Willa«, sagt sie streng und sieht mich an. »Aber du bist die Erste, die aus dem Haus geht, die Letzte, die wiederkommt, und dann sitzt du noch Stunden hier und ackerst ohne Pause. Du sprichst nicht mit uns, du …«

»Das ist nur eine Phase, das geht wieder vorbei.«

Martha stöhnt auf, was selbst Herrn Fitzek dazu bringt, zu bellen, als könnte er ihren Frust verstehen. »Und wann?«

»Wenn ich den Projektantrag mit Elias eingereicht habe und meine Masterarbeit fertig ist und …«

»Willa«, unterbricht sie mich. »Ich sehe dich kaum noch, und wenn, dann bist du nicht gerade in guter Verfassung. Du antwortest nicht auf Nachrichten, tauchst einfach unter und vergisst ständig Sachen.«

Blinzelnd sehe ich sie. »Was habe ich vergessen?«

Martha presst die Lippen zusammen.

In meinem Kopf dreht sich plötzlich alles. Mit jeder Sekunde, die verstreicht, wird mir bewusst, dass sie hier nicht von Hafermilch oder Cornflakes redet. »Jetzt sag schon, was habe ich vergessen?«

»Meinen Geburtstag.«

Mein Mund klappt auf. »Was?«

»Du hast mich schon verstanden«, entgegnet sie kühl und beugt sich nach vorn. Ich kann in ihrem Gesicht nicht ablesen, wie schlimm es ist, und irgendwie macht es genau das noch viel schlimmer für mich. »Scheiße, Martha. Das tut mir unglaublich leid.«

Die Tränen sind wieder da. Der Selbsthass und alles, was mich noch weiter in die Dunkelheit treiben kann, aber meine Freundin hebt eine Hand, als könnte sie so alles abblocken. »Ich bin nicht wütend auf dich, Willa. Ich will wissen, was hier los ist. Das letzte Mal, als du dich so verhalten hast, ist deine Mutter …« Sie unterbricht sich und reißt die Augen auf. »Sie hat sich wieder gemeldet, oder? Wegen des BAföG-Antrags?«

Ich hasse es, dass ich so leicht zu durchschauen bin.

»Sie hat sich wieder gemeldet, oder?«

Es ist mir nicht möglich, auf diese Frage zu antworten. Auch wenn mein Mund offen ist, schaffe ich es einfach nicht. Martha greift nach meinem Handy – und ich lasse es zu. Weil ich weiß, dass mir die Kraft fehlt, dagegen anzukämpfen.

Ihr Gefluche sorgt dafür, dass ich mit dem Gummiband schnippe. Der Schmerz sorgt dafür, dass ich dem Drang widerstehe, einfach wegzulaufen.

»Willa, das geht seit Wochen so …«

»Ja.«

»Wann fing das an?«, will sie wissen.

»Nach dem letzten BAföG-Antrag.« Meine Stimme klingt monoton. Immer wieder lasse ich das Gummiband gegen meine Haut schnippen, bis der Schmerz kaum noch zu fühlen ist. Nur noch Wärme.

»Wieso hast du nichts gesagt?«

»Weil es nichts ändert«, sage ich leise. »Weil ich nicht wieder meine Nummer wechseln will, weil ich weiß, dass ich mich nicht verstecken kann. Sie findet mich. Immer und immer wieder.«

»Dann gehen wir zur Polizei, wir …«

»Nein.«

Fassungslos sieht Martha mich an. »Aber …«

Ich kann sie nicht ansehen, nur das Gummiband, dass sich anfühlt wie eine Rettungsleine. Das Einzige, was mich noch im Hier und Jetzt hält und nicht in das schwarze Loch fallen lässt. »Es ist meine Entscheidung.«

»Willa, es gibt Möglichkeiten.«

»Ja, ich weiß …«

»Dann nutz sie, denn langsam weiß ich nicht mehr, ob du all die Warnschilder und Hilfsangebote absichtlich ignorierst«, schnaubt sie. »Glaubst du wirklich, wir bekommen nicht mit, dass du dabei bist, abzurutschen? Meinst du, dass wir nicht sehen, wie du immer weiter von uns allen abrückst?«

»Das ist es nicht, ich …«

»Doch.« Martha funkelt mich an. »Genau das ist es. Wir haben dir Raum und Zeit gegeben, weil du uns gebeten hast, das zu tun. Aber jetzt reicht es. Du brauchst Hilfe, Willa.«

In meinem Kopf kann ich bereits das Tonband sehen, die immer gleichen Worte, die ich abspule wie ein Mantra – die gleichen Lügen, die ich allen Menschen um mich herum und mir selbst erzähle. Nur kann ich es nicht.

Ich kann sie nicht wieder sagen, nicht nur, weil Martha mich längst durchschaut hat, sondern auch, weil ich weiß, dass sie recht hat.

»Ich habe mich nicht wieder verletzt«, sage ich stattdessen, als würde dieser simple Fakt irgendwas aussagen.

»Vielleicht nicht mit einer Klinge«, hält Martha dagegen. »Aber mit deinen Taten.«

Ich sehe sie an, unfähig, etwas darauf zu erwidern. Martha hält das allerdings nicht ab.

»Und nicht nur dich selbst. Du stößt uns alle weg und du ignorierst uns, nicht nur Ada und mich, sondern auch Elias.«

Mein Mund öffnet sich, bereit, nun doch zu widersprechen, aber Martha schüttelt den Kopf. »Du verletzt nicht nur dich selbst, sondern auch alle anderen. Und ich bin es leid, dir dabei zuzusehen.«

»Es tut mir leid«, hauche ich erstickt und schlage eine Hand vor den Mund.

»Darum geht es mir nicht.«

Ich weiß, denke ich, aber ich schaffe es nicht, das auch zu sagen. Mir ist bewusst, was sie von mir erwartet, was sie glaubt, was jetzt das Richtige wäre. Aber ich weiß nicht, ob ich es schon kann. Ob ich wirklich bereit dazu bin.

»Rufst du morgen deine Ärztin an?«

Blinzelnd hebe ich den Kopf und nicke, ohne zu wissen, ob ich erneut lüge oder nicht.

ELIAS

Ich fliege.

Über mir ist ein Meer aus Sternen, Planeten und Sonnen. Ein Geflecht aus all den Wundern des Universums, umhüllt mit Sternenstaub und dem Nebel aus längst vergangenen Galaxien. Doch all diese dunkle Schönheit ändert nichts an der Angst in meinem Herzen.

Ich weiß in diesem Moment, dass es ein Traum ist.

Und ich weiß, wie er weitergeht, mein Albtraum.

Das Fliegen wird zum Fallen.

Dunkelheit, Schmerz und diese entsetzliche Angst vor dem, was kommen wird, sorgen dafür, dass ich schreie. Ich rudere mit den Armen, versuche, mich in der Luft zu halten. Versuche das Unvermeidliche aufzuhalten. Aber es ist vergebens.

Der Aufprall zerschmettert Körper und Seele gleichermaßen.

Ich schrecke hoch.

Angstschweiß läuft mir über die Stirn, und noch ehe ich eine Chance habe zu realisieren, dass ich wach bin, lässt der Schmerz in meinem Bein mich stöhnen.

Plötzliches Licht blendet mich. »Elias?«

Meine Mutter zieht ihren Morgenmantel enger um ihren Körper und sieht mich mit weit aufgerissenen Augen an. Ich atme einmal tief durch.

Ich bin wach, der Traum ist vorbei, und ich bin nicht mehr auf der kalten Straße oder im Krankenhaus, sondern hier in meinem Bett. Nur der Schmerz, der lässt nicht einfach wieder von mir ab. »Alles in Ordnung«, bringe ich mühevoll hervor. »Nur ein Albtraum.«

Vorsichtig kommt meine Mutter näher. »Geht es dir gut?«

Ich könnte versuchen, sie anzulügen, aber ich bin ziemlich sicher, dass es nicht klappen würde. »Es geht schon.«

Mit schmerzverzerrtem Gesicht ziehe ich den Rollstuhl zu mir. Mein steifes Bein ist ein einziger pulsierender Ball aus Schmerz, der kaum einen klaren Gedanken zu mir durchdringen lässt. »Hey«, sagt meine Mutter sachte und hilft mir dabei, aus dem Bett zu kommen. »Du hattest schon lange keine Albträume mehr.«

Sie geht vor ins Badezimmer und sucht mir meine Medikamente aus dem Schrank, ehe ich ein Glas Wasser gereicht bekomme. Mitgenommen sehe ich sie an. »Tut mir leid.«

»Ich war eh noch auf.«

»Bist du wieder vor dem Fernseher eingeschlafen?«

Sie lächelt. »Verrat es deinem Vater nicht.«

»Nur, wenn du auch nichts verrätst.«

Nickend betrachtet sie, wie ich mein steifes Bein massiere, als würde es den Schmerz irgendwie lindern. Immerhin schaffe ich es langsam wieder, das Knie mithilfe meiner Hände anzuwinkeln. Nur sorgt das dafür, dass ich scharf die Luft einsauge.

»Du kannst ruhig ins Bett gehen«, bringe ich mühevoll hervor, weil es die eine Sache ist, mit mir und meinem Schmerz klarzukommen, aber eine ganz andere, wenn jemand, den ich liebe, mir dabei zusehen muss.

Aber meine Mutter überspielt es, genauso wie ich es tun würde, wären unsere Rollen vertauscht. »Jetzt bin ich wach, willst du auch einen Tee?«

»Nein, ist schon okay.«

»Bist du sicher?«

»Ja, alles gut.«

Sie hockt sich vor mich hin, während ich mich an dem Griff neben der Toilette festklammere. »Elias, red mit mir.«

Nur, was soll ich ihr sagen?

Alle Worte würden nur versuchen zu verschleiern, wie stark die Schmerzen gerade sind. Oder sie würden ihre Sorgen noch mal anwachsen lassen. Irgendwie schaffe ich es, ein halbes Grinsen auf meine Lippen zu zwingen. »Ist noch was von dem Kräutertee da, den Paps so hasst?«

Sie nickt langsam. »Ja, aber denk ja nicht, ich würde nicht merken, wie du mir ausweichst.«

»Die Tablette wirkt sicher gleich.«

Nachdenklich kräuselt sie die Nase. »Vielleicht hast du dich in den letzten Wochen etwas übernommen …«

»Es war nur ein Traum. Ich komm klar, wirklich«, unterbreche ich sie, so sanft es mir möglich ist.

Der Unfall mag Auswirkungen auf mein Leben gehabt haben, aber weder hat er mich daran gehindert, weiterhin das zu tun, was ich liebe, noch wird er sich zwischen mich und meine Ziele stellen. Zumindest nicht dauerhaft.

»Ich bring dir die Tasse gleich ans Bett«, murmelt meine Mutter und steht wieder auf.

»Kannst du mir den Rollstuhl herbringen?«

Sie nickt, während ich abwarte, bis sie aus meinem Bad und in meinem Zimmer verschwunden ist. Obwohl es keine drei Meter bis zu meinem Bett sind, bin ich froh, dass ich gar nicht erst versuchen muss, sie ohne Rolli zu schaffen.

Inzwischen wandert der Schmerz vom Bein zur Hüfte und wieder zurück. Nachdem ich mir etwas kaltes Wasser ins Gesicht gespritzt habe, versuche ich wieder, in mein klammes Bett zu steigen.

Das leise Klopfen an meiner Tür erklingt genau in dem Moment, als ich auf dem Rand des Betts sitze.

»Ja.«

Meine Mutter öffnet die Tür, betrachtet mich für den Bruchteil einer Sekunde und stellt dann den Tee auf meinem Nachttisch ab. »Hier.«

»Danke«, murmle ich.

Sie beugt sich sachte über mich und drückt mir einen Kuss auf die Stirn. »Gute Nacht.«

»Gute Nacht, Ma.«

Kapitel 47

WILLA

Es kann doch nicht so schwer sein, einfach das verdammte Telefon in die Hand zu nehmen und es hinter mich zu bringen. Aber ich schaffe es nicht.

Ich habe es ein paarmal in der WG versucht, aber jedes Mal, wenn ich kurz davor war, habe ich entweder Ada oder Martha gehört – und dann ging nichts mehr.

Der bloße Akt, meine Hand auszustrecken und auf das Display zu tippen, erscheint mir wie die Überwindung eines gigantischen Bergs.

Ich schließe die Augen.

Das Gummiband um mein Handgelenk reicht nicht mehr aus. Ich kann kaum noch spüren, wie das Gummi meine Haut trifft. Und ich weiß, was das bedeutet.

Meine Skills nutzen sich ab, weil ich einfach weitermache.

Schluckend öffne ich die Augen wieder, greife nach dem Telefon. Aber dann gerate ich wieder ins Stocken. Wenn ich auf den Namen meiner Psychologin tippe, werde ich zugeben müssen, dass ich es nicht schaffe. Dass ich wieder mal nicht stark genug bin, um mit mir, mit meinen Ängsten und dem Leben zurechtzukommen. Nicht nur vor ihr, sondern auch vor mir selbst.

Obwohl es sich anfühlt, als würde sich eine Schlinge um meinen Hals legen, klicke ich auf den Namen und halte mir das Telefon ans Ohr.

»Praxis Dr. Arnth«, meldet sich nach einigen Sekunden eine Stimme.

»Mein Name ist Willa Andres«, keuche ich in den Hörer, weil

ich unbewusst die Luft angehalten habe und nun kaum dazu komme, Sauerstoff in meine Lunge zu lassen.

»Willa«, höre ich die Stimme meiner Therapeutin. »Brauchen Sie einen Termin?«

»Ja.«

»Lassen Sie mich kurz nachsehen.«

Einen Moment ist es still, und obwohl es kaum mehr als eine Minute sein kann, kommt es mir vor wie eine Ewigkeit.

»Ich kann Ihnen einen in vier Wochen anbieten.«

Schluckend fliegt mein Blick zu dem Kalender an der Wand meines Büros. Vier Wochen. Wie soll ich es schaffen, auch nur einen weiteren Tag auszuhalten?

»Willa?«

Ich will ihr sagen, dass ich ihre Hilfe eher brauche. Dass ich es nicht mehr ertrage, nicht nur mich, sondern auch alle anderen Menschen um mich herum zu verletzen. Aber ich kann nicht. Es geht einfach nicht. Stattdessen räuspere ich mich. »Klingt gut«, höre ich mich selbst sagen.

»Wunderbar, passt Ihnen zehn Uhr dreißig?«

»Super.«

»Gut, Willa …«

Ich lege auf.

Unterbreche ihren Satz, damit sie nicht hört, wie ich das Schluchzen unterdrücken muss. Meine Hände pressen sich auf meinem Mund, versuchen all das weiterhin in mir drinzubehalten, das ich so lange versteckt und verdrängt habe. Ich darf nicht zusammenbrechen. Nicht hier.

Atmen.

Einfach immer weiteratmen.

So schwer ist das doch gar nicht. Ich greife nach meiner Jacke, hänge mir die Tasche über die Schulter und wische mir über das Gesicht, um jede verdächtige Spur von Tränen zu verschleiern. Ich muss hier raus, muss nach Hause. Zurück in die Sicherheit meines Betts.

Aber dafür muss ich es aus meinem Büro schaffen, in die U-Bahn, durch Menschen.

Atmen, erinnere ich mich.

Einen Fuß vor den anderen setzen und weitermachen. Schritt für Schritt, Atemzug um Atemzug.

Ich schaffe es in den Flur, kann den Ausgang schon sehen und spüre, wie sich etwas in mir regt, das in Richtung Hoffnung geht.

»Willa, kommst du bitte mit?«

Abrupt bleibe ich stehen. Aygül steht an der Tür ihres Büros und sieht mich an.

Ich schlucke den Schwall Angst hinunter, ebenso wie das Bedürfnis zu schreien. Meinen ganzen Schmerz und den ganzen Frust einfach herauszubrüllen. Aber natürlich tue ich nichts dergleichen, sondern setze mein falsches Lächeln wieder auf. »Ich wollte gerade gehen.«

Aygüls Gesicht ist ernst. Ernster, als ich es von ihr kenne. Anders. »In mein Büro«, verlangt sie knapp und gibt mir keine Chance, dagegen etwas zu sagen.

Das klingt nicht gut.

Obwohl sich jede Faser meines Körpers dagegen wehrt, zwinge ich mich dazu, ihr in das Innere ihres kleinen Büros zu folgen. »Ist etwas passiert?«

»Sag du es mir. Und schließ bitte die Tür hinter dir.«

Aus meiner diffusen Angst wird schlagartig bitterer Ernst. Etwas stimmt hier ganz und gar nicht, und ich habe keine Chance, davor zu flüchten.

Langsam setze ich mich auf den unbequemen Stuhl vor ihrem Schreibtisch. »Was meinst du, Aygül?«

Sie strafft die Schultern und sieht mich streng an. »Hast du mir etwas zu sagen?«

Ich verkrampfe mich.

Das Alarmsignal in meinem Kopf ist so laut, dass ich kaum noch in der Lage bin, einen klaren Gedanken zu fassen. Meine Hände umklammern die Lehnen des Stuhls, halten sich daran fest, als würde es dafür sorgen, dass ich nicht wieder in meine Angst hineingezogen werde.

»Willa?«

Ich schaffe es nicht, etwas zu sagen.

Aygül wartet, ob ich nicht doch noch meinen Mund aufbekomme, dann nickt sie. »Vanni hat angerufen. Hier im Zentrum.«

Mir wird heiß und kalt gleichzeitig.

Mein Mund öffnet sich, schließt sich wieder. Öffnet sich erneut, und stammelnde Worte kommen über meine Lippen. »Es war nur …« Ich kann sie nicht ansehen. Ich kann Aygül nicht ins Gesicht sehen, während mir langsam, aber sicher bewusst wird, dass sie alles weiß.

Sie weiß von Vanni.

Davon, dass ich Mist gebaut habe.

Ihr ist klar, dass ich nicht in der Lage bin, eine gute Sozialarbeiterin zu sein.

Dass ich schlecht bin. Falsch. Unfähig.

»Was war es, Willa?«

Der scharfe Ton lässt meinen Kopf hochrucken. »Sie brauchte Hilfe.«

Aygül nickt langsam. »Und du hättest dafür sorgen können, dass ihr diese Hilfe vermittelt wird. Aber stattdessen hast du dich dafür entschieden, lieber ihre Freundin zu sein.«

Schnell schüttle ich den Kopf. »So war es nicht.«

»Ach nein?«

»Nein, ich wollte nur …« Ich presse die Lippen aufeinander. »Es war ein Fehler. Aber es war das erste und letzte Mal. Ich schwöre es, Aygül.«

Die Züge ihres Gesichts werden weicher. »Ich glaube dir«, sagt sie nach einer Weile. »Aber das ändert nichts.«

»Aygül, bitte.«

»Du hast gegen die Regel verstoßen, und ja, das mag dir jetzt vorkommen wie eine unrechtmäßige Bestrafung. Aber ich will dich nicht bestrafen, ich will dich beschützen. Vor dir selbst«, sagt sie langsam, als wollte sie sichergehen, dass ich jedes ihrer Worte genau verstehe. Dass sie zu mir durchdringen. Aber das tun sie nicht.

Ich sehe nur, dass ich schlecht bin. Dass ich nichts richtig machen kann. Ich bin ein einziger Fehler, selbst dann, wenn ich versuche, anderen zu helfen.

»Bitte«, würge ich hervor.

»Willa, du gehst über Grenzen. Und damit meine ich nicht nur die Regeln des Zentrums.«

Ich schweige, weil ich nicht weiß, was ich sagen soll.

Aygül atmet einmal tief ein. »Ich beurlaube dich für unbestimmte Zeit.«

Mir klappt der Mund auf. »Nein.«

Flehend sehe ich sie an, aber es bringt nichts. Mein Flehen wurde noch nie gehört. Nicht von anderen und nicht von mir selbst. Weil um mich herum nichts anderes ist als bleischwere Dunkelheit.

»Tut mir leid, Willa.«

»Bitte nicht, tue mir das nicht an, Aygül.«

»Du hast mir keine Wahl gelassen, und dir selbst auch nicht. Wir müssen …«

Den Rest ihrer Worte kann ich nicht mehr hören, denn der letzte Rest von mir ist in der Dunkelheit gefangen.

Kapitel 48

Vor zehn Jahren

WILLA

»Du bist schlecht.«

Die Worte meiner Mutter brennen sich mir ins Fleisch wie die Flamme der Kerze, über die sie meine Hand hält.

»Mama, bitte …«, flehe ich weinend, aber sie hat kein Erbarmen. Nicht mit mir.

»Sag es«, fordert sie mich auf. »Sag, dass es deine Schuld ist.«

Der Schmerz.

Das Brennen ist alles, was ich noch fühlen kann. Als hätte die Flamme langsam, aber sicher auch meine Angst verzehrt.

»Es war meine Schuld«, wimmere ich. »Es war alles meine Schuld.«

Meine Mutter lässt meine Hand los.

Ich stolpere zurück, knalle mit dem Rücken gegen die Wand und rutsche daran herunter, während ich die verbrannte Haut betrachte. Alles, was ich will, ist, dass es endlich vorbei ist, dass sie mich endlich in Ruhe lässt. Mich und den Schmerz endlich allein lässt.

Aber sie tut nichts dergleichen.

Ihr Gesicht erscheint vor mir. Die grünen Augen, die aussehen wie meine, sind zusammengekniffen. Ein Netz aus kleinen Falten hat sich von den Außenwinkeln ihrer Augen über das gesamte Gesicht gezogen, als wäre eine Spinne am Werk gewesen. Nur hat sie statt eines Netzes Wut und Hass gesponnen und auf die Frau gelegt, die mich eigentlich beschützen sollte.

»Du gehst jetzt sofort zu ihm und entschuldigst dich.«

Panisch sehe ich sie an. »Nein«, stoße ich aus. »Nein, Mama, bitte …«

»Schluss damit«, herrscht sie mich an. »Du hast es selbst gesagt: Es war deine Schuld. Es ist *immer* deine Schuld. Du hast ihn dazu gebracht.«

Sie packt mich am Arm, zerrt mich wieder auf die Füße.

»Und genau darum wirst du jetzt zu ihm gehen und dich entschuldigen.«

»Nein, bitte. Zwing mich nicht dazu.«

Sie zieht mich mit sich, sieht mich nicht einmal an, während sie mich in das Schlafzimmer zerrt.

»Bitte, Mama. Ich will das nicht.«

Doch meine Worte bedeuten nichts.

Genauso wenig wie mein Schmerz.

Wir sind allein, nur wir beide. Der einzige Verbündete, den ich habe, das Einzige, was wirklich mir gehört.

Meine Mutter stößt mich auf das Bett, und mein Stiefvater sieht mich mit funkelnden Augen an. Ich kann nichts sagen, bin starr vor Angst.

»Los jetzt«, fordert meine Mutter mich auf. »Entschuldige dich.«

Irgendwo tief in mir stirbt etwas.

Ich kann es ganz deutlich fühlen. Als würde mir jemand das Herz herausreißen, nur dass niemand es sehen kann.

»Es tut mir leid«, höre ich meine eigene Stimme sagen. »Es war meine Schuld.«

Mein Stiefvater beugt sich näher zu mir.

Von seinem Atem wird mir übel. »Du weißt, was mit bösen Mädchen passiert, oder?«, will er wissen.

Aber alles um mich herum wird dunkel.

Nur der Schmerz ist noch da.

Wir sind allein, nur wir beide. Der einzige Verbündete, den ich habe, das Einzige, was wirklich mir gehört.

Teil 3

Ich will mit dir dahin, wo die Sterne uns sehen und der Regen uns berührt, die Nacht uns begegnet – und niemand versteht es …

Elias

Kapitel 49

ELIAS

Eine so lange Funkstille hatten Willa und ich noch nie. Allmählich ist es, als würden wir beide nur noch aus Sturheit schweigen – und das habe ich satt. Allerdings kann ich sie nicht finden.

In dem kleinen Gemeinschaftsbüro ist ihr Platz leer, und da heute keine ihrer Gruppen ansteht, muss ich mich wohl oder übel dazu durchringen, jemanden nach ihr zu fragen.

»Hey, hast du Willa gesehen?«, frage ich zur Begrüßung, als ich in Aygüls Büro komme.

Die Geschäftsführerin hebt kurz den Blick von ihren Papieren und schiebt die Brille höher. »Ich hab sie nach Hause geschickt.«

Perplex starre ich sie an, als seien die Worte nicht ganz in mein Bewusstsein vorgedrungen. »Nach Hause?«

Ein tiefes schweres Seufzen dringt aus ihrer Kehle, und sie macht eine Geste, die mir bedeuten soll, die Tür hinter mir zu schließen. Ich folge der unausgesprochenen Bitte, auch wenn ich das dumpfe Gefühl bekomme, dass ich es bereuen werde.

Für einen Moment sieht sie mich nur an, dann schüttelt sie den Kopf. »Du kannst gern so tun, als wüsstest du nicht, warum ich Willa weggeschickt habe. Ich verstehe, warum.«

In ihrer Stimme klingt kein Vorwurf mit, nur eine tief verwurzelte Sorge.

»Du hast sie beurlaubt«, stelle ich fest.

»Ja.«

»Wann?« Die Heftigkeit meiner Stimme überrascht nicht nur

sie. Bis ich die Frage ausgesprochen hatte, war mir nicht bewusst, welche tief sitzende Angst sie begleitet.

»Vor ein paar Stunden«, antwortet Aygül und verengt die Augen zu schmalen Schlitzen. »Was ist los?«

»Nichts. Ich muss gehen.«

Mein Herz fängt an, sich gegen die Gitterstäbe, die meine Rippen sind, zu werfen. Willa ist nicht hier, und ich weiß, was das für sie bedeutet. Welche Angst sie davor hatte. Fast schon panisch krame ich nach meinem Handy und versuche, Willa anzurufen. Aber nach dreimal Klingeln geht nur die Mailbox dran.

Fuck.

Ich versuche es gleich noch einmal, aber vergeblich, und etwas tief in mir beginnt zu schreien.

Es ist nicht logisch. Die Sorge um sie wächst plötzlich so sehr, dass mir richtig schlecht wird. Ohne lange darüber nachzudenken, packe ich meine Sachen.

Ich muss zu ihr. Jetzt sofort.

Mitten in der Bewegung tippe ich mechanisch eine WhatsApp, um zu sagen, dass ich mich auf den Weg zu ihr mache – und sie zurückrufen soll. Aber die Nachricht bleibt ungelesen, auch als ich fünf Minuten später an meinem Wagen stehe.

Unaufhörlich donnert mein Puls hinter meinen Schläfen.

Ich hätte mich nach unserem Streit melden sollen.

Ich hätte nicht so gottverdammt stur sein sollen.

Die Wut gegen Willa ist längst verraucht. Ich will nur, dass es ihr gut geht.

Nur einen Anruf, nur eine Antwort. Mehr verlange ich gar nicht.

Doch nichts passiert.

Ich starte meinen Wagen und drehe die Musik so laut, dass sie meine eigenen Gedanken und all die Ängste dahinter verbirgt.

»Bitte«, sage ich an den Himmel gewandt. »Lass es ihr gut gehen. Sorg dafür, dass sie nichts tut, was sie nicht mehr rückgängig machen kann. Sorg dafür, dass sie nicht in ihren eigenen Abgrund fällt.«

An einer roten Ampel halte ich kurz an und wische mir über die Augen, während ich mein Flehen an den Himmel ergänze: »Besonders, wenn niemand da ist, der sie auffangen könnte.« Endlich erreiche ich das Wohnhaus von Willa.

Ich parke den Wagen und fluche über den Bordstein. Und dann stehe ich vor ihrer Tür.

Ich drücke die Klingel und warte. Diese Sekunden kommen mir unendlich lang vor, bis ich wieder darauf drücke. Und wieder. Und wieder.

Aber auch hier reagiert Willa nicht.

Für einen furchtbaren Moment frage ich mich, ob es egal ist, was ich tue, weil ich ohnehin nichts mehr ändern kann. Aber ich weigere mich, diese Hilflosigkeit zuzulassen.

Noch einmal versuche ich, sie anzurufen. Noch einmal hebt sie nicht ab.

Okay. Dann muss ich einen anderen Weg finden.

Schnell öffne ich Instagram und suche unter denen, die dem Verein folgen, nach einem bekannten Gesicht. Es dauert nicht lange, bis ich Ada finde. Auf ihrem Profilbild sind die charakteristischen lila Haare erkennbar. So schnell, wie meine kalten Finger es zulassen, tippe ich eine Nachricht an sie.

Dann muss ich warten. Nur dass ich nicht warten kann, weil ich genau weiß, dass jetzt jede Sekunde zählen könnte. Weil ich genau weiß, dass die Frau, die ich liebe, gerade dabei ist, sich in ein schwarzes Loch zu stürzen, und ich kann nichts tun, außer am Rand stehen und darauf warten, was passiert, wenn sie den Boden erreicht.

Noch einmal drücke ich die Klingel. Noch einmal versuche ich, sie anzurufen.

Ich bewege mich etwas von der Tür weg, den Blick nach oben, in der Hoffnung, ein geöffnetes Fenster zu sehen. Dann rufe ich ihren Namen. Jemand steck den Kopf aus dem Fenster.

Für eine Sekunde wallt Hoffnung in mir auf.

»Verdammte Scheiße, halt deine Fresse.«

Es ist nicht Willa, sondern ihr Nachbar. Tja, das hier ist immer noch Frankfurt.

Während ich dasitze und darauf warte, dass irgendjemand bereit ist, mir zu helfen, während ich versuche, Willa zu helfen, kommt mir ein ganz anderer Gedanke.

Das Gebäude ist ein Altbau. Ein Altbau ohne Fahrstuhl. Und wenn ich mich richtig erinnere, dann wohnt sie ganz oben. Ebenso gut hätten sie in diesem Moment auf einem anderen Kontinent sein können.

»Verdammt.«

Allein komme ich auf jeden Fall nicht die Treppen hoch, und auch Ada wird mir wahrscheinlich nicht helfen können. Zähneknirschend nehme ich wieder mein Handy. Hoffe wieder, dass ich eine Nachricht von ihr finde.

Stattdessen rufe ich meinen besten Freund an.

»Kannst du kommen?«

Keine Begrüßung, keine unnötigen Worte, die vielleicht Zeit rauben.

»Wo bist du?«, fragt Diez perplex zurück.

»Ich stehe vor Willas Haus.«

»Was machst du da?«

»Können wir die Fragestunde bitte verschieben. Kannst du herkommen?«

»Ja, ich mach mich gleich auf den Weg.«

Gut, ein Problem weniger. Ich wünschte nur, das würde dafür sorgen, dass ich etwas mehr Luft bekomme. Und dass die Angst ein kleines bisschen weniger wird.

Verdammt, Willa. Bitte tue nichts, was du nicht mehr ändern kannst. Lass die Dunkelheit nicht gewinnen.

Die Zeit scheint sich unendlich auszudehnen. Es kommt mir vor, als habe irgendjemand Gott gespielt und sie nur angehalten, um mich noch weiter zu quälen. Aber dann endlich sehe ich Ada.

Sie kommt auf mich zugelaufen, panisch sieht sie mich an.

»Was ist denn nur los?«

»Ich bin mir nicht sicher«, gebe ich zu. »Vielleicht nichts, aber vielleicht ist auch …« Meine Stimme bricht ab.

Ada fummelt den Schlüssel aus ihrer großen Handtasche heraus, gerade noch rechtzeitig, als Diez um die Ecke biegt.

»Martha müsste auch gleich da sein«, sagt Ada, während sie die Tür aufstößt und mich und Diez reinlässt.

Sie blickt zwischen uns hin und her und sieht dann mich an. »Ich werde vorlaufen.«

Keine Frage. Das ist gut, denn genau das hätte ich von ihr gewollt. Dass sie läuft, dass sie der Frau entgegenläuft, um die ich solche Angst habe.

Während Ada die Treppe hinaufsprintet, sehe ich meinen besten Freund an. Inzwischen hat er Übung darin, mich Treppen hochzutragen.

Als wir ganz oben ankommen, ist sein Kopf rot, und Schweiß perlt ihm von der Stirn. Die Wohnungstür steht offen und ist zum Glück breit genug für meinen Rollstuhl. Das Bellen eines Hunds dringt gedämpft an mein Ohr.

Und ich kann Adas Stimme hören, wie sie immer wieder den Namen ruft, der auch in meinem Kopf hämmert.

»Mach die Tür auf!«, ruft sie gegen die Zimmertür. Es ist etwas zu hören, undeutlich, und das macht mir noch mehr Angst.

»Mach die verdammte Tür auf!«

Keine Reaktion.

Ich sehe meinen besten Freund an. »Kannst du sie aufbrechen?«

»Seh ich aus wie Rambo?«

»Hast du eine bessere Idee?«

Diez schüttelt den Kopf und schiebt Ada sanft zur Seite. Er räuspert sich. »Wenn du die Tür nicht bis drei aufmachst, breche ich sie auf. Und dann braucht ihr ein neues Schloss, und das kostet verfickte Kohle«, brummt er dem Holz entgegen. »Also überleg es dir gut.«

Wir warten. Warten vergebens.

»Eins.«

Diez sieht Ada an, und diese nickt, während sie die Arme um ihren Körper schlingt.

»Zwei.«

Ich schließe die Augen, als könnte ich nicht hinsehen.

»Drei.«

Ich reiße die Augen wieder auf. Diez tritt gegen die Tür. Fluchend prallt er von dem Holz ab. Zu schade, dass das hier kein Film ist, denn sonst hätte es mit Sicherheit sofort geklappt.

Meine Angst steigt ins Unermessliche, als Diez mich ansieht. Doch ehe einer von uns noch etwas sagen kann, geht die Tür plötzlich auf.

»Fuck, Willa.«

Sie hat die Arme eng um ihren Körper geschlungen, doch durch den Stoff des grauen Pullis können wir es deutlich sehen – das Blut.

WILLA

Keiner von ihnen sagt etwas.

Und ich kann auch nichts sagen.

Das Schweigen hat sich so sehr in dieser Wohnung ausgebreitet, dass ich mich nicht mehr daran erinnern kann, wie es vor dieser Leere der Worte war. Martha hat meine Wunden versorgt und ist gerade dabei, einen notdürftigen Verband um meine Arme zu schlingen. Ich halte sie nicht davon ab. Lasse sie einfach machen, denn jetzt macht es ohnehin keinen Unterschied mehr.

Der Schmerz hat mich stumpf gemacht.

In eine Decke eingerollt sitze ich einfach nur da, ohne wirklich Notiz davon zu nehmen. Alles, was ich fühle, ist das Brennen meiner Wunden.

Die Realität ist noch da, aber ich bin weit weg. Ich kann die anderen sehen, die besorgten Blicke, die sie einander zuwerfen, und ich verstehe, warum sie mich so ansehen.

Aber in mir drin, da passiert nichts.

Ada legt eine zweite Decke um meinen Körper. Bis eben habe ich gar nicht gemerkt, dass ich zittere. Diez macht irgendwas in der Küche, ohne dass ich sehen würde, was, aber um ehrlich zu sein, ist mir das auch egal.

Es sollte mir peinlich sein. Unangenehm, dass sie mich so gefunden haben. Ich sollte mich für mich selbst schämen. Aber nicht einmal das kann ich.

Ich sitze nur da und lasse sie machen, weil mir die Kraft fehlt, irgendetwas anderes zu tun.

Martha fixiert den Verband und wirft einen Blick zu Elias. Eigentlich würde ich ihn gern fragen, wie er es geschafft hat, in diese Wohnung zu kommen, aber ich könnte es nicht ertragen, ihm in die Augen zu sehen.

Nicht nach alldem, was ich kaputt gemacht habe.

Martha nickt, als hätten die beiden eine telepathische Verbindung und irgendetwas besprochen, das ich nicht mitbekommen habe. Dann steht sie auf, und er kommt näher.

Jemand reicht mir eine Tasse Tee, und ich nehme sie mehr aus Reflex.

»Willst du denn gar nichts sagen?«

Ich will ihn nicht ansehen. Ich will nicht in diese braunen Augen sehen, und ich will nicht fühlen, was sein Blick mit mir macht. Der enorme Druck auf mir ist gerade weg, und ich weiß, wie das klingt, aber ich will es genießen. Denn mir ist klar, was es bedeutet, dass ich wieder abgerutscht bin. Dass ich wieder mal zu schwach war. Zu schlecht.

»Gibt es da noch was zu sagen?«, murmle ich nach einer Weile. Ich spüre, wie alle mich ansehen und darauf warten, dass ich ihnen sage, was ich jetzt zu tun gedenke.

Aber da ich das selbst noch nicht weiß, entscheide ich mich, eine andere Frage zu stellen. »Was machst du hier?« Elias kratzt sich am Kopf, das dunkle Haare hängt viel zu tief in seine Stirn.

»Du hast nicht auf meine Nachrichten reagiert.«

»Tut mir leid.«

»Ich wollte keine Entschuldigung von dir. Alles, was ich wollte, war, zu wissen, dass es dir gut geht.«

Es liegt mir auf der Zunge, meine Tageslüge noch mal zu wiederholen: Es geht mir gut. Nur wäre genau das eben eine Lüge, und alle hier wissen es. Ich kann meine Maske gar nicht mehr aufsetzen.

»Vielleicht sollten wir zu einem Arzt?«, spricht Ada genau das aus, wovor ich noch mehr Angst habe, und alle Gefühle kommen langsam wieder zurück. Alles, dem ich versucht habe zu entkommen. Mein Kopf ruckt herum, und ich sehe sie an.

»Nein.«

»Du brauchst Hilfe«, sagt Martha.

»Und ich werde mir Hilfe suchen«, antworte ich. Zumindest ist das keine Lüge, denn auch wenn ich versucht habe, es allein zu schaffen, ist mir inzwischen zumindest bewusst, dass ich nicht mehr aus meinem Loch rauskomme. Nicht ohne Hilfe. Dazu stecke ich viel zu tief drin.

»Und wann?«, fragt Martha, mit all ihrer Härte, für die ich sie immer so bewundert habe, aber die sich jetzt anfühlt, als würde sie mir die Luft abschnüren.

»Gib mir einfach noch etwas Zeit, okay?«

»Bis wirklich jemand die Tür aufbrechen muss?«

»Es tut mir leid.«

»Nichts muss dir leidtun«, kommt es von Elias. »Niemand hier ist wütend auf dich, Willa.« Elias schüttelt den Kopf. »Aber – nein.«

Verwirrt sehe ich zu ihm hoch. »Du willst mir keine Zeit geben?«

Das Lächeln, das an seinen Mundwinkeln zupft, hat nichts mit Freude zu tun. Es ist die pure Verzweiflung. »Das können wir nicht.«

»Ich werde mir Hilfe suchen.«

»Ja, aber damit wirst du nicht warten können.«

»Können wir nicht einfach für heute ins Bett gehen?«, frage ich, spüre, wie der Druck wieder steigt. Diese verfluchten Tränen.

Ich habe es so satt, mich so zu fühlen. Ich habe es so satt, immer das Gefühl zu haben, niemals gut genug zu sein. Keiner von ihnen wird es je verstehen. Wie soll ich ihnen erklären, dass ich den Schmerz brauche? Warum er mir dabei hilft, einen klaren Kopf zu bewahren? Und warum es so verflucht schwer ist, mir nicht selbst wehzutun?

Sie können es gar nicht verstehen.

Weil keiner von ihnen weiß, wie es ist, wenn sich jeder Schritt anfühlt, als würde man auf Scherben laufen.

Und ich liebe sie dafür. Dafür, dass sie nicht so viel Dunkelheit in sich tragen wie ich. Und dafür, dass sie trotzdem hier sind. Versuchen, mir zu helfen, obwohl ich selbst keinen Ausweg mehr sehe.

»Niemand von uns will dir irgendwas Schlechtes«, sagt Ada.

»Ich weiß«, bringe ich mühevoll hervor. »Aber ich bin gerade wirklich nicht in der Lage, mich jetzt um einen Therapieplatz zu kümmern. Habt ihr eigentlich eine Ahnung, wie lange das dauert? Wie oft ich fremden Menschen erst mal erzählen muss, was mit mir los ist, und wie ich mich fühle, bevor ich überhaupt …« Meine Stimme bricht.

»Du musst das nicht allein tun«, sagt Elias und sieht mich an. »Wir sind alle bei dir.«

»Doch, ich muss es allein tun«, halte ich dagegen. »Nicht weil ich eure Hilfe nicht will, sondern weil dieser Schritt von mir kommen muss, verstehst du?«

Er denkt einen Moment darüber nach. Ich kann deutlich sehen, wie es hinter seiner Stirn arbeitet. Und wahrscheinlich hat er sich schon tausend Argumente zurechtgelegt, um mich zu widerlegen. Aber er sagt keines davon. Stattdessen nickt er. »Okay, was willst du jetzt tun?«

Ich schlucke. Weil ich Angst davor habe. Weil ich monatelang Angst vor diesem Moment hatte. Diesem Moment, wenn ich falle und aufschlage.

»Wenn ich sage, dass ich gern allein wäre, würdet ihr nicht gehen, oder?«

»Nein.«

Noch einmal nicke ich. »Dann würde ich gern einen Film sehen.«

»Was?«

»Du hast mich gefragt, was ich gern tun würde, und ich möchte einen Film sehen.«

Meine Freunde sehen sich unsicher an. Ich kann es nachvollziehen. Immerhin hätten sie fast meine Zimmertür aufgebrochen, und das Blut drückt sich durch die Mullbinden an meinem Arm.

Die Schnitte sind nicht tief. Aber sie sind da. Ich habe mir meine Maske selbst von der Haut geschnitten.

»Vielleicht wäre es besser, wenn du darüber redest, wie das passieren konnte«, versucht Martha noch einmal.

»Wir wissen doch alle, wie es passiert ist«, gebe ich zurück.

»Die Schnitte sollte sich wirklich ein Arzt ansehen«, beharrt Ada.

»Sehe ich auch so«, sagt Diez.

Und Elias, Elias sieht mich an: »Pack ein paar deiner Sachen zusammen, ich fahr dich.«

Keine Bitte. Keine Wahl.

In jedem anderen Moment hätte ich dagegengehalten, hätte ihm gesagt, dass er sich sein überhebliches Gehabe sparen kann und dass ich sehr gut auf mich selbst aufpassen kann. Aber gerade kann ich es nicht. Ich stelle den Tee weg, ohne auch nur einen Schluck davon genommen zu haben. Dann gehe ich in mein Zimmer und fange an zu packen.

Kapitel 50

ELIAS

Tausend unausgesprochene Worte schweben zwischen uns und der Welt, die beschlossen zu haben scheint, dass wir keinen kleinen Sieg verdient haben. Willa lässt die Wagentür kraftlos zufallen.

Ihr Gesicht hat wieder etwas Farbe gewonnen, doch in ihren Augen ist kein einziger Hoffnungsschimmer zu sehen. Verdenken kann ich es ihr nicht. Endlich ist sie bereit, Hilfe anzunehmen, und dann macht das System ihr wieder einen Strich durch die Rechnung. Die Klinik schafft es erst, sie in drei Tagen aufzunehmen, ihre Therapeutin hat zwar direkt mit jemandem telefoniert, aber offenbar reicht es nicht einmal aus, wenn sich jemand den Schmerz wortwörtlich aus dem Körper schneiden will, damit er sofort Hilfe bekommt. Unsere einzige weitere Option wäre, Willa ins Krankenhaus zu bringen, aber ich kann verstehen, dass sie das nicht will.

Wozu auch?

Ihr Körper ist nicht das Problem, trotz der Wunden. Es ist ihre Seele, und für die braucht sie Menschen, die dafür spezialisiert sind. Trotzdem fühlt es sich falsch an, jetzt hier zu sitzen und zu wissen, dass sie noch weiter auf Hilfe warten muss.

»Soll ich dich nach Hause fahren?«, frage ich leise.

Willa rutscht auf dem Sitz herum und sieht mich an. Und auch wenn ich weiß, dass ich es nicht denken sollte, fühlt es sich in diesem Moment wieder so an, als könne sie alles von mir sehen. Jede Narbe, jeden Schmerz, all die Dinge, die ich vor anderen Menschen verstecken würde, nur nicht vor ihr. Langsam schüttelt sie den Kopf. »Nein, bitte nicht nach Hause.«

Für einen Moment zögere ich. Mein Verstand sucht nach dem, was man tun sollte. Aber nicht einmal das Studium konnte mich auf all das hier vorbereiten – und auf die Möglichkeiten, das Falsche zu tun. Weder will ich Willa bevormunden, noch glaube ich, dass ich die richtige Person bin, um ihr beizustehen. Aber vielleicht kommt es gar nicht so sehr darauf an, ob ich der Richtige dafür bin, und mehr darauf, dass ich es zumindest versuche. »Okay, dann sag mir, wohin du willst.«

Sie seufzt, wischt sich die Haare aus dem Gesicht und sieht genauso hilflos aus, wie ich mich fühle. »Ich hab keine Ahnung.«

Dass sie nicht zurück in ihre WG will, kann ich verstehen. Diez ist dortgeblieben, um die Tür notdürftig wieder hinzubekommen. Wäre ich an Willas Stelle, würde ich auch nicht wieder zurückwollen und mich all dem stellen. Nur sind unsere Optionen ebenso erschöpft wie unsere Körper und Seelen. »Meine Eltern sind nicht da«, sage ich zögernd. »Wenn du willst, können wir erst mal zu mir.«

»Okay«, sagt sie tonlos und schließt die Augen, als würde es sie unendlich viel Kraft kosten, einfach weiterzuatmen. Ich starte den Wagen und wir lassen den Parkplatz der Klinik hinter uns. Inzwischen ist es dunkel geworden, doch von den Sternen ist nichts zu sehen. »Elias?«

Überrascht blicke ich kurz zur Seite. »Ja?«

»Warum tust du das alles?«

»Weil wir alle manchmal fallen und jemanden brauchen, der uns aufhilft«, antworte ich sofort, weil es die Wahrheit ist. Vielleicht kenne ich ihren Schmerz nicht, aber ich weiß, wie es ist, zu fallen und auf dem Boden des Lebens aufzuschlagen.

Willa schluckt. »Und das ist alles?«

Ich blicke auf die Straße vor mir, das Geradeaus eines Wegs, von dem niemand von uns wusste, dass wir ihn gehen müssen. »Nein, ist es nicht«, gestehe ich leise und kann spüren, wie Verstand und Herz zu streiten beginnen, als wollten sie mich davon abhalten, einfach die Wahrheit zu sagen. »Ich bin in dich verliebt, aber das ist nicht der Grund, warum ich dir helfe.«

Willa reißt die Augen auf. »Verliebt?«

In ihrem Tonfall schwingen Hoffnung und Angst, Vertrauen und Verzweiflung mit. Das schlechte Gewissen regt sich in mir, aber ich bin es leid, nur gut gemeinte Floskeln und Halbwahrheiten von mir zu geben.

Ich winke ab. »Mach dir um mich keine Gedanken, du solltest jetzt in erster Linie an dich denken.«

»Vielleicht will ich mir aber Gedanken darum machen, wie du dich fühlst«, gibt sie leise zu bedenken.

»Dazu ist auch noch Zeit, wenn du dich an die erste Stelle gesetzt hast.«

Für einen Moment presst sie die Lippen aufeinander, ganz so, als würde es sie daran hindern, all die Dinge zu sagen, die eigentlich in ihrem Kopf herumschwirren. »Ich wünschte, ich könnte dir sagen, dass ich auch verliebt bin«, haucht sie so leise, dass ich ihre Stimme kaum hören kann. Nur mein Herz, das wird schneller, obwohl es Angst davor hat, dass der Riss in seiner Mitte mit jedem Schlag tiefer wird. »Aber ich weiß nicht, ob ich überhaupt noch so etwas Großes fühlen kann.«

»Du musst es nicht wissen, und du musst auch nichts sagen«, sage ich schnell. »Aber du wolltest die Wahrheit wissen, und das ist sie.«

Willa schiebt sich eine Strähne aus dem Gesicht. »Nach den letzten Stunden erübrigt es sich wahrscheinlich zu sagen, dass es nicht an dir, sondern an mir liegt, oder?«

Ich schenke ihr ein halbes Lächeln. »Es gibt keinen Grund, sich zu rechtfertigen.«

»Das mache ich nicht«, erwidert sie. »Aber wenn du ehrlich zu mir bist, sollte ich auch ehrlich zu dir sein. Und damit auch zu mir selbst. Und die Wahrheit ist: Ich habe Angst, ganz besonders vor der Liebe.«

Die Art, wie sie das sagt, lässt den Riss in mir noch etwas tiefer werden. Als könnte ich schon den Bruchteil des Schmerzes, den sie ertragen musste, nicht mehr aushalten.

»Es ist okay, Angst zu haben. Es gibt keine Perfektion, wenn so viele Variablen zusammenkommen. Und daran ist nichts Schlechtes, es ist einfach nur das Leben.«

»Ich weiß, aber das sorgt nicht dafür, dass sich die Angst besser anfühlt.«

»Wenn du mich fragst, ist es gut, dass du Angst hast«, sage ich ernst, während ich mein Auto vor die Garage meiner Eltern lenke.

Willa spannt sich auf ihrem Sitz noch etwas mehr an. »Was?«

»Wir haben nur Angst, wenn wir noch etwas zu verlieren haben. Und wenn du jetzt Angst hast, dann sagt mir das nur, dass da noch etwas ist, für das du kämpfen willst«, erkläre ich mit einem Schulterzucken.

Zum ersten Mal wirkt Willas Lächeln wieder echt. Nicht befreit von Traurigkeit und Schmerz, aber dennoch echt. »Du wirst mal ein ziemlich guter Sozialarbeiter.«

Behutsam greife ich nach ihrer Hand. »Du auch, Willa.«

Ihre Finger streichen über meine, lösen ein Kribbeln auf meiner Haut aus und wecken in mir den Wunsch, sie einfach nur in die Arme zu schließen und nie wieder loszulassen.

»Nach der ganzen Scheiße, die ich gebaut habe? Das bezweifle ich«, murmelt sie.

»Wir bauen alle mal Mist.«

»Ja, aber nicht wegen allen werden fast Türen aufgebrochen«, gibt sie in einem Ton zu bedenken, der mich fast schon schmunzeln lässt.

»Da kann ich nicht widersprechen, aber es ist trotzdem okay.«

»Elias?«

»Willa?«

Sie beißt sich auf die Lippen. Ich warte, sehe sie an und weiß bereits, dass alles, was sie nun sagen könnte, nur noch mehr dafür sorgt, dass ich mich in sie verliebe. Mit allen Wunden, Fehlern, Narben und Ängsten. Mit all der Dunkelheit, von der sie glaubt, erstickt zu werden.

»Ich würde dich gern küssen.«

»Bist du sicher?«, frage ich zurück und sehe ihr in die Augen. Suche nach Zweifel, nach dem Anzeichen einer Übersprungshandlung, nach irgendwas, das mir sagt, dass ich nicht tun sollte, was wir beide wollen.

Aber ich kann nichts davon in ihren Augen sehen, nur einen Wunsch nach Nähe. Nach Wärme. Nach mir.

»Ja«, haucht sie und zieht mich über die Mittelkonsole näher zu sich. »Ist das okay?«

Aber ich kann nichts mehr sagen, denn meine Lippen treffen bereits auf ihre.

WILLA

Sein Mund auf meinem.

Seine Hand an meiner Wange.

Seine Wärme in meiner Kälte.

Ich wünschte, ich könnte die Zeit einfach anhalten, diesen Moment einfach für immer von Neuem abspielen und all die Empfindungen konservieren, die mein Herz erfassen.

Atemlos löst er sich wieder von mir, lehnt die Stirn gegen meine und lächelt. »Wir sollten reingehen«, meint er leise. »Die Position ist nicht die bequemste.«

Erst jetzt wird mir bewusst, dass Elias halb auf die Mittelkonsole gerutscht ist.

»Okay«, sage ich leise, weil es tatsächlich okay ist und nicht nur ein Wort. Ich steige aus. Die kühle Luft dringt durch meine zu dünnen Sachen und lässt mich frösteln, während ich darauf warte, dass Elias aus dem Wagen in seinen Rollstuhl steigt. Das verschafft mir einen Moment, um das große Haus genauer zu betrachten. »Hier wohnst du?«, frage ich, als er wieder um das Auto herumkommt.

Das Einfamilienhaus ist größer, als ich erwartet habe. Die hübsche Backsteinfassade wird von grünen Büschen gesäumt, deren Farbe sich in den Vorhängen der Fenster wiederfindet.

»Was hast du erwartet?«

»Keine Ahnung, um ehrlich zu sein, habe ich nie wirklich darüber nachgedacht«, gestehe ich und folge ihm zur Haustür.

Elias öffnet die Tür. »Meine Eltern sind nicht da, du kannst also so tun, als würde das Haus mir gehören.«

»Immobilienbesitzer in deinem Alter?«, frage ich scherzend.

»Ja, weißt du, ich hab mir einfach das richtige Mindset gekauft, und zack war ich reich.«

Ich muss lachen, was sich absurd anfühlt. »Und warum bist du dann jetzt nicht mehr reich?«

»Weil ich natürlich Geld ausgeben muss, damit Geld wieder reinkommt«, antwortet er sofort.

Kopfschüttelnd schließe ich die Tür hinter mir. »Hat dir schon mal jemand gesagt, dass deine Witze nicht halb so lustig sind, wie du denkst?«

Elias grinst sein typisches Grinsen. »Und warum lachst du dann?«

Ertappt wische ich mir über das Gesicht. Immerhin hat er recht, obwohl mir eigentlich nicht zum Lachen zumute ist, schafft er es doch irgendwie. Immer wieder.

»Willst du was trinken?«, fragt er und hängt seine Jacke auf, ehe er das Licht im angrenzenden Küchen- und Essbereich einschaltet.

»Tee, falls möglich.«

»Klar«, sagt er. Mit einer Hand deutet er auf die Tür gegenüber. »Mein Zimmer ist gleich da, du kannst ruhig dort warten, wenn du willst.«

Ich folge der Bewegung seiner Hand und nicke. »Okay.«

»Willa?«

»Ja?«

»Es gibt keinen Grund, so angespannt zu sein, ich bin's«, meint er sanft, und ich fühle mich abermals ertappt. Weil er mich besser gelesen hat als ich mich selbst. Meine Hände waren zu Fäusten geballt, ohne dass ich es bemerkt habe. Ich zwinge mich, die Fäuste zu lösen, und sehe ihn an. »Und wenn ich genau deshalb so angespannt bin?«

»Wir gucken nur einen Film, und ich habe die Hoffnung, dass wir uns noch mal küssen, aber es ist okay, wenn das nicht passiert. Es ist so, wie ich es gesagt habe: Ich erwarte nichts von dir, ich freue mich einfach nur, wenn wir zusammen sind.«

»Du hast es mit Worten echt drauf, vielleicht solltest du den Beruf wechseln«, meine ich lächelnd.

»Vom unterbezahlten Sozialarbeiter zum brotlosen Künstler?«

Ich lache und betrete sein Zimmer. Es ist wesentlich ordentlicher, als ich es erwartet habe. Das Bett ist gemacht, der Schreibtisch nahezu leer, von dem Laptop und einigen Büchern einmal abgesehen. An der Wand hängt ein großer Fernseher, unter dem sich verschiedene Filme gesammelt haben. Aber das Herzstück ist ein Regal. Ein Großteil der Bücher befindet sich auch in meiner eigenen Sammlung, nur scheint Elias keinen Wert darauf zu legen, nach Farben zu sortieren, oder überhaupt nach etwas. Weder stehen Reihen noch Schreibende zusammen. Während ich die Bücher betrachte, fällt mir ein Bild ins Auge.

Zwei junge Männer, die mit ihren Motorrädern vor einer Bergkulisse stehen und in die Kamera grinsen. Ich nehme das Bild in die Hand, als Elias gerade mit zwei Tassen durch die geöffnete Tür kommt. »Bist du das?«

Er grinst. »Ja, Diez und ich.«

Andächtig streiche ich über das kühle Glas. »Du siehst so glücklich aus.«

»War ich auch.«

»Und so …« Mir fehlt das richtige Wort. Es ist Elias auf dem Bild, und doch ist er es nicht mehr, sondern eine frühere Version von ihm, die ich nie mehr kennenlernen kann. Und irgendwie empfinde ich das als schade und schön zugleich, denn ich mag seine Jetzt-Version und all die Dinge, die ich von ihm noch kennenlernen kann.

»Groß?«

Irritiert sehe ich ihn an. »Ich wollte sagen jung, einfach anders.«

»Das auch«, sagt er schulterzuckend. »Also, was für einen Film willst du sehen?«

Elias zieht sich an seinem Bett aus seinem Rollstuhl. Es ist das erste Mal, dass ich sehe, wie er steht, und erst jetzt fällt mir auf, wie groß er eigentlich ist. Ich blinzle zu ihm hinauf, sage aber nichts, bis er sich auf das Bett sinken lässt. Er greift nach der Fernbedienung und schaltet den Fernseher ein, wodurch mir erst bewusst wird, dass ich ihm noch eine Antwort schulde.

»Solange es nichts mit Blut oder Geistern ist, bin ich dabei.« Für einen Moment unschlüssig, bleibe ich vor dem Bett stehen, dann tue ich es Elias gleich und lasse mich sinken. Ihm scheint es nichts auszumachen, neben mir zu liegen. Oder zumindest lässt er es sich nicht anmerken. Mit prüfendem Blick geht er die vorgeschlagenen Filme in der App durch. »Wie wäre es mit *Eine Handvoll Worte?*«

»Auf Jojo Moyes stehst du auch?«

Elias grinst mich an. »Nicht direkt, aber den Film kenne ich noch nicht.«

»Okay.«

Ich rolle mich auf die Seite, schiebe mir eines der Kissen unter den Kopf und versuche irgendwie, all die losen Fäden an Gedanken und Gefühlen in mir zusammenzubringen. Es fühlt sich gut an, jetzt hier zu sein. Neben Elias und umhüllt von seinem Geruch. Aber nach allem, was passiert ist, weiß ich, dass es nicht einfach ein Happy End geben kann. Nur, vielleicht brauche ich gar kein vollständiges Happy End, sondern nur ein happy für den Moment, damit ich genug Kraft finde, um mich gegen meine eigenen Dämonen zu stellen.

Obwohl der Film längst begonnen hat, achte ich gar nicht darauf. Vorsichtig rücke ich näher an Elias. Er bemerkt es, sagt nichts, sondern dreht sich auf die Seite, um mich anzusehen, wie ich ihn ansehe.

Ich strecke eine Hand nach ihm aus, streiche über die Stoppeln seiner Wangen und über seinen Hals. Elias rückt dichter, beugt sich zu mir und wartet doch ab, ob ich mehr möchte. Mehr Nähe. Mehr von ihm. Mehr von einem Uns.

Ich ziehe ihn zu mir, presse meine Lippen auf seine und öffne den Mund, weil ich es leid bin, zu warten. Weil ich es leid bin, zu leiden. Mein Körper schreit nach seinem, nach einem bittersüßen Vergessen, und wenn es nur für ein paar Minuten ist. Elias keucht, ist überrascht von der Heftigkeit meines Kusses. Von meinen Händen, die sich unter sein Shirt schieben.

»Willa, was tust du da?«, raunt er mir ins Ohr.

»Was glaubst du denn?«

Er schluckt, hält mich jedoch kurz zurück. »Das war keine Beschwerde, ich bin nur …«

»Überrascht?«, helfe ich aus und kann spüre, wie mir die Hitze in die Wangen schießt.

»Ja.«

Wir sehen einander einen Moment an, ohne uns zu rühren. Jeder von uns weiß auf seine eigene Art, dass das hier keine gute Idee ist, und doch wollen wir es beide zu sehr, um jetzt noch damit aufzuhören.

»Willa, ich …«

Aber ich ersticke die Worte und die Angst unter einem neuen Kuss.

Kapitel 51

ELIAS

In meinem Kopf ist nur noch Platz für ein Wort: »Willa.«
Sie zieht mir das Shirt über den Kopf, sieht mich mit hungrigem Blick an. Die Narben, die unter dem Bund meiner Jeans verschwinden, das schlechte Tattoo eines zerbrochenen Herzens an meinen Rippen. Ihre Finger fahren über die Farbe, zeichnen die Linien nach und verharren, als sich meine unter den dicken Stoff ihrer Kleidung schieben.

»Warte.« Augenblicklich halte ich inne. »Kann ich den Pullover anlassen?«

Ich bin verwirrt, aber auch zu sehr damit beschäftigt, den Drang zu unterdrücken, sie gleich wieder an mich zu ziehen, also nicke ich nur. Willa steht auf, streift ihre Jeans von den Füßen, und ich sehe atemlos zu, wie sie auch ihren Slip nach unten gleiten lässt.

»Fuck, Willa.«

Obwohl das meiste ihrer Haut noch immer bedeckt ist, wollte ich sie noch nie mehr als in diesem Moment. Ich bin längst hart für sie, längst bereit, mich vollkommen in ihr zu verlieren.

Mit trockener Kehle streife auch ich mir die Jeans samt Shorts von den Beinen. Willa steht neben dem Bett, sieht mich an, und für den Bruchteil einer Sekunde überkommen mich Zweifel.

Wir haben nie über unsere Narben gesprochen, sie nie zu einem wirklichen Thema gemacht. Doch nun sieht sie meine, ohne dass ich es verstecken könnte oder wollte. Sachte kommt sie wieder zu mir auf das Bett, setzt sich sanft auf mich. Sie beugt sich über mich, und ich komme der stillen Aufforderung nur zu gern nach. Ich ziehe sie an mich, streiche über ihre nackten Hüften und spüre die feuchte Wärme zwischen ihren Schenkeln. Wir streicheln uns, halten uns, küssen uns. In meinem ganzen Leben war nichts so perfekt wie dieser Moment mit Willa auf mir.

Meine Spitze drängt sich an ihre Scham, gleitet über die feuchte Haut und verharrt dort – wartend auf ihr Zeichen. »Willa, warte, wir brauchen …«

Doch ich komme gar nicht dazu, meinen Satz auszusprechen. Willa versteinert von einer Sekunde auf die andere, als sei ihr jetzt erst bewusst, was wir hier tun. »Willa?«

Sie reagiert nicht.

Sachte schiebe ich sie von mir, gebe ihr den Raum, von dem ich glaube, dass sie ihn gerade braucht. Tränen schimmern in ihren Augen.

»Elias«, bricht es aus ihr hervor, doch in meinem Namen liegt keine Sehnsucht, sondern nur bittere Angst. Sanft nehme ich sie in die Arme. »Hey, was ist los?«, frage ich, während ihr Körper von den Tränen geschüttelt wird.

»Es tut mir leid«, weint sie an meiner Brust.

»Dir muss nichts leidtun. Es ist alles okay, lass es raus.«

»Es tut mir so leid.«

»Schhh …« Mache ich und wiege sie langsam mit mir hin und her. »Ist okay, es ist alles okay.«

Ich streiche ihr über das Haar, warte, bis der Weinkrampf vorbei ist und sich ihr Körper wieder etwas entspannt hat. Dann hebe ich ihr Kinn etwas an, damit sie mich ansieht.

»Möchtest du den Film weitersehen?«

Sie nickt still und drückt ihr tränennasses Gesicht an meine Brust. Glücklich ziehe ich die Decke über uns und halte sie weiter fest, bis wir beide einschlafen.

Kapitel 52

WILLA

Nichts daran ist schlimm«, wehrt Ada ab. »Manchmal überkommt es einen einfach.«

»Erst stürmt er die Wohnung, weil er Angst hat, dass ich mir etwas antue, dann fährt er mich zum psychosozialen Notdienst und hilft mir dabei, einen Notfall-Therapieplatz in der Klinik zu bekommen – und dann haben wir fast Sex, und ich fange an zu heulen?«, schnaube ich und schlinge die Arme um meinen Körper, als könnte mich nur das davon abhalten, endgültig auseinanderzufallen.

Meine Freundinnen sehen einander etwas ratlos an. Aber es ist Ada, die als Erste wieder ihre Stimme findet. »Na und?«, sagt sie etwas flapsig und zuckt mit den Schultern, als sei das Seifenoperndrama, das sich mein Leben nennt, keine Aufregung wert.

Martha räuspert sich. »Wieso findest du es so schlimm, dass du vor jemandem, den du magst, Gefühle gezeigt hast?«

»Mich stört das Timing«, sage ich knurrend.

»Gerade du solltest doch wissen, dass Gefühle auf Timing scheißen«, kommentiert Ada und klopft auf den freien Stuhl an unserem Küchentisch. Aber ich kann jetzt nicht einfach sitzen. Also tigere ich weiterhin in der Küche hin und her.

»Ich hab's einfach versaut.«

»Siehst du das so oder er?«, will Martha wissen.

Herr Fitzek springt von ihrem Schoß und beginnt, mir bei meinen Runden durch die kleine Küche Gesellschaft zu leisten.

»Ich, er war … perfekt«, gestehe ich. Und ich meine es auch so.

Alles war perfekt. Er. Unsere Küsse. Nur kann ich es offensichtlich nicht ertragen, wenn auch nur eine einzige Sache auf dieser Welt für einen kurzen Moment wirklich gut ist. Ich stoppe abrupt, und der kleine Dackel rennt gegen meine Füße.

»Was hat er getan?«

Schluckend drehe ich mich zu meinen Freundinnen um. »Er hat mich einfach festgehalten.«

Adas Lippen verziehen sich zu einem Lächeln. »Das klingt schön.«

»Wie kann das für ihn schön gewesen sein? Ich habe geweint, statt mit ihm zu schlafen.«

»Irgendwie nicht sehr fair von dir, ihm abzusprechen, wie er den Moment empfunden hat«, meint Martha.

»Oder davon auszugehen, dass er Sex wollte, obwohl du emotional noch nicht bereit warst«, argumentiert Ada weiter.

Das hilft mir allerdings herzlich wenig. Ich lasse mich auf den Boden sinken, was unser WG-Hund zum Anlass nimmt, um sich jetzt auf meinem Schoß zusammenzurollen. »Und was mache ich jetzt?«

»Vielleicht mit der nächsten Runde warten, bis du wirklich so weit bist?«, fragt Martha mit spitzem Unterton.

»Sehr witzig.«

»Das war kein Witz.«

»Lass dir und euch einfach etwas Zeit, immerhin drängt Elias dich doch zu nichts. Oder?«

Ich denke einen Moment nach, dann schüttle ich den Kopf. »Nein.«

»Aber?«

»Ich glaube, ich habe einfach Angst davor, ihn zu enttäuschen. Ihn und euch.«

Martha und Ada sehen sich erneut an, dann stehen sie geschlossen vom Tisch auf und setzen sich zu mir auf den kalten Fliesenboden. »Du hast uns nicht enttäuscht«, sagt Ada. »Und das wirst du auch nie, weil wir gar keine Erwartungen an dich stellen.«

Sie greift nach meiner Hand, und ich spüre schon wieder, wie sich die verfluchten Tränen an die Oberfläche kämpfen.

»Wir wollen nur, dass du die Hilfe bekommst, die du brauchst«, höre ich Martha auf meiner anderen Seite und spüre auch ihre Hand. »Denn wir sind nur deine Freundinnen, und wir können nur da sein.«

»Ich weiß, aber …«

»Kein Aber«, unterbricht mich Martha. »Wir sind wie Familie, nur ohne den Zwang, sich an Feiertagen zu melden.«

»Und ohne Scham, über unser Sexleben zu reden«, ergänzt Ada.

»In der Klinik dürfte das schwierig werden«, gebe ich zurück und spüre wieder den Kloß im Hals. Die Angst. Eigentlich absurd, denn ich weiß bereits, dass die Klinik meine beste Chance ist, um aus meiner Spirale der Angst und Dunkelheit herauszukommen.

»Wir schicken dir einfach Memos«, sagt Ada leichthin. »Jeden Tag.«

»Das würdet ihr tun?«

Martha grinst. »Natürlich.«

»Und danach schmeißen wir eine gigantische Party, weil du wieder zu Hause bist!«

»Keine Partys«, wehre ich schnell ab. »Und was mache ich jetzt wegen Elias?«

Martha drückt mich etwas näher an sich. »Du bist einfach ehrlich.«

»Klingt nicht gerade, als könnte ich die Auswirkungen irgendwie kontrollieren.«

»So sollte eine Beziehung auch nicht sein«, erinnert mich Ada. »Es sollte niemals um Kontrolle gehen oder um Angst.« Etwas überrascht sehen wir sie an. »Was denn? Nur weil ich kein Beziehungsmensch bin, heißt das nicht, dass ich nicht durchaus weise Ratschläge auf Lager hätte.«

Wir lachen.

Und für einen kleinen Moment kann ich fühlen, wie unsere Freundschaft mir wieder etwas Hoffnung schenkt.

Kapitel 53

ELIAS

Nach all den Filmen und Büchern, die ich über die Liebe gesehen und gelesen habe, hätte ich nie erwartet, dass es so ist. Dass all die Gefühle in mir solche Widersprüche darstellen, dass mir schwindelig wird, sobald ich mir gestatte, alles gleichzeitig zu fühlen.

Und trotz allem, trotz all der Dunkelheit und all der Ängste, würde ich mit niemandem tauschen wollen.

Willas Tasche steht neben ihr, aber niemand von uns rührt sich. Wir sehen einander nur an, haben nur ungenügende Worte auf den Lippen, die wir einander sagen wollen.

»Bist du bereit?«, will ich wissen, weil ich das Gefühl habe, dass ich etwas sagen muss.

Sie schüttelt den Kopf und wirft einen Blick auf den Eingang der Klinik. »Nicht wirklich.«

»Mach dir keine Gedanken, deine Gruppen sind in guten Händen.« Schon in dem Moment, wo ich es ausgesprochen habe, komme ich mir vor wie der unsensibelste Mensch der Welt. Aber entweder Willa bemerkt es nicht, oder auch in ihrem Kopf ist einfach zu viel auf einmal los.

»Ich weiß gar nicht, was ich sagen soll.«

»Du musst nichts sagen.«

Schluckend sieht sie mich an. »Wir werden uns eine Weile nicht sehen können.«

»Ich weiß.«

Nicht sehen. Nicht berühren. Nicht küssen.

Und niemand von uns kann sagen, was in den nächsten Wochen passieren wird. Wie ihre Gefühle sein werden und ob es dann überhaupt noch ein Uns geben kann.

»Es ist …«, beginnt sie, aber ich kann nicht zulassen, dass sie es ausspricht.

»Tu das nicht.«

Blinzelnd sieht sie mich an. »Was meinst du?«

»Stoß mich jetzt nicht wieder weg«, sage ich und lächle sie an. »Du bist es, die jetzt wichtig ist. Ich kann warten. Und wenn du mich brauchst, werde ich hier sein. Zu jeder Zeit.«

Ein Lächeln zupft an ihren Mundwinkeln. »Das sind ganz schön große Töne.«

»Deine Gesundheit geht vor, Willa. Ich bin nur irgendein Typ, der sich in dich verknallt hat. Du musst dir um mich keine Sorgen machen.«

Sie kommt einen Schritt näher, nahe genug, damit ich nach ihrer Hand greifen könnte. Aber ich tue es nicht. »Und wenn ich mich eher um ein Uns sorge?«, haucht sie, und eine einsame Träne läuft über ihre Wange.

Ich atme einmal tief ein. »Auch das gibt es nur mit dir.«

Willa nickt. Dann beugt sie sich nach unten und greift nach ihrer Tasche. »Ich ruf dich an«, verspricht sie.

»Und ich werde warten.«

Zögernd geht sie an mir vorbei in Richtung Eingang. Ich tue nichts, sondern sehe ihr nach, als hätte ich Angst, dass sie einfach verschwindet, sobald ich die Augen von ihr abwende. Sie ist schon fast die Stufen hinaufgegangen, als sie sich plötzlich umdreht und ihre Tasche fallen lässt.

»Elias!«

Und dann küsst sie mich noch mal. Ein letztes Mal, bevor sie die Klinik betritt.

Kapitel 54

ERSTE WOCHE

Elias

Du musst mir nicht antworten, aber ich dachte, auch wenn die Zeiten von Briefen vorbei sind, kann ich dir trotzdem schreiben.
Im Verein ist es seltsam ohne dich.
Irgendwie stiller, obwohl du nie laut warst.
Die komischen Zettel sind noch immer da, und manchmal glaube ich, dass ich jemanden sehe. Aber immer wenn ich wirklich hinsehen kann, ist die Person weg.
Ich hoffe, unter deinem Bett sind keine Monster.

ZWEITE WOCHE

Elias

Heute ist etwas Komisches passiert.
Ich habe deine Gruppe geleitet (und das wahrscheinlich nicht besonders gut), und als ich abschließen wollte, ist jemand an mir vorbeigelaufen.
Ich konnte sein Gesicht nicht erkennen, aber ich bin mir sicher, dass er in keiner der Gruppen ist. Vielleicht ist es weit hergeholt, aber ich frage mich, ob er es ist, der die Zettel schreibt.

Elias
Wo wir schon beim Schreiben sind, ich habe den Text fertig. Fühlt sich komisch an. Und irgendwie bist du schuld daran, dass ich es geschafft habe …

DRITTE WOCHE

Elias
Ich denke jeden Tag an dich.

VIERTE WOCHE

Elias
Ada hat es offenbar ernst gemeint. Ich bin über den TikTok-Kanal gestolpert. Herr Fitzek macht seinem Job alle Ehre.

FÜNFTE WOCHE

Elias
Ich will, das du weißt:
Du musst dich nicht selbst lieben, um Liebe zu verdienen.

SECHSTE WOCHE

Elias
Ich bin nicht gut darin, Selbstgespräche zu führen, aber ich hoffe, du weißt, dass ich unendlich dankbar bin, dass wir uns kennengelernt haben. Egal, ob es nach all dem noch ein Uns gibt.

Elias

Wenn ich für das neue Jahr nur einen Wunsch frei habe, dann würde ich mir wünschen, dass du deinen Stern findest.

Kapitel 55

Drei Monate später

ELIAS

»Hier ist die Dunkelheit zu Hause, wird zu einem schwarzen Loch, saugt jedes Licht in sich hinein, bis nichts mehr übrig bleibt, oder doch?«, lese ich meine eigenen Zeilen, nur um sie gleich darauf durchzustreichen.

Mit dem Bleistift tippe ich mir gegen die Lippen, schreibe die Zeilen doch wieder hin und starre sie an, als würde ich darauf warten, dass sie mir selbst sagen, ob sie Sinn ergeben oder nicht. Immerhin bleibt mir nicht viel Zeit, mein Werk von mir selbst zerfleischen zu lassen.

»Elias?«

Aygül steht in der Tür des kleinen Büros, in dem sonst Willa gearbeitet hat. Ihr Platz ist in den letzten Wochen irgendwie auch zu meinem geworden. Und obwohl ich mich bemüht habe, nichts zu verändern, ist ihr Fehlen doch überdeutlich.

»Was gibt's?«

»Ich wollte dir nur Bescheid geben, dass wir leider noch niemanden erreichen konnten«, sagt sie etwas ausweichend. »Also können wir dir noch nicht sagen, ob dein Projekt finanziert wird oder nicht.«

Damit habe ich gerechnet. Und wenn ich ehrlich bin, habe ich die Hoffnung schon aufgegeben, dass sich irgendwas verändern wird. Ich bin mürbe geworden, frustriert. Weil einfach nichts vorangeht und ich offenbar in einer absurden Warteschleife des Lebens feststecke. Ich warte darauf, dass Willa aus der Klinik kommt. Dass die Entscheidung über mein Projekt kommt. Dass die verfluchte Inspiration endlich wieder durch mich hindurchfließt.

»Elias?«

»Tut mir leid«, räuspere ich mich. »Ist schon in Ordnung, dann warten wir eben weiter.«

So ganz scheint Aygül von meinen Worten nicht überzeugt zu sein. »Wir haben es besprochen, und unser Angebot steht, wir könnten deine Hilfe als studentische Hilfskraft auch in anderen Projekten gebrauchen.«

Ich zwinge mich, sie anzusehen.

Sie meint es nur gut, aber das ist genau das, was ich nicht will. Ich will nicht in irgendein Projekt. Mir ist bewusst, dass man sich seinen Job nicht immer aussuchen kann, aber ich will nicht schon zu Beginn meines Arbeitslebens Abstriche machen und die Berufung in Halbherzigkeit ersticken. In anderen Jobs mag das funktionieren, in der Sozialen Arbeit sehe ich an allen Ecken und Enden, wie die Notwendigkeit die Reste der Leidenschaft erstickt und so dafür sorgt, dass alle nur noch das Nötige tun und nicht mehr das, was richtig wäre.

»Danke«, meine ich und zwinge mich zu einem halben Lächeln. »Aber nein. Die anderen Projekte sind nicht so sehr mein Herzensthema.«

Sie nickt, verschränkt die Arme vor der Brust und betrachtet mich noch immer. »Du hast noch nichts von ihr gehört, oder?«

Es ist nicht notwendig, Willas Namen zu erwähnen. Ich schüttle den Kopf. »Nein, du?«

Die Geschäftsführerin schließt die Tür hinter sich. Mit sachten Schritten kommt sie auf mich zu und setzt sich auf den Stuhl vor dem Schreibtisch. »Bisher nicht.«

Ihre dunklen Augen mustern mich, während ich in meinem Kopf nach der Frage suche, die ich eigentlich stellen will. »Hast du einen weisen Rat, wie ich es schaffe, nicht innerlich die Wände hochzugehen, während ich weiter warte?«

Aygül schmunzelt. »Auf Willa oder auf die Antwort zu deinem Projekt?«

Erwischt.

Das trifft es ziemlich auf den Punkt.

Jedes Mal, wenn ich mein Handy in die Hand nehme, hoffe ich, dass ich dort eine Nachricht finde. Etwas, das mich weiterhin hoffen lässt, weil ich langsam selbst in meinem Strudel aus Zweifeln versinke. »Beides«, gestehe ich und weiche ihrem Blick aus.

Sie beugt sich nach vorn. »Es gibt Dinge, die können wir beeinflussen, und andere, die wir hinnehmen müssen. Das Warten gehört dazu. Du kannst die Zeit nicht beeinflussen, nur was du mit ihr machst.«

»Weniger hilfreich, als ich es erwartet habe.« Ich presse meine Kiefer zusammen. Mir ist klar, dass Aygül nicht der Grund für die schreiende Zerrissenheit in mir ist. Und genau das geht an der Frau vor mir auch nicht vorbei.

Sie legt den Kopf schief, ohne das Schmunzeln zu verlieren. »Wolltest du denn wirklich Hilfe oder nur Frust ablassen?«

Ich stöhne auf. »Super, jetzt fühle ich mich ertappt.«

»Willkommen im Job«, sagt sie lachend.

Während ich mich am Kopf kratze, sehe ich sie an. »Ist das immer so?«

»Ja, zumindest in der Projektarbeit. Man wartet immer auf etwas und wird oft enttäuscht, aber bei jedem noch so kleinen Sieg weiß man wieder, wofür man all das tut«, erklärt sie freimütig und ohne den Hauch von Zurückhaltung. Ich konnte schon immer verstehen, warum Willa Aygül so bewundert. Ihre direkte Art ist nicht immer einfach, aber zumindest hat man nie das Gefühl, sie würde etwas beschönigen oder die eigenen Ängste und Zweifel kleinreden. Sie lebt für diesen Job und sorgt dafür, dass wir anderen es auch überleben, ihn durchzuführen.

»Wie lange machst du das alles schon?«, frage ich nach einer Weile.

Aygül denkt kurz nach. »Fast zwanzig Jahre.«

»Und hast du es je bereut?«

Wieder lacht sie auf. »Jede Woche wieder, und jeden Tag darauf bin ich froh, dass ich weitermache.«

Obwohl unser Thema nicht gerade dazu einlädt, kann ich spüren, wie auch meine Mundwinkel sich langsam wieder heben. »Ich weiß nicht, ob mich das beruhigen kann.«

»Das soll es auch gar nicht«, sagt Aygül leichthin. »Ich glaube, eines der großen Probleme in der Sozialen Arbeit ist das Romantisieren. Es ist ein verflucht anstrengender Job, aber er gibt einem auch viel, wenn man sich darauf einlassen kann.«

Mit gerunzelter Stirn sehe ich sie an. »Wann merke ich, dass ich es kann?«

»Du hast gerade wochenlang dafür geschuftet, damit ein Projekt vielleicht realisiert wird«, meint sie lächelnd. »Ich denke, du weißt es schon.«

Vielleicht hat sie recht. Aber mir ist schmerzlich bewusst, dass ich nicht so weit gekommen wäre, wenn Willa nicht da gewesen wäre. Nicht nur das Projekt, der Antrag und alles, was damit zusammenhängt, sondern auch, dass ich jetzt hier sitze. Aus den ehrenamtlichen Stunden ein- bis zweimal die Woche ist längst viel mehr geworden. Der Sport, die Selbsthilfegruppen und alles dazwischen. »Mit Willa war es irgendwie einfacher, ohne sie fühlt sich alles so viel schwerer an.«

Mir wird erst bewusst, dass ich diesen Gedanken laut ausgesprochen habe, als Aygül mir antwortet: »Du machst dich gut ohne deinen Rettungsanker.«

»Rettungsanker?«

»Sie hat dir vieles hier beigebracht, da ist es nur verständlich, dass du ohne sie mehr in Zweifel gerätst. Besonders durch eure … sagen wir persönliche Bindung«, meint sie diplomatisch.

»Wahrscheinlich hast du recht.«

»Aber weitergeholfen hat es dir nicht, oder?«

Ich muss grinsen. »Doch, ein bisschen.«

Für einen Moment sieht es aus, als sei nun sie es, die nicht wüsste, ob es in Ordnung ist, die nächste Frage zu stellen. »Hast du ihr geschrieben?«

Zu oft, denke ich. Zu wenig, gleich darauf.

Nicht mal die Hälfte von dem, was ich ihr schreiben wollte.

Schluckend sehe ich Aygül an. »Ja, aber sie hat nicht geantwortet.«

»Lass ihr Zeit. So eine Therapie nimmt viel Raum ein, und verwirrende Gefühle werden dabei oftmals weggeschoben – aber das heißt nicht, dass sie nicht gefühlt werden.«

»Ich versuche, ihr Raum zu geben, aber ich fühl mich so verdammt hilflos«, brumme ich in mich hinein, und das schlechte Gewissen kommt gleich darauf aus der dunklen Ecke meines Kopfes. Es ist falsch, ihr Druck zu machen. Selbst wenn ich es nur in Gedanken tue. Gerade jetzt ist es wichtig, verständnisvoll zu sein, aber nach all der Zeit ohne ein Wort fällt es mir mit jedem Tag schwerer. Nur eine Antwort würde mir schon genügen. Nur irgendwas, an das ich mich klammern kann.

Aygül schüttelt wieder den Kopf, als könnte sie das Gespräch in meinem Inneren belauschen. »Und du hast jedes Recht dazu. Hältst du es noch etwas aus?«

»Habe ich eine andere Wahl?«

»Natürlich.«

Überrascht ziehe ich die Augenbrauen zusammen. »Und welche?«

»Du könntest hinschmeißen«, meint sie und zuckt mit den Schultern, als seien damit alle Fragen unwiderruflich beantwortet.

»Ist nicht so ganz mein Ding«, stelle ich fest.

Aygül steht von ihrem Stuhl auf und lächelt mich an. »Siehst du, und genau deshalb bist du richtig hier.«

Sie lässt mich allein, und ich beschließe, dass ich mir den Feierabend verdient habe. Gerade als ich den Parkplatz erreiche, ist es wieder da. Das Gefühl, beobachtet zu werden. Das Prickeln im Nacken.

Ich drehe mich um, aber in den Menschen rund um das Zentrum kann ich niemanden erkennen, der mir bekannt vorkommt. Wem auch immer es leidtut, er ist nicht bereit, sich mir zu zeigen.

Kapitel 56

WILLA

Drei Monate klingen so schrecklich lang, aber ich habe das Gefühl, als sei ein ganzes Jahr innerhalb eines Tages an mir vorbeigezogen.

Ada rennt vor mir die Treppen hinauf, ohne mir die Chance zu geben, auch nur hinterherzukommen. Allerdings kann ich bei ihrer kindlichen Begeisterung auch nicht wirklich böse sein. Keuchend erklimme auch ich endlich den Eingang unserer Wohnungstür und werde stürmisch von Herrn Fitzek begrüßt. Sachte schiebe ich mich an ihm vorbei und bleibe mitten im Flur stehen.

»Was ist das?«

Martha steht mit einer Flasche Robby Bubble neben Ada und lässt den Korken sprichwörtlich knallen, während Letztere die Arme nach oben wirft. »Deine Nicht-Willkommensparty-Party!«

Über meinen Freundinnen hängt ein glitzerndes Banner, das verkündet: Willkommen zu Hause!

Und genauso fühlt es sich auch an. Ich bin endlich wieder zu Hause, und auch wenn ich mich unfassbar darüber freue, spüre ich doch den leisen Stich der Angst in mir. »Das hättet ihr nicht tun müssen.«

»Wissen wir, aber wir konnten nicht anders«, murmelt Martha und zieht mich in ihre Arme.

»Und wir sind auf alles vorbereitet! Wir haben sämtliche Sorten Eis, Popcorn, Schokolade und Wein«, zählt Ada auf.

»Keinen Wein, der verträgt sich nicht mit meinen Medikamenten«, sage ich schnell und versuche, mir selbst im gleichen Atemzug zu erklären, dass ich mich nicht dafür schämen muss. Ich nehme Medikamente. Und sie helfen mir. So einfach ist das.

»Alternativ können wir Waldmeisterschorle und Robby Bubble anbieten«, meint Ada und füllt mir direkt ein Glas des Kindersekts ein.

»Klingt perfekt.« Dankbar nehme ich es entgegen, während sie damit beschäftigt ist, auch sich und Martha einzuschenken.

»Wir haben dich unglaublich vermisst«, höre ich Marthas Stimme und sehe gerade noch, wie sie sich Tränen aus dem Augenwinkel wischt.

»Und ich euch.«

Wir heben unsere Gläser und stoßen an. Auf uns, unsere Freundschaft und all die Scheiße, die wir zusammen durchstehen.

»Bereit für das Sofa?«

Ich grinse Ada an. »Darf ich meine Sachen noch in mein Zimmer bringen?«

»Nur wenn es sein muss.«

Lachend drücke ich mich an den beiden vorbei. Meine Tasche werfe ich auf das Bett und sehe mich um. Nichts hat sich verändert. Selbst der Haufen ungewaschener Wäsche liegt noch in seiner Ecke. Und meine einsamen Kakteen sehen etwas vertrocknet aus.

Während ich tief ein- und ausatme, ziehe ich das Handy aus meiner Hosentasche und fange an zu tippen.

Willa
Ich bin wieder da.

Dann überlege ich noch mal, lösche die Nachricht und schreibe eine neue.

Willa
Das Buch, das du mir geliehen hast, war wirklich gut.

Doch auch diese Nachricht lösche ich wieder. Vielleicht bin ich einfach noch nicht bereit, mich bei Elias zu melden, obwohl kaum eine Stunde vergeht, in der ich nicht an ihn denke. Aber die Angst, dass ich nicht stabil genug bin, sitzt noch zu tief. Ich muss erst mal sehen, dass ich in meinem Leben wieder zurechtkomme, ehe ich mich all den Gefühlen zu ihm stellen kann.

Noch einmal fahre ich mir durch die Haare, dann gehe ich wieder zu meinen Freundinnen, die bereits mit frischem Popcorn auf dem Sofa warten.

»Was willst du sehen?«, fragt Ada euphorisch.

»Was habe ich denn verpasst?«

»Viele dramatische Wendungen in diversen Serien und eine Buchverfilmung, leider nicht mit unserem Dackel in der Hauptrolle«, meint Martha.

Es fühlt sich gut an, die Wärme meiner Freundinnen zu fühlen. Die Nähe wieder zulassen zu können und einfach für ein paar Minuten dieses Gefühl von Zuhause zu genießen.

Ada entscheidet, dass wir ein Musical als Untermalung brauchen, und lässt *The Greatest Showman* laufen, während sie neue Getränke holt.

Ada reicht mir ein neues Glas Brause. Auch sie lächelt. Nur ich selbst kann es gerade nicht. Denn da ist noch etwas. »Ich würde mich gern bei euch entschuldigen.«

Meine Freundinnen sehen einander an. »Wegen der Tür? Mach dir darum keine Sorgen. Herr Fitzek hat so oft an ihr gekratzt, dass wir uns eh eine neue besorgen mussten«, sagt Ada leichthin.

»Nicht nur wegen der Tür«, sage ich. »Sondern weil ich es verheimlicht habe. Und weil ich euch weggestoßen habe. Ich kann nicht versprechen, dass es nie wieder vorkommen wird, aber … Ich liebe euch. Ihr seid meine Familie.«

»Oh, Willa.« Ada schlingt ihre Arme um mich.

»Du bist auch unsere Familie«, sagt Martha und kuschelt sich ebenfalls an uns.

»Geht es dir jetzt besser?«

»Ja, aber ich bin gerade erst am Anfang. Es wird noch eine Weile dauern, bis ich mich wirklich wieder gut fühle«, gestehe ich. Weil ich nie wieder zu meinen Freundinnen sagen will, dass etwas okay ist, wenn es das nicht ist. All die Lügen und das Verheimlichen meiner Ängste haben mich nur noch mehr in die tiefe Dunkelheit gestoßen.

Kapitel 57

ELIAS

»Und was mache ich, wenn ich mich falsch verhalten habe?« Die Frage sorgt dafür, dass sich meine Mundwinkel heben, während ich den Blick einmal über den Stuhlkreis schweifen lasse.

»Na das, was man immer tut, wenn man etwas falsch macht«, sage ich sachte. »Wir alle verhalten uns manchmal unsensibel oder einfach falsch – wichtig ist dann, wie wir darauf reagieren.«

»Aber wenn ich es doch nicht gemeint habe«, kommt es von einem älteren Herrn. »Manchmal will man einfach nur nett sein!«

»Ja«, gebe ich zu. »Aber es gibt Momente, in denen man damit Grenzen überschreitet. Und das passiert immer dann, wenn man davon ausgeht, dass jemand Hilfe braucht – ohne dass man es erfragt. Eigentlich ist es ganz einfach: Bevor man etwas tut, sollte man einfach danach fragen.«

Die Antwort scheint ihn nicht zu befriedigen, doch ehe ich dazu komme, es noch einmal mit anderen Worten zu erklären, meldet sich jemand anderes zu Wort. Auf dem provisorischen Namensschild aus Kreppband steht der Name: Theo.

Ich glaube, ich habe ihn schon ein paarmal im Zentrum gesehen, doch in meiner Gruppe ist er neu. Er zieht die dunkelgraue Mütze tiefer ins Gesicht, als wüsste er nicht, wie er mir in die Augen sehen soll. »Und was ist, wenn man etwas Unverzeihliches getan hat?«

Die Frage sorgt dafür, dass alle ihn ansehen, und auch ich brauche einen Moment, damit sich meine Stirn wieder glättet.

»Die meisten Menschen sind bereit, vieles zu verzeihen – aber um das herauszufinden, muss man sich dem Ganzen stellen und ehrlich bereit sein, zu verstehen, was man falsch gemacht hat.«

Theo sagt nichts mehr und weicht meinem Blick so konsequent aus, dass ich mich frage, was er erlebt hat. Allerdings komme ich nicht mehr dazu, ihn danach zu fragen, denn die Stunde ist bereits vorbei.

»Das nächste Mal werden wir das vertiefen«, verspreche ich, während die Gruppe zu klatschen beginnt und dann die Stühle übereinanderstapelt. Da der Rest noch beschäftigt ist, versuche ich meinen neuen Schützling zu erreichen, doch er ist so schnell aus der Tür verschwunden, dass ich ihn nicht mehr erwische.

Der Gedanke an Theo verschwindet allerdings sofort, als ich sehe, dass mein Handy blinkt. Eine neue Nachricht. Nur leider erscheint nicht der Name, auf den ich gehofft habe. Diez will wissen, ob wir uns diese Woche noch zum Training sehen, aber statt ihm zu antworten, öffne ich den Chat mit Willa.

Habe ich mir das nur eingebildet?

Ich bin sicher, eben in der App wurde mir angezeigt, dass Willa mir schreibt. Aber nun sind die Punkte verschwunden. Und sosehr ich mein Handy auch anstarre, es erscheint einfach nicht wieder.

Hat sie versucht, eine Nachricht an mich zu verfassen?

Will sie mir vielleicht schon die ganze Zeit schreiben? Aber was sollte sie davon abhalten?

Als ich aus dem Raum komme, stolpert Aygül fast über mich.

»Wie lief die Gruppe?«

Vor Schreck lasse ich das Handy fallen. Es rutscht über den Boden direkt vor Aygüls Füße, und ich wünsche mir, für einen Moment einfach im Erdboden zu versinken.

Sie bückt sich, hebt das Smartphone auf und reicht es mir, während ich dabei bin, mich wieder an ihre Frage zu erinnern. »Gut, ich glaube ich.«

Peinlich berührt nehme ich mein Handy wieder an mich, aber Aygül kommentiert es zumindest nicht. Stattdessen verschränkt sie die Arme vor der Brust. »Gut, ich denke, ich komme auch langsam zu Vanni durch.«

»Das ist toll.«

Ein anderes Wort fällt mir nicht ein. Nach der Klinik war es eine Weile still um Vanni, da wir keinen geeigneten Therapieplatz für sie gefunden haben, um weiter an ihren Ängsten und Depressionen zu arbeiten. Aber nun geht es zumindest in die richtige Richtung.

»Hast du schon was von Willa gehört?«

Ich schlucke.

Dann war meine Vermutung zumindest richtig. In Adas Instagram hatte ich gesehen, wie sie eine Willkommensparty vorbereitet hat. Nur wollte ich nicht fragen, ob diese für Willa ist. Vielleicht aus Angst. »Nein«, sage ich schlicht.

Aygüls Gesicht verrät mir, dass sie sehr wohl etwas von Willa gehört hat. »Wahrscheinlich muss sie sich erst wieder daran gewöhnen, in ihrem Alltag zurück zu sein.«

Theoretisch weiß ich das.

Praktisch fühle ich mich dennoch verraten. Verletzt. Und auch wenn ich weiß, dass es unfair ist, werde ich wütend. Nicht so sehr auf Willa an sich, sondern auf das alles hier. Warum nur muss alles so schrecklich kompliziert sein?

»Und, was hast du an deinem freien Tag morgen vor?«, will Aygül wissen, als wollte sie meinen inneren Monolog stoppen.

»Um ehrlich zu sein, ich habe einen Auftritt«, brumme ich in mich hinein.

»Musik machst du auch noch?«

Der Gedanke lässt mich schmunzeln. Ich bin ungefähr so musikalisch wie eine Taube im Stimmbruch. »Nein, es ist eher ein Poetry-Slam.«

»Ah, ja, um Worte bist du nie verlegen.«

»Zumindest nicht, solange keine Bühne in der Nähe ist«, gebe ich zu und muss daran denken, durch wen ich überhaupt darauf gekommen bin.

»Ich bin sicher, es wird klasse.«

»Danke, Aygül. Wir sehen uns nächste Woche.«

»Elias?«

»Ja?«

»Sie wird sich bei dir melden, ich hab es im Gefühl«, meint sie.

»Wir werden sehen.«

Aber ich werde das Gefühl nicht los, dass die Warteschleife in meinem Leben noch eine ganze Weile andauern wird. Doch gerade, als ich mich wieder meinen Zweifeln hingeben will, erklingt mein Handy.

Kapitel 58

WILLA

Wieder unter Menschen zu sein, fühlt sich seltsam an.

Es ist das eine, in der Sicherheit unserer Wohnung zu leben oder kleinere Dinge wie den Einkauf zu bewältigen, aber eine ganz andere sind öffentliche Orte. Wie diese Bar.

Die Einrichtung ist rustikal, mit dunklem Holz, alten Plakaten und einer Vielzahl von Sitzgelegenheiten, die sich bunt in dem großen Raum verteilen und die Bühne in den Fokus setzen.

Die Bar selbst ist gut bestückt mit einer breiten Auswahl an Getränken, von Bier und Wein bis hin zu Cocktails und Spirituosen, deren Gläser und Flaschen im schummrigen Licht schimmern. Wir schieben uns zwischen den Menschen hindurch, bis wir eine freie Ecke neben einem der Holzbalken für uns haben, um zu besprechen, wo wir sitzen wollen. »Wir waren schon lange nicht mehr hier«, stelle ich fest und zupfe an meinen Ärmeln herum. Ich erwische mich dabei, dass ich mir wünschte, ein Gummiband zu tragen. Aber ich werde das schaffen. Und ich werde Spaß dabei haben. Es ist nur mein Kopf, der mir einredet, da sei Druck. Meine Freundinnen haben keine Erwartungen an mich, wir wollen einfach nur eine gute Zeit haben.

»Soll ich uns was zu trinken holen?«, fragt Ada.

»Waldmeisterschorle.«

»Und für mich Weißwein«, sagt Martha lächelnd.

»Kommt sofort«, flötet Ada und bahnt sich den Weg an die Bar, ehe wir uns zu einem der Tische vor der kleinen Bühne durchschlängeln. Martha rückt auf eine der Bänke, und ich setze mich ihr gegenüber. Aber noch ehe ich auch nur die Chance habe, mich etwas zu entspannen, sehe ich ein vertrautes Gesicht.

»Hey, schön, dass ihr es geschafft habt«, begrüßt uns Diez und setzt sich zu uns. Verwirrt blicke ich von Martha zu ihm.

»Habe ich etwas verpasst?«

»Es könnte sein, dass wir vielleicht einen klitzekleinen Hintergedanken hatten«, gesteht sie und sieht dabei so schuldbewusst aus, dass sie unserem WG-Dackel Konkurrenz machen könnte.

Mein Herz beginnt wie wild zu pochen. »Und der wäre?«

Etwas unbeholfen kratzt sich Diez am Kinn, scheint sich allerdings zu weigern, mir zu antworten. Stattdessen weicht er meinem Blick konsequent aus.

»Ich bin sicher, das findest du noch raus«, meint Martha leichthin.

»Aber …«

Ada kommt wieder an den Tisch und stellt meine Waldmeisterschorle vor mir ab. »Hey.«

Diez räuspert sich unbehaglich. »Hey.«

Martha sieht mich an, aber ich habe auch keine Ahnung, warum die Spannung zwischen den beiden so seltsam ist. Allerdings bin ich auch gerade ziemlich mit mir und meiner Anspannung beschäftigt.

»Und niemand will mir zumindest einen Hinweis geben?«, platzt es aus mir heraus. Auch wenn ich eine leise Ahnung bekomme. Diez ist hier, und das bedeutet, dass auch jemand anderes in der Nähe sein könnte.

Ada setzt sich gelassen neben Martha. »Kannst du es dir nicht denken?«

»Da mein Herz gleich aus meinem Brustkorb und auf diesen Tisch springt, wäre es mir lieber, ihr würdet mich einweihen«, brumme ich und nippe nervös an meinem Drink. Martha öffnet den Mund, um etwas zu sagen. Aber dazu kommen sie nicht mehr, denn der erste Teilnehmende des heutigen Poetry-Slams wird gerade auf der Bühne angekündigt.

ELIAS

»Ich bitte um einen herzlichen Applaus für Elias!«

In meinem ganzen Leben war ich noch nie so nervös. Nicht mal im Ansatz. Es kommt mir vollkommen unmöglich vor, jetzt durch den Vorhang zu schlüpfen und mich dem Publikum zu stellen – aber ich weiß, dass ich es tun muss.

Nicht für andere. Sondern für mich selbst.

Also gebe ich mir einen Ruck.

Die Scheinwerfer blenden mich für einen Moment, als ich mich dem Mikrofon nähere. Schluckend greife ich danach und löse es aus der Halterung, ehe ich es wage, einen Blick in die Menschenmenge zu werfen.

Keine gute Idee.

Die vielen Gesichter machen die Nervosität nur noch schlimmer. Ich habe keine Ahnung, wie ich es schaffen soll, auch nur ein Wort herauszubekommen, geschweige denn, meinen Text zu lesen.

Und dann sehe ich sie.

Willa.

Sie sieht mindestens so nervös aus, wie ich mich fühle. Und auch wenn es absurd klingt, ist es genau das, was mich dazu bringt, endlich etwas zu sagen.

»Guten Abend«, sage ich an das Publikum gewandt. »Heute ist mein erstes Mal, also seid zärtlich zu mir.«

Ein paar Menschen lachen, andere sehen sich etwas cringy an. Verstehen kann ich beide Seiten, von all den Begrüßungssätzen hätte ich mir wirklich etwas Besseres ausdenken können.

»Mein Text heiß: Sterne sehen.«

Ich räuspere mich und fingere meinen Zettel heraus, auch wenn ich die Worte inzwischen nahezu auswendig kenne. Noch einmal sehe ich von den Buchstaben zu Willa. Sie hat die Hände zusammengefaltet und gegen ihre Brust gedrückt, als würde auch ihr Herz jeden Moment aus dem Brustkorb springen wollen.

»Der Text ist etwas kitschig«, sage ich noch einmal. »Weil ich ihn für jemanden geschrieben habe, der mir fast so viel bedeutet wie die Sterne selbst.«

Noch einmal schlucke ich. Dann beschließe ich, dass es nichts mehr bringt, das Ganze hinauszuzögern. Manchmal muss man einfach ins kalte Wasser springen, oder in meinem Fall auf die Bühne.

»Ich glaube, wir fühlen schon wieder aneinander vorbei.«

Mein Mund wird trocken. Hilfe suchend sehe ich zu Willa, bin sicher, dass sie mich ansieht. Mich sieht. Und irgendwie löst das auch die letzte Blockade in meinem Kopf.

»In unseren Köpfen, da sind wir nie wirklich frei. Und nie ganz allein, denn zwischen all dem Schein und Sein und zu viel Wein, da ist die Dunkelheit zu Hause. Wird zu einem schwarzen Loch, saugt jedes Licht in sich hinein, bis nichts mehr übrig bleibt. Oder doch?«

Ich lasse den Zettel sinken, brauche ihn nicht mehr, weil ich die Worte kenne. Jede Zeile und jedes Gefühl, das ich beim Schreiben vor mir hatte. Ich sehe Willa direkt an.

»Denn da sind noch wir. Obwohl nicht mehr viel von uns übrig ist nach all den Tränen, Leid und Schrecken. Und all den Momenten, in denen wir feststecken und eine Hand zum Himmel ausstrecken – aber nicht nacheinander.«

Eine kurze Pause, nur noch einmal Luft holen.

»Weil die Angst zu groß ist und die Dunkelheit zu dicht, verlieren wir uns aus dem Blick. Dabei will ich dir nur sagen …

Ich will mit dir dahin, wo die Sterne uns sehen und der Regen uns berührt, die Nacht uns begegnet – und niemand versteht es.«

Alle sehen mich an.

»Niemand versteht es. Nur wir.«

Kapitel 59

ELIAS

Ich hatte keine Ahnung, was Euphorie wirklich bedeutet. Bis jetzt. Das Adrenalin rauscht noch in meinen Adern und tanzt einen Tango mit dem Dopamin, das mich so breit grinsen lässt, dass ich Angst bekomme, ich sehe wie der Joker aus. Der Applaus hat mich beflügelt, aber zu sehen, wie Willa sich eine Träne aus dem Augenwinkel wischt, war wie ein Ritterschlag.

»Du bist gekommen«, sage ich, als ich endlich an ihrem Tisch ankomme.

Sie sieht mich strahlend an, und ich habe das Gefühl, dass sie in den vergangenen Wochen noch schöner geworden ist. Ihr blondes Haar ist länger geworden und löst sich aus dem unordentlichen Dutt. »Und du warst gerade noch auf dieser Bühne«, gibt sie zurück und lächelt ihr echtes Lächeln.

Hinter ihrem Rücken zeigt mir mein bester Freund einen Daumen nach oben. »Willa, ich wusste nicht, dass Diez …«

»Ist okay«, sagt sie schnell.

Ich runzle die Stirn. »Wirklich?«

»Ich bin froh, dass ich hier bin«, sagt Willa nickend und wirft einen Blick über die Schultern, als wüsste sie, dass ihre Freundinnen ebenso unpassende Gesten von sich gegeben haben wie Diez.

»Ich …«, setze ich an, weiß aber nicht, wie ich jetzt etwas sagen soll, das sie nicht schon gehört hätte. »Keine Ahnung, was man in so einem Moment am besten sagen sollte.«

»Wie wäre es mit: schön, dich zu sehen«, bietet sie an.

»Es ist schön, dich zu sehen, Willa.«

Und ich meine es.

Sie zu sehen ist wie das Pflaster auf einer Wunde, von der ich bis eben nicht bemerkt habe, wie sehr sie brennt. Lächelnd beißt sie sich auf die Lippen. »Ich freue mich auch.«

Wir schweigen kurz, blicken zu Boden, als seien wir plötzlich wieder Teenager, die nicht wissen, wohin mit all ihren Hormonen.

»Du warst unglaublich da oben«, murmelt sie so leise, dass ich sie kaum hören kann, und doch sorgt ihre Stimme dafür, dass die Euphorie wieder größer wird.

»Sagst du das nur, um mich nicht zu verletzen?«

»Nein«, stößt sie fast schon empört aus. »Ich sage das, weil es eine Sache war, deine Worte zu lesen, aber eine ganz andere, sie von dir zu hören.«

»Dann habe ich mich nicht lächerlich gemacht?«, hake ich nach.

»Von deinem peinlichen Erste-Mal-Spruch mal abgesehen, nein«, erwidert sie.

»Danke, das bedeutet mir viel.«

»Nicht dafür, Elias.«

»Was dagegen, wenn ich mich zu euch an den Tisch setze?«, will ich wissen und deute auf den freien Platz am Kopfende. Sie überlegt einen Moment. »Nein, aber wie wäre es, wenn wir den peinlichen Sprüchen ausweichen und stattdessen etwas Nachtluft schnuppern?«

Diese Bitte überrascht mich. Auf der anderen Seite ist die Bar ziemlich voll, und gleich kommt der nächste Beitrag auf der Bühne, der mit Sicherheit nicht so unbeholfen wird wie meiner. Also nicke ich zustimmend. »Das klingt gut.«

Willa schnappt sich ihre Jacke.

Ihre Freundin mit dem lila Haar flüstert ihr zum Abschied etwas ins Ohr, das sie rot werden lässt. Sie schüttelt den Kopf und kommt wieder zu mir.

Zusammen schieben wir uns durch die Menge, und ich folge ihr, wenn es sein muss, auch bis ans Ende der Welt.

WILLA

Zwischen den Wolkenkratzern und der Nacht fühle ich mich unendlich klein, aber nicht mehr einsam. Nicht, wenn Elias neben mir ist.

Wir schweigen, während wir uns von der Bar entfernen, als wüssten wir beide nicht, welche Worte für diesen Moment die richtigen sind. Aber ich halte es nicht mehr aus. Die Stille zwischen uns, mit all den wirbelnden Gefühlen, die mir wie Sternenstaub die Sicht rauben.

»Es tut mir leid«, sage ich abrupt und bleibe stehen.

Elias verharrt neben mir und sieht mich an. »Du musst dich nicht entschuldigen.«

»Ich weiß, aber ich würde es gern«, erkläre ich und ringe die Hände. »Es gab so viele Momente, in denen ich dir schreiben wollte. Ich habe Hunderte Nachrichten geschrieben, aber niemals abgeschickt, weil ich … weil ich einfach nicht wusste, wie ich dir erklären soll, was in meinem Kopf los ist.«

Sein Lächeln verwirrt mich. »Du wolltest mir antworten?«

Taumelnd mache ich einen halben Schritt nach hinten. »Ja, aber es ging einfach nicht.«

»Ist okay, Willa. Ich war nie wütend auf dich.«

»Das kann ich nicht gerade behaupten«, gebe ich zu. »Denn ich war wütend, bin es noch. Weil ich solche Angst vor Gefühlen habe. Und weil ich dachte, dass ich in der Klinik lerne, damit umzugehen, was auch stimmt. Zumindest zum Teil, aber wieder hier zu sein und zu wissen, dass jetzt der Punkt da ist, an dem aus einem Vielleicht ein Versuchen wird, das ist …«

»Willa«, unterbricht er mich sanft und nimmt meine Hand. »Hör auf, dich zu rechtfertigen. Es ist in Ordnung, du hast es mir erklärt, und jetzt sind wir hier. Das ist alles, was zählt, oder?«

»Ich hätte mich trotzdem melden sollen«, halte ich dagegen, weil es einfach stimmt. Es war unfair ihm gegenüber.

»Stimmt, aber du hattest andere Sachen im Kopf.«

»Schon, aber ich hatte auch dich im Kopf, Elias.«

»Tatsächlich?«, meint er lachend. »Und was habe ich in deinem Kopf so alles angestellt?«

»Sehr witzig«, gebe ich zurück, muss aber dennoch lächeln. Lächeln, weil er meine Hand in seiner hält und damit irgendwie dafür sorgt, dass all die Gedanken in mir etwas leiser werden.

»Du musst nichts tun, wofür du noch nicht bereit bist«, stellt er klar. »Wenn du noch Zeit brauchst, solltest du sie dir nehmen. Ich will dich nicht zu etwas drängen, nicht jetzt und auch nicht später.«

»Darum geht es nicht«, sage ich schnell. »Aber ob ich wirklich bereit bin, merke ich vielleicht erst, wenn ich es versuche.«

Elias' braune Augen blicken in meine. Hinter seiner Stirn kann ich es arbeiten sehen, als sei er sich nicht sicher, ob er mich richtig verstanden hat. Räuspernd fährt er sich durch die Haare. »Du willst es versuchen?«

Die Frage löst so vieles gleichzeitig in mir aus.

Angst, Zweifel, Wärme, Nähe.

Kälte. Hitze.

Ich schlucke. Für einen Augenblick wage ich es nicht, in sein Gesicht zu sehen. »Wenn du es noch immer willst, ja.«

»Willa …«

Er zieht mich sachte zu sich. »Ich wollte es versuchen, seit du mich das erste Mal angepöbelt hast.«

Ich muss lachen, und gleichzeitig schießen mir die Tränen in die Augen, aber dieses Mal ist es anders. Dieses Mal ist es Erleichterung und Glück.

»Wenn du willst, kannst du mich küssen«, meint er mit seinem schmutzigen Elias-Grinsen, das dafür sorgt, dass mein Körper umso mehr nach ihm schreit.

»Du bist unmöglich«, tadele ich ihn.

Er greift nach meinem Gesicht, zieht mich an sich.

Dieser Kuss ist anders als alle, die wir vorher hatten. Er schmeckt nicht nach Angst, nach Wut oder Zweifeln. Er schmeckt nach einem Uns, dem die Zukunft gehört. Nach Sternschnuppen und Nachthimmel und all der Poesie zwischen unseren Herzen.

Keuchend löse ich mich von ihm. Die Hitze hat meine Wangen rot gefärbt. »Sind deine Eltern heute zufällig auch nicht da?«

Elias' rauchiges Lachen löst ein Kribbeln in meinem Körper aus. »Doch, aber wir könnten versuchen, leise zu sein.«

Kapitel 60

ELIAS

Wie Teenager, die etwas Verbotenes tun wollen, schleichen wir uns in das Haus meiner Eltern. Willa schiebt ihre Turnschuhe von den Füßen, schwankt dabei und wäre fast hingefallen. Sie schlägt eine Hand auf ihren Mund, um nicht zu lachen, als ich einen Finger auf meine Lippen lege.

In der Sicherheit meines Zimmers wirft sie ihre Handtasche in eine Ecke und sieht mich an. Es ist, als würde die Temperatur innerhalb weniger Sekunden um das Doppelte ansteigen. Die Hitze in meinen Adern beginnt zu brodeln, nur dadurch, dass ich in ihre grünen Augen sehe.

Willa schluckt, aber sie lächelt. Sie zieht sich den Pulli über den Kopf. Vor Überraschung steht mir der Mund offen. »Du musst nicht …«, höre ich mich sagen, aber Willa lächelt noch immer.

»Ich weiß, aber ich will, dass du mich siehst«, raunt sie. »Dass du alles von mir siehst.«

Das dunkle Tanktop lässt ihre blasse Haut noch heller erscheinen, aber es dauert nicht lange, bis sie es ebenfalls auf den Boden wirft. Keuchend sehe ich ihr dabei zu, wie sie sich auszieht und nur noch in Slip und BH vor mir steht. »Ich will mich ja nicht beschweren«, sagt sie scherzend. »Aber wartest du auf etwas?«

Perplex begreife ich, dass ich sie einfach nur angestarrt habe, obwohl ich schon so hart bin, dass mir das Denken schwerfällt. Ich nuschle etwas Unverständliches und ziehe mich am Bettpfosten hoch.

Wir stehen voreinander. Nahe genug, um uns zu berühren, aber niemand von uns wagt den ersten Schritt. Ich ziehe mir Hoodie und Shirt über den Kopf, halte inne und warte, bis Willas hungriger Blick wieder meinen trifft.

»Ich will dich«, haucht sie und kommt näher, reckt sich mir entgegen. Ihre Lippen sind weicher als alles, was ich mir vorstellen könnte. Sanft knabbert sie an meinen Lippen.

»Willa …«

»Ja?«

Ich lächle. »Ich muss mich hinsetzen.«

Es dauert eine Sekunde, bis sie versteht, was ich meine. Dann springt sie zur Seite, damit ich mich auf dem Bett niederlassen kann. Die Schmerzen in meinem Knie treten in den Hintergrund, als sie sich vor mich hockt.

»Was hast du vor?«

Willa kommt näher, schiebt sich zwischen meine Beine, küsst mich wieder. Ich weiß nicht mehr, wie man atmet, wie man denkt, wie ich je wieder eine Sekunde ohne ihre Küsse aushalten soll.

Ihre Hände gleiten über meine Schultern, wandern zu meinem Bauch und machen sich an meinem Gürtel zu schaffen. Noch ehe ich weiß, was sie da eigentlich tut, sitze ich nackt vor ihr. Schluckend betrachtet sie meinen Körper, verharrt einen Moment auf meinem besten Stück.

»Lässt du mich gern zappeln?«, frage ich mit rauer Stimme. »Vielleicht?«

Sie hockt sich wieder hin, lächelt mich noch einmal an und umschließt mich dann mit ihren perfekten Lippen. Ich stöhne auf. Halt suchend beuge ich mich nach hinten.

Willa stützt eine Hand auf meiner Hüfte ab, streckt die Hand nach oben aus und berührt meine Brust, während sie sich gleichmäßig bewegt. Ihre Zunge umkreist mich, reizt mich. Bringt mich an den Rand eines Vulkanausbruchs.

Sterne tanzen vor meinen Augen, und es dauert einen Moment, bis ich begreife, dass es nicht nur Lust ist, sondern auch Schmerz. »Willa, warte.«

Sie stoppt sofort.

Etwas hilflos sehe ich sie an. »Mein Knie.«

Ihre Augen werden größer, als ihr bewusst wird, dass sie sich darauf abgestützt hat. »Tut mir leid«, murmelt sie und klettert zu mir auf das Bett. »Ist das okay?«

»Mehr als okay«, knurre ich in ihre Halsbeuge. »Im Nachttisch ist ein Kondom.«

Willas Scham reibt über meine Härte, als sie sich zur Seite beugt und geschickt das Kondom hervorzieht. »Darf ich?«

Ihre Hand auf meinem Schwanz lässt mich erneut leise stöhnen. Sie streift mir das Kondom über, ehe sie sich wieder nach vorn beugt. Ihr Kuss wird wilder, härter. Unsere Zungen finden wieder ihren Rhythmus in einem Kuss, der jedes Bedenken auslöscht.

Meine Finger gleiten über ihre warme Haut, über die großen und kleinen Narben. Ich sehe sie, mit all der Schönheit und Dunkelheit, die sie umgibt. Und ich fühle sie, mit jedem Herzschlag etwas mehr.

WILLA

Ich will Elias spüren. Ihm so nahe sein, wie es überhaupt nur möglich ist.

Meine pochende Mitte scheint seinen Namen zu schreien, als ich meinen BH öffne und achtlos auf den Boden werfe. »Fuck, Willa«, keucht er unter mir und streift zärtlich mit den Fingern über meine harten Brustwarzen.

Ich kann spüren, wie ich mit jedem Moment feuchter werde. »Sag es mir, wenn ich dir wehtue«, flüstere ich an seine Lippen, dann schiebe ich meinen Slip zur Seite. Ich stütze mich über ihm ab, als er sanft in mich stößt. Seine Hände packen meine Hüften, drücken mich noch näher. Keuchend sehe ich ihn an, als ich mich zu bewegen beginne.

Wir stöhnen beide.

Ich biege den Rücken durch, beginne ihn zu reiten, und ignoriere das Zittern meiner Muskeln. Seine Finger tasten nach den feuchten Lippen meiner Mitte. Stöhnend werfe ich den Kopf zurück, als er beginnt, mit kreisenden Bewegungen mein Blut noch mehr zu entfachen.

Wir sehen uns an, sehen das Funkeln unserer Augen, wie Sterne in der finstersten Nacht, die einander gefunden haben. Mein Keuchen wird lauter, heftiger.

Elias zieht mich näher, hält mir eine Hand vor den Mund, um die Laute meiner Lust zu verbergen. Doch seine ist ebenso deutlich zu hören. Meine Hand legt sich auf seine Lippen, während unsere Hüften immer wieder ineinanderstoßen.

Sekunden später kann ich spüren, wie sich meine Muskeln anspannen. Ich komme, ehe Elias es tut, und ich sacke über ihm zusammen, während meine Muskeln vor Erschöpfung zittern. »Fuck, Willa«, raunt er in mein Ohr, als ich mich neben ihn rolle und wieder nach seiner Erektion greife.

Ich sehe ihm die ganze Zeit über in die Augen, als er in meiner Hand kommt.

Kapitel 61

ELIAS

»Guten Morgen«, sagt meine Mutter mit einem breiten Grinsen, als Willa und ich aus meinem Zimmer kommen.

»Bitte keine peinlichen Kommentare.«

Willa ist jetzt schon knallrot geworden, während sie sich die Haare hinter die Ohren streicht.

»Können wir nicht versprechen«, brummt mein Vater am Frühstückstisch.

»Versucht es einfach.«

»Guten Morgen«, kommt es etwas schüchtern von Willa.

Meine Mutter bleibt vor ihr stehen und drückt sie so plötzlich an sich, dass selbst ich perplex bin. »Endlich lernen wir dich mal kennen!«

Zumindest Paps ist etwas zurückhaltender und nuschelt nur: »Und wissen, welche Stimme uns da wach gehalten hat.«

»Paps«, schnaube ich und muss lachen, als ich sehe, wie hochrot Willas Kopf ist. Bisher hatte ich nicht gewusst, wie ihr der Hautton Purpur steht.

»Setz dich«, meint meine Mutter. »Möchtest du einen Kaffee?«

Überfordert nickt Willa. »Gern.«

»Mit Milch?«

»Hätten Sie Hafermilch?«

»Ja, und bitte siez mich nicht. Dann fühl ich mich wie eine Oma«, sagt meine Mutter lachend. Für sie scheint das alles unfassbar toll zu sein, für mich ist es irgendwas zwischen cringe und wohlfühlen.

»Und damit lasst ihr euch doch bitte noch etwas Zeit«, kommentiert mein Vater mit einem strengen Blick.

»Paps, solche Sprüche sind unangebracht.«

»Wie sage ich denn ansonsten durch die Blume, dass ich hoffe, dass ihr verhütet?«

Willa verschluckt sich an dem Kaffee, von dem sie gerade erst genippt hat, was mich leider nur noch mehr zum Lachen bringt.

»Ginge es nach mir, würdest du gar nichts dazu sagen, weil es dich nichts angeht«, stelle ich klar.

Mein Vater sieht zwischen uns hin und her. »Okay, 'tschuldigung.«

Meine Mutter setzt sich neben ihn und reicht uns den Korb mit den frischen Brötchen. »Und, Willa, du bist auch Sozialarbeiterin?«

Das Thema scheint zumindest dafür zu sorgen, dass Willa ihre Stimme wiederfindet. »Ja, ich bin zwar noch im Studium, aber mir fehlt nur noch die Masterarbeit.«

»Du bist auch im Zentrum?«, fragt mein Vater und reicht ihr die Margarine.

»Ja.«

»Dann kommst du wieder?«, frage ich überrascht.

Willa lächelt schüchtern. »Ja, Aygül und ich wollen morgen darüber reden, wie es weitergeht. Aber ich werde erst mal nur einen Tag in der Woche arbeiten und meine Gruppen wieder übernehmen.«

»Das freut mich«, sage ich ernst und greife nach ihrer Hand, um sie zu drücken.

»Mich auch.«

»Sie sehen schon niedlich zusammen aus, oder?«, fragt meine Mutter an meinen Vater gewandt.

»Erinnert mich an uns in dem Alter«, sagt dieser und grinst. »Weißt du noch, als wir …«

»Paps, also wirklich, jetzt hör auf«, unterbreche ich ihn schnell.

»Schon gut, schon gut.«

Während des Essens plaudern meine Eltern über mein Studium, und ich kann gerade noch verhindern, dass sie peinliche Geschichten aus meiner Kindheit zum Besten geben, als das Klingeln eines Handys ertönt.

»Oh, Entschuldigung«, sagt Willa. »Macht es Ihnen was aus, wenn ich drangehe?«

»Nein, Liebes. Mach nur«, winkt meine Mutter ab.

Willa huscht in mein Zimmer, was meinen Eltern die Gelegenheit gibt, mich mit diesem peinlichen Blick anzusehen. »Und?«

»Und was?«, frage ich zurück.

»Du weißt schon, seid ihr jetzt zusammen?«

»Ma, bitte. Könnten wir einfach nur frühstücken?«

»Hab ich dir doch gesagt«, behauptet mein Vater. »Sie sind noch in einer Situationship.«

Ich starre ihn an, komme aber nicht mehr dazu, ihm zu sagen, er solle sich nicht in Jugendsprache versuchen. Willa steht wieder neben dem Tisch. »Wir sollen ins Zentrum kommen.«

»Was, jetzt?«

»Nein, morgen.«

»Dann haben wir heute noch Zeit für uns?«

»Kinder, bitte«, brummt mein Vater. »Wartet bis nach dem Frühstück.«

Kapitel 62

ELIAS

Entlang der Uferpromenaden erstrecken sich grüne Wiesen, Bäume und gelegentlich kleine Cafés, an denen es verdächtig still ist, während die Abendsonne über den Main gleitet.

Zu Beginn unseres Spaziergangs war der Himmel in einem zarten Rosa gefärbt, das sich nun allmählich in ein leuchtendes Orange verwandelt. Der Main selbst spiegelt die Farben der Wolken wider und verwandelt sich in ein glitzerndes Band aus goldenem Licht. Das ruhige Wasser reflektiert die Silhouette der umliegenden Gebäude und Brücken, als würde der Fluss selbst sagen wollen, dass all dies nur dank ihm existiert.

»Du musst nicht darüber reden, wenn du es nicht willst.«

Willa geht langsam neben mir her, die Hände tief in den Taschen ihres Mantels versteckt. Die Wärme des Tages verschwindet mit jeder Minute mehr, aber das scheint ihr nichts auszumachen, auch wenn ihre Nasenspitze bereits rot wird.

»Na ja, nicht darüber zu reden, hat das letzte Mal nicht sonderlich gut geklappt, oder?«, gibt sie zurück und zieht sich die graue Wollmütze tiefer ins Gesicht.

»Guter Punkt.«

Sie atmet tief ein. »Es war mein Stiefvater«, erklärt sie leise, als hätte sie Angst, die anderen Passanten könnten uns hören, doch die meisten sind zu beschäftigt mit dem schönen Ausblick vor uns. Ich hingegen kämpfe mit der aufsteigenden Übelkeit.

»Und ich weiß, es gibt so viele Geschichten wie meine«, fährt sie fort, während ich den Atem anhalte. »Und ich weiß, ich sollte mich nicht dafür schämen – aber das tue ich. Es gibt gute Tage, an denen ich es fast vergesse. An denen sich mein Körper wieder anfühlt, als würde er mir gehören. Aber an den anderen Tagen …«

Sie verharrt sowohl mit ihren Worten als auch mit ihren Schritten und wirft einen Blick auf das Wasser, wo gerade ein Boot an uns vorbeifährt.

»Und dabei hilft dir der Schmerz?«, frage ich vorsichtig.

»Wenn du gelernt hast, dass in den schlimmsten Momenten deines Lebens nur noch der Schmerz bleibt, dann fällt es dir schwer zu verstehen, dass es noch etwas anderes geben kann«, gibt sie zu. »Wenn ich mich selbst verletze, fühlt es sich wieder an wie mein Körper. Ich bekomme die Kontrolle zurück.« Sie lehnt sich mit dem Rücken gegen die Abgrenzung. »Du siehst blass aus, geht's dir gut?«

Fast hätte ich aufgelacht. »Nachdem du mir das erzählst, sorgst du dich um mich?«

»Macht der Gewohnheit.«

»Darf ich deine Hand nehmen?«, frage ich sachte, weil ich nicht weiß, was gerade richtig ist, was zu weit geht und welche Grenzen es in dieser Situation gibt.

»Gib mir noch einen Moment«, bittet sie. »Denn auch wenn es mir schwerfällt, muss ich weiterreden, weil ich vielleicht nie wieder die Kraft finde, darüber mit dir zu reden.«

»Ich höre zu.«

»Meine Mutter …«, beginnt sie und schüttelt den Kopf, als würde auch ihr Körper sich dagegen wehren, darüber zu sprechen. »Sie wusste, was da passiert. Aber in ihren Augen war es meine Schuld.«

»Du warst ein Kind«, platzt es wütend aus mir heraus.

Willa kratzt sich am Handrücken. »Ja, aber für sie hat das keinen Unterschied gemacht.«

»Aber …«

»Irgendwann fiel es auf«, spricht sie weiter, noch ehe meine Entrüstung ihr den Raum nehmen kann. »In der Schule … und ich glaube, erst da habe ich verstanden, dass es nicht okay ist, was all die Jahre mit mir gemacht wurde.«

Tränen stehen in ihren Augen, schimmern ebenso golden wie der Fluss hinter ihr.

»Ich kam in eine Pflegefamilie, und dann wurde es besser«, erzählt sie. »Zumindest eine ganze Weile, aber als ich anfing zu studieren, musste ich für die ganzen Anträge wieder Kontakt zu meiner Mutter aufnehmen, und das, na ja, hat es wieder schlimmer gemacht.«

Es fällt mir schwer, nicht vor Wut die Fäuste zu ballen. »Was ist passiert?«

»Viel Hin und Her mit den Ämtern, viel Psychoterror«, sagt sie so monoton, als seien sämtliche Emotionen für ihre Mutter schon vor langer Zeit aufgebraucht gewesen. »Sie schrieb mir pausenlos, dass ich unsere Familie zerstört habe. Dass ich wertlos sei, dass ich …«

»Oh, Willa …«

Ich habe den Drang, sie zu berühren, in meine Arme zu ziehen. Aber ich sehe ihr an, dass sie das gerade nicht kann. Obwohl sich hinter ihr das malerische Bild des Sonnenuntergangs abzeichnet, kann ich sehen, was sie mit der Dunkelheit meinte, die sie verfolgt.

»Martha und Ada waren da«, sagt sie schnell. »Sie haben mir dabei geholfen, die Nummer zu wechseln, durch diesen ganzen bürokratischen Mist, und dann wurde es wieder ruhiger, und ich dachte, sie würde sich nie wieder melden und mich einfach in Ruhe lassen.«

»Aber das hat sie nicht?«

»Nein«, gibt sie zu. »Und irgendwie hat alles wieder von vorn angefangen. Bis jetzt zumindest.«

»Diez' Dad«, spreche ich meine Gedanken aus. »Er hat dir mit einem Kontaktverbot geholfen?«

Irgendwie schafft Willa es zu lächeln und nickt. »Das war Adas Idee.«

Ich nicke. Das erklärt, warum die beiden immer mal wieder Kontakt hatten. Auch wenn ich das Gefühl nicht loswerde, dass mehr dahintersteckt, als die beiden zugeben wollen. Gerade beschäftigt mich allerdings ohnehin etwas anderes. »Ich hasse es, dass ich diese Frage stelle – aber was ist mit deinem Stiefvater?«

Fröstelnd reibt Willa sich über die Arme. »Er sitzt noch für ein paar Jahre, aber ich denke ehrlich gesagt, dass es besser wird, wenn er wieder draußen ist. Meine Mutter wollte immer nur, dass er bei ihr ist, und dann hat sie wieder, was sie wollte.«

»Willa, ich weiß nicht, was ich sagen soll«, gebe ich zu.

»Du musst nichts sagen«, meint sie milde. »Ich wollte nur, dass du es weißt, weil ich nicht weiß, wann mich etwas triggert, wann ich einen Flashback bekomme oder wann ich Nähe ertragen kann und wann nicht. Aber eines will ich auf keinen Fall.«

»Was?«

»Dass du mich anders ansiehst«, haucht sie in die kalte Luft. »Dass du nur noch das siehst, nur noch das Mädchen, das in der Dunkelheit gefangen ist, und nicht mehr die Frau, die ich jetzt bin.«

Sie streicht sich das Haar aus dem Gesicht, als ich näher komme. »Ich sehe dich, Willa. Und daran wird sich nie etwas ändern.«

»Du hast keine Ahnung, was ich für eine schreckliche Angst vor diesem Gespräch hatte.«

»Nicht nur du.«

Sie beugt sich sachte zu mir und haucht mir einen Kuss auf die Lippen. »Danke.«

Perplex wende ich den Rollstuhl in die andere Richtung, damit wir zurück zum Parkplatz können. »Wofür?«

Willa lacht, und ich bin froh, dass dieses Geräusch trotz allem nicht an Zauber verloren hat. »Ich könnte eine Liste machen, wenn das hilft?«

»Gute Idee, ich mag Listen.«

Abrupt bleibt sie stehen. »Elias?«

»Das war nur ein Witz, ich brauche keine Liste.«

»Nein, das mein ich nicht«, sagt sie schnell mit gesenkter Stimme, während ich mich zu ihr umdrehe.

»Was dann?«

Sie wartet, bis eine Gruppe Jugendlicher an uns vorbeigegangen ist. »Dreh dich jetzt nicht um, aber ich glaube, da beobachtet uns jemand.«

Es braucht einen Moment, bis ich den Sinn ihrer Worte vollends begreife. »Nicht dein Ernst.«

»Leider schon«, murmelt sie.

»Wie sieht er aus?«

Willas Blick flattert über meine Schultern hinweg, aber sie sieht dabei nicht gerade zufrieden aus. »Wie ein großer Kerl in vielen Klamotten, weil es ziemlich kalt ist?«

»Und ich dachte, du könntest Detektivin werden.«

»Warte«, sagt sie schnell und zückt ihr Smartphone. »Tu so, als würdest du lächeln.«

Wenn sie mich verwirren wollte, hat sie das geschafft.

»Kann man so tun?«

»Ich versuche, ihn auf das Bild zu bekommen, damit du ihn vielleicht erkennen kannst.«

»Das ist clever«, gebe ich zu.

»Also, einmal posen bitte …«

WILLA

Wir sitzen in einem kleinen Café unweit meiner WG, während die Sonne längst untergegangen ist. Ich schiebe Elias den Tee über den Tisch.

Sein Blick ist noch immer fest auf mein Handy gerichtet. »Und erkennst du ihn?«

Er atmet einmal tief ein und aus, dann schüttelt er den Kopf. »Ich habe nicht den Hauch einer Ahnung.«

Müde legt er das Handy zur Seite und pustet in seinen Tee. Ich kann förmlich hören, wie es hinter seiner Stirn arbeitet. Meine eigenen Gedanken kreisen ebenfalls die ganze Zeit. »Vielleicht solltest du es der Polizei melden.«

Elias sieht blinzelnd auf. »Und was sag ich? Jemand hört einfach nicht auf, sich zu entschuldigen?«

Er versucht es hinter Humor zu verstecken, aber langsam wird auch er besorgt. »Na ja, das ist Stalking.«

»Und wenn du dich getäuscht hast? Wenn er nicht uns beobachtet hat, sondern nur den Main?«, gibt er zu bedenken.

Ich lehne mich auf dem knarzigen Holzstuhl zurück.

»Glaubst du das wirklich?«

»Nein, ich suche nach Strohhalmen.«

»Dann sag es wenigstens deinen Eltern«, bitte ich ihn.

Elias sieht nicht begeistert aus, aber er scheint zu spüren, dass ich dieses Mal nicht einfach wieder aufhöre, darüber zu sprechen. »Ich denk darüber nach«, murmelt er halbherzig.

»Du bist ziemlich stur.«

»Ich kann mir einfach nicht vorstellen, dass diese Person mir irgendwas Schlechtes will. Und vielleicht braucht sie einfach noch etwas Zeit, ehe sie … na ja, sich zu erkennen gibt.«

Kopfschüttelnd nippe ich an meinem Tee.

»Manchmal weiß ich nicht, ob du einfach mutig bist oder einen Hang dazu hast, seltsame Menschen in dein Leben zu lassen.«

Das vertraute Grinsen erscheint auf seinem Gesicht. »Ich hab dich in mein Leben gelassen.«

»Ja, und ob das so eine gute Idee war?«

»Eine meiner besten.«

Noch einmal betrachte ich das Bild. Es ist zu verpixelt, um wirklich etwas zu erkennen, nur bei der Mütze klingelt etwas in mir. Aber ich bekomm es nicht zu greifen.

»Vielleicht kenn ich ihn doch, aber ich komm einfach nicht drauf, woher«, haucht er in seine Tasse.

Kapitel 63

WILLA

»Die Buch-WG ist endlich wieder vollständig!«, ruft Ada aus und hält das Handy hoch. »Sagt Hallo zu Willa!«

Etwas peinlich berührt winke ich in die Kamera, was Ada allerdings nicht davon abhält, weiterzusprechen. »Sie ist unsere Expertin für Liebesromane, hast du einen Tipp für unsere Bookies?«

Da ich gerade dabei bin, alles Nötige in meine Umhängetasche zu werfen, verharre ich mitten in der Bewegung. Überfordert von der Spontaneität, zucke ich mit den Schultern. »Mit der *Cherry Hill*-Reihe macht man nichts verkehrt.«

»Da habt ihr es gehört«, flötet Ada fröhlich. Dann nimmt sie endlich das Handy runter.

Ich hingegen klaube den Schlüssel vom Küchentisch.

»Läuft das jetzt jeden Morgen so?«, frage ich lachend.

»Nein, ich bin nur so euphorisch, dass du wieder da bist.«

»Ja, ich auch.«

Wir umarmen uns kurz, wobei Ada mich gar nicht wieder loslassen will. »Musst du wirklich schon los?«, brummt sie in mein Ohr.

»Um ehrlich zu sein, bin ich schon zehn Minuten über der Zeit«, sage ich entschuldigend. »Soll ich uns heute Abend was zu essen mitbringen?«

Ada schüttelt den Kopf, sodass ihr pastellfarbenes Haar hin und her schwingt. »Nein, ich esse im Krankenhaus.«

»Okay, ruf an, wenn du was brauchst«, sage ich schnell und schlüpfe in meine Boots.

»Mach ich.«

Gerade will ich durch die Tür verschwinden, als sie meinen Namen sagt. »Willa?«

Zwischen Tür und Angel bleibe ich stehen. »Ja?«

Ada beißt sich auf die Lippe. Für einen Moment glaube ich, dass sie mir wirklich noch etwas sagen will, aber dann winkt sie ab. »Schon gut, wir sehen uns später.«

ELIAS

Ich öffne die Haustür, und der Wind macht sich sofort daran, meine Haare zu zerzausen. Hektisch versuche ich die Reste meiner Frisur zu schützen, während ich mich in Richtung meines Wagens bewege – doch dann bleibe ich abrupt stehen.

Eine schattenhafte Gestalt macht sich an meiner Windschutzscheibe zu schaffen. Mein Herzschlag beschleunigt sich. Für einen Moment bin ich wie erstarrt. Ich kenne den Jungen.

Sein blondes Haar fällt ihm wild ins Gesicht. Mit gesenktem Kopf hält er einen Brief in der Hand und versucht, ihn an der Scheibe zu befestigen. Als würde er meine Blicke spüren, schaut er plötzlich auf, und seine auffallend blauen Augen treffen meine. Sekundenlang starren wir uns schweigend an, als würden wir beide nach Worten suchen.

»Theo?«

Er zuckt zusammen, als sei meine Stimme die letzte Hürde gewesen, die deutlich macht, dass ich ihn gesehen und erkannt habe. »Ich …«

»Was tust du denn hier?«, herrsche ich ihn an – und es trifft mich wie ein Schlag in die Magengrube. Das ständige Gefühl, beobachtet zu werden, der seltsame Zettel. Das alles muss er gewesen sein.

»Nichts, ich meine …«, setzt er an, aber ich lasse ihn gar nicht erst aussprechen. »Was wolltest du an meinem Wagen?«

»Es, es tut mir leid, ich wollte nur …« Er hebt die Hände, den

Brief noch immer in einer von ihnen, und sieht mich so flehend an, als würde ich nicht mit dem Finger, sondern mit einer Waffe auf ihn zeigen.

»Was ist das?«

Theo schluckt.

Der Wind zerrt an meinen Haaren ebenso wie an seinen, als würde ein Sturm aufziehen, der extra auf uns gewartet hat. Das Schweigen wird so lang, dass ich schon glaube, er würde gar nichts mehr sagen, doch dann scheint etwas in ihm zu zerbrechen. Ich kann es fast hören, das Zerschellen seiner Hoffnung, dass er doch noch einen Ausweg findet.

»Ein Geständnis.«

Ich blinzle.

Einmal. Zweimal.

Dann schüttle ich den Kopf, als würde sich mein Verstand weigern zu begreifen, was er damit sagen will. »Theo, wovon redest du da bitte?«

Er sieht mich nicht an, sondern starrt auf den Boden vor meinem Auto. »Ich war es.«

»Was warst du?«

»Ich habe den Wagen gefahren«, sagt er und sieht mich an.

Fast wäre ich vor ihm zurückgewichen. Nein, nicht vor ihm, sondern vor der Wahrheit, die ich in seinen Worten spüren kann. »Darüber macht man keine Witze.«

»Das … das würde ich nie tun.«

Eine Windböe lässt die Äste der Bäume rascheln und verschluckt fast meine Worte. Dieser Mann, dieses halbe Kind vor mir, soll der Grund dafür sein, dass sich mein Leben so verändert hat? Der Gedanke erscheint mir absurd. Dennoch kann ich in seinem Blick sehen, dass dies hier kein perfider Scherz ist. Ich schlucke. »Lass uns reingehen.«

Theo starrt mich an. »Was?«

»Willst du wirklich in meiner Einfahrt darüber reden, dass du einen Unfall verursacht hast?«, schnaube ich.

Theo schweigt, sieht mich nur an und sorgt so dafür, dass irgendwo in meiner Wut etwas ganz anderes zum Leben erwacht. Mitleid.

»Komm schon.«

Er folgt mir zurück ins Haus, und ich bin froh, dass niemand außer uns da ist.

Wenn ich schon am ganzen Körper zittere, will ich nicht wissen, wie es meinen Eltern gehen würde. Mit einer Hand bedeute ich Theo, auf dem Sofa Platz zu nehmen, während ich mit etwas Sicherheitsabstand zu ihm stehen bleibe.

»Also, dann war der Zettel von dir«, stelle ich fest und unterdrücke einen Schauder. »Das sollte das ›Tut mir leid‹ bedeuten.«

Theo sinkt noch weiter in sich zusammen. Es kommt mir vor, als würde er zwischen den großen Sofakissen mit jedem Atemzug etwas kleiner werden. »Ich wollte es dir sagen«, haucht er so leise, dass ich ihn kaum verstehen kann. »Aber ich wusste nicht, wie, wusste nicht …«

»Wie du mir sagen sollst, dass ich deinetwegen fast draufgegangen bin?«

Theo nickt.

»Die gute Nachricht ist: Ich lebe noch.«

Sein Blick sucht meinen, nur um mir gleich darauf wieder auszuweichen. »Ich weiß.«

Alles kommt mir vor wie in einem schlechten Traum, in dem ich längst weiß, dass es nicht real sein kann, aber mein Körper sich noch immer weigert aufzuwachen. »Also, du bist davongekommen. Das Verfahren gegen Unbekannt wurde eingestellt, warum also das hier?«, will ich wissen und hebe den verschlossenen Brief hoch.

»Weil ich so nicht mehr weitermachen kann«, murmelt Theo und wischt sich über die Augen. »Jedes Mal, wenn ich die Augen schließe, sehe ich …«

»Mich?«

Wieder ein Nicken.

Ich will noch etwas sagen, aber das Klingeln meines Telefons hindert mich daran. Es ist Willa. Ich werfe Theo einen Blick zu, doch der ist ohnehin zu beschäftigt damit, seine Tränen fortzuwischen.

»Hey«, melde ich mich schnell. »Tut mir leid, ich verspäte mich etwas.«

»Ist alles okay?«, fragt Willa sofort.

»Mach dir keine Sorgen«, antworte ich, obwohl ich mir nicht ganz sicher bin, ob ich mir welche machen sollte. Aber so, wie Theo dasitzt, weinend und gebrochen, glaube ich nicht, dass ich derjenige bin, der gerade in Gefahr schwebt. »Ich erzähl dir nachher alles, kannst du Aygül Bescheid geben?«

»Na klar!«

Nachdem ich mich verabschiedet habe, sehe ich Theo noch einmal an. »Du solltest den Brief wieder mitnehmen.«

Perplex sieht er mich an. »Was? Wieso?«

»Weil du damit deine Verantwortung an mich abgibst«, sage ich fest. »Du machst diese Entschuldigung nicht für mich, sondern nur für dich.«

Theo scheint noch mehr in sich zusammenzusinken. »Aber …«

»Kein Aber, es ist deine Entscheidung, dich der Verantwortung zu stellen oder weiter vor ihr davonzulaufen, nicht meine.« Ich bin selbst überrascht, wie ruhig ich klinge. Nicht gelassen, aber auch nicht so wütend, wie es mein Recht wäre.

Theo schüttelt heftig den Kopf. »Ich kann das nicht.«

»Du hast mich wochenlang beobachtet, fuck. Es waren sogar Monate«, gebe ich zurück. »Dein schlechtes Gewissen hat dir kein Recht dazu gegeben, und es gibt dir auch nicht das Recht, mir diese Bürde aufzuerlegen.«

Erst während ich all das sage, wird mir bewusst, wie sehr es mich belastet hat. Wie sehr ich angefangen habe, an mir selbst zu zweifeln.

»Ich wollte doch nur …«

»Dann tu es.«

Theo blinzelt mich verständnislos an. »Was soll ich tun?«

»Du wolltest dich doch entschuldigen, oder nicht?«

Er nickt langsam, räuspert sich und sieht mich mit wässrigen blauen Augen an. »Es tut mir leid.«

Vier so einfache Worte.

Und ich glaube ihm. Glaube, dass er diese Nacht bereut, in der er die rote Ampel nicht gesehen hat. Nur ist eine Entschuldigung das eine, sich der Verantwortung zu stellen, aber etwas ganz anderes.

»Ich verzeihe dir«, sage ich langsam, und zu meiner eigenen Überraschung meine ich es ernst. »Aber nur weil ich das tue, bedeutet das nicht, dass du dich vor den Konsequenzen verstecken kannst.«

»Ich kann nicht ins Gefängnis«, schluchzt er. »Mein Leben wäre vorbei.«

»Wie ich schon sagte: Es ist deine Entscheidung. Das, was du willst, kann ich dir nicht geben«, erkläre ich so ruhig, dass es mich selbst überrascht. »Es gibt keine Absolution, wenn man sich versteckt.«

Sein Weinen sorgt dafür, dass ich mich verkrampfe. Theo bedeckt sein Gesicht mit den Händen. »Du musst mich hassen.«

»Nein«, meine ich. »Aber du tust es, und es gibt nur einen Weg, damit dieser Hass endlich aufhört.«

»Ich habe solche Angst«, wimmert er, und es kostet mich alle Kraft, damit nicht auch mir die Tränen in die Augen schießen. Dann schiebe ich ihm das Handy zu, und Theo wählt die Nummer der Polizei.

Kapitel 64

WILLA

Da seid ihr ja!«, ruft Aygül aus, als wir gerade durch die Eingangstür kommen.

»Ist etwas nicht in Ordnung?«, frage ich schnell, aber Aygül winkt uns hinter sich her.

»Kommt ihr?«

Wir sehen einander verwundert an.

»Ich bin sicher, was es auch ist, es wird sich aufklären«, sage ich schnell, und man sieht mir wahrscheinlich an, welche Angst ich davor habe, diesen Job gleich wieder zu verlieren.

»Bitte«, sagt Aygül und deutet vor ihren Schreibtisch. Ich nehme Platz, schaffe es aber nicht, noch mal nachzufragen, dafür übernimmt das dieses Mal Elias: »Was ist los?«

»Es ist alles in Ordnung«, sagt Aygül sanft. »Es geht um euren Antrag.«

Elias greift nach meiner Hand. »Was?«

Aygül macht eine kleine Pause und lächelt uns breit an. »Er wurde bewilligt.«

»Nein!«, stoßen wir beide gleichzeitig aus.

»Doch. Es gibt noch ein paar Dinge, die wir ändern müssen, und wir sollten uns darüber unterhalten, wie wir die Verteilung der Stunden in Angriff nehmen – aber herzlichen Glückwunsch.«

Ich starre Elias an, der mit weit aufgerissenen Augen neben mir sitzt. »Ich kann es nicht glauben.«

»Du hast es geschafft, Elias«, beglückwünsche ich ihn und kann nicht verhindern, dass meine Brust vor lauter Stolz gleich platzen könnte.

»Gibt es noch die Möglichkeit, dass ein Rückzieher gemacht wird?«, hakt er nach.

Aygül lacht auf. »Die gibt es immer, aber wenn du keinen Rückzieher machst, stehen die Chancen gut.«

»Aber …«

»Sag mir jetzt nicht, dass du es dir anders überlegt hast«, unterbricht sie ihn.

»Nein, ich …« Er schluckt. »Ich bin nur überrascht.«

»Um ehrlich zu sein, sind wir das auch«, sagt Aygül. »Aber wir sollten unser Glück nicht hinterfragen. Ihr habt großartige Arbeit geleistet und konntet alle davon überzeugen, dass dieses Projekt gefördert wird.«

»Kannst du mich mal kneifen?«

Ich kneife Elias, der kurz aufschreit und sich über den Unterarm reibt. Aber immerhin ist er jetzt aus seiner Starre erwacht und kann wieder grinsen.

»Das ist großartig«, wiederholt er. »Und ich bin ehrlich gesagt überfordert damit.«

»Dann lasse ich dir mal etwas Zeit zum Verarbeiten. Zumindest bis morgen.«

»Morgen?«

Aygül sieht erst mich an, dann wieder Elias.

»Du musst morgen zu unserem Vorstand. Wir hätten gern, dass du dieses Projekt leitest.«

Ich kann hören, wie er neben mir nach Luft schnappt. Sein Griff um meine Hand wird stärker. »Im Ernst?«

»Nur wenn du es willst, natürlich.«

»Danke«, keucht er. »Ich weiß wirklich nicht, was ich sagen soll.«

»Nicht dafür«, winkt Aygül ab. »Dann geht euren Sieg mal schön feiern! Willa, sehen wir uns am Mittwoch?«

»Ja, ich freue mich schon.«

Wir verabschieden uns, aber so ganz scheint Elias noch nicht begriffen zu haben, was da gerade passiert ist.

»Das war kein Traum, oder?«

»Nope.«

»Mein Projekt wird Wirklichkeit?«

Ich lache auf. »Ja.«

»Fuck.«

»Das wäre nicht mein Wort gewesen, um es zu beschreiben, aber grundsätzlich stimme ich dir zu«, erwidere ich grinsend. »Und wie willst du diesen Sieg feiern?«

Elias zieht mich näher zu sich. »Da würde mir schon etwas einfallen …«

Ehe ich ihm erklären kann, dass ich leider noch ziemlichen Muskelkater von unserem letzten Mal habe, klingelt mein Telefon schon wieder. »Was ist denn heute nur los?«, brumme ich und fische es aus meiner Hosentasche.

»Hallo?«

»Ich bin's.«

Verwirrt starre ich Elias an. »Martha, was ist los?«

Ich kann hören, wie sie schluckt. »Du musst ins Krankenhaus fahren.«

Mein Puls beschleunigt sich. »Was? Was ist passiert?«

»Ada«, sagt sie atemlos. »Es ist ihr Dad.«

Es dauert nur einen Wimpernschlag, bis ich begreife, was das zu bedeuten hat. »Wo muss ich hin?«

Martha nennt mir das Krankenhaus und die Station.

»Ich mach mich auf den Weg«, sage ich schnell und lege auf.

»Was ist los?«, fragt Elias und sieht mich mit zusammengezogenen Brauen an.

»Kannst du mich ins Krankenhaus Nordwest fahren?«

»Was ist passiert?«

»Ich bin mir nicht sicher.«

Er nickt. »Alles klar, ich fahr dich.«

Kapitel 65

WILLA

Mit rasendem Puls laufe ich über den Flur des Krankenhauses.

»Martha!«, schreie ich, als ich meine Freundin entdecke.

»Gott sei Dank, du bist da«, stößt sie aus und fällt mir in die Arme. Ich kann sehen, dass sie geweint hat. Und das macht mir noch viel mehr Angst.

»Was ist denn los?«

»Ich weiß nicht, niemand sagt mir was«, schluchzt sie und wischt sich über das Gesicht. Elias hat zu uns aufgeschlossen. Er blickt sich betreten um.

»Wo ist Ada?«

Die Frage lässt etwas in mir zersplittern. Den letzten Rest der Hoffnung, dass für meine Freundin nicht einer der schlimmsten Tage ihres Lebens gekommen ist.

Martha schluckt und deutet auf das Zimmer, vor dem sie gewartet hat. »Bei ihm drin.«

Die Art, wie sie das sagt, lässt mich vermuten, dass sie schon eine Weile hier draußen wartet. »Komm, wir holen dir erst mal was zu trinken.«

»Bleibt hier«, bietet Elias sofort an. »Ich besorg euch was.«

Dankbar sehe ich ihn an. »Das wäre super.«

»Willst du mir erzählen, was passiert ist?«, frage ich sanft, als wir uns setzen. »Ich bin mir nicht sicher«, gesteht Martha. »Ada wurde angerufen, wir sind hierhergekommen und … Scheiße, Willa. Ich glaube …«

»Schhhh«, mache ich. »Ist okay.«

»Nein, ist es nicht. Ich habe nicht das Recht, hier zu heulen.«

»Du hast sogar jedes Recht dazu. Wir werden einfach warten, bis Ada da ist, und dann sehen wir weiter, okay?«

Sie nickt und sieht betreten auf die geschlossene Tür. »Ich wäre gerade so gern bei ihr.«

»Ich weiß. Geht mir auch so.«

»Das ist alles so verflucht unfair.«

Wieder nicke ich. Denn was könnte ich auch sonst tun? Das Leben ist nicht fair. Es gibt keine Spielregeln, an die man sich halten muss, und dann wird alles gut. Das Leben hat keine Regeln, es ist einfach nur das Leben. Mit all dem Schmerz.

Die Tür öffnet sich.

Martha und ich springen zeitgleich auf.

Ada sieht uns an. Sie ist vollkommen ruhig. Ohne zu zittern, schließt sie die Tür hinter sich, macht einen Schritt auf uns zu und sagt tonlos: »Er ist tot. Mein Papa ist tot.«

ELIAS

Kaum etwas ist so schmerzhaft, wie Menschen, die man mag, beim Leiden zuzusehen. In den vergangenen Stunden konnte ich nicht viel mehr tun, als warten und ab und an Kaffee bringen. Willa hat sich tapfer geschlagen, hat getröstet und vermittelt – war irgendwie immer genau das, was ihr Gegenüber gerade brauchte. Doch nun sieht man ihr die Erschöpfung des Tages an.

Martha fährt Ada und ihre Mutter nach Hause und übernachtet dort auf dem Sofa. Willa und ich sind wieder in meinem Wagen, als ich sie ansehe und frage: »Wie geht's dir?«

»Erschöpft.«

»Soll ich dich nach Hause fahren?«

Willa schluckt. »Kann ich heute bei dir bleiben?«

»Natürlich.«

Sie lächelt und greift nach meiner Hand. »Elias?«

»Ja?«

»Danke, dass du immer da bist, wenn ich dich brauche«, sagt sie leise, aber die Worte haben dennoch Gewicht, bringen mich dazu, zu straucheln.

»Ich dachte, das sei das Mindeste«, versuche ich zu scherzen, was Willa mit einem Augenrollen quittiert.

»Musst du immer gegen alles reden?«

Mit einer Hand streiche ich ihr eine Strähne hinter das Ohr. »Ich dachte, das macht meinen Charme aus?«

»Du bist unmöglich.« Ihre Mundwinkel zucken nach oben.

»Solange ich dich mit meiner Unmöglichkeit noch zu einem Lächeln bekomme, ist das okay für mich.«

Sie schmiegt ihr Gesicht in meine Hand und fixiert mich mit dem Blick ihrer grünen Augen. »Macht es dir gar keine Angst?«

»Was denn?«

»Das alles hier«, sagt sie leise. »Der Tod, wir, dieses ganze chaotische Leben.«

»Nein«, sage ich und ziehe sie näher zu mir. »Es ist wie mit den Sternen, auf den ersten Blick sieht es aus wie Chaos, aber manchmal erkennt man Muster darin. Und Schönheit.« Ich hauche einen Kuss auf ihre Lippen.

»Jetzt wirst du wieder kitschig.«

»Vielleicht, aber ich bin dankbar, dass wir zusammen in diesem Chaos sind.«

Ende

Nachwort

Es ist, wie Elias schrieb: Narben haben einen schlechten Ruf.

So schlecht, dass viele von uns sie verstecken.

Auch ich.

Dort, wo einst die Narben meines selbstverletzenden Verhaltens waren, ist nun bunte Farbe. Meine Tattoos dienen nicht nur dazu, mich zu verstecken – sie sollen mir zeigen, dass es so viel Schönes gibt. Eine stetige Erinnerung daran, dass ich mich nicht selbst verletzen muss, dass es andere Wege gibt, dass irgendwo in meiner Dunkelheit noch immer ein Stern versteckt ist.

Borderline-Persönlichkeitsstörung, posttraumatische Belastungsstörung, Essstörungen oder eine Depression – warum sich Menschen selbst verletzen, kann viele Gründe haben. 35 % der Jugendlichen in Deutschland verletzen sich schätzungsweise selbst. Ich war eine von ihnen.

Willa ist eine von ihnen.

Vielleicht bist du eine von ihnen.

Und ganz sicher kennst du jemanden, der einer von uns ist.

Aber niemand von uns scheint darüber reden zu wollen.

Und ich kann es verstehen.

Die Tabus rund um Mental Health sind vielfältig. Und oft wird Menschen wie mir und Willa vorgeworfen, dass wir nur nach Aufmerksamkeit suchen. In der Schule wurden wir gemobbt, wenn andere sahen, dass sich blutige Schnitte über unsere Arme zogen.

Lachen statt Hilfe.

Vorwürfe statt Hilfe.

Animationen, es zu Ende zu bringen, statt Hilfe.

Und all diese Verletzungen, die Scham und der Druck haben nur zu einem geführt: dass ich mich wieder selbst verletzt habe.

Ein Kreislauf, aus dem man ohne Hilfe kaum noch rauskommt.

Doch was viel wichtiger ist: aus dem niemand von uns allein rauskommen muss, wenn wir anfangen, hinzusehen. Wenn wir anfangen, uns selbst zu sehen und die Möglichkeiten der Hilfe, die wir haben.

Solltest du oder jemand, den du kennst, betroffen sein, findest du Hilfsangebote hier:

Info-Telefon Depression: 0800 / 33 44 533
Mo, Di, Do: 13:00–17:00 Uhr; Mi, Fr: 08:30–12:30 Uhr
https://www.deutsche-depressionshilfe.de/

Telefonseelsorge: 0800 111 0 111
24 Stunden täglich
www.telefonseelsorge.de

Nummer gegen Kummer, Telefon: 116 111
Kinder- und Jugendtelefon, von 14:00 bis 20:00 Uhr; Elterntelefon: 0800 111 0 550 www.nummergegenkummer.de

Narben haben einen schlechten Ruf.

Dabei zeigen sie all das, was wir erlebt und überlebt haben. Sie zeigen, dass wir trotz allem noch da sind. Und dass wir leuchten können wie die Sterne am Himmel. Auch dann, wenn wir gerade nur die Nacht sehen.

In Liebe

Justine

Danksagung

Es erstaunt mich immer wieder, wie viele Menschen wirklich an einem Manuskript arbeiten, bis ein Buch daraus wird. Und ich bin immer wieder dankbar für all diese Menschen, dank derer ich meinen Traum leben darf.

Um die Seitenzahl jedoch nicht weiter zu strapazieren, versuche ich, mich kurzzufassen:

Danke an meine großartige Sensitivity Readerin Julia Niederstrasser. Ohne dich wäre dieses Projekt nie möglich gewesen. Danke, dass du dich genauso in Elias verliebt hast wie Willa.

Mein Danke an meine wunderbare Lektorin Catherine Beck ist mehr ein Flehen um Verzeihung: Tut mir leid, dass du immer wieder mein Chaos richten musst. Egal, ob zerschossene Formatierungen oder sich widersprechende Augenfarben. Ich bin immer wieder froh und dankbar, dass du es schaffst, Ordnung in meine Skripte zu bringen.

Danke für alles.

Danke an Emily Bähr. Du bist mein Vorbild in so vielen Dingen.

An all meine Testleser* innen: Ina, Annika, Jess und Christin. Ihr seid der Hammer. Jedes Mal wieder. Ich weiß nicht, ob ich je ein Buch ohne euch fertig bekommen könnte.

Rabia Doğan, Marie Niehoff, Basma Hallak, Samantha Blake, July Winter, Stefanie Hasse, Anne Lück, Lucinda Flynn und allen anderen großartigen Autorinnen, ohne die ich in dieser Branche längst aufgegeben hätte.

Ich schwöre, gleich bin ich fertig!

Sabine.

Ach, Sabine. Danke, dass du dich mit mir an diese Themen wagst. Irgendwann müssen wir doch noch die Horrorfilm-Lovestory machen. Ich glaube, das würde uns Spaß bringen.

Und zuletzt: Danke an Sebastian Fitzek.

Nicht nur wegen des Dackels.

Liste sensibler Inhalte / Content Notes

- selbstverletzendes Verhalten, psychisch und körperlich
- schwerer Unfall mit Folgeschäden
- Thematisierung von Schmerz
- sexueller Missbrauch in der Kindheit
- toxischer Umgang mit Depressionen

Dramatisch, berührend, hoffnungsvoll:

WITH YOU I DREAM

Nach einer toxischen Beziehung flüchtet Studentin Mia Hals über Kopf aus New York und hofft, bei ihrer Adoptivschwester in Belmont Bay, Idaho, zur Ruhe zu kommen. Der Plan geht nur bedingt auf, weil der etwas mürrische, attraktive Conner ihr Herz überraschend zum Stolpern bringt. Aber ist Mia tatsächlich schon wieder bereit für eine neue Beziehung? Und was verheimlicht ihr Conner, der oft tief in die Wälder Idahos verschwindet?

WITH YOU I HOPE

Megan liebt ihre Adoptivfamilie, sehnt sich aber nach einer Verbindung zu ihren leiblichen Eltern. Deren letzte Spur hat Megan bereits vor einigen Jahren nach Belmont Bay geführt. Als Leo dort auftaucht, sieht Megan ihn zunächst vor allem als neue Möglichkeit, ihre Suche fortzusetzen. Doch schon bald stehen sie vor ungeahnten Konflikten und sind hin- und hergerissen zwischen Liebe und Verrat.

Die Belmont-Bay-Reihe von Justine Pust

WITH YOU I HEAL

Arin ist gerade clean geworden und steht vor den Scherben seines Lebens. Sein schlechter Ruf in Belmont Bay sorgt dafür, dass er keinen Job bekommt – bis er vom alten Bennett den Auftrag erhält, seinen Oldtimer wieder flottzumachen. Dabei trifft er auf Sophia, Bennetts Enkelin, die nach Belmont Bay zurückgekehrt ist, um für ihren Großvater da zu sein. Aber Sophia scheint eine Dunkelheit zu verbergen, die Arin nur zu gut kennt. Trotz aller Warnungen fliegen zwischen den beiden bald die Funken …

Romantisch und mit einer Prise Sternenstaub:

ZODIAC LOVE: STARLIGHT IN OUR DREAMS

Der von Astrologie begeisterte Felix trifft am University College Cork auf den Studenten Owen, der den Sternen skeptisch gegenübersteht. Kurzerhand schließen sie eine Wette ab: Owen soll verschiedene Sternzeichen daten, und Felix sagt vorher, wie die Dates laufen. Die Wette gilt – dabei nimmt das Herzklopfen zwischen Owen und Felix zu …

ZODIAC LOVE: HOPE IN OUR UNIVERSE

Als Quinn von heute auf morgen den Herrenausstatterladen seines Vaters übernehmen muss, steht sein Leben kopf – vor allem, weil er es mit der bedrohlichen Geheimgesellschaft Emerald Druids zu tun bekommt. In dieser Situation stellt sich der Star-Astrologie-Kolumnist Takeru, der offensichtlich Interesse an Quinn hat, an seine Seite – was Quinn zwar noch weiter überfordert, aber irgendwie auch ziemlich freut …

Die queere Zodiac-Love-Reihe von Own-Voice-Autor
Andreas Dutter

ZODIAC LOVE:
INFINITY IN OUR HEARTS

Robin hat der Liebe endgültig abgeschworen und konzentriert sich voll und ganz auf seinen Job. Bis der Star-Astrologie-Podcaster Brodie Merrick, der Robin vor Jahren das Herz gebrochen hat, plötzlich in Cork auftaucht. Die Sterne meinen es offenbar gar nicht gut mit Robin, und schon bald stehen viele Dinge auf dem Spiel: Robins Karriere, sein Ruf, sein Herz …

Nachtschichten, Herzklopfen und heimliche Träume:

DAS ST. ALEX – NACHTLEUCHTEN

Samira, die als Krankenschwester auf der Kinder-Palliativstation des Berliner St.-Alex-Krankenhauses arbeitet, hat eigentlich keine Zeit für die Liebe. Doch dann kommen sie und der junge Arzt Louis bei einer gemeinsamen Nachtschicht dem seltsamen Fall einer jungen Patientin auf die Spur – und einander näher.

DAS ST. ALEX – TAGMOND

Tessa weiß genau, was sie will: nach der Ausbildung zur Krankenschwester ein Studium absolvieren, im Management Karriere machen und ihre Jugendliebe Martin heiraten. Länger als nötig auf der Kinderonkologie-Station zu bleiben, gehört nicht zu Tessas Plan. Und schon gar nicht Beck, der planlose Rettungsassistent mit dem großen Herzen …

Die St.-Alex-Reihe von Anne Lück

DAS ST. ALEX – ABENDSTERN

Krankenschwester Maya hat großen Respekt vor ihrer Versetzung auf die Intensivstation. Zum Glück erfährt sie von allen Seiten Unterstützung. Besonders die stellvertretende Stationsleiterin Ella steht ihr zur Seite und geht ihr zunehmend unter die Haut. Doch dann erfährt Maya etwas, das die Schmetterlinge in ihrem Bauch ins Straucheln bringt …

KNAUR